古典詩歌研究彙刊

第十九輯

龔鵬程 主編

第5冊

宋詞飲食書寫研究
——以果物為對象

鄭琇文 著

國家圖書館出版品預行編目資料

宋詞飲食書寫研究——以果物為對象／鄭琇文 著 — 初版 —
新北市：花木蘭文化出版社，2016〔民 105〕
目 2+322 面；17×24 公分
(古典詩歌研究彙刊 第十九輯；第 5 冊)
ISBN 978-986-404-464-1（精裝）
1. 宋詞 2. 詞論
820.91 105001546

ISBN-978-986-404-464-1

古典詩歌研究彙刊
第十九輯 第五冊 ISBN：978-986-404-464-1

宋詞飲食書寫研究——以果物為對象

作 者 鄭琇文
主 編 龔鵬程
總 編 輯 杜潔祥
副總編輯 楊嘉樂
編 輯 許郁翎
出 版 花木蘭文化出版社
社 長 高小娟
聯絡地址 235 新北市中和區中安街七二號十三樓
電話：02-2923-1455 ／傳真：02-2923-1452
網 址 http://www.huamulan.tw 信箱 hml 810518@gmail.com
印 刷 普羅文化出版廣告事業
初 版 2016 年 3 月
全書字數 247270 字
定 價 第十九輯共 8 冊（精裝） 新台幣 12,800 元

宋詞飲食書寫研究
——以果物為對象

鄭琇文 著

作者簡介

鄭琇文，生於台南鹽水小鎮，後舉家遷居至嘉義北回歸線 23.5 度旁。畢業於靜宜大學中國文學系，又分別於成功大學中國文學系碩士班、彰化師範大學國文學系博士班，獲得碩士與博士學位。曾發表〈宋詞與酒——以歐陽修酒詞為例〉、〈《稼軒詞》中有關「親屬」作品之探析〉等期刊論文；與王偉勇師合撰〈高旭論〈十大家詞〉絕句探析〉、〈清・江昱〈論詞十八首〉探析〉。目前任職於台灣首府大學、敏惠醫護管理專科學校、崇仁醫護管理專科學校通識教育中心兼任助理教授。

提　　要

本論文共分七章。第一章緒論，說明研究動機、目的、範圍、方法。研究現況與探討，列為第二章，藉以明瞭現今學術研究成果，且在撰述過程中，啟發個人對於部分論題有所思考，並試圖解決疑惑，因此，章節篇幅形成相當頁數，遂獨立成章。第三章宋詞飲食書寫的發展背景，分別就運輸網絡、譜錄著作為切入點，以明飲食流通、飲食主張對於飲食書寫之影響。

本論文以《全宋詞》為本，採取逐頁翻閱，以及運用宋詞網路資料庫，共得 16 種果物，68 首詞，附錄〈果物詞一覽表〉、〈果物詞統計表〉、〈詞人果物書寫種類表〉。藉由相關統計，可知荔枝詞最多，故列為專章探究，第四章分為審美品味、歷史回顧、人生經歷、飲食男女四方面。第五章針對春夏果物，依詞篇寫作數量多寡為序，探討楊梅、櫻桃、梅子、甜瓜、桃子。第六章述及橘、橙、柑、橄欖、龍眼、葡萄、柿、羊桃、林檎、石榴，共 10 種秋冬果物。無論各類果物詞，皆著重闡析詞篇顯現的食用現象，與詠物寄託，亦即飲食文化的表現，以及飲食書寫的文學性。第七章總結本論文。

目次

第一章　緒　論 …… 1
　第一節　研究動機與目的 …… 1
　第二節　研究範圍與方法 …… 3
第二章　研究現況與探討 …… 5
　第一節　碩博士論文 …… 5
　　一、詠茶詩詞研究，論點趨向重複 …… 5
　　二、飲酒詩詞研究，研究模式類似 …… 11
　　三、四時節令詞，飲食受關注 …… 20
　　四、專就人物論，集中於蘇軾 …… 26
　第二節　專書與期刊 …… 29
　　一、論飲食文化，宋代爲焦點 …… 29
　　二、論湯與熟水，闡述已周全 …… 32
　　三、論飲食詩文，重視果物類 …… 37
　小　結 …… 38
第三章　宋詞飲食書寫的發展背景 …… 39
　第一節　運輸網絡與飲食流通 …… 39
　　一、隋唐建都長安，洛陽轉運不便 …… 40
　　二、北宋建都開封，近取汴渠之利 …… 49
　　三、南宋偏安杭州，水海陸運並行 …… 56
　　四、各類水果海鮮，輸運通達無阻 …… 64
　第二節　譜錄著作與飲食主張 …… 76
　　一、蔡襄《荔枝譜》 …… 77
　　二、韓彥直《橘錄》 …… 108
　小　結 …… 125
第四章　宋詞飲食書寫（一）——荔枝 …… 127
　第一節　審美品味，荔枝居冠 …… 127
　第二節　歷史回顧，君樂民苦 …… 143
　第三節　人生經歷，滋味在心 …… 159
　第四節　飲食男女，食色性也 …… 178
　小　結 …… 182
第五章　宋詞飲食書寫（二）——春夏果物 …… 185
　第一節　楊梅栗粒，生食釀酒 …… 185
　第二節　食櫻拌酪，別有風味 …… 189

第三節　梅酸止渴，調味和羹 …… 200
第四節　青門甜瓜，味甘消暑 …… 205
第五節　桃子奇異，神人共享 …… 212
小　結 …… 220
第六章　宋詞飲食書寫（三）——秋冬果物 …… 223
第一節　南方黃橘，香霧清泉 …… 223
第二節　香橙實用，醫食同源 …… 228
第三節　溫州眞柑，詞文流傳 …… 232
第四節　青果橄欖，苦而後甘 …… 236
第五節　龍眼非奴，適口則宜 …… 239
第六節　葡萄美酒，自古聞名 …… 241
第七節　仲殊食柿，奇想橫生 …… 247
第八節　憶閩羊桃，稼軒興嘆 …… 249
第九節　林檎豐潤，玉環休妒 …… 252
第十節　植榴食榴，詞篇記錄 …… 255
小　結 …… 257
第七章　結　論 …… 259
參考書目 …… 263
圖　表
表 2-1　〈湯詞〉 …… 289
表 2-2　〈熟水詞〉 …… 290
圖 3-1　〈隋代運河圖〉 …… 291
圖 3-2　〈唐代漕運與三門峽圖〉 …… 292
圖 3-3　〈北宋東京開封示意圖〉 …… 293
圖 3-4　〈遼北宋西夏時期中心區域圖〉 …… 294
圖 3-5　〈南宋時期形勢圖〉 …… 295
圖 3-6　〈宋代浙東運河示意圖〉 …… 296
圖 3-7　〈南宋臨安（杭州）城概略圖〉 …… 297
附　錄
附錄一　〈宋代行政區域概說〉 …… 299
附錄二　〈果物詞一覽表〉 …… 303
附錄三　〈果物詞統計表〉 …… 313
附錄四　〈詞人果物書寫種類表〉 …… 319

第一章　緒　論

第一節　研究動機與目的

筆者對於飲食研究的留意，緣於參與黃文吉編輯〈2002～2007年臺灣宋代文學研究論著索引〉。〔註1〕其中，以「飲食」爲主題的單篇論文，包括黃啓方〈我雖不解飲，把盞歡意足——東坡酒量淺論〉、黃啓方〈人間有味是清歡——東坡美食小考〉、劉文剛〈蘇軾的飲食製作和飲食文化〉等，〔註2〕以飲食詩文爲主，至於學位論文，則以

〔註1〕黃文吉、徐德智、鄭琇文：〈2002～2007年臺灣宋代文學研究論著索引〉，收錄於劉揚忠、王兆鵬主編：《宋代文學研究年鑑（2006～2007）》（武漢：武漢出版社，2009年10月），頁541～637。

〔註2〕黃啓方：〈我雖不解飲，把盞歡意足——東坡酒量淺論〉、〈人間有味是清歡——東坡美食小考〉，收錄於黃啓方：《東坡的心靈世界》（臺北：臺灣學生書局，2002年10月），頁5～29。文末並註明曾發表於1992年2月號《國文天地》、2000年9月號《明道文藝》。
劉文剛：〈蘇軾的飲食製作和飲食文化〉，《中國飲食文化基金會會訊》，第10卷第2期（2004年5月），頁36～45。
許東海：〈蘇軾飲食賦之困境觀照及其文類書寫策略〉，《中正大學中文學術年刊》，第6期（2004年12月），頁101～124。
李英華：〈白髮永無懷橘日，六年怊悵荔支紅——漫談黃庭堅詩中的荔枝〉，《國文天地》，第17卷第9期（2002年2月），頁61～64。
張蜀蕙：〈北宋文人飲食書寫的南方經驗〉，《淡江中文學報》，第14期（2006年6月），頁133～175。

茶、酒詩詞研究爲主。

翻閱《全宋詞》，可知在茶詞、酒詞、節令詞之外，尚有水果、海鮮、蔬菜等飲食詞篇，然學界對此大抵未能重視，如：楊麗玲《蘇東坡詠物詞研究》歸類蘇軾詠物題材，其中，詠荔枝、詠橘各 2 首，歸屬於植物類，相關論述偏向簡略，〔註 3〕又如：林承坏《辛稼軒詠物詞之題材分析》，將櫻桃、羊桃各 1 首，同樣歸屬於植物類，未見分析；〔註 4〕呂怡倫《史達祖詠物詞研究》未論及詠橙、〔註 5〕普義南《吳文英詠物詞研究》未論及詠楊梅。〔註 6〕依據撰者統計，詞人在詠植物詞方面，多致力於詠花，尤以詠梅最爲常見，如：蘇軾詠植物詞，共計 25 首，詠花者有 17 首，詠梅詞占有 6 首；〔註 7〕辛棄疾詠植物詞，共計 55 首，詠花者多達 50 首，詠梅詞有 16 首，〔註 8〕因此，研究者亦往往將論文重心，聚焦於最常見的主題。然而換個角度思考，若不以單一詞人爲限，理應屬於值得嘗試的研究途徑，遂引發研究動機之產生。

再者，江皓《飲食文學範疇的建構：一個社會學式的考察》以現今文壇作品爲研究對象，依據會議論文、學位論文，與訪談作家、報社主編、美食家等，探討「飲食書寫」與「飲食文學」的區別；進而區分前者以實用、說明爲主，後者則強調「文學性」，而「文學性」包括「對於飲食本身的文字雕琢，以及透過飲食經驗引發的個人情志」。〔註 9〕反觀本文以「宋詞飲食書寫研究」爲題，乃因「詞」屬於

〔註 3〕楊麗玲：《蘇東坡詠物詞研究》（臺北：國立臺灣師範大學國文研究所碩士論文，1998 年），頁 34、66、67。

〔註 4〕林承坏：《辛稼軒詠物詞之題材分析》（臺北：國立臺灣師範大學國文學系博士班博士論文，1993 年），頁 43。

〔註 5〕呂怡倫：《史達祖詠物詞研究》（新竹：國立新竹教育大學人力資源教育處與文教學碩士班碩士論文，2010 年），頁 82。

〔註 6〕普義南：《吳文英詠物詞研究》（臺北：私立淡江大學中國文學系碩士班碩士論文，2002 年），頁 81～82。

〔註 7〕楊麗玲：《蘇東坡詠物詞研究》，頁 33。

〔註 8〕林承坏：《辛稼軒詠物詞之題材分析》，頁 43。

〔註 9〕江浩：《飲食文學範疇的建構：一個社會學式的考察》（臺北：臺灣

寫作體裁之一，他者又如：詩、賦、小說等；「飲食」則為宋詞寫作的主題之一，他者又如：花卉吟詠、羈旅感傷、喜事祝賀等，換言之，以「詞」為媒介，探究宋代詞人如何描寫飲食、如何看待飲食，因此，本文所謂「飲食書寫」係指作家作品表現，實不離「文學性」，並探求詞篇反映之飲食文化。

第二節 研究範圍與方法

本文以《全宋詞》為本，〔註10〕首先，採取逐頁翻閱的方式，記錄詞篇出現的各種飲食，並以此為基礎，進而運用宋詞檢索系統，輸入飲食種類，與自身筆記相互參照，可得詞題明確標明、或全篇詞意表達為某一食物而作，如：荔枝、楊梅、蟹等，共近百首，其中，尤以詠果物詞者最多，依詞篇數量多寡為序，有：荔枝、楊梅、櫻桃、橘、梅子、橙、甜瓜、橄欖、桃子、柑、龍眼、葡萄、柿、羊桃、林檎、石榴，共16種果物，春夏者有6種，秋冬者有10種，總計68首詞，〔註11〕餘者如：蟹7首、魚3首，以及蓴菜5首、筍2首等，未若果物種類最豐富，且詞量最多，故本文欲以此作整體探究。

在章節架構方面，分為七章。第一章緒論，說明研究動機、目的、範圍、方法，至於研究現況，則列為第二章探討。第三章，闡述宋詞飲食書寫的發展背景，分為兩節。首先，以「食物從何而來」為思緒開端，假使食物無法四方流通，人們的飲食需求如何滿足？遂以隋唐、北宋、南宋為序，比較長安、開封、臨安，探究「運輸網絡與飲食流通」；其次，人們除了被動地接受食物由生產區運抵消費區，又因為宦遊而遷居，成為累積飲食經驗的另一種方式，進而懂得品評滋

大學社會學研究所碩士論文2009年），頁97。

〔註10〕唐圭璋編纂、王仲聞參訂、孔凡禮補輯：《全宋詞》（北京：中華書局，1999年1月）。

〔註11〕相關統計，參見本論文附錄〈果物詞一覽表〉、〈果物詞統計表〉、〈詞人果物書寫種類表〉。

味，判別良莠，因此，第二節以蔡襄《荔枝譜》、韓彥直《橘錄》爲例，探討「譜錄著作與飲食主張」。完善的運輸體系，供應飲食需求；詳盡的品評主張，顯現美感追求，兩者滋長飲食書寫的發展，一爲物質、一爲審美。繼之，關於宋詞的飲食書寫，就詠果物詞而言，尤以荔枝詞最多，凡 23 首，故獨立列爲第四章探討之，其他春夏與秋冬果物詞，分別列爲第五章、第六章。在闡析詞篇內容的同時，並著重文、史、本草、筆記、期刊、專書等古今文獻，擴及自然種植、社會接受、歷史發展、食療保健、飲食詩文等不同面向，以求能全面了解果物詞篇透顯之飲食文化，與書寫表現。

第二章　研究現況與探討

關於研究現況的撰述目的，除了藉以明瞭現今學術研究成果，避免老調重彈，且希望透過梳理研究現況，進而有所思考、辨析，而非僅止於列舉書目，因此，章節篇幅形成相當頁數，遂獨立成章。

第一節　碩博士論文

喝茶、飲酒，乃宋人飲食活動中的二大飲品，不僅是一種社會生活現象，亦反映於文學作品，宋人茶酒詩詞豐富，致使後人研究成果同樣可觀。值得留意的是，當眾人將研究焦點鎖定於宋代茶酒，如此究竟引導學術研究走向開拓抑或封閉？換言之，假使研究者選擇繼續投注心力於宋代茶酒詩詞，是否理應審慎思考研究意義？再者，在茶、酒詩詞之外，四時節令詞的研究成果，相當全面；若就個別作家作品而論，尤以蘇軾最受關注。以下分別論述之。

一、詠茶詩詞研究，論點趨向重複

關於宋代茶文學研究，檢索臺灣博碩士論文知識加值系統，〔註 1〕依據搜尋結果，相關論文如下：

〔註 1〕臺灣博碩士論文知識加值系統，屬國家圖書館建置，網址：http://ndltd.ncl.edu.tw/cgi-bin/gs32/gsweb.cgi/ccd=z6Lbvx/webmge?webmgemode=general&mode= basic。

(1) 1980 年，《北宋茶之生產、管理與運銷》
朱重聖（博士），私立中國文化大學史學研究所。
(2) 1995 年，《宋代詠茶詩研究》
石韶華（碩士），國立成功大學中國文學研究所。
(3) 2001 年，《宋代詠茶詞研究》
呂瑞萍（碩士），國立臺灣師範大學國文研究所。
(4) 2006 年，《宋代茶酒文化之研究》
侯月嬌（碩士），國立嘉義大學中國文學系碩士在職專班。
(5) 2007 年，《蘇軾茶文學研究》
黃信榮（碩士），國立臺灣師範大學國文研究所在職進修碩士班。
(6) 2007 年，《黃山谷詠茶詩探析》
廖羽屏（碩士），國立彰化師範大學國文研究所。
(7) 2009 年，《蘇軾詠茶詩研究》
林麗玲（碩士），私立玄奘大學中國語文學系碩士在職專班。
(8) 2009 年，《陸游茶詩研究》
徐佩霞（碩士），臺北市立教育大學中國語文學系碩士班。

首先，必須一提的是，在尚未開展宋代詠茶詩詞研究之前，朱重聖《北宋茶之生產、管理與運銷》堪稱先鋒，具有影響性，於 1980 年完成博士論文，後經修改，於 1985 年付梓出版，並更名爲《北宋茶之生產與經營》。〔註 2〕全書著重探討茶產區、種類、產量、運銷管理機構、運銷制度；亦於首章闡述茶發展背景，包括茶之源起及功用、茶飲成風及其原因，茶飲對唐宋社會之影響，其中，關於茶飲對於唐宋社會之影響，共述及茶書修撰、貢賜頻仍、文士寄興、坊市繁昌、蕃夷貪求五大層面。繼之，石韶華爲撰寫宋代茶文學研究論文的第一人，該

〔註 2〕朱重聖：《北宋茶之生產與經營》（臺北：臺灣學生書局，1985 年 12 月）。

論文《宋代詠茶詩研究》並於 1996 年出版，爲文津出版社碩士文庫之一。〔註 3〕緒論云：

> 就茶文化的歷史來看，茶葉的製作，茶事的鑑賞，到宋代已有突破性且完備的發展；就詩歌發展而言，宋人之重學古創新、傳承開拓，形成宋詩自家的特色；就上述二點觀之，宋代的詠茶詩實有可觀之處。再就目前詠茶詩的研究狀況來看，尚未見及完整且專研的著作。可見的撰著有：錢時霖的《中國古代茶詩選》……諸書，內容皆重在飲茶藝術和茶文化的探討，詠茶詩的賞析，誠聊備一格！另外尚有單篇研究的文章，但數量零星。因此，就筆者所見，關於詠茶詩的研究，目前未成系統，可謂一值得開拓的題材。基於上述理念，本文以宋代詠茶詩作爲研究的範圍。〔註 4〕

「開拓」正是此論文的研究價值、學術貢獻。全書首先探究詠茶詩形成的歷史過程，上至先秦，直至宋代；進而論述宋代詠茶詩的創作背景，包括飲茶風氣的興盛、商品經濟的繁榮、茶書撰著的頻仍、文學觀念的流變；又列舉蔡襄、歐陽修、蘇軾、黃庭堅、陸游、楊萬里等人，分析宋代詩人與茶的結緣因素，或歷職茶官、或來自茶鄉、或天性愛茶等；至於詠茶詩的旨趣內涵，與藝術表現，自是撰者傾全力闡明之重心。朱重聖與石韶華皆以宋代茶研究爲論文主題，前者關注經濟生產、運銷管理，後者偏向文學作品分析，然異中有同，同中亦有異，如：同樣論及茶書，朱重聖扼要概述宋代 6 本茶書內容，並簡略比較唐宋茶書特色，以爲唐代茶書屬通論性，宋代則是偏向專業性，〔註 5〕石韶華則是列舉宋代 20 餘本茶書，依照不同性質予以分類，並云：「宋代的茶書，不只限於撰者對茶藝知識的分析與解說而已，也已注意到與茶相關之藝文的重要性；如其一是在茶書裡援引詠茶詩以

〔註 3〕石韶華：《宋代詠茶詩研究》（臺北：文津出版社，1996 年 9 月）。
〔註 4〕石韶華：《宋代詠茶詩研究》，頁 1。
〔註 5〕朱重聖：《北宋茶之生產與經營》，頁 25～26。

爲佐說……其二是在某些茶書內，編附撰者所蒐集的詠茶詩。」〔註6〕由此可見，各自關注的焦點不同，亦影響看待文本的角度。

石韶華之後，呂瑞萍將研究重點轉移至「詠茶詞」。關於研究動機，說道：

> 至於茶與「詞」體的結合，則仍只有零星篇章點到即止，尚未有專書深入探究，更提不上藉由茶詞作品本身，有系統地了解茶文化的精神內蘊、茶人的生活情趣、審美意趣、茶藝藝術風格等特色！然而，詞體是宋代大盛的一種新興文體，同時也是宋代文學的主流！起自歌舞聲色中的詞體，隨著宋代文人有意識的突破與開創改進下，詠茶詞作自然也有了可觀的成果。但就目前詠茶詞相關研究狀況來看，確實是有相當不足的地方，所以是相當具有研究價值的題材。〔註7〕

呂瑞萍與石韶華具有相同的研究企圖心，無論詠茶詞，抑或詠茶詩，皆希望填補學術研究空白，拓展當時茶研究的深度與廣度，顯現開創性的研究意義。再者，《宋代詠茶詞》的章節架構，大抵與《宋代詠茶詩》相似，探討詠茶詞的社會背景、列舉詠茶詞的代表詞人、分析詠茶詞的寫作內容與藝術技巧。其中，社會背景的相關論點，仍不脫離貢茶、賜茶、茶稅、榷場貿易、茶肆等闡述，亦可見於朱重聖、石韶華所述；不同的是，關於文學觀念的流變，石韶華針對宋詩，論及詠物風氣興盛、酬謝唱和詩風昌行、以俗爲雅的審美觀，影響詠茶詩發展，呂瑞萍則是針對詞體，提出詞的詩化，影響詠茶詞寫作。其次，關於作品選取，石韶華云：

> 本文在擇詩上，所採標準較爲寬鬆，並不以嚴格的詠物體爲限。所以在本文中，可見許多以「次韻」、「唱和」、或是「煎茶」、「採茶」、「送茶」、「賞茶」等等詩題的作品。要言之，舉凡以詠茶爲主要內容，或是精彩處在詠茶的作品，

〔註6〕石韶華：《宋代詠茶詩研究》，頁66～70。

〔註7〕呂瑞萍：《宋代詠茶詞研究》，頁4。

皆得以入選。〔註 8〕

呂瑞萍亦依循上述原則，云：「在選擇詞作時，並不嚴格地僅以詠物體的作品爲限，舉凡以詠茶爲主要內容，或是精彩處在詠茶者，均可視爲詠茶詞，皆得以入選。」又細分 4 項要點，補充說道：

（一）以標題有「茶」、「茶詞」、「試茶」……「壽茶」、「賦茶」的作品爲第一手資料。

（二）此外，雖然詞調下沒有明白標示題目爲何，但整首詞內容都以宋人飲茶的過程、內容、飲後的感受等爲主要詠述對象的，也可以是主要的例證。

（三）再者，雖然不是詠茶，但與茶事本身相關，如詠湯、詠熱水、〔註 9〕詠茶筅、詠茶水等層面的作品，也算是重要相關參考資料！

（四）詞作中部分涉及茶典、茶事、茶語等等，有助於了解當代文人雅士的生活型態，皆予以選入析評，以作爲旁證，盡量求取全面性、廣泛性地蒐集詞中與茶相涉的作品，以免失之向隅。這類作品大量出現在南宋時期，雖然僅二、三句涉及茶事，但代表著是一種經常性、信手拈來的生活習慣，甚至是閒逸意象的表徵。〔註 10〕

除定義之外，亦列舉若干詞篇爲證，同時又引用馬寶蓮《宋代詠物詞研究》與楊麗玲《蘇東坡詠物詞研究》相關詠物詞界定，進而檢視自身取材原則，以爲上述第一、二類詞篇屬於眞正的詠物（茶）詞，第三、四類則爲輔助研究的例證，〔註 11〕換言之，詠茶作品仍必須回歸

〔註 8〕石韶華：《宋代詠茶詩研究》，頁 2。

〔註 9〕呂瑞萍原文作「詠熱水」，又作呂本中〈西江月・熱水詞〉，當是筆誤；乃因檢索網路展書讀，未見熱水詞，且翻閱《全宋詞》可知呂本中詞題爲「熟水詞」，因此，此處特別以底線標明，改之。參見：網路展書讀 http://cls.hs.yzu. edu.tw/CSP/W_DB/index.htm。
唐圭璋編纂、王仲聞參訂、孔凡禮補輯：《全宋詞》（北京：中華書局，1999 年 1 月），冊 2，頁 1214。

〔註 10〕呂瑞萍：《宋代詠茶詞研究》，頁 9～10。

〔註 11〕呂瑞萍：《宋代詠茶詞研究》，頁 10。

到賦形寫物、體物抒情、託物言志。茶研究領域自 2006 年起，侯月嬌等人相繼接棒，無不視石韶華《宋代詠茶詩研究》、呂瑞萍《宋代詠茶詞研究》爲重要參考書籍，甚至是研究範本，然承先啓後的助益，反而逐漸形成研究者畫地自限。

以侯月嬌《宋代茶酒文化之研究》而言，探討範圍極爲寬泛，論文分爲兩大部分，前者爲茶，依序闡述茶的起源、飲茶風氣興盛之因、茶政、茶葉製造與貯藏、茶飲藝術、名茶種類、茶具、茶書、茶詩、茶詞、茶與宋代民俗；後者爲酒，章節架構承接前者，依序闡述酒的起源、飲酒風氣興盛之因、酒政、酒的釀造、各種酒類、酒器、酒書、酒與宋代詩詞、酒與宋代民俗。篇幅看似龐大，兼具政治、文學、藝術、民俗等各個層面，實則部分內容襲用既有之研究，如：文中敘述宋代茶詩的創作背景，分爲「飲茶風氣的興盛」、「茶書撰著的頻仍」、「商品經濟的繁榮」，不僅標目與石韶華研究論文相同，甚至內容幾乎完全承襲、剪裁；關於詠茶詩內容分析，亦引用石韶華《宋代詠茶詩研究》其中第五章〈宋代詠茶詩的主要內涵〉將近一半的原文章節，同樣地，詠茶詞內容闡述，引用呂瑞萍《宋代詠茶詞研究》第四章〈宋代詠茶詞內容分析〉之過半章節。〔註 12〕

2007 年起，學術界不約而同，展開一系列以「單一作家」爲主題的研究方向，有別於綜論研究，試圖藉由單一作家研究，細部、完整剖析作家及其作品與茶之關聯，以具體呈現個別作家之文學作品特

按：馬寶蓮《宋代詠物詞研究》云：「以『物』爲吟詠、命意之主體，通篇不離其物，作主觀或客觀之抒寫，出之以詞體者謂之。」（臺北：臺灣師範大學國文研究所碩士論文，1983 年），頁 4。
楊麗玲《蘇東坡詠物詞研究》云：「所謂『詠物詞』，簡言之，即是：全首詞以『物』爲吟詠的主體，或摹繪物的內在、外在特質，或賦予物、人之間的精神、情感契合所在，無論是否以物爲命題，皆可視爲詠物詞。」頁 6。

〔註 12〕關於相似、相同之處，本文不再引文證明，請自行閱讀比較。侯月嬌：《宋代茶酒文化之研究》，頁 98～111、115～123；石韶華：《宋代詠茶詩研究》，頁 50～73、130～137、149～160、175～182；呂瑞萍：《宋代詠茶詞研究》，頁 149～201。

色。以黃信榮《蘇軾茶文學研究》而言，總括蘇軾詩、詞、文，探析飲茶方式、飲茶器具、茶政主張、情感寄託等描述；廖羽屏等人，則是限定於詠茶詩，分別以黃庭堅、蘇軾、陸游爲題。各家詠茶作品描寫的具體物象不同、表達的抽象情感不同、運用的藝術手法不同，然而不可諱言的是，研究者的部分論點重複性過高，無法提出新的見解，尤以探討創作背景最爲明顯，未必每本論文所述皆相同，卻幾乎不出朱重聖、石韶華、呂瑞萍所論的貢茶、賜茶、茶肆、詠物風氣、唱和次韻、茶書廣泛等因素，甚至就選材界定而言，皆以呂瑞萍所述爲範本，或融合石韶華說法，除更動部分語句、更換舉例詩篇，可說是大大相同，小小差異，有些甚至以訛傳訛。〔註 13〕誠然研究者用心體會個別作家的詠茶作品，致力撰述詠茶作品的特色，卻同時走向研究視野的侷限，因此，未來以單一作家詠茶作品的研究論文，假使未能跳脫思考框架，勢必無法彰顯研究意義。

綜上所述，朱重聖、石韶華、呂瑞萍，奠定產銷制度、詠茶詩詞的研究基礎，具有開拓之功，此後，相關研究者莫不視其爲典範，爲案頭必備的參考書籍。然必須思考的是，近年的研究，偏向以單一作家的詠茶作品爲主題，雖有助於完整、深入了解作品特色，卻往往重述既有的社會、經濟、文學等背景探討，相對而言，開創性不及前人；且研究型態趨於相似，差別在於各自研究的「作家」不同，因此，倘若後續研究者仍然重複相同的背景探討，只更換闡述另一位作家的詠茶作品，其作爲學位論文的研究意義，則不免有所減低。

二、飲酒詩詞研究，研究模式類似

關於宋代酒文學研究，直至 2005 年才逐漸開展，檢索臺灣博碩士論文知識加值系統，相關論文如下：

〔註 13〕以廖羽屏：《黃山谷詠茶詩探析》爲例，文中所述研究範圍、選材原則，大抵承自石韶華、呂瑞萍論文，除未當頁註明引用文獻，又有「以訛傳訛」之處，亦即呂瑞萍誤植「詠熟水」爲「詠熱水」，未見廖羽屏更正。廖羽屏：《黃山谷詠茶詩探析》，頁 15～16。

（1）2005 年，《東坡酒詩意象研究——以黃州、惠州、儋州詩作爲研究中心》
廖怡甄（碩士），私立華梵大學東方人文思想研究所。

（2）2006 年，《宋代茶酒文化之研究》
侯月嬌（碩士），國立嘉義大學中國文學系碩士在職專班。

（3）2008 年，《東坡詞酒意象探析》
許育喬（碩士），國立臺灣師範大學國文學系在職進修碩士班。

（4）2009 年，《辛棄疾酒詞研究》
黃郁棻（碩士），國立成功大學中國文學系碩士在職專班。

（5）2010 年，《晏殊酒詞研究》
許志彰（碩士），私立中國文化大學中國文學研究所。

宋代酒文學研究，與茶文學研究皆同樣關注蘇軾詩、詞，且偏向於探討「酒詞」，其中原因，理應出於詞文學的發展背景，即爲宴飲歌舞。再者，詠茶論文普遍以「詠茶詩」、「詠茶詞」爲論文題目，酒文學研究則以「酒詩」、「酒詞」爲名，此一「詠」字的有無，看似只不過題目多一字、少一字的增減，實則代表研究者對於選材界定的不同見解。上述詠茶論文，強調無論詩、詞、文題目是否標明詠茶，內容必須以「茶」爲主要詠述對象、精彩處在於詠茶，換言之，「內容」爲判斷詠茶詩之首要條件，且「以茶爲主」。至於酒詩、酒詞的選取，翻閱廖怡甄論文，未見敘述蘇軾酒詩的選取原則；侯月嬌一文，亦未見選材定義；許育喬《東坡詞酒意象探析》明白說道：

（一）詞作中直接提到「酒」字者

（二）詞作中提到酒品之名、飲酒之器、及酒後之態者〔註 14〕

此說又見於許志彰《晏殊酒詞研究》，亦云原則有二，其一「晏殊在

〔註 14〕許育喬：《東坡詞酒意象探析》，頁 7。

詞作中，有飲酒之意韻」，其二「晏殊於詞作中，出現與酒相關之用字、酒具與代稱」；〔註 15〕論文中引用的詞篇，如：蘇軾〈水調歌頭・丙辰中秋，歡飲達旦，大醉。作此篇，兼懷子由。〉（明月幾時有）、〈定風波・三月七日沙湖道中遇雨，雨具先去，同行皆狼狽，余獨不覺。已而遂晴，故作此。〉（莫聽穿林打葉聲）、晏殊〈浣溪沙〉（一曲新詞酒一杯）等。此類詞篇寫作的時間點處於飲酒當下、飲酒之後，然而內容並非以「酒」之色、香、味、形爲描寫重點；且作者並非將個人情志寄託於「酒」，稱不上託物言志，亦即物與人之間沒有絕對的關連，因此，酒研究論文所謂「酒詞」，理應無法與「詠酒詞」畫上等號。對此，參考林淑桂《唐代飲酒詩研究》，闡釋飲酒詩可以分爲狹義與廣義，定義如下：

> 狹義者，凡藉「酒」、或與酒相關的人、事、物，以引發作者的情志，且全詩以酒，或與酒相關的人、事、物爲主題、爲命題，「酒」成爲貫穿全詩脈理的最重要機杼者，是爲狹義的飲酒詩。
>
> 凡藉「酒」，或與酒相關的人、事、物，以觸發或抒解作者個人主觀的情志，因而創作詩篇者，是爲廣義的飲酒詩……其內容主題，未必全然以「酒」爲機杼，酒僅是作品中的一種素材，有時是引發作者感觸的媒介，有時則是作者比興的依託，但酒卻是經常慣性地依存在某類主題的詩作中，譬如送別、鄉愁等爲主題的詩中，大多有酒。〔註 16〕

由此可推論許育喬等研究者，係以廣義的研究角度選取酒詞，而「詠酒詞」則是屬於狹義的飲酒詞。其次，在廣義的飲酒詩、詞的範疇之中，上述論文僅以酒「字」或相關字出現與否，依此區別酒詞，實有失嚴謹。早於 2003 年，余瑞如《李白飲酒詩研究》提出判別原則，以爲詩題與酒無關，然作品內容與酒相關者，必須予以探析，如：〈襄

〔註 15〕許志彰：《晏殊酒詞研究》，頁 13。

〔註 16〕林淑桂：《唐代飲酒詩研究》（臺北：花木蘭文化出版社，2007 年 9 月），頁 7～9。

陽歌〉，詩題無酒字，詩云：「鸕鶿杓，鸚鵡杯，百年三萬六千日，一日須傾三百杯。遙看漢水鴨頭綠，恰似葡萄初醱醅。此江若變作春酒，壘麴便築糟丘臺。」反之，詩題、或作品內容出現酒字，然整首詩與酒事無涉，則必須予以割捨，如：〈贈汪倫〉，詩序云：「白遊涇縣桃花潭，村人汪倫常醞美酒以待白。」詩云：「李白乘舟將欲行，忽聞岸上踏歌聲。桃花潭水深千尺，不及汪倫送我情。」〔註 17〕繼之，黃郁棻於 2009 年發表《辛棄疾酒詞研究》亦云題序雖未表明與飲酒活動相關，然內容記錄飲酒活動，抑或藉由飲酒抒情言志等，此類詞篇必須納入論文探討範圍，反之，詞篇出現與飲酒相關的字眼，然整首詞並非涉及酒事者，必須捨之不論。〔註 18〕總之，宋代酒研究，並非專就通篇以酒爲主的「詠酒詞」，與宋代茶研究之詠茶詩有別；且廣義的飲酒詩、詞，仍必須以「內容」爲判定原則，而非僅就酒字或相關字的有無。

再者，以單一作家爲研究主題的論文，大抵依循類似的分析步驟，包括：上溯酒起源，如：猿猴說、儀狄說、杜康說；列舉歷代飲酒名人，述其舉止行爲、創作作品，以明酒與文人、文學、書畫之關係，勾勒文人飲酒史，如：阮籍、陶淵明、李白、張旭等；以及闡述時代背景、個人生平，進而探討作品內容與藝術特色。其中，「意象」頗受研究者關注，如：《東坡酒詩意象研究》、《東坡詞酒意象探析》，全文以意象爲主體，援引古今各家文學理論，透過歸納整理，成爲研究者自身對於意象理解的依據；抑或全文不以意象命題，而是視爲整體研究方向中的部分環節，如：黃郁棻論述辛棄疾酒詞的藝術特色，其中之一爲「意象鮮活」，許志彰同樣以「意象營造」一節，分析晏

〔註 17〕余瑞如：《李白飲酒詩研究》（彰化：彰化師範大學國文研究所國語文教學碩士班，2003 年），頁 8。
按：李白〈襄陽歌〉，清聖祖御定：《全唐詩》（北京：中華書局，1960 年 4 月），冊 5，卷 166，頁 1715。
李白〈贈汪倫〉，清聖祖御定：《全唐詩》，冊 5，卷 171，頁 1765。
〔註 18〕黃郁棻：《辛棄疾酒詞研究》，頁 9。

殊酒詞的藝術手法。關於飲酒文學，除單一作家作品分析之外，侯月嬌劃分北宋前期、後期，與南宋前期、後期，列舉范仲淹、晏殊、歐陽修、蘇軾、賀鑄、周邦彥、陸游、辛棄疾、姜夔等人之飲酒詩、詞，試圖將「飲酒」貫串於宋代詩、詞史，梳理其中的飲酒變化，可知隨著時局盛衰、個人遭逢等因素，飲酒詩、詞承載著複雜的情感；然而論述的對象實在過多，撰者僅能略舉一、二首詩詞爲例，難以詳盡周全，導致立意雖佳，卻著力不深。

其次，黃郁棻點明辛棄疾酒詞中的節日飲酒、飲酒種類、飲酒器具、佐酒菜餚，顯現飲酒詞的具體、客觀層面，而不囿於詞人的情感層面，自能有別於他人研究，其中，關於金銀酒器的闡述，最是吸引筆者留意，乃因曾撰寫〈宋詞與酒——以歐陽修酒詞爲例〉一文，同樣也述及飲酒器具材質。〔註 19〕黃郁棻引用陳偉明《唐宋飲食文化發展史》相關論述，以明宋代民間金銀酒器的普遍化，〔註 20〕並以辛棄疾酒詞爲例證，詞中出現金杯、金尊、金盞等，抑或玉質酒器，進而導引結語，云：「金銀酒器華麗耀眼，玉石酒器精緻高雅，融合了實用價值、地位象徵爲一體，反映當代崇尚奢華的風氣，能以如此精美的酒器細酌慢飲，實在是難得的樂事。」〔註 21〕然而文中同時分析辛棄疾酒詞中的飲酒種類，云：「稼軒酒詞中飲酒情形以『醅』、『醪』等濁酒類型最多。」〔註 22〕假使買得起金銀酒杯，卻僅能飲用濁酒，兩者豈不矛盾？歐陽修酒詞中的飲酒器具，亦常見與「金」字並列，

〔註 19〕鄭琇文：〈宋詞與酒——以歐陽修酒詞爲例〉，《中區中文研究所碩博士生論文集》（臺中：中興大學第 37 屆中區中文研究所碩博士論文研討會，2009 年），頁 1～18。

〔註 20〕陳偉明：《唐宋飲食文化發展史》云：「唐宋以前，金銀器具多爲觀賞或收藏之用，並沒有多少實用價值。而入唐以後，實用性金銀器具的出現越來越普遍……唐中葉以來，統治階級對於飲食器具的享受與要求，更趨於侈麗豪華，以表現至高無上的統治地位……宋代，一般民間使用貴金屬飲食器具更加明顯普及。」（臺北：臺灣學生書局，1995 年 5 月），頁 65～67。

〔註 21〕黃郁棻：《辛棄疾酒詞研究》，頁 116。

〔註 22〕同上註，頁 108。

如：金盞、金杯、金卮、金觴、金船、金甌，研討會評論人以爲「金」字僅能視作精美酒器的形容用語，與黃金製作無涉；筆者並不否定以「金」字形容酒器華美之寫作技巧運用，然金質酒器的實際使用與否，仍值得討論，而非僅以文學藝術判斷。

徐海榮主編《中國飲食史》論析宋代金銀酒器，引《東京夢華錄》、《武林舊事》等筆記資料爲證，可知無論官方、民間皆有使用者。〔註 23〕筆記資料反映宋代社會環境，再者，程民生《宋代物價研究》，闡述宋代黃金價格呈現上升趨勢，乃因上層奢侈之風漸起，下層起而仿效，北宋由每兩黃金 5 貫，提高至每兩 10 貫，至南宋更是上揚至每兩 30 貫，與漢代黃金每斤 10 貫相比，眞是天差地別；至於銀價，北宋由每兩 1 貫漲至 3 貫，南宋則是維持於 3 貫左右的平穩狀態；〔註 24〕藉由程民生對於金銀價格的探究，以現今出土的南宋連鎖

〔註 23〕徐海榮主編：《中國飲食史．宋代的飲食器具》，卷 4，頁 261～264。相關文獻，如：

孟元老《東京夢華錄．東角樓街巷》載：「南通一巷，謂之『界身』，並是金銀彩帛交易之所，屋宇雄壯，門面廣闊，望之森然，每一交易，動即千萬，駭人聞見。」

孟元老《東京夢華錄．宰執親王宗室百官入內上壽》載：「御筵酒盞皆屈卮，如菜盌樣，而有手把子。殿上純金，廊下純銀。」〔宋〕孟元老等著，中華書局上海編輯所編輯：《東京夢華錄外四種》（北京：中華書局，1962 年 5 月），《東京夢華錄》，卷 2、9，頁 14、55。

周密：《武林舊事．歌館》載：「前輩如賽觀音、孟家蟬、吳憐兒等甚多，皆以色藝冠一時，家甚華侈。近世目擊者，惟唐安安最號富盛，凡酒器、沙鑼、冰盆、火箱、妝合之類，悉以金銀爲之。」〔宋〕孟元老等著，中華書局上海編輯所編輯：《東京夢華錄外四種》，《武林舊事》，卷 6，頁 443。

按：《東京夢華錄外四種》，收錄孟元老《東京夢華錄》、灌圃耐得翁《都城紀勝》、西湖老人《西湖老人繁勝錄》、吳自牧《夢粱錄》、周密《武林舊事》，序云：「現在我們把這五種書，各選擇較善的版本，彙印在一起……另附校勘記，說明校訂的根據，並記錄各個版本的不同的字句，以供研究本書者的參考。」（頁 2）因此，本論文爲求閱讀、檢索的便利性，以此書爲參考書，不再各自分別引用。

〔註 24〕程民生：《宋代物價研究》（北京：人民出版社，2008 年 11 月），頁 265～284。

紋六角金盤爲例，重 188.872 克，〔註 25〕相當於 5 兩重，〔註 26〕推算於北宋價格介於 25～50 貫；六角形金杯，重 99 克，〔註 27〕相當於 2.5 兩重，於北宋價格介於 12.5 至 25 貫；菊花金盞重 124 克，〔註 28〕相當於 3.3 兩重，於北宋價格介於 16.5 至 33 貫，換言之，若要購買一副金杯盤，抑或金盞盤，估計需要花上 37.5 至 41.5 貫。

繼之，以歐陽修爲例，計算個人俸祿多寡，以推論其購買黃金酒器之可能性。在論述俸祿之前，首先了解宋代官制。北宋前期，《宋史・職官志》云：「其官人授受之別，則有官、有職、有差遣。官以寓祿秩、敘位著，職以待文學之選，而別爲差遣以治內外之事。」〔註 29〕官者，或稱本官、正官，以三省、六部等官名組成的本官階，如：六部尚書、侍郎，代表官階資級，與職務無關；差遣者，指官員實際擔任的職務，官名之前往往帶有判、知、提舉、提點等字，如：知制誥、參知政事；職者，《宋史・職官制》云：「宋朝庶官之外，別加職名，所以厲行義、文學之士。高以備顧問；其次與論議，典校讎。得之爲榮，選擇尤精。」〔註 30〕如：諸閣學士、直學士。官與差遣分

〔註 25〕 賀雲翱、邵磊：《中國金銀器》注云：「南宋連鎖紋六角金盤，高 1.6 釐米，底徑 13 釐米，口徑 17.6 釐米，重 188.872 克。1952 年安徽休寧朱晞顏夫婦合葬墓出土，現藏安徽省博物館。」（北京：中央編譯出版社，2008 年 3 月），頁 211。

〔註 26〕1 斤＝16 兩，1 斤＝600 克，因此，1 兩＝37.5 克。換算 188.872 克，相等於 5 兩。

〔註 27〕 賀雲翱、邵磊：《中國金銀器》注云：「南宋六角形金杯，高 5.5 釐米，口徑 9.1 釐米，足徑 4 釐米，重 99 克。1952 年安徽休寧朱晞顏夫婦合葬墓出土，現藏安徽省博物館。」頁 211。

〔註 28〕 揚之水：《奢華之色——宋元明金銀器研究》注云：「金菊花盞，四川彭州南宋金銀器窖藏，盞高 4.6 釐米，口徑 10.4 釐米，重 124 克。」（北京：中華書局，2011 年 1 月），卷 3，頁 42。

〔註 29〕〔元〕脫脫等撰，楊家駱主編：《新校本宋史并附編三種》（臺北：鼎文書局，1978 年 9 月），卷 161，頁 3768。

〔註 30〕〔元〕脫脫等撰，楊家駱主編：《新校本宋史并附編三種》，卷 162，

離，乃因宋太祖、太宗統一各國的過程中，留用大批各國舊官員，使這些官員保持官位，領取俸祿，但不掌握實權，僅對其中可靠者安排實際職務，同時對於宗室、外戚、勳舊也僅授予高官，優加俸祿，而不給實職，眞宗時便將這些措施加以制度化，形成一般官員具有「官」與「差遣」兩個頭銜，有的官員又加上「職」的頭銜。再者，除官（本官階）外，北宋前期沿襲唐制，保留散官階，屬附加性官銜，無關執掌與俸祿。由於官稱與實際職務分離，至宋神宗元豐五年（1082）改制，遂將原本的散官階名稱轉爲寄祿官階，用以決定本俸；又將本官階轉爲職事官名稱，落實執掌其職。〔註31〕

職官制度與俸祿制度，兩者關係密切，北宋前期，以官定本俸，宋仁宗嘉祐二年（1057）頒佈《嘉祐祿令》，自節度使以下分成 41 等，由最高 400 貫至最低 0.3 貫，俸錢之外，並有衣賜、祿粟，除本俸外，又依個人任職差異，補貼差遣添支、帶職添支、薪、炭、鹽、外任地方官補貼職田等。元豐改制，代之《元豐寄祿格》。以元豐改制前的歐陽修（1007～1075）而言，宋仁宗嘉祐五年（1060）七月，歐陽修上新修《唐書》，推賞轉禮部侍郎，九月兼翰林侍讀學士，〔註32〕此時俸祿屬《嘉祐祿令》41 等中的第 10 等，支領俸錢 55 貫、以及綾、絹等物，同時加上帶職添支錢 15 貫；嘉祐五年（1060）十一月拜樞密副使，〔註33〕俸祿爲第 3 等，可領俸錢 200 貫，以及祿粟、薪等物。〔註34〕因此，歐陽修俸祿所得，理應足以支出購買金質

頁 3818。

〔註31〕相關論述，參見：

楊志玖主編：《中國古代官制講座·複雜多變的宋朝官制》（臺北：萬卷樓圖書有限公司，1997 年 4 月），頁 290～291、324～325。

龔延明：《宋代官制辭典·宋代官制總論》（北京：中華書局，1997 年 4 月），頁 5～7。

〔註32〕林逸：《宋歐陽文忠公修年譜》（臺北：臺灣商務印書館，1980 年 6 月），頁 161、165。

〔註33〕同上註，頁 167。

〔註34〕相關論述，參見龔延明：《宋代官制辭典·宋代官制總論》，頁 41～43、704、705、714、716、719、720、721。

酒具，然同時又有另一種可能性，亦即經濟能力未必等同物質消費，換言之，歐陽修具備購買金質酒具的經濟能力，未必代表一定支出此項消費。此外，曾慥《高齋漫錄》載：「歐公作《王文正墓碑》，其子仲議、諫議送金酒盤盞十副、注子二把，作潤筆資。歐公辭不受，戲曰：『正欠捧者耳。』仲議即遣人如京師，用千緡買二侍女并獻。公納器物而卻仕女，答曰：『前言戲之耳。』蓋仲議初不知薛夫人嚴而不容，故也。」〔註 35〕此則記載或可視作歐陽修擁有金質酒具的參考資料。反觀辛棄疾酒詞，論文撰者僅以詞篇「金」字的出現，進而推論：「隨著商品經濟發展和市民階層的崛起，金銀材質的酒器爲社會普遍接受，呈現出世俗化的傾向。因此，在稼軒宴請賓客時也使用精美高貴的金銀玉石酒器，呈現宴客之盛況。」〔註 36〕如此思考未必周全，若能補足說明辛棄疾的經濟能力，方能明確判別詞篇中與「金」字相搭配的酒具，究竟屬於形容用語抑或實際材質。

綜上所述，首先釐清茶、酒研究論文於「取材定義」的差異，可知有廣義、狹義之區別，假使以「詠物」的標準來看待上述酒詩、酒詞研究，則會形成閱讀障礙。再者，《辛棄疾酒詞研究》提出「詞句出現金質酒器，等同代表詞人擁有金質酒器」的見解，仍有待商榷，理應補足更多實質證據，方可下定論，或可從黃金價格、個人俸祿等現實層面切入探討。此外，藉由閱讀一系列酒詩、酒詞論文，可知其分析步驟頗爲相似，甚至幾乎篇篇分析酒意象；研究者沿襲前人既定的研究模式進行撰述，本應無關對錯，至少不會犯下章節架構疏失，卻容易導致習以爲常，未能再提出個人的新見解。

按：元豐改制前後的各種俸祿類別，參見《宋史·職官志》，卷 171、172，又可參考龔延明：《宋代官制辭典》附錄俸祿表格，統整歸類，便於檢索。

〔註 35〕〔南宋〕曾慥：《高齋漫錄》（香港：迪志文化出版公司，2007 年《文淵閣四庫全書電子版》），頁 2。

〔註 36〕黃郁棻：《辛棄疾酒詞研究》，頁 186。

三、四時節令詞，飲食受關注

歷來宋代飲食研究，以宋詞爲研究範圍者，節令詞亦備受關注，自 1992 年起，王偉勇指導東吳大學中國文學研究所碩士生，逐步完成一系列節令詞研究，同時影響他校學生留意此一節令主題。相關論文如下：

（1）1992 年，《兩宋元宵詞研究》〔註 37〕
陶子珍（碩士），私立東吳大學中國文學研究所。

（2）1993 年，《兩宋上巳、寒食、清明詞研究》
張金蓮（碩士），私立東吳大學中國文學研究所。

（3）1994 年，《宋代節令詞研究》
廣重聖佐子（碩士），國立臺灣大學中國文學研究所。

（4）1995 年，《兩宋端午詞研究》
林幸蓉（碩士），私立東吳大學中國文學研究所。

（5）1996 年，《兩宋中秋詞研究》
曾淑姿（碩士），私立東吳大學中國文學研究所。

（6）1996 年，《兩宋七夕與重陽詞研究》
劉學燕（碩士），私立東吳大學中國文學研究所。

（7）2009 年，《兩宋元旦與除夕詞研究》
楊子聰（碩士），私立華梵大學東方人文思想研究所。

以上論文，幾乎涵蓋傳統重要節日。其中，陶子珍《兩宋元宵詞研究》可謂開其端，具導引之功，文中闡述元宵節起源、元宵詞反映之習尚、分析詞篇內容與寫作技巧，莫不成爲後輩依循的研究範式，以節令起源、風俗習尚、詞篇內容、寫作技巧爲論文綱要，且皆述及「節令飲食」，納入章節探討，視爲節令習俗活動之一。此外，許采甄《兩宋詠春詞研究》〔註 38〕論及詠春詞反映的立春風俗習尚，亦包含節令飲食；王偉勇並於 2010 年發表〈兩宋立春、除夕、元旦詞中所見之飲

〔註 37〕陶子珍碩士論文，並於 2006 年付梓出版，《兩宋元宵詞研究》（臺北：秀威資訊科技公司，2006 年 9 月）。

〔註 38〕許采甄：《兩宋詠春詞研究》（臺南：國立成功大學中國文學研究所碩士論文，2006 年）。

食文化〉，〔註 39〕分飲品、食品論之，探究飲食習俗之起源，及詞篇表現之意義。

綜觀上述論文，廣重聖佐子《宋代節令詞研究》試圖總括宋代節令詞，作一全盤研究，始自元旦，依序論及立春、人日、元宵、寒食、清明、上巳、端午、七夕、中秋、重九、冬至、除夕，然撰述較爲簡略。以節令飲食而言，廣重聖佐子先是引用《武林舊事》記載，以明元宵節令之飲食豐富多樣，但云：「《全宋詞》中唯有圓子入詞之例。」〔註 40〕殊不知元宵詞中尚有「芋郎」，以芋頭做成人形的食物，已見陶子珍論文闡釋；〔註 41〕又如：立春食春盤，常見於宋詞，廣重聖佐子引用《歲時廣記》記載，可知立春食春盤，最早可以追溯至東晉，用意在於「迎新」；〔註 42〕許采甄補充《本草綱目》、《漢唐飲食文化史》等古今資料，以明春盤係由五辛盤而來，兼有養生之效，且食材由原先五種辛菜，逐漸轉爲蘿蔔、蔬菜、豬肉等，時至宋代，《夢粱錄》、《都城紀勝》皆作「春餅」。〔註 43〕

此外，部分節令飲食則是有待商榷。首先，楊子聰《兩宋元旦與除夕詞研究》列舉多項應節食品，以絲雞、蠟燕而言，撰者未能引證相關宋代文獻，僅說道：「兩宋春節詞中見絲雞、蠟燕之例，唯有無名氏〈失調名〉：『曉日樓頭殘雪盡。乍破臘、風傳春信。彩燕絲雞，珠幡玉勝，并歸釵鬢。』」〔註 44〕（5-4645）此一敘述，反映撰者完全誤解彩燕、絲雞之意。依據梁・宗懍《荊楚歲時記》載：「立春之日，悉剪綵爲鷰以戴之……按：綵鷰，即合歡羅勝。」〔註 45〕「勝」

〔註 39〕王偉勇：〈兩宋立春、除夕、元旦詞中所見之飲食文化〉，《文學與文化》，第 1 期（2010 年），頁 70～80。

〔註 40〕廣重聖佐子：《宋代節令詞研究》，頁 166。

〔註 41〕陶子珍：《兩宋元宵詞研究》，頁 54～55。

〔註 42〕廣重聖佐子：《宋代節令詞研究》，頁 138。

〔註 43〕許采甄：《兩宋詠春詞研究》，頁 92。

〔註 44〕楊子聰：《兩宋元旦與除夕詞研究》，頁 46。

〔註 45〕〔梁〕宗懍：《荊楚歲時記》，藝文印書館編：《歲時習俗研究資料彙編》（臺北：藝文印書館，1970 年 12 月），冊 30，頁 15。

者，實爲裝飾品，《山海經・西山經》載：「西王母其狀如人，豹尾虎齒而善嘯，蓬髮戴勝。」郭璞注：「勝，玉勝也。」〔註 46〕《中國衣冠服飾大辭典》釋「勝」云：

> 以扁平的金片、玉片等材料雕琢而成，中部爲一圓體，上下兩端作對向梯形，使用時繫縛在簪釵之首，插於兩鬢，亦有用布帛製成者。名稱視質料而異，以金製成者稱「金勝」；以玉製成者，稱「玉勝」；以布製成者稱「織勝」；以綵帛等剪製成花朵者，稱「花勝」，像人形者爲「人勝」。舊傳初爲西王母所戴，有袪災避邪之用，人多效之。〔註 47〕

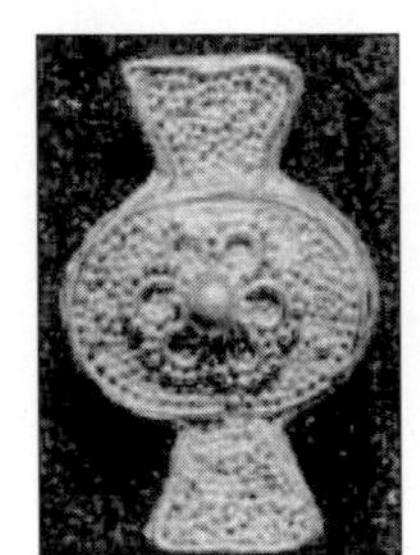

「勝」字之前，加上材質、樣式名稱，形成各種「勝」。「綵勝」即爲其一，《中國衣冠服飾大辭典》說道：「綵勝，亦作『彩勝』。以彩帛製成的『勝』……亦有剪制成飛燕、雞雉及旗幡等形狀者，考究者飾以珠翠。使用時繫縛在簪釵之首，插於兩鬢，或懸掛於腰間，表示迎春。多見於立春、端午及喜慶之日，男女均可飾之。」〔註 48〕因此，舉凡綵燕、綵雞，或作彩燕、彩雞，以彩帛絲織爲質料，剪裁成雞、燕形狀，或作頭飾，或爲服飾，皆與飲食無關。

再者，張金蓮《兩宋上巳、寒食、清明詞研究》列舉詞句，如：賀鑄〈木蘭花〉二首之二云：「紛紛花雨紅成陣。冷酒青梅寒食近。

按：王毓榮《荊楚歲時記校注》云：「《荊楚歲時記》各本均有注，即文中按語，傳爲隋朝杜公瞻作……杜公瞻乃杜蕤之子，杜臺卿之姪子……故杜公瞻注《荊楚歲時記》一書，多引用杜臺卿所撰之《玉燭寶典》。」（臺北：文津出版社，1988 年 8 月），頁 3～4。

〔註 46〕〔晉〕郭璞注：《山海經》（香港：迪志文化出版公司，2007 年《文淵閣四庫全書電子版》），卷 2，頁 15。

〔註 47〕周汛、高春明：《中國衣冠服飾大辭典》（上海：上海辭書出版社，1996 年 12 月），頁 409。

按：附圖，係湖南長沙漢墓出土之「金勝」，參見周汛、高春明：《中國服飾大辭典》，頁 409。

〔註 48〕周汛、高春明：《中國服飾大辭典》，頁 410。

漫將江水比閒愁，水盡江頭愁不盡。」(1-678) 柴望〈賀新郎〉(數過清明纔六日，欲暖未晴時候。) 云：「不妨旋摘枝頭有。喜青青、垂丸帶子，脆圓如豆。想是和羹消息近，報與醉翁太守。」(4-3835) 撰者因而推論「青梅」係上巳、寒食、清明的應時食品之一，且解釋「青梅」乃「青色的楊梅」。〔註49〕首先，就青梅是否爲節令食品而言，撰者並未引用相關文學、史籍、筆記等資料，以佐證嚐青梅於上巳、清明、寒食節令的食用典故、食用意義、食用歷史，換言之，上述詞人將「青梅」寫入詞中，理應出於景物描寫，藉以表示此時正是暮春三月，卻未必等同上巳、清明、寒食必定品嚐青梅，猶如端午食粽子、重陽飲菊花酒。其次，「青梅」與「青色的楊梅」，理應不可混爲一談。依據撰者引用柴望〈賀新郎〉描述枝頭有青梅，和羹消息近，「和羹」出自《尚書‧說命下》云：「若作和羹，爾惟鹽梅。」孔安國傳云：「鹽鹹梅醋，羹須鹹醋以和之。」〔註50〕青梅，係梅樹果實，亦即一般所謂梅子，《中國飲食辭典》釋「梅」，云：「早春開花，色有紅、白二種，白者初開時微帶綠色，稱『綠萼梅』。開花後生葉，果實味酸，立夏後熟；生者青色，稱『青梅』，熟者黃色，稱『黃梅』，古代用作調味品。」〔註51〕《中國飲食文化辭典》亦云：「初夏採收，未熟者青色，稱『青梅』，成熟者黃色，稱『黃梅』。味極酸，少量生食，多用作加工成蜜餞、果醬或漬酒等，可供藥用及飲料的烏梅，即未熟果的加工品。古時主要用作食物的酸味調料。」〔註52〕總之，梅子和羹調味，自古有之，引申爲輔佐君王的政治象徵，與楊梅無關。

　　此外，曾淑姿分析中秋節飲食，可知宋人喜於食用蟹、橙、鱸魚

〔註49〕張金蓮：《兩宋上巳、寒食、清明詞研究》，頁179。

〔註50〕〔漢〕孔安國傳、〔唐〕孔穎達疏、陸德明音義：《尚書》(臺北：臺灣商務印書館，1975年6月)，卷5，頁37。

〔註51〕楊吉成：《中國飲食辭典》(臺北：常春樹書坊，1989年6月)，頁205。

〔註52〕汪福寶、莊慶峰主編：《中國飲食文化辭典》，頁150。

鱠，〔註 53〕劉學燕分析重陽節飲食，亦可見蟹、橙、鱸魚鱠成爲桌上佳餚；〔註 54〕換言之，食用「蟹、橙、鱸魚鱠」，其實並非限定於中秋或重陽，究其根本，更可擴大歸類爲「季節性」食物。以「蟹」而言，秋蟹肥美，唐・陸龜蒙〈蟹志〉云：「蟹始窟穴於沮洳，秋冬交並大出。」〔註 55〕宋・傅肱《蟹譜》云：「秋冬之交，稻粱已足，各腹芒走江，俗呼爲樂蟹，最號肥美。」〔註 56〕其次，「鱸魚」於秋霜之際，最是美味，適宜製成乾鱠，《太平廣記》引《大業拾遺記》載吳郡進貢松江鱸魚鱠六瓶，作鱠法如下：

> 作鱠法，一同鮸魚，然作鱸魚鱠須八、九月霜降之時，收鱸魚三尺以下者作乾鱠。浸漬訖，布裹瀝水令盡，散置盤內，取香柔花葉，相間細切，和鱠撥令調勻。霜後鱸魚，肉白如霜，不腥，所謂「金虀玉鱠，東南之佳味」也。〔註 57〕

〔註 53〕曾淑姿：《兩宋中秋詞研究》，頁 64～65。

〔註 54〕劉學燕：《兩宋七夕與重陽詞研究》，頁 169～170。

〔註 55〕〔唐〕陸龜蒙：《笠澤叢書》（臺北：臺灣商務印書館，1974 年），卷 4，頁 11。

〔註 56〕〔宋〕傅肱：《蟹譜》（香港：迪志文化出版公司，2007 年《文淵閣四庫全書電子版》），卷上，頁 2。

〔註 57〕〔宋〕李昉等編：《太平廣記》（臺北：古新書局，1976 年 1 月），卷 234，頁 480。

按：

(1) 筆者實際翻閱顏師古《大業拾遺記》，未見此則記載，或推測《太平廣記》標記的書目有誤。史仲文主編：《中國文言小說百部經典》（北京：北京出版社，2000 年），冊 11，頁 3833～3838。

(2) 文中說道：「作鱠法，一同鮸魚」，關於「鮸魚鱠」，《太平廣記》同樣引自《大業拾遺記》，且較之鱸魚鱠，記載更爲詳細，云：「當五、六月盛熱之日，於海取得鮸魚。大者長四、五尺，鱗細而紫色，無細骨，不腥。捕得之，即去其皮骨，取其精肉縷切，隨成，隨曬三、四日，須極乾；以新白瓷瓶，未經水者盛之，密封泥，勿令風入，經五、六十日，不異新者。取啖之時，以布裹，大甕盛水漬之，三刻久，出，帶布瀝去水，則皦然，散至盤上，如新鱠無別。」〔宋〕李昉等編：《太平廣記》，卷 234，頁 480。

選擇恰當的時間製作鱸魚乾鱠，搭配適合的配料調味，令天子也爲之讚賞，「金虀玉鱠」、「東南佳味」，係語出隋煬帝。〔註58〕至於「橙」，《廣群芳譜》云：「晚熟耐久，大者如盌，經霜始熟。」〔註59〕橙亦可與蟹一同料理，《山家清供‧蟹釀橙》載：「橙用黃熟大者，截頂，剜去穰，留少液，以蟹膏肉實其內，仍以帶枝頂覆之。入小甑，用酒、醋、水蒸熟。用醋、鹽供食，香而鮮，使人有新酒菊花、香橙螃蟹之興。」〔註60〕凡此，反映古人順天應時的飲食之道，選擇當季食物，品嚐當下美味，可謂「順其自然」。其次，李時珍《本草綱目》釋「蟹」云：「鹹、寒，有小毒。」〔註61〕橙之於蟹，正能發揮去腥解毒之作用，《隨息居飲食譜》則說道：「橙皮，甘辛，利膈辟惡，化痰消食，析酲，止嘔醒胃、殺魚蟹毒。可以爲葅，可以伴虀，可以爲醬。」〔註62〕《蟹略‧蟹虀》載：「吳人虀橙全濟蟹腥。」〔註63〕因此，以橙配蟹，在享用美味的同時，又能符合醫食同源。

現今人們或許不甚明白節令的起源發展，卻不忘在特定節令，食用屬於該節令的食品，可見「飲食」爲節令活動中不可缺少之一環，成爲眾人對於各個節令的第一印象。綜觀宋代節令詞研究，廣重聖佐子一書，屬綜論性質，總括宋詞中的十二個節令，有別於他者以單一、

〔註58〕〔唐〕馮贄：《雲仙雜記》載：「吳郡進貢松江鱸魚，煬帝曰：『金虀玉鱠，東南之佳味也。』」（香港：迪志文化出版公司，2007年《文淵閣四庫全書電子版》），卷10，頁7。

〔註59〕〔清〕汪灝等撰：《廣群芳譜》（臺北：新文豐出版公司，1970年10月），卷65〈果譜‧橙〉，頁3599。

〔註60〕〔宋〕林洪：《山家清供》，卷上，楊家駱編：《藝術叢編》（臺北：世界書局，1992年3月），第1集《飲饌譜錄》，頁16。

〔註61〕〔明〕李時珍：《本草綱目》，卷45〈介之一〉，頁1404。

〔註62〕〔清〕王士雄撰，周三金注釋：《隨息居飲食譜》（北京：中國商業出版社，1985年8月），頁73。

〔註63〕〔宋〕高似孫：《蟹略》（香港：迪志文化出版公司，2007年《文淵閣四庫全書電子版》），卷3，頁8。
按：「虀」者，同「齏」，即細切的醬菜。楊吉成：《中國飲食辭典》，頁729。

或二至三個節令詞爲論文主題。再者，部分撰者論述有待商榷，明顯錯誤者，如：作爲頭飾或腰間裝飾的「絲雞」、「蠟燕」，楊子聰誤以爲可以食用，張金蓮則誤將青梅等同「青色的楊梅」。此外，中秋詞、重陽詞皆可見食用蟹、橙、鱸魚鱠，可知就自然生長因素而論，此乃宋人順天應時的飲食之道。

四、專就人物論，集中於蘇軾

以宋代茶、酒爲研究主題者，尤以蘇軾詩、詞、文最受關注，包括黃信榮《蘇軾茶文學研究》、林麗玲《蘇軾詠茶詩研究》、廖怡甄《東坡酒詩意象研究——以黃州、惠州、儋州詩作爲研究中心》、許育喬《東坡詞酒意象探析》；石韶華《宋代詠茶詩研究》、呂瑞萍《宋代詠茶詞研究》亦以蘇軾爲詠茶文人代表之一。若將研究範圍予以調整，「蘇軾」仍是宋代飲食研究的焦點，相關論文如下：

（1）2006 年，《北宋文人的飲食書寫——以詩歌爲例的考察》〔註 64〕
陳素貞（博士），私立東海大學中國文學系博士班。

（2）2010 年，《蘇軾飲食書寫研究》
周亞青（碩士），國立高雄師範大學國文教學碩士班。

（3）2011 年，《中國傳統養生——以北宋蘇軾爲例》
林馨儀（碩士），國立成功大學歷史學系碩士班。

《北宋文人的飲食書寫——以詩歌爲例的考察》，首章〈緒論〉表明選材原則，其一，「不以形式命題爲義界，而以主題內容爲指涉」；〔註 65〕其二，「『飲食』一事雖涵蓋了以五穀雜糧爲主的『飯』，與米酒漿汁的『飲』，惟「飯」偏向於飽肚需求的農政事宜，而茶、酒等飲事，對於文人來說，則往往蘊含了時代與個人的特殊符碼，且前人

〔註 64〕陳素貞於 2006 年完成學位論文，於 2007 年付梓出版。本論文以 2007 年版本爲依據，陳素貞：《北宋文人的飲食書寫——以詩歌爲例的考察》（臺北：大安出版社，2007 年 6 月）。

〔註 65〕同上註，頁 6。

論述已多，因此本文不再特別論述。」〔註66〕何謂蘊含時代與個人特殊符碼的茶、酒詩？撰者並未多加解釋，然確定的是，由於茶、酒的研究成果豐富，撰者遂將研究視野拓展至茶、酒之外。再者，以人而言，全書探究的對象眾多，包含王禹偁、歐陽修、梅堯臣、蘇軾、黃庭堅、李剛等人詩歌作品，其中，專列一章探討蘇軾，名爲〈蘇軾的飲食美學〉；〔註67〕撰者依據蘇軾宦遊遷謫各地，將其一生的飲食經驗，分爲「眉荊、開封與東西京」、「江淮兩浙」、「黃州僻壤」、「嶺南窮荒」四大空間區域。文中不僅詳列蘇軾於南北各地的種種飲食，更重視闡明詩歌作品反映的蘇軾飲食觀，節錄如下：

> 蘇軾對於任何食物都抱持著一種熱切品嚐與眞誠愉悅的心……由於食之不易，使得蘇軾異域飲食少有排斥。
>
> 由於歷經牢獄生死之關，加以遷貶境困，尤其是到了黃州之後，蘇軾對於宇宙萬物反而有了近一層的體悟，對於飲食之所殺，往往含著一種由「我」及「物」的悲憫新，因此，「戒殺」的意念也特別強烈。
>
> 到了晚年，蘇軾的口味越來越淡，尤其在嶺南，詩文中已絕少述及當地盛名的海鮮特產……除了因爲患難悲憫所致的戒殺意念外，更重要的，還有艱困的環境與現實的生理問題。〔註68〕

蘇軾安於現實經濟、自然環境所能提供的食材，並不刻意挑選食物；然由於歷經烏臺詩案的生死交關，使得自己有了「設身處地」的聯想，又加上蘇軾身染痔疾，轉而重視蔬食、口味趨於清淡、著重養生。

繼之，2010年，周亞青發表《蘇軾飲食書寫研究》，在文本取材方面，較少關注宋詞，如：第四章之第三節〈蔬果類的飲食書寫〉，以「荔枝」而言，共述及〈次韻曾仲錫承議食蜜漬生荔支〉、〈再次韻

〔註66〕同上註，頁7。

〔註67〕陳素貞：《北宋文人的飲食書寫——以詩歌爲例的考察》，第四章〈蘇軾的飲食美學〉，頁147～293。

〔註68〕同上註，頁235～243。

曾仲錫荔支〉、〈次韻劉燾撫勾荔支〉、〈四月十一日初食荔支〉、〈食荔支二首并引、〈荔支嘆〉、〈廉州龍眼，質味殊絕，可敵荔支〉、〈荔支龍眼說〉，偏向眾人較爲熟知的蘇軾荔枝詩、文；〔註 69〕在章節安排方面，第二章、第三章再次闡述蘇軾茶、酒作品，相較於已經發表的蘇軾茶、酒研究論文，不免顯得學術研究意義薄弱。再者，文中專列〈蘇軾飲食書寫的精神內涵〉一章，其中，撰者提出蘇軾具有「惜生戒殺」、「節欲養生」的飲食觀，所論大抵與陳素貞見解一致，又補充說明蘇軾戒殺，但並非完全茹素，云：「〈禪戲頌〉一文：『已熟之肉，無復活理，投在東坡無礙羹釜中，有何不可。問天下禪和子，且道是肉是素？喫得是喫不得是？大奇大奇，一盌羹，勘破天下禪和子。』……他的戒殺，是一種自我的主動選擇，若該物非因『我』而被殺害，則並不違背他戒殺的選擇。」〔註 70〕至於 2011 年，林馨儀發表《中國傳統養生——以北宋蘇軾爲例》，「飲食養生」僅佔論文其中一節，區分飲、食二類，舉凡蔬食爲主、簡單烹調、以藥材搭配飲食等，皆可見於上述二本論文；較爲特別者，引證詩、文，歸納蘇軾的「四季飲食養生」，如：春食韭菜、棕筍，夏食綠豆、薏苡，秋食菊花、蜂蜜，冬食薑等。〔註 71〕

蘇軾之外，黃庭堅、陸游飲食詩亦受關注。以黃庭堅而言，廖羽屏發表《黃山谷詠茶詩探析》，限定於「茶」；陳素貞則納入論文章節〈蘇門詩友的飲食觀〉之中，名爲〈臨淵不羨魚的蔬素人生——黃庭堅〉。〔註 72〕陳素貞以黃庭堅於元豐七年（1081），年四十歲，撰〈發願文〉爲時間分界，一一列舉詩篇，闡述前後飲食的改變，云：「黃庭堅的飲食生活，大致以〈發願文〉爲嶺，之前飲食葷酒不忌，之後

〔註 69〕周亞青：《蘇軾飲食書寫研究》，頁 107～111。

〔註 70〕同上註，頁 139～140。

〔註 71〕蘇軾飲食養生，林馨儀：《中國傳統養生——以北宋蘇軾爲例》，第四章之第一節〈蘇軾的飲食起居〉，頁 39～56。

〔註 72〕陳素貞：《北宋文人的飲食書寫——以詩歌爲例的考察》，第五章之第一節〈臨淵不羨魚的蔬素人生——黃庭堅〉，頁 297～345。

則戒葷斷酒，直到紹聖元年（1094）以後，黔戎宜州的流貶期，才稍復酒肉。」〔註 73〕撰者又進而黃庭堅探究〈士大夫食時五觀〉一文與飲食詩之間的關連，以為黃庭堅食素除受佛家影響之外，同時亦體現儒家簡約的生活態度，實踐於飲食生活。〔註 74〕至於陸游飲食作品，前有徐佩霞於 2009 年發表《陸游茶詩探究》，闡述陸游茶詩中的茶器、茶藝、茶俗等，並進而探析陸游茶詩寄寓的個人情志，包括安貧樂道的儒者風範、隨緣任運的豁達態度；後有汪育正於 2011 年發表《從《劍南詩稿》論陸游的飲食生活》，〔註 75〕以區域、養生、飲品為三大研究方向，具體說明詩篇中的各種飲食，以區域而言，分為江南、蜀地美食，如：鱸魚、韭黃等；養生類，則為食粥、食蔬；飲品類，即茶與酒。

綜上所述，研究者秉持學術拓荒者之精神，探究蘇軾、黃庭堅、陸游在茶、酒詩之外的飲食書寫。除著眼於蘇軾，且皆以宋詩為研究領域，相對而言，反映宋詞的飲食書寫研究，仍有待開展。

第二節　專書與期刊

本節以飲食專書、單篇期刊為主，透過研究成果，反映三點特色，亦即宋代飲食文化，備受關注；藉由飲食文化書籍，可以補充了解宋代飲食詞；以及單篇期刊論文，已經留意果物詩文作品。

一、論飲食文化，宋代為焦點

以專書而言，撰者主要依循歷史發展脈絡，徐海榮主編《中國飲食史》屬套書，共 6 卷，上溯原始時期，直至晚清民初，貫串古今；其中，關於宋代飲食研究，分為食物原料生產、食物加工、食品

〔註 73〕同上註，頁 299。

〔註 74〕同上註，頁 332～335。

〔註 75〕汪育正：《從《劍南詩稿》論陸游的飲食生活》（臺北：私立東吳大學歷史學系碩士班碩士論文，2011 年）。

烹飪、飲料、飲食器具、飲食風尚和禮俗、飲食業、中外飲食文化交流、飲食思想與理論，可說是包羅廣博，〔註 76〕其次，單冊發行者，如：

王學泰：《中國飲食文化史》，桂林：廣西師範大學出版社，2006 年 9 月。

趙榮光：《中國飲食文化史》，上海：上海人民出版社，2006 年 10 月。

姚偉鈞：《中國飲食禮俗與文化史論》，武漢：華中師範大學出版社，2008 年 8 月。

王學泰全書分爲蒙昧、萌芽、昌明、昌盛時代，自史前橫跨明清，或論食器、茶酒、調味等；且著重文學與文化之關係，以唐詩、宋詩文、《金瓶梅》、《西遊記》、《紅樓夢》爲文本，探析其中透顯的士大夫、市井、宗教、貴族之飲食文化，以宋代而言，人們喜愛素食，崇尚自然本味。〔註 77〕趙榮光一書，論及酒文化、茶文化等起源與發展，以及論述士大夫飲食文化特徵，表現於注重儉德節欲、養生適口、格調情趣，蘇軾、黃庭堅即爲代表。〔註 78〕姚偉鈞一書，依時代先後爲序，起於商周，終至清代，分章論述，除元代飲食未見專章討論；關於宋代飲食文化，專就「宮廷飲食」，分爲「宮廷食俗特色」與「宮廷飲宴禮儀」兩方面。〔註 79〕以宮廷食俗特色而言，呈現南食、北食互相交融，形成多元交匯的飲食局面，包括其一，豐富多樣的麵食和點心製作；其二，嗜食羊肉；其三，南宋時，南食比例增大，水產品比例上升；其四，上位者經常派人到宮外買佳餚，足見當時京城飲食業的

〔註 76〕徐海榮主編：《中國飲食史》（北京：華夏出版社，1999 年 10 月），卷 4，頁 4～403。

〔註 77〕王學泰：《中國飲食文化史》（桂林：廣西師範大學出版社，2006 年 9 月），頁 138。

〔註 78〕趙榮光：《中國飲食文化史》（上海：上海人民出版社，2006 年 10 月），頁 88。

〔註 79〕姚偉鈞：《中國飲食禮俗與文化史論》（武漢：華中師範大學出版社，2008 年 8 月），頁 146～156。

繁盛。至於宮廷飲宴禮儀，作者以爲透過場面盛大、講究禮制的的宮廷宴會，正是展現皇室權威性的最佳場合。

再者，專就唐宋時期而論者，如：

陳偉明：《唐宋飲食文化發展史》，臺北：臺灣學生書局，1995 年 5 月。

劉樸兵：《唐宋飲食文化比較研究》，北京：中國社會科學出版社，2010 年 11 月。

陳偉明早於 1990 年發表單篇論文〈唐宋時期飲食業發展初探〉，以飲食業的發展變化、經營類型、服務層次、經營特色爲內容；〔註 80〕繼之，於 1995 年發表專書《唐宋飲食文化發展史》，撰者提出「飲食文化」亦即「飲食活動」與「食品加工」。就飲食活動而言，包括吃了些什麼？因此，述及主食、果食、肉食、蔬食，飲食活動更可與審美感受結合，如：食餚烹調在色、香、味、形、名的各種變化、飲食器具在類別、材質、造型、紋飾各方面的特色，皆可見唐宋飲食不只是一種烹飪技藝、不只是塡飽肚子的生理需求，也具有美感追求。〔註 81〕劉樸兵比較唐與宋，抑或兩宋之間，述及食品、飲品、飲食業、飲食習俗、飲食文化交流、飲食美學、飲食養生學。以飲食養生學而言，唐代流行服食金石及辟穀，宋代轉爲重視日常飲食養生。〔註 82〕

至於期刊方面，如：侯彥喜〈宋代飲食文化初探〉，〔註 83〕定義飲食文化，係「包含食物、飲食器具、食品的加工方法及烹飪技術、飲食方式、食物營養學研究，以及以飲食爲基礎的哲學、倫理、禮儀、

〔註 80〕陳偉明：〈唐宋時期飲食業發展初探〉，《暨南學報》（哲學社會科學版），第 3 期（1990 年），頁 56～64。

〔註 81〕陳偉明：《唐宋飲食文化發展史》（臺北：臺灣學生書局，1995 年 5 月），頁 1～39、57～85。

〔註 82〕劉樸兵：《唐宋飲食文化比較研究》（北京：中國社會科學出版社，2010 年 11 月），頁 461～573。

〔註 83〕侯彥喜：〈宋代飲食文化初探〉，《開封大學學報》，第 18 卷第 1 期（2004 年 3 月），頁 13～18。

習俗、心理、文學、藝術等的總稱。」〔註84〕遂以宮廷御膳、都市飲食、飲食文學、酒風茶事、節令飲食爲焦點，予以探討。劉樸兵〈略論唐宋飲食文化的差異〉，〔註85〕分析唐人深受胡風影響，飲食文化顯得豪邁粗獷，不拘小節，沾蒜齏食餅，抽雪刃割肉；相對而言，宋代飲食文化顯得品類細化，種類眾多，且小巧精緻，餘者又見貴族化、平民化、自然經濟、市場經濟等比較，相關論點亦收錄於上述專書《唐宋飲食文化比較研究》。陳文華〈宋元明清時期的飲食文化〉，〔註86〕下探元明清，以爲宋代及其之後的飲食文化，無論就食經著作、飲食行業、烹飪技術、食品種類等，皆有明顯之發展，堪稱鼎盛時期。

綜上所述，以飲食史、飲食文化史、飲食文化比較爲研究視角之專書、期刊，對於宋代飲食文化之關注，多有所得。

二、論湯與熟水，闡述已周全

除茶、酒之外，宋詞中又有湯、熟水此類飲料，呂瑞萍《宋代詠茶詞研究》於「選材原則」說明中，提出凡與茶事相關者，如：詠湯、詠熟水者，亦納入參考。〔註87〕就詞篇彙整而言，論文附錄表格列出8首湯詞，熟水詞則完全未收錄，〔註88〕頗令人不解，乃因撰者於論文章節中，分析「熟水」用途，說道：「作用就如朱彧所謂『湯』的

〔註84〕侯彥喜：〈宋代飲食文化初探〉，頁13。

〔註85〕劉樸兵：〈略論唐宋飲食文化的差異〉，《殷都學刊》，2008年（第3期），頁50～54。

〔註86〕陳文華：〈宋元明清時期的飲食文化〉，《南寧職業技術學院學報》，第10卷第4期（2005年10月），頁12～17。

〔註87〕呂瑞萍《宋代詠茶詞研究》，第一章〈緒論〉，頁9。

〔註88〕附錄湯詞，計有黃庭堅〈好事近・湯詞〉（首句：歌罷酒闌時）、王安中〈小重山・湯〉（首句：舉金猊多炷香）、周紫芝〈攤破浣溪沙・湯詞〉（首句：門外青驄月下嘶）、王千秋〈醉蓬萊・送湯〉（首句：正歌塵驚夜）、曹冠〈朝中措・湯〉（首句：更闌月影轉瑤臺）、李處全〈柳梢青・湯〉（首句：餘甘齒頰）、程垓〈朝中措・湯詞〉（首句：龍團分罷覺芳滋）、吳文英〈杏花天・詠湯〉（首句：蠻薑豆蔻相思味），共8首，參見呂瑞萍：《宋代詠茶詞研究》，頁344～347。

作用是一樣的，是茶、酒之後，透過一杯溫溫熱熱的熟水，淡淡地洗淨了五臟六腑的煩悶事，帶點反璞歸眞的深刻意涵，符合宋人內省質樸的思想歸趨。」〔註 89〕並以揚無咎〔註 90〕〈朝中措・熟水〉、〈清平樂・熟水〉爲例，卻未見附錄表格收錄該詞篇。因此，運用網路展書讀重新檢索全宋詞，共得湯詞 19 首、熟水詞 9 首，見附表 2-1、2-2，以資參考。

湯詞、熟水詞終究並非呂瑞萍的論文重心，但至少開始關注相關詞篇，足見撰者具有相當的研究敏銳度，相較之下，黃杰《宋詞與民俗》論及宴飲民俗，分析深入。首先，依據朱彧《萍洲可談》載：「今世俗客至啜茶，去則啜湯。湯取藥材甘香者屑之，或溫或涼，未有不用甘草者，此俗遍天下。」〔註 91〕黃杰指出「程珌、程垓、黃庭

〔註 89〕呂瑞萍：《宋代詠茶詞研究》，第三章〈宋代詠茶詞中具代表性的詞人〉，頁 111。

〔註 90〕揚無咎，或作楊無咎，或云字無咎，或云字補之，歷來不一，討論者眾，如：夏文彥《圖繪寶鑑》卷四：「揚補之，字無咎，號逃禪老人，南昌人也。祖漢子雲，其書姓從扌不從木。」李慈銘《越縵堂讀書記》：「古人楊揚通用。揚州之揚本作楊，通作揚，亦作陽，揚雄之揚，本同楊。唐以前用雄事，無作揚者。」《全宋詞》編者唐圭璋，於〈讀詞四記〉提出更正，云：「揚無咎，字補之，自號逃禪老人，又號清夷長者。江西清江人。流寓南昌。宋高宗時，秦檜當權，無咎恥於依附，屢徵不起。善畫墨梅，亦以詞名，有《逃禪詞》傳世。無咎爲漢揚雄之後，其姓當作揚。但宋陳振孫《直齋書錄解題》、宋董史《皇宋書錄》皆誤作楊……《全宋詞》誤從舊說作楊，當改作揚。」吳熊和主編《唐宋詞彙評・兩宋卷》亦從其說，改「楊」爲「揚」。因此，本文依循唐、吳之說，一律作「揚無咎，字補之」。參見：

〔元〕夏文彥：《圖繪寶鑑》（臺北：臺灣商務印書館，1956 年），頁 71。

〔清〕李慈銘：《越縵堂讀書記》（臺北：世界書局，1975 年 7 月），頁 1281。

唐圭璋：《詞學論叢》（臺北：宏業書局，1988 年 9 月），頁 701。

吳熊和主編：《唐宋詞彙評・兩宋卷》（杭州：浙江教育出版社，2004 年 12 月），冊 2，頁 1707。

〔註 91〕〔宋〕朱彧：《萍洲可談》，卷 1，朱易安、傅璇琮等主編：《全宋筆

堅、李處全、曹冠、揚無咎、周紫芝、吳文英等人，既作茶詞，又作湯詞，且往往在同一調下分詠茶與湯，是爲同一組詞……據詞意，同調茶詞與湯詞很可能作於同一次宴會，一般飲茶與飲湯都處於飲酒之後，有解酒之意，且飲湯總是後於飲茶。飲茶意在留客，飲湯意在送客。」〔註92〕茶詞與湯詞，抑或茶詞與熟水詞，共同構成一組詞篇。此外，關於詞篇判別，蘇軾〈浣溪沙·紹聖元年十月十三日與程鄉令侯晉叔、歸善簿譚汲遊大雲寺。野飲松下，設松黃湯，作此闋。余家近釀酒。名之曰「萬家春」。蓋嶺南萬戶酒也。〉〔註93〕云：「羅襪空飛洛浦塵。錦袍不見謫仙人。攜壺藉草亦天眞。　玉粉輕黃千歲藥，雪花浮動萬家春。醉歸江路野梅新。」（1-409）黃杰以爲「松黃湯」實爲酒名，而非湯品，〔註94〕卻未說明持論理由；《蘇軾詞編年校註》註解詞題「松黃湯」，引用《唐新修本草》云：「松花，名松黃。拂取似蒲黃，正爾酒服輕身。」〔註95〕又引用蘇軾〈十拍子〉云：「玉粉旋烹茶乳，金虀新擣橙香。」（1-381）以及《廣志》云：「千歲老松子，色黃白，味似栗，可食。」〔註96〕進而釋意云：「此句謂品茶、飲酒、服食松子，是養生輕身之千歲良藥。」〔註97〕詞題釋作松花，詞句又云松子，恐模糊不清。依據明·李時珍《本草綱目》確實說道：「松花，別名松黃，甘、溫、無毒。潤心肺，益氣，除風止血，亦可

記》（鄭州：大象出版社，2006年1月），第2編，冊6，頁131。

〔註92〕黃杰：《宋詞與民俗》（北京：商務印書館，2005年12月），頁224～226。

〔註93〕關於「詞題」，《全宋詞》與《蘇軾詞編年校註》互有出入，且《全宋詞》缺「余家近釀酒」以下文句，茲依據《蘇軾詞編年校註》爲準。鄒同慶、王宗堂：《蘇軾詞編年校註》（北京：中華書局，2002年9月），頁747。

〔註94〕黃杰：《宋詞與民俗》，頁239。

〔註95〕〔唐〕蘇敬等撰，尚志鈞輯校：《唐新修本草》（合肥：安徽省科學技術出版社，1981年3月），卷12〈草木部上品〉，頁302。

〔註96〕〔晉〕郭義恭：《廣志》，卷上，引自新興書局編：《筆記小說大觀》（臺北：新興書局，1984年8月），第19編，第1冊，頁151。

〔註97〕鄒同慶、王宗堂：《蘇軾詞編年校註》，頁749。

醲酒。」〔註 98〕酒服之外，宋・蘇頌《本草圖經》也說道：「其花上黃粉，名松黃，山人及時拂取，作湯點之，甚佳。但不堪停久，故鮮用寄遠。」〔註 99〕因此，反觀蘇軾詞題，萬家春爲酒名，爲作者親釀，用以補充說明前述「野飲松下」的所飲之物；且正好飲於松下，或藉此機會，拂取松花黃粉，製作新鮮的松黃湯，或將花粉灑入萬家春中，立即調成充滿花香的長生藥酒，配合本首詞最後一句，可知松花湯傾向爲酒，方符合不醉不歸之意，因此，理應不屬於湯詞，且與松子關係不大。

相較於呂瑞萍所謂湯、熟水予人反璞歸眞之感，黃杰則是著重探討實際保建效用，如：引用黃庭堅〈煎茶賦〉云：「寒中瘠氣，莫甚於茶」，〔註 100〕由此可知飲湯後於飲茶之箇中道理。再者，朱彧記載湯品必定加入甘草，其作用甚廣，唐愼微《證類本草》云：「味甘，平，無毒。主五臟六腑寒熱邪氣，堅筋骨、長肌肉……通經脈、利血氣、解百藥毒。爲九土之精，安和七十二種石，一千二百種草。久服輕身延年。」〔註 101〕甘草具有養生保健之效，又能與各種藥草並用，可說是扮演湯品中不可或缺的最佳配角；黃杰針對湯詞、熟水詞中的各類藥材，檢索本草藥書，如：李清照〈攤破浣溪沙〉云：「病起蕭蕭兩鬢華。臥看殘月上窗紗。豆蔻連梢煎熟水，莫分茶。」（2-1210）藉由唐愼微《證類本草》云：「白豆蔻，味辛，大溫，無毒。主積冷氣、止吐逆、反胃、消穀下氣。」〔註 102〕如此自可明白李清照選擇

〔註 98〕〔明〕李時珍：《本草綱目》（臺北：鼎文書局，1973 年 9 月），卷 34〈木之一〉，頁 1099。

〔註 99〕〔宋〕蘇頌撰，尚志鈞輯校：《本草圖經》（合肥：安徽科學技術出版社，1994 年 5 月），卷 10〈木部上品〉，頁 327。

〔註 100〕曾棗莊、劉琳主編：《全宋文》（上海：上海辭書出版社，2006 年 8 月），冊 104，頁 239。

〔註 101〕〔宋〕唐愼微撰、曹孝忠校、寇宗奭衍義：《證類本草》（上海：上海古籍出版社，1991 年 4 月），卷 6，頁 232。

〔註 102〕〔宋〕唐愼微撰、曹孝忠校、寇宗奭衍義：《證類本草》，卷 9，頁 458。

荳蔻熟水，理應與其身染疾病有關，亦反映除了宴飲場合，湯、熟水同時應用於日常家居生活。

劉樸兵《唐宋飲食文化比較研究》主要針對湯、熟水進行歷史性的考察。〔註 103〕黃杰、劉樸兵皆認同「熟水」即「湯」之異名，劉樸兵進而闡述此類飲料又可稱爲「飲子」，並隨著時代演變，由上層宮廷轉向普及民間，由節日特定轉向日常飲用，且宋人習慣將飲子稱爲湯，種類更是繁多。其次，劉樸兵引用《南窗紀談》云：「蓋客坐既久，恐其語多傷氣，故其欲去則飲以爲湯。」〔註 104〕以此解釋「客至啜茶，去則啜湯」之用意。又藉由筆記、史料的記載，分析先茶後湯的順序，隨著時、空演變，也有所更動，如：遼、宋相反，朱彧《萍州可談》載：「先公使遼，遼人相見，其俗先點湯，後點茶。」〔註 105〕南宋之際，也有變異，袁文《甕牖閑評》云：「古人客來點茶，茶罷點湯，此常禮也。近世則不然，客至點茶與湯，客主皆虛盞，已極好笑。而公廳之上，主人則有少湯，客邊盡是空盞，本欲行禮而反失禮，此尤可笑。」〔註 106〕劉樸兵對此提出若干解釋，如：「或許起源於不速之客的來臨，主人來不及備茶制湯，爲不失禮節而擺上茶具或湯具，這時的茶具或湯具只是禮節的一種象徵。久而久之，人們遂把接待不速之客的這種非常之禮，視爲待客的常禮了。」〔註 107〕正因爲「習以爲常」，自然也就「見怪不怪」。

〔註 103〕劉樸兵：《唐宋飲食文化比較研究》，頁 263～269。

〔註 104〕〔宋〕撰人不詳：《南窗紀談》（北京：中華書局，1985 年），頁 19。按：劉樸兵原書註釋，註引〔宋〕范鎮：《東齋記事》，然筆者實際翻閱該書，卻未見記載；又見徐海榮主編《中國飲食史》，註引《南窗紀談》，理應以此爲是。
劉樸兵：《唐宋飲食文化比較研究》，頁 267；徐海榮主編：《中國飲食史》，頁 227。

〔註 105〕〔宋〕朱彧：《萍洲可談》，卷 1，朱易安、傅璇琮等主編：《全宋筆記》，第 2 編，冊 6，頁 131。

〔註 106〕〔南宋〕袁文：《甕牖閑評》（北京：中華書局，1985 年），卷 6，頁 56。

〔註 107〕劉樸兵：《唐宋飲食文化比較研究》，頁 269。

綜上所述，呂瑞萍、黃杰、劉樸兵分別由各種層面論析湯、熟水，或論文學寫作、或論養生保健、或論禮俗演變，豐富了湯詞、熟水詞研究的完整性；筆者於此補充呼應黃杰所論「松黃湯」爲酒名，而非湯品，以及重新檢索、整理湯詞、熟水詞的詳細詞篇，以消解呂瑞萍研究論文中的矛盾之處。

三、論飲食詩文，重視果物類

飲食文學屬於飲食文化之一環，除茶、酒、節令爲主的飲食詩、文、詞之外，針對果物作品予以探討者，多見於單篇期刊。如：

張效民：〈荔枝與荔枝文化〉，《深圳職業技術學院學報》，第 2 期（2006 年），頁 54～59。

余曉容：〈楊貴妃能吃上新鮮荔枝〉，《語文教學之友》，第 12 期（2010 年），頁 33。

高婧：〈唐代櫻桃文化〉，《農業考古》，第 1 期（2008 年），頁 177～182。

張效民闡述荔枝品種、進貢、詩文，且推崇藉由荔枝寫作表達社會批判之作品；余曉容引杜甫詩與食品保鮮方法相互印證，推論楊貴妃能吃上新鮮荔枝，提供解讀杜甫詩的另一角度；高婧以詩、文爲主，兼及史料、筆記，探析呈現的櫻桃文化。此類果物研究，對照臺灣方面，如；

劉昭明、李一宏：〈蘇軾論檳榔之形貌、藥理與吃檳榔的後遺症——〈食檳榔〉詩析探〉，《中醫典籍學報》，第 1 期（1998 年），頁 95～107。

李英華：〈白髮永無懷橘日，六年怊悵荔支紅——漫談黃庭堅詩中的荔枝〉，《國文天地》，第 17 卷第 9 期（2002 年 2 月），頁 61～64。

張蜀蕙：〈北宋文人飲食書寫的南方經驗〉，《淡江中文學報》，第 14 期（2006 年 6 月），頁 135～173。

劉昭明：〈引物連類、直斥本朝昏君佞臣——蘇軾〈荔支歎〉

的諷刺、典範與創意〉，《文與哲》，第 9 期（2006 年 12 月），頁 263～336。

劉昭明、李一宏參考《南方草木狀》、《本草綱目》、筆記、史料等，進而可得蘇軾擬物入微，且所述檳榔之療效，皆符合醫學，而食檳榔之後的不適，則令其痛苦不已。李英華藉由黃庭堅仕宦際遇，對應荔枝詩的寫作時間，進而明瞭食用者的飲食感受，並非僅僅來自食物本身。再者，劉昭明論蘇軾〈荔支歎〉著力甚深，全文篇幅多達 70 餘頁，以詩、文、史互證的研究方式，闡明蘇軾荔枝詩之寫作內容與技巧。張蜀蕙以梅堯臣、歐陽修、蔡襄、蘇軾、黃庭堅的詩文作品爲主，分析文人筆下的南食經驗、物與人之關係，所食者包括荔枝、柑、橘、茶等代表南方的食物。

綜上所述，以果物爲題材的飲食詩文，學術界已經對此有所研究，在前人的開拓下，提供研究方法的借鑒，以及顯現研究範疇的侷限，亦即仍以詩、文爲主。

小　結

在了解宋代飲食文學研究之後，進而確定自身論文的研究範圍，亦即不再將茶、酒、湯、熟水、節令詞納入探討，乃因相關研究成果已經趨於完整，爲求建立論文研究的學術價值，理應開拓前人未論及之處。再者，以果物爲題材的飲食詩文，學術界已經對此有所重視，藉由研究成果，可知述及果物之文學作品，反映食用方式、飲食風尚、作者情感投射、現實批判等，然而未見關於果物詞之探討，未能了解實際寫作表現，正是有待填補此一研究空白。其次，在撰述過程中，啓發個人對於部分論題有所思考，並試圖解決疑惑，如：辨明絲雞、蠟燕、青梅；食蟹、橙、鱸魚鱠反映的飲食之道。總之，本章〈研究現況與探討〉，不僅回顧宋代飲食文學研究，並符合章節標目「探討」二字，以及從而訂定研究範圍。

第三章　宋詞飲食書寫的發展背景

構成飲食書寫的基本元素，一爲「物」，係指被描寫的對象，亦即食品；一爲「人」，亦即作者，決定作品的呈現。本章闡述宋詞飲食書寫的發展背景，分別以運輸網絡、譜錄撰述爲切入點，前者欲透過運輸體系，探究飲食商品流通，以明當代飲食消費，換言之，以社會環境爲論述角度，著重於「物」；後者藉由飲食譜錄，分析其中記載的飲食現象、個人的飲食主張，因此，論述焦點仍不離「物」，並著眼於「人」如何看待食品，及其影響性。

第一節　運輸網絡與飲食流通

從舌尖到筆尖，假使沒有經過眞正品嚐，何以流露切實的感受？因此，進而思考作品中的食物如何而來？或購自市場、或他人贈送等；飲食與整體社會有何關聯？或滿足上位者享受、或成爲商品消費等。本節以「運輸網絡與飲食流通」爲題，欲探討「交通」與「飲食」之關係，且以「史」架構論述的章節主幹，分爲隋唐、北宋、南宋，乃因宋代的交通運輸體系，並非一時建立，實奠基於前朝；且隋唐、北宋、南宋中央都城所在地不同，亦影響交通運輸體系。本節前半部份以運輸網絡的建立爲論述焦點，後半部份則著重闡述飲食新鮮原料、或加工製品，經由運輸網絡的運送，所呈現的產銷發展。

一、隋唐建都長安，洛陽轉運不便

交通運輸系統的重要性，在於便利物資運送往來，或上貢朝廷，或供給市場，成爲城市發展的必要條件。隋代建都長安，〔註 1〕隋文帝面對「時天下戶口激增，京輔及三河，地少而人眾，衣食不給。」〔註 2〕的問題，採取一系列解決方法，包括開皇三年（583）廣設糧倉、募人運米，《隋書・食貨志》記載：

> 開皇三年，朝廷以京師倉廩尚虛，議爲水旱之備，於是詔於蒲、陝、虢、熊、伊、洛、鄭、懷、邵、衛、汴、許、汝等水次十三州，置募運米丁。又於衛州置黎陽倉，洛州置河陽倉，陝州置常平倉，華州置廣通倉，轉相灌注。漕關東及汾、晉之粟，以給京師。又遣倉部侍郎韋瓚，向蒲、陝以東，募人能於洛陽運米四十石，經砥柱之險，達於常平者，免其征戍。〔註 3〕

〔註 1〕隋都長安，與漢長安故城不同。《隋書・高祖紀》記載隋文帝下詔興建新都，云：「（開皇二年六月）丙申，詔曰：『此城從漢，凋殘日久，屢爲戰場，舊經喪亂……龍首山川原秀麗，卉物滋阜，卜食相土，宜建都邑，定鼎之基永固，無窮之業在斯。公私府宅，規模遠近，營構資費，隨事條奏。』仍詔左僕射高熲、將作大匠劉龍、鉅鹿郡公賀婁子幹、太府少卿高龍叉等創造新都……（十二月）丙子，名新都曰大興城……三年春正月庚子，將入新都，大赦天下。」〔唐〕魏徵等撰，楊家駱主編：《新校本隋書附索引》（臺北：鼎文書局，1987 年 5 月），卷 1，頁 18。

《元和郡縣圖志・關內道一》云：「隋開皇三年，自長安故城遷都龍首川，即今都城是也……龍首山，在（長安）縣北一十里，長六十里，頭入渭水，尾達樊川。」〔唐〕李吉甫撰，賀次君點校：《元和郡縣圖志》（北京：中華書局，1983 年 6 月），卷 1，頁 1、5。

〔註 2〕〔唐〕魏徵等撰，楊家駱主編：《新校本隋書附索引》，卷 24〈食貨志〉，頁 682。

〔註 3〕同上註，頁 683。

關於十三州，蒲州屬河東郡；陝州、熊州、洛州，屬河南郡；虢州，屬弘農郡；伊州、汝州屬襄城郡：鄭州、汴州屬滎陽郡；懷州，屬河內郡；邵州，屬絳郡；衛州，屬汲郡；許州，屬潁川郡。對照〈隋時期中心區域圖〉，此圖係以大業八年（612）爲準，以圖中弘農、河東、絳郡、河南、襄城、滎陽諸郡位置而言，大抵可知十三州以

砥柱，即砥（底）柱山，或稱三門山、三門峽，酈道元《水經注》云：「砥柱，山名也，昔禹治洪水，山陵當水者鑿之，故破山以通河，河水分流，包山而過，山見水中若柱然，故曰砥柱也。三穿既決，水流疏分，指狀表目，亦謂之三門也。」〔註 4〕李繁《鄴侯家傳》亦云：「河流如激箭，三門常有波浪，每日不能進一二百船。觸一暗石，即船碎如末，流入漩渦中，更不復見。」〔註 5〕由於三門至險，又改爲利用與黃河平行的陸道，以避開三門，再轉爲水運，《隋書・食貨志》記載：「發自小平（今河南孟津縣西北），陸運至陝，還從河水，入於渭川。」〔註 6〕陸運不比水運便捷，其中東殽至西殽一段，險峻無比，東殽「峻阜絕澗，車不得方軌」，西殽「全是石坂十二里，險絕不異東殽」，〔註 7〕再者，「渭川水力，大小無常，流淺沙深，即成阻

圍繞黃河流域爲主。〔唐〕魏徵等撰，楊家駱主編：《新校本隋書附索引》，卷 30，頁 834～849。

按：引文下方附有位置概略圖，與引文可以相互對照。左圖，剪裁自戴均良等編：《中國古今地名大詞典》（上海：上海辭書出版社，2005 年 7 月），附錄〈中國歷史地圖・隋時期中心區域圖〉，無標示頁碼。右圖，剪裁自白逸琦：《隋唐帝國的興盛與衰微》（臺中：好讀出版社，2003 年 10 月），〈隋代建設圖〉，頁 58。

〔註 4〕〔北魏〕酈道元：《水經注》（香港：迪志文化出版公司，2007 年《文淵閣四庫全書電子版》），卷 4，頁 28。

〔註 5〕〔唐〕李繁：《鄴侯家傳》散佚，因此，參見〔宋〕曾慥：《類說・鄴侯家傳・門匠》（香港：迪志文化出版公司，2007 年《文淵閣四庫全書電子版》），卷 2，頁 13。

〔註 6〕〔唐〕魏徵等撰，楊家駱主編：《新校本隋書附索引》，卷 24，頁 683。

〔註 7〕〔唐〕李吉甫撰，賀次君點校：《元和郡縣圖志・河南道一》，卷 5，頁 142。

閿。」〔註8〕因此，開皇四年（584）六月，隋文帝下詔引渭水，自大興城往東至潼關，鑿廣通渠；開皇五年（585），設置義倉，以備不時之需；開皇七年（587），又於揚州開山陽瀆，以通運漕。〔註9〕然而即使針對糧食運輸、儲存加以改善，一旦遭遇水旱，只能下令百姓往關東就食，甚至隋文帝與官員也必須前往洛陽就食，〔註10〕足見運輸網絡之影響性。

仁壽四年（604）七月，高祖崩，隋煬帝繼位，實施徹底解決之道。首先，下詔昭示洛陽的重要性：

> 然洛邑自古之都，王畿之內，天地之所合，陰陽之所和。控以三河，固以四塞，水陸通，貢賦等。故漢祖曰：「吾行天下多矣，唯見洛陽。」自古皇王，何嘗不留意，所不都者蓋有由焉。或以九州未一，或以困其府庫，作洛之制所

按：關於陸運運輸，參見史念海：《中國史地論稿（河山集）·〈三門峽與古代漕運〉》（臺北：弘文館出版社，1986年1月），頁256。

〔註8〕〔唐〕魏徵等撰，楊家駱主編：《新校本隋書附索引·食貨志》，卷24，頁683。

〔註9〕《隋書·食貨志》載：「（開皇四年六月）於是命宇文愷率水工鑿渠，引渭水，自大興城東至潼關，三百餘里，名曰廣通渠。轉運通利關內賴之。諸州水旱凶饑之處，亦便開倉賑給……（開皇五年五月）於是奏令諸州百姓及軍人，勸課當社，共立義倉。收穫之日，隨其所得，勸課出粟及麥，於當社造倉窖貯之。即委社司，執帳檢校，每年收積，勿使損敗。若時或不熟，當社有饑饉者，即以此穀賑給。」《隋書·高祖紀》載：「（開皇四年六月）壬子，自渭達河以通運漕……（開皇七年四月）庚戌，於揚州開山陽瀆，以通運漕。」
〔唐〕魏徵等撰，楊家駱主編：《新校本隋書附索引》，卷1〈高祖紀〉、卷24〈食貨志〉，頁21、25、684。

〔註10〕《隋書·食貨志》載：「（開皇五年）其後關中連年大旱，而青、兗、汴、許、曹、亳、陳、仁、譙、豫、鄭、洛、伊、潁、邳等州大水，百姓饑饉……又發故城中周代舊粟，賤糶與人。買牛驢六千餘頭，分給尤貧者，令往關東就食。其遭水旱之州，皆免其年租賦。」
《隋書·高祖紀》記載：「（開皇四年九月）甲戌，駕幸洛陽，關內饑也……（開皇十四年）八月辛未，關中大旱，人飢。上率戶口就食於洛陽。」
〔唐〕魏徵等撰，楊家駱主編：《新校本隋書附索引》，卷1〈高祖紀〉、卷24〈食貨志〉，頁22、39、684。

以未暇也。我有隋之始，便欲創茲懷、洛，日復一日，越暨於今。念茲在茲，興言感哽！朕肅膺寶曆，纂臨萬邦，遵而不失，心奉先志。今者漢王諒悖逆，毒被山東，遂使州縣或淪非所。此由關河懸遠，兵不赴急，加以并州移户復在河南。周遷殷人，意在於此。況復南服遐遠，東夏殷大，因機順動，今也其時。〔註11〕

基於地理形勢、經濟效益、軍力調派三大要素，洛陽成爲新興都城的最佳選擇。大業元年（605）三月下詔營建東京，隨之開鑿通濟渠、邗溝，《隋書．煬帝紀》載：「（大業元年三月，605）辛亥，發河南諸郡男女百餘萬，開通濟渠、邗溝，自西苑引穀、洛水達於河，自板渚（今河南滎陽東北）引河通於淮。」〔註12〕《資治通鑑．隋紀四》云：「辛亥……又發淮南民十餘萬開邗溝，自山陽（今江蘇淮安）至揚子（隋屬江都郡，今江蘇儀徵）入江。渠廣四十步，渠旁皆築御道，樹以柳。」〔註13〕開鑿邗溝，具有「此後世運道直徑之始也」〔註14〕的重大意義，同年八月，煬帝即利用此河道遊幸江都（今江蘇揚州）；〔註15〕繼之，大業四年（608）正月建永濟渠，《隋書．煬帝紀》載：

〔註11〕〔唐〕魏徵等撰，楊家駱主編：《新校本隋書附索引．煬帝紀》，卷3，頁61。

〔註12〕同上註，卷3，頁63。

〔註13〕〔宋〕司馬光撰，〔元〕胡三省注：《資治通鑑．隋紀四》（臺北：金川出版社，1979年1月），卷180，頁5618～5619。
按：關於「邗溝」，相關隋代運河地圖或標示「邗溝」，或標示「山陽瀆」，潘鏞：《隋唐時期的運河和漕運》考證云：「隋文帝開皇七年（587）所開的山陽瀆，是繞道射陽湖的吳邗溝故道……隋煬帝大業元年（605）所開的邗溝，是循漢．陳登所開的邗溝直道，與隋文帝不同。當時這兩條水道都是通航的，並未廢棄，只是大業所開的邗溝是直道，所以航船多取直道。」因此，可知各家若持邗溝即山陽瀆者，則標示山陽瀆；反之，若持兩條路線不同者，則標示邗溝。潘鏞：《隋唐時期的運河和漕運》（西安：三秦出版社，出版年月不詳），頁38。

〔註14〕〔清〕顧炎武：《天下郡國利病書．淮安》（上海：上海書店，1985年9月），冊10，頁9。

〔註15〕《隋書．煬帝紀》載：「（大業元年）八月壬寅，上御龍舟，幸江都

「四年春正月乙巳，詔發河北諸郡男女百餘萬開永濟渠，引沁水南達於河，北通涿郡（今北京）。」〔註 16〕又於大業六年（610）十二月建江南運河，《資治通鑑・隋紀五》載：「敕穿江南河，自京口（今江蘇鎮江）至餘杭（今浙江杭州），八百餘里，廣十餘丈，使可通龍舟。並置驛宮草頓，欲東巡會稽。」〔註 17〕至此，正式完成北至涿郡，南至餘杭的運河體系。（運河路徑，參見圖 3-1〈隋代運河圖〉）。隋煬帝勞役人民，建立運河大業，實則多用於個人遊幸或軍事討伐，〔註 18〕不顧民生，導致民心思變，此後不到十年時間就亡國，因此，眞正受

（今江蘇揚州）。以左武衛大將軍郭衍爲前軍，右武衛大將軍李景爲後軍。文武官五品以上給樓船，九品以上給黃篾。舳艫相接，二百餘里。」〔唐〕魏徵等撰，楊家駱主編：《新校本隋書附索引》，卷 3，頁 65。

〔註 16〕同上註，卷 3，頁 70。

〔註 17〕〔宋〕司馬光撰，〔元〕胡三省注：《資治通鑑・隋紀五》，卷 181，頁 5652。

〔註 18〕關於遊幸，《隋書・煬帝紀》載：「（大業六年）三月癸亥，幸江都宮。甲子，以鴻臚卿史祥爲左驍衛大將軍。夏四月丁未，宴江淮以南父老，頒賜各有差……（大業七年）二月己未，上升釣臺，臨揚子津，大宴百僚，頒賜各有差……（大業十二年秋七月）甲子，幸江都宮……奉信郎崔民象以盜賊充斥，於建國門上表，諫不宜巡幸。上大怒，先解其頤，乃斬之。戊辰，馮翊人孫華自號總管，舉兵爲盜。高涼通守洗珤徹舉兵作亂，嶺南溪洞多應之……奉信郎王愛仁以盜賊日盛，諫上請還西京。上怒，斬之而行。」〔唐〕魏徵等撰，楊家駱主編：《新校本隋書附索引・煬帝紀》，卷 3、4，頁 75、90～91。

關於征高麗：《隋書・煬帝紀》載：「（大業七年二月）乙亥，上自江都御龍舟入通濟渠，遂幸於涿郡。壬午，詔曰：『武有七德，先之以安民。政有六本，興之以教義。高麗高元，虧失藩禮，將欲問罪遼左，恢宣勝略。』……夏四月，至涿郡之臨朔宮……八年春正月，大軍集於涿郡……總一百一十三萬三千八百，號二百萬，其餽運者倍之。癸未，第一軍發，終四十日，引師乃盡，旌旗亘千里。近古出師之盛，未之有也……（大業十年）三月壬子，行幸涿郡。癸亥，次臨渝宮，親御戎服，禡祭黃帝，斬叛軍者以釁鼓。」〔唐〕魏徵等撰，楊家駱主編：《新校本隋書附索引・煬帝紀》，卷 3、4，頁 75～76、79～82、87。

運河影響民生者，當屬唐、宋。

隋唐皆建都長安，「長安雖據形勢，而漕運艱難」，〔註19〕因此，洛陽成為重要的轉運中心，隋代運河為後世建立整體運輸路線，尤其通濟渠、邗溝、江南運河，貫穿黃河、淮水、長江，幾乎形成一條直達路徑，便捷物資運送，增進經濟效益。然而有利，相對有弊，到了新朝代，則必須面對新、舊運輸問題。《新唐書・食貨志》記載：「唐都長安，而關中號稱沃野，然其土地狹，所出不足以給京師，備水旱，故常轉漕東南之粟。高祖、太宗之時，用物有節而易贍，水陸漕運，歲不過二十萬石，故漕事簡。自高宗以後，歲益增多，而功利繁興，民亦罹其弊矣。」〔註20〕就洛陽以東而言，唐代重點工作在於疏浚，比如：唐代稱「汴渠」，即隋代通濟渠，〔註21〕渠首連接黃河，含泥沙量較大，容易淤塞，一旦堰口阻塞，黃河水無法引入渠道，漕運就會中斷，唐初「每年正月發近縣丁男，塞長茭，決沮淤。」〔註22〕又如：由山陽至揚子入於長江，同樣由於泥沙淤積的原因，唐代揚子以南已經不能行船，漕船必須繞道瓜步（今江蘇儀徵東），且「多為風濤之所漂損」，唐玄宗開元二十六年（738），潤州（今江蘇鎮江）刺史齊澣於今揚子橋到瓜洲鎮〔註23〕之間，「開伊婁河二十五里，即達

〔註19〕〔明〕陳建：〈建都論〉云：「建都之要，一形勢險固、二漕運便利、三居中而應四方，必三者備而後可以言建都。長安雖據形勢，而漕運艱難。」收錄於〔明〕陳子壯：《昭代經濟言》（北京：中華書局，1985年），卷9，頁194。

〔註20〕〔宋〕歐陽修、宋祁等撰，楊家駱主編：《新校本新唐書附索引》（臺北：鼎文書局，1979年2月），卷53，頁1365。

〔註21〕《元和郡縣圖志・河南道一》云：「汴渠，在縣（唐河陰縣，隋屬滎陽郡）南二百五十步，亦名莨蕩渠。禹塞滎澤，開渠以通淮、泗。後漢初，汴河決壞，明帝永平中命王景修渠築堤，十里立一水門，令更相注洄，無復潰漏之患。自宋武北征之後，復皆堙塞。隋煬帝大業元年更令開導，名通濟渠。」〔唐〕李吉甫撰，賀次君點校：《元和郡縣圖志》，卷5，頁137。

〔註22〕《舊唐書・劉晏傳》，〔後晉〕劉昫等撰，楊家駱主編：《新校本舊唐書附索引》（臺北：鼎文書局，1979年2月），卷123，頁3513。

〔註23〕瓜洲鎮，〔清〕繆荃孫云：「蓋揚子江之沙磧也，狀如瓜子，遙接揚

揚子縣。自是免漂損之災。」〔註 24〕既保證行船的安全，又節省時間和運費。再者，南方江淮物資若要運抵洛陽，必須等待各個流域水量到達適宜行船的程度，《新唐書·食貨志》載唐玄宗開元十八年（730），裴耀卿上奏云：「江南戶口多，而無征防之役。然送租、庸、調物，以歲二月至揚州入斗門，四月以後，始渡淮入汴，常苦水淺，六七月乃至河口（汴水與黃河分流之處），而河水方漲，須八九月水落始得上河入洛，而漕路多梗，船檣阻隘。江南之人，不習河事，轉雇河師水手，重爲勞費。其得行日少，阻滯日多。」〔註 25〕既浪費時間，又花費金錢。等到物資終於運抵洛陽，面對洛陽以西的路段，又有不同的難關；若由陸運則運費昂貴，「陸運至陝，纔三百里，率兩斛計傭錢千」；若由水運，則有「三門底柱之險」。〔註 26〕開元二十一年（733），裴耀卿再度上奏解決之道，《新唐書・食貨志》記云：

> 二十一年，耀卿爲京兆尹，京師雨水，穀踊貴，玄宗將幸東都，復問耀卿漕事，耀卿因請「罷陝陸運，而置倉河口，使江南漕舟至河口者，輸粟於倉而去，縣官雇舟以分入河、洛。置倉三門東西，漕舟輸其東倉，而陸運以輸西倉，復以舟漕，以避三門之水險。」玄宗以爲然。乃於河陰（今

子渡口，自開元以來漸爲南北襟喉之地。」〔清〕繆荃孫《元和郡縣圖志闕卷逸文・淮南道》，卷 2，參見〔唐〕李吉甫撰，賀次君點校：《元和郡縣圖志・附錄》，頁 1072。

〔註 24〕《舊唐書・齊澣傳》，〔後晉〕劉昫等撰，楊家駱主編：《新校本舊唐書附索引》，卷 190，頁 5038。
按：關於唐代運河疏浚，參考潘鏞：《隋唐時期的運河和漕運》，頁 52、55；安作璋主編：《中國運河文化史》（濟南：山東教育出版社，2001 年 9 月），頁 309。

〔註 25〕〔宋〕歐陽修、宋祁等撰，楊家駱主編：《新校本新唐書附索引・食貨志》，卷 53，頁 1366。

〔註 26〕《新唐書・食貨志》載：「初，江淮漕租米至東都輸含嘉倉，以車或馱陸運至陝。而水行來遠，多風波覆溺之患，其失嘗十七八，故其率一斛得八斗爲成勞。而陸運至陝，纔三百里，率兩斛計傭錢千。民送租者，皆有水陸之直，而河有三門底柱之險。」〔宋〕歐陽修、宋祁等撰，楊家駱主編：《新校本新唐書附索引》，卷 53，頁 1365。

> 河南滎陽東北）置河陰倉，河清（今河南孟縣西南）置柏崖倉，三門東置集津倉，西置鹽倉，鑿山十八里以陸運。自江、淮漕者，皆輸河陰倉，自河陰西至太原倉，謂之北運，自太原倉浮渭以實關中。〔註 27〕

江淮物資運抵河陰倉，船隻即可返回，不必再花費時間等待黃河水退，也無須因爲不懂黃河水性，再花費金錢雇請河師水手；繼之，縣官雇用舟船繼續運送，入黃河、洛陽；至洛陽後，爲求避開砥柱之險，先行水運至三門東倉（集津倉），再藉由鑿山開道十八里，陸運至三門西倉（鹽倉）；〔註 28〕最終再由舟船運至太原倉，水通即運，水細便止，〔註 29〕由黃河入渭水，以實關中。利用轉運方式，確實獲得一時成效，卻由於三門路程仍然艱難，遂於開元二十五年（737）廢止，〔註 30〕其後包括李齊物鑿運渠〔註 31〕、李泌重新修整陸道，〔註 32〕皆未必稱得上眞正克服三門砥柱之險。〔註 33〕抵達終點長安之前的最

〔註 27〕〔宋〕歐陽修、宋祁等撰，楊家駱主編：《新校本新唐書附索引》，卷 53，頁 1366。

〔註 28〕《新唐書・食貨志》所謂「鑿山十八里以陸運」，另《新唐書・裴耀卿傳》敘述更爲詳細，云：「三門迫險，則旁河鑿山，以開車道，運十數里，西倉受之。」〔宋〕歐陽修、宋祁等撰，楊家駱主編：《新校本新唐書附索引》，卷 127，頁 4453。

〔註 29〕〔唐〕杜佑撰，王文錦等點校：《通典・食貨》云：「每運置倉，即搬下貯納。水通即運，水細便止。漸至太原倉，泝河入渭，更無停留，所省巨萬。」（北京：中華書局，1988 年 12 月），卷 10，頁 223。

〔註 30〕《新唐書・食貨志》載：「及耀卿罷相，北運頗艱，米歲至京師纔百萬石。二十五年，遂罷北運。」〔宋〕歐陽修、宋祁等撰，楊家駱主編：《新校本新唐書附索引》，卷 53，頁 1367。

〔註 31〕〔唐〕杜佑撰，王文錦等點校：《通典・食貨》載唐玄宗開元二十九年（741）：「陝州刺史李齊物避三門河路急峻，於其北鑿石渠通運船，爲漫流，河泥旋塡淤塞，不可漕而止。」卷 10，頁 223～224。

〔註 32〕〔宋〕司馬光撰，〔元〕胡三省注：《資治通鑑・唐紀四十八》載唐德宗貞元二年（786）：「陝州水陸運使李泌奏：『自集津至三門，鑿山開車道十八里，以避底柱之險。』是月道成。」卷 232，頁 7468。

〔註 33〕潘鏞以爲唐德宗貞元二年之後，主要沿著李泌所闢陸道，然三門砥柱之險，終唐之世仍未嘗克服；安作璋等亦指出整個唐代三門運道，一直是漕運中的一大難關，雖幾經整治，也曾取得成效，但都未能

後一段路程，係由太原倉至長安，然原先隋文帝建立的廣通渠，到了唐初，由於泥沙淤積，已經不便使用，僅能以牛車運送至長安，無法滿足高宗之後對於大量物資的需求，因此，唐玄宗天寶二年（743），韋堅於渭水之南開鑿一條與渭水平行的漕渠，西起長安禁苑之西，引渭水東流，橫斷屬南北流向的灞水、滻水，東至永豐倉與渭水匯合；渠成後，又在長安望春樓下鑿廣運潭，以通漕舟，如此船運可以直至長安，不必再用牛車運送。然而這條渠道由於受到灞水、滻水盛夏暴漲水流沖擊，逐漸難以維繫，〔註 34〕直至唐文宗時，韓遼自咸陽至潼關疏「興成堰」，減除車輓之勞，關中賴其利〔註 35〕（部分地理位置圖，參見圖 3-2〈唐代漕運與三門峽圖〉）。總之，唐代深知交通運輸的重要性，嘗試許多改善方式，成效卻未必永久。

綜觀隋唐，以軍事防備爲考量，選擇以長安爲首都，然有得則有失。面對農業耕地不足、人口增加，致使糧食供需失衡的民生困境，隋煬帝爲此建構大運河運輸體系，試圖藉由南糧北送，解決北方糧食

解決根本問題。潘鏞：《隋唐時期的運河和漕運》，頁 61，安作璋主編：《中國運河文化史》，頁 307。

〔註 34〕《新唐書・食貨志》載：「乃絕灞、滻，並渭而東，至永豐倉與渭合。又於長樂坡瀕苑牆鑿潭於望春樓下，以聚漕舟。堅因使諸舟各揭其郡名，陳其土地所產寶貨諸奇物於栿上……天子望見大悅，賜其潭名曰廣運潭。」〔宋〕歐陽修、宋祁等撰，楊家駱主編：《新校本新唐書附索引》，卷 53，頁 1367。

《通典・食貨》載唐玄宗天寶三年（744）：「左常侍兼陝州刺史韋堅開漕河，自苑西引渭水，因古渠至華陰入渭，引永豐倉及三門倉米以給京師，名曰廣運潭。以堅爲天下轉運使。灞、滻二水會於漕渠，每夏大雨，輒皆填淤。大曆之後，漸不通舟。」〔唐〕杜佑撰，王文錦等點校：《通典》，卷 10，頁 224。

〔註 35〕《新唐書・食貨志》載「（唐文宗）開成元年（836）：「秦、漢時故漕興成堰，東達永豐倉，咸陽縣令韓遼請疏之，自咸陽抵潼關三百里，可以罷車輓之勞……堰成，罷輓車之牛以供農耕，關中賴其利。」〔宋〕歐陽修、宋祁等撰，楊家駱主編：《新校本新唐書附索引》，卷 53，頁 1371。

按：關於太原倉至長安，除了參見古籍，亦參考潘鏞：《隋唐時期的運河和漕運》，頁 60～62；安作璋主編：《中國運河文化史》，頁 301。

不足，亦導引南方發展；唐代繼而代之，雖具備大運河運輸體系，仍必須依賴洛陽轉運，過程艱險，再加上安史亂後，藩鎮割據，烽火連天，長安、洛陽終究成爲殘破古城。

二、北宋建都開封，近取汴渠之利

唐代建都長安雖受轉運之苦，然就整體運輸路線，汴渠仍發揮經濟效益，唐代李吉甫《元和郡縣圖志》論汴渠之利，云：「自揚、益、湘南至交、廣、閩中等州，公家運漕，私行商旅，舳艫相繼。隋氏作之雖勞，後代實受其利焉。」〔註36〕汴渠不僅成爲運輸要道，更是決定宋代建都開封的關鍵主因。宋代之前，五代後梁、後唐、後晉、後漢、後周，除後唐外，皆建都汴州，〔註37〕其中，後梁太祖朱溫原屬黃巢軍，後又降唐，唐僖宗予以重用，封爲宣武軍節度使，〔註38〕《舊唐書・地理志》載：「宣武軍節度使，治汴州，管汴、宋、亳、潁四州。」〔註39〕開平元年（907），朱溫即位，下詔云：「古者興王之地，

〔註36〕〔唐〕李吉甫撰，賀次君點校：《元和郡縣圖志》，卷5，頁137。

〔註37〕《新五代史・職方考》云：「汴州，唐故曰宣武軍。梁以汴州爲開封府，建爲東都。後唐滅梁，復爲宣武軍。晉天福三年，升爲東京。漢、周因之。」〔宋〕歐陽修等撰，楊家駱主編：《新校本新五代史并附編二種》（臺北：鼎文書局，1979年2月），卷60，頁737。

〔註38〕《舊五代史・梁書・太祖紀》云：「二年二月（唐僖宗中和二年，882），巢以帝爲同州防禦使，使自攻取。帝乃自丹州南行，以擊左馮翊，拔之，遂據其郡。時河中節度使王重榮屯兵數萬，糾合諸侯，以圖興復。帝時與之鄰封，屢爲重榮所敗，遂請濟師於巢。表章十上，爲僞左軍使孟楷所蔽，不達。又聞巢軍勢蹙，諸校離心，帝知其必敗。九月，帝遂與左右定計，斬僞監軍使嚴實，重榮即日飛章上奏，時僖宗在蜀，覽表而喜曰：「是天賜予也。」乃詔授帝左金吾衛大將軍，充河中行營副招討使，仍賜名全忠……三年三月，僖宗制授帝宣武軍節度使……七月丁卯，入於梁苑。是時帝年三十有二……時汴、宋連年阻饑，公私俱困，帑廩皆虛，外爲大敵所攻，內則驕軍難制，交鋒接戰，日甚一日。人皆危之，惟帝銳氣益振。」〔宋〕薛居正等撰、楊家駱主編：《新校本舊五代史并附編三種》（臺北：鼎文書局，1978年11月），卷1，頁3～4。

〔註39〕〔後晉〕劉昫等撰，楊家駱主編：《新校本舊唐書附索引》，卷38，頁1383。

受命之邦，集大勳有異庶方，霑慶澤所宜加等……故宜升汴州爲開封府，建名東都。其東都改爲西都。」〔註 40〕可見朱溫選擇建都汴州，原出於此乃本身勢力根據地。繼之，後晉高祖石敬塘求助契丹滅後唐，以兒皇帝居之，原於洛陽即位，〔註 41〕又於天福三年（938）十月，下詔云：

> 當數朝戰伐之餘，是兆庶傷殘之後，車徒既廣，帑廩咸虛，經年之輓粟飛芻，繼日而勞民動眾，常煩漕運，不給供須。今汴州水陸要衝，山河形勝，乃萬庾千箱之地，是四通八達之郊。爰自按巡，益觀宜便，俾升都邑，以利兵民。汴州宜升爲東京，置開封府，仍升開封、浚儀兩縣爲赤縣，其餘升爲畿縣。應舊置開封府時所管屬縣，並可仍舊割屬收管，亦升爲畿縣。其洛京改爲西京。〔註 42〕

按：周寶珠分析「汴州」從原先唐朝前期的普通大州，直到設置河南節度使、汴州都防禦使、汴滑節度使、宣武軍節度使，代表汴州已然成爲軍事重鎮、行政中心的轉變，具有王室屏障的作用。周寶珠：《宋代東京研究》（開封：河南大學出版社，1992 年 4 月），頁 7。

〔註 40〕〔宋〕薛居正等撰、楊家駱主編：《新校本舊五代史并附編三種》，卷 3，頁 48。

〔註 41〕《舊五代史・晉書・高祖紀》載：「（晚唐末帝清泰三年五月，936）朝廷以帝不奉詔，降旨削奪官爵，即詔晉州刺史、北面副招討使張敬達領兵圍帝於晉陽。帝尋命桑維翰詣諸道求援，契丹遣人復書諾之，約以中秋赴義……九月辛丑，契丹主率眾自雁門而南……敬達等步兵大敗，死者萬人。是夜，帝出北門與戎王相見，戎王執帝手曰：『恨會面之晚。』因論父子之義。明日，帝與契丹圍敬達營寨，南軍不復出矣……十一月，戎王會帝於營，謂帝曰：『我三千里赴義，事須必成。觀爾體貌恢廓，識量深遠，眞國主也。天命有屬，時不可失，欲徇蕃漢羣議，冊爾爲天子。』帝飾讓久之。既而諸軍勸請相繼，乃命築壇於晉陽城南，冊立爲大晉皇帝，戎王自解衣冠授焉。（天福元年閏十一月，936）庚辰，望見洛陽煙火相次，有將校飛狀請進。辛巳，唐末帝聚其族，與親將宋審虔等登玄武樓，縱火自焚而死。至晚，車駕入洛。唐兵解甲待罪，皆慰而舍之。」〔宋〕薛居正等撰，楊家駱主編：《新校本舊五代史并附編三種》，卷 75、76，頁 984～992。

〔註 42〕〔宋〕薛居正等撰、楊家駱主編：《新校本舊五代史并附編三種》，卷 77，頁 1020。

洛陽歷經戰亂，衰頹殘敗，安史之亂使其「宮室焚燒，十不存一」，〔註 43〕黃巢之亂致使「城邑殘破，戶不滿百」，〔註 44〕後唐居洛陽，都城舊牆多已摧塌；〔註 45〕更重要的是，江淮物資必須先運抵河口，再等待黃河適宜水位，藉由黃河船運以入洛陽，相較而言，汴渠直接流經汴州，既省時又便利，石敬塘遂決定遷都。後漢、後周皆重視汴京、汴河，後漢高祖劉知遠云：「浚都重地，汴水名區，控襟帶於八方，便梯航於萬國，眷言王氣，允稱皇居，其汴州宜仍舊爲東京。」；〔註 46〕後周世宗柴榮尤其致力城市發展，發揮優點，改善缺點，促進城市經濟繁榮。首先，由於東京聚集各地商旅，以及本地設置官方機構、眾多人口居住等因素，顯德二年（955）下詔整修都城，務求改進城內空間擁擠，〔註 47〕由王樸負責規劃，呈現都城宏大壯闊，《新

〔註 43〕《舊唐書・郭子儀傳》云：「東周之地，久陷賊中，宮室焚燒，十不存一。」〔後晉〕劉昫等撰，楊家駱主編：《新校本舊唐書附索引》，卷 120，頁 3457。

〔註 44〕《新五代史・張全義傳》云：「巢陷長安，以全義爲吏部尚書、水運使。巢賊敗，去事諸葛爽於河陽。爽死，事其子仲方。仲方爲孫儒所逐，全義與李罕之分據河陽、洛陽以附於梁……是時，河南（依上文，可知此指洛陽）遭巢（黃巢）、儒（孫儒）兵火之後，城邑殘破，户不滿百，全義披荊棘，勸耕殖，躬載酒食，勞民畎畝之間，築南、北二城以居之。」〔宋〕歐陽修等撰，楊家駱主編：《新校本新五代史并附編二種》，卷 45，頁 489～490。

〔註 45〕〔宋〕王欽若、楊億等撰：《冊府元龜》載後唐明宗天成四年八月乙丑（929），左補闕楊途上奏：「復見都城舊牆多已摧塌，不可使浩穰神京旁通綠野，徘徊壁壘，俯近皇居，無或因循，常宜修葺。」（香港：迪志文化出版公司，2007 年《文淵閣四庫全書電子版》），卷 14，頁 24。

〔註 46〕後漢高祖〈至東京大赦文〉，周紹良主編《全唐文新編》（長春：吉林文史出版社，2000 年 12 月），卷 120，頁 1359。

〔註 47〕〔宋〕王溥撰、楊家駱主編：《五代會要》載顯德二年（955）四月下詔，云：「惟王建國，實曰京師，度地居民，固有前則。東京華夷輻輳，水陸會通，時向隆平，日增繁盛。而都城因舊，制度未恢，諸衛軍營，或多窄狹，百司公署，無處興修。加以坊市之中，邸店有限，工商外至，絡繹無窮。僦賃之資，增添不定，貧乏之户，供辦實多。而又屋宇交連，街衢湫隘，入夏有暑濕之苦，居常多煙火

五代史・王樸傳》云：「世宗征淮，樸留京師，廣新城，通道路，壯偉宏闊，今京師之制，多其所規爲。」〔註48〕宋敏求《東京記》云：「周世宗顯德二年四月，詔京城四面別築羅城。三年正月發京畿滑、鄭、曹之民，命薛可言等督之，仍命韓通總其事，王樸經度。凡通衢巷委，廣袤之間，皆樸定其制，踰年而成。」〔註49〕又命疏浚汴河（即隋代通濟渠）、五丈河、蔡河，以利四方運輸，〔註50〕更帶動商機，《東京夢華錄》所云「十三間樓」，〔註51〕即後周・周景所建，《玉壺清話》載：

> 周世宗顯德中，遣周景大濬汴口，又自鄭州導郭西濠達中牟。景心知汴口既濬，舟楫無壅，將有淮、浙巨商貿糧斛賈，萬貨臨汴，無委泊之地。諷世宗，乞令許京城民環汴栽榆柳，起臺榭，以爲都會之壯，世宗許之。景率先應詔，距汴流中要起巨樓十二（三）間，方運斤，世宗輦輅過，因問之，知景所造，頗喜，賜酒犒其工，不悟其規利

之憂。將便公私，須廣都邑。宜令所司於京城四面別築羅城，先立標識，候將來冬末春初，農務閒時，即量差近甸人夫，漸次修築，春作才動，便令放散。或土功未畢，即次年修築。今後凡有營葬、及興窯灶並草市，並須去標識七里外。其標識內，候官中劈畫，定軍營、街巷、倉場，諸司公廨院務了，即任百姓營造。」（臺北：世界書局，1979年2月），卷26，頁320。

〔註48〕〔宋〕歐陽修等撰，楊家駱主編：《新校本新五代史并附編二種》，卷31，頁343。

〔註49〕〔宋〕宋敏求：《東京記》，原書已亡佚。轉引〔明〕李濂撰、周寶珠、程民生點校：《汴京遺蹟志》（北京：中華書局，1999年12月），卷1，頁2。

〔註50〕《舊五代史》載：「顯德六年二月（959）庚辰，發徐、宿、宋、單等州丁夫數萬濬汴河。甲申，發滑、亳二州丁夫濬五丈河，東流於定陶，入於濟，以通青、鄆水運之路。又疏導蔡河，以通陳、潁水運之路。」〔宋〕薛居正等撰、楊家駱主編：《新校本舊五代史并附編三種》，卷119，頁1580。

〔註51〕《東京夢華錄・宣德樓前省府宮宇》云：「南門大街以東，南則唐家金銀鋪、溫州漆器什物鋪、大相國寺，直至十三間樓、舊宋門。」〔宋〕孟元老等著，中華書局上海編輯所編輯：《東京夢華錄外四種》，卷2，頁12。

也。景後邀鉅貨於樓，山積波委，歲入數十萬計，今樓尚存。〔註 52〕

周景表面爲求營造都城雄偉氣勢，實則藉以牟取私利。此十三間樓，提供商人住宿、貿易以及放置貨物，〔註 53〕位於「宋門內」、「臨汴水」、「東大街上」，〔註 54〕結合地利與人潮，必能獲利，因此，周景富財累世。

後周奠定宋代東京發展的基礎，陳橋驛（今河南省封丘縣東南陳橋鎮）兵變，趙匡胤黃袍加身，代後周而立，仍建都東京。汴河之於宋人，益發重要，乃因宋代有鑑於唐代藩鎮叛亂，擁兵自重，改爲集權中央，且首都地理形勢「平夷無險，四方受敵」，〔註 55〕更是需要部署重兵，《宋史・食貨志》載：

宋都大梁，有四河以通漕運，曰汴河、曰黃河、曰惠民河、

〔註 52〕〔宋〕文瑩：《玉壺清話》（北京：中華書局，1985 年），卷 3，頁 26。按：《玉壺清話》記爲「巨樓十二間」，《東京夢華錄》、《澠水燕談錄》皆作「十三間」。

〔註 53〕劉順安：〈北宋東京旅館的作用及特點〉云：「邸店是旅館的一種。它不僅供客人寓居，而且還提供堆貨、貿易場所。《東京夢華錄》卷二〈宣德樓前省府宮宇〉載，舊宋門附近的十三間樓便是自後周以來一直開設的、規模最大的邸店。」劉順安：〈北宋東京旅館的作用及特點〉，《史學月刊》第 2 期（1996 年），頁 114。

〔註 54〕《澠水燕談錄》云：「周顯德中，許京城民居起樓閣，大將軍周景威先於宋門內、臨汴水建樓十三間，世宗嘉之，以手詔獎諭。景威雖奉詔，實所以規利也，今所謂十三間樓子者是也。景威子瑩，國初爲樞密使。」〔宋〕王闢之：《澠水燕談錄》，卷 9，朱易安、傅璇琮等主編：《全宋筆記》，第 2 編，冊 4，頁 92。
按：將相關地理位置對照圖 3-3〈北宋東京開封示意圖〉，可知鄰近東大街。再者，《澠水燕談錄》中「周景」作「周景威」，理應有誤。依據《宋史・周瑩傳》記載：「周瑩，瀛州景城人。右領軍衛上將軍景之子也。景家富財，好交結，歷事唐、漢、周。習水利，嘗浚汴口，導鄭州郭西水入中牟渠，修滑州河堤，累遷至是官。」可知當以「周景」爲準。參考〔元〕脫脫等撰，楊家駱主編：《新校本宋史并附編三種》（臺北：鼎文書局，1978 年 9 月），卷 268，頁 9226。

〔註 55〕〔明〕陳建：〈建都論〉，引自〔明〕陳子壯：《昭代經濟言》，卷 9，頁 194。

> 曰廣濟河，而汴河所漕爲多。太祖起兵間，有天下，懲唐季五代藩鎮之禍，蓄兵京師，以成強幹弱支之勢，故於兵食爲重。〔註 56〕

國家依靠將士保衛，將士必須獲得糧食供給，糧食仰賴水運運送，彼此之間環環相扣，緊密相連；汴河運送量之大，與其他運輸河道相比，可見明顯差異，張方平〈論汴河利害事〉云：「汴河斛斗六百萬石，廣濟河六十二萬石，惠民河六十萬石。廣濟河所運多是雜色粟豆，但充口食馬料；惠民河所運只給太康、咸平、尉氏等縣軍糧而已；惟汴河所運一色粳米相兼小麥，此乃太倉蓄積之實。」〔註 57〕《宋史・河

〔註 56〕〔元〕脫脫等撰，楊家駱主編：《新校本宋史并附編三種》，卷 175，頁 4250。
按：東京河道，參見圖 3-3〈北宋東京開封示意圖〉。
汴河，《宋史・河渠志》云：「汴河，自隋大業初，疏通濟渠，引黃河通淮，至唐，改名廣濟（或云汴渠）。」〔元〕脫脫等撰，楊家駱主編：《新校本宋史并附編三種》，卷 93，頁 2316。
惠民河，《宋會要・方域》云：「惠民河，與蔡河一水，即閔河也。（宋太祖）建隆元年（960），始命右領軍衛將軍陳承昭督丁夫，導閔河自新鄭與蔡水合，貫京師，南歷陳、潁，達壽春，以通淮右。舟楫相繼，商賈畢至，都下利之。於是西南爲閔河，東南爲蔡河。至開寶六年（973）三月，始改閔河爲惠民河。」〔宋〕李心傳等撰，楊家駱主編：《宋會要輯本》（臺北：世界書局，1977 年 5 月），冊 193，頁 7585。
廣濟河，即五丈河，《汴京遺跡志》云：「唐武后時，引汴水入白溝，接注湛渠，以通曹、兗之賦，因其闊五丈，名五丈河，即白溝河下流也。唐末湮塞，周世宗顯德四年，疏汴水入五丈河，自是齊、魯舟楫皆達於汴……宋又更名廣濟河。」〔明〕李濂撰、周寶珠、程民生點校：《汴京遺蹟志》，卷 7，頁 94。
至於東京城旁的「金水河」，屬於皇室、民間用水，與水路運輸無關，《宋史・河渠志》載：「（宋太祖）乾德三年（965），又引貫皇城，歷後苑，內庭池沼，水皆至焉。開寶九年（976），帝步自左掖，按地勢，命水工引金水由承天門鑿渠，爲大輪激之，南注晉王第。真宗大中祥符二年九月（1009）……方井，官寺、民舍皆得汲用。」〔元〕脫脫等撰，楊家駱主編：《新校本宋史并附編三種》，卷 94，頁 2341。

〔註 57〕〔宋〕張方平：《樂全集・論汴河利害事》（香港：迪志文化出版公司，2007 年《文淵閣四庫全書電子版》），卷 27，頁 1～2。
按：此篇亦可見於《宋史・河渠志》，然多有刪減，而非完整原文。

渠志》亦云：「汴河……歲漕江、淮、湖、浙米數百萬，及至東南之產，百物眾寶，不可勝計。」〔註 58〕因此，汴河備受宋朝君臣重視，如：太祖視汴河為國家寶帶，勝過珍奇犀帶；〔註 59〕太宗面對汴河潰決，著急如焚，曰：「東京養甲兵數十萬，居人百萬家，天下轉漕，仰給在此一渠水，朕安得不顧」；〔註 60〕神宗熙寧五年（1072），張方平上論汴河利害，亦云：「今仰食於官廩者，不惟三軍，至於京師士庶以億萬計，大半待飽於軍稍之餘。故國家於漕事，至急至重。夫京，大也；師，眾也；大眾所聚，故謂之京師。有食則京師可立，汴河廢則大眾不可聚，汴河之於京城，乃是建國之本，非可與區區溝洫水利同言也。」〔註 61〕汴河可謂宋朝經濟運輸命脈，亦呼應李吉甫所言「後世實受其利」。

綜上所述，可知北宋建都開封，乃歷史發展的必然選擇。長安、洛陽經戰亂而凋敝，且物資礙於山川地形，無法直接運送，即使建立運河體系，仍屬不便；開封位於汴河北方要衝，吸納南方物資，通達無阻，五代除後唐之外，皆於此建都，省去諸多轉運麻煩，發揮運河最大效益，且後周拓展城市建設，促使經濟發展，即使汴京地勢平坦，

〔元〕脫脫等撰，楊家駱主編：《新校本宋史并附編三種》，卷 93，頁 2323。

〔註 58〕〔元〕脫脫等撰，楊家駱主編：《新校本宋史并附編三種》，卷 93，頁 2316。

〔註 59〕〔宋〕范鎮撰，汝沛點校：《東齋記事・補遺》（云：「錢俶進寶帶，太祖曰：『朕有三條帶，與此不同。』俶請宣示，上曰：『汴河一條，惠民河一條，五丈河一條。』俶大愧服。」（北京：中華書局，1980 年 9 月），頁 45。

〔註 60〕《宋史・河渠志》載：「（宋太宗）淳化二年六月（991），汴水決浚儀縣。帝乘步輦出乾元門，宰相、樞密迎謁。帝曰：「東京養甲兵數十萬，居人百萬家，天下轉漕，仰給在此一渠水，朕安得不顧。」車駕入泥淖中，行百餘步，從臣震恐。殿前都指揮使戴興叩頭懇請回馭，遂捧輦出泥淖中。詔興督步卒數千塞之。日未旰，水勢遂定。帝始就次，太官進膳。親王近臣皆泥濘沾衣。」〔元〕脫脫等撰，楊家駱主編：《新校本宋史并附編三種》，卷 93，頁 2317～2318。

〔註 61〕〔宋〕張方平：《樂全集・論汴河利害事》，卷 27，頁 2。

不利軍事防備，至少擁有汴河後盾，穩定物資運送，提供軍民糧食所需，因此，北宋自然承接後周都城，進而有所開發。

三、南宋偏安杭州，水海陸運並行

時至南宋，宋金對峙，偏安江南，版圖割裂，淮河以北，皆屬金人所有。喪失汴河運輸線，南宋所幸保有南方魚米之鄉，因此，建立以臨安（今浙江杭州）爲輻輳的政經中心。張錦鵬〈論南宋時期交通格局的重大變化〉分析南宋臨安的交通要道，路線由北至南如下：

(1) 四川－湖北－杭州
成都府（今四川成都）－重慶府（今四川重慶）－鄂州（今湖北鄂州）－建康府（今江蘇南京）－鎮江（今江蘇鎮江）－臨安（今浙江杭州）

(2) 湖南－江西－杭州
潭州（今湖南長沙）－隆興府（今江西南昌）－臨安

(3) 廣西－湖南－杭州
靜江府（今廣州桂林）－衡州（今湖南衡陽）－隆興府（今江西南昌）－臨安

(4) 廣東－江西－杭州
廣州（今廣東廣州）－韶州（今廣東韶關）－贛州（今江西贛州，北宋原稱虔州）－隆興府（今江西南昌）－臨安

(5) 福建－江西－杭州
漳州（今福建漳州）－汀州（今福建長汀）－贛州（今江西贛州）－隆興府（今江西南昌）－臨安

(6) 福建－浙江－杭州
福州（今福建福州）－建寧府（今福建建甌）－婺州（今浙江金華）－臨安

(7) 廣東－福建－浙江－杭州
廣州（今廣東廣州）－福州（今福建福州）－溫州（今浙江溫州）－慶元府（今浙江寧波，北宋稱明州）－

臨安〔註62〕

張錦鵬分析南宋交通格局，「水運」仍屬重要的運輸方式，且南宋在運河之外，並重南方水系，乃因南宋政治中心位於長江下游沿海地區，所轄領土則偏向首都的西部，因此，有別於過往以南北走向爲主的交通線，轉而以長江主、支流及南方水系爲交通動脈，包括嘉陵江、岷江、漢水、湘江、閩江、洞庭湖、鄱陽湖、太湖等皆爲南宋物資運送的重要水道，〔註63〕《宋史・食貨志》載：「廣南金銀、香藥、犀象、百貨，陸運至虔州（後改稱贛州）而後水運。」〔註64〕亦即上述第4條要道，爲廣東至杭州的路線之一，利用贛江由廣東經江西至杭州。將七大運輸要道與圖 3-5〈南宋時期形勢圖〉相互對照，即可具體明白運輸路線走向。

再者，南宋主要運河有三，由西北至東南，依序爲淮南運河、江南運河、浙東運河，上述第1條運輸路線，四川－湖北－杭州，即利用長江水道與江南運河，《西湖老人繁勝錄》記載臨安城內各種行市，其中之一爲「川廣生藥市」，〔註65〕四川藥材理應沿循江南運河而來。

〔註62〕張錦鵬：〈論南宋交通格局的重大變化〉，何忠禮主編：《南宋史及南宋都城臨安研究》（北京：人民出版社，2009年11月），頁366～367。
按：原文敘述係以臨安爲起點，向外擴展，本文則採由外向內，以呈現各種貨品由外向城市運送；原文詳細列出各個路徑經過的地點，本文則是選擇性列出。

〔註63〕張錦鵬：〈論南宋交通格局的重大變化〉，何忠禮主編：《南宋史及南宋都城臨安研究》，頁370。

〔註64〕〔元〕脫脫等撰，楊家駱主編：《新校本宋史并附編三種》，卷175，頁4251。
按：《宋史・地理志》載「贛州」本爲「虔州」，於宋高宗建炎二十三年（1153）改名。〔元〕脫脫等撰，楊家駱主編：《新校本宋史并附編三種》，卷88，頁2190。

〔註65〕〔南宋〕西湖老人：《西湖老人繁勝錄》，〔宋〕孟元老等著，中華書局上海編輯所編輯：《東京夢華錄外四種》，頁125。
按：依據吳自牧《夢粱錄》，卷13〈團行〉載「炭橋藥市」，可知藥市集中於炭橋進行買賣。〔宋〕孟元老等著，中華書局上海編輯所編輯：《東京夢華錄外四種》，頁239。

至於淮南運河、浙東運河，較之北宋，其重要性有了不同的變化。以淮南運河而言，〔註66〕北端楚州（今江蘇淮安）連接淮河，乃南宋與金人邊界，爲軍事要地，相對而言，此段運河所能發揮的經濟效益較低，主要來自於宋金之間的榷場貿易，〔註67〕《建炎以來朝野雜記》載：

> 自紹興通和後，始置榷場，升盱眙縣爲軍，以軍器監主簿沈該直秘閣知軍事，使之措置。凡榷場之法，商人貲百千以下者，十人爲保，留其貨之半在場，以其半赴泗州榷場博易，俟得北物還，復易其半。以往大商悉拘之，以俟北賈之來……凡本朝諸場皆以盱眙軍爲準。二十九年，海陵將入寇，乃悉罷淮北陝西諸榷場，獨泗州如故。邊吏以聞，於是自盱眙外餘悉罷，乾道初乃復。〔註68〕

〔註66〕淮南運河，或稱揚楚運河、淮揚運河，即隋代山陽瀆。本論文關於唐代運輸，已經述及潤州刺史齊瀚開伊婁河，揚子直達瓜洲，解決南端的銜接問題。至於北端，由於運河與汴河之間，上下相近百里，這一段要在淮河中航行，風險較多，宋代進行避淮工程：宋太宗雍熙年（984～987），開鑿楚州至淮陰的沙河，《宋史・河渠志》云：「初，楚州北山陽灣尤迅急，多有沉溺之患。雍熙中，轉運使劉蟠議開沙河，以避淮水之險，未克而受代。喬維岳繼之，開河自楚州至淮陰，凡六十里，舟行便之。」仁宗皇佑、至和年間，開鑿淮陰至洪澤的洪澤運河；神宗元豐六年（1083），開鑿洪澤至龜山之間的龜山運河，《宋史・河渠志》云：「六年正月戊辰，開龜山運河，二月乙未告成，長五十七里，闊十五丈，深一丈五尺。初，發運使許元自淮陰開新河，屬之洪澤，避長淮之險，凡四十九里……至是，發運使羅拯復欲自洪澤而上，鑿龜山裏河以達於淮，帝深然之。」如此一來，淮南運河與汴河口基本相對。總之，淮南運河對於北宋運輸有其貢獻，然淮河以北，至南宋已爲金人所據，因此，軍事防備重於經濟運輸。董文虎等著：《京杭大運河的歷史與未來》（北京：社會科學文獻出版社，2008年2月），頁85～86。〔元〕脫脫等撰，楊家駱主編：《新校本宋史并附編三種》，卷96，頁2379、2381。

〔註67〕《金史・食貨志》載：「榷場，與敵國互市之所也。皆設場官，嚴厲禁，廣屋宇以通二國之貨，歲之所獲亦大有助於經用焉。」〔元〕脫脫等撰，楊家駱主編：《新校本金史并附編七種》（臺北：鼎文書局，1979年3月），卷50，頁1113。

〔註68〕〔宋〕李心傳：《建炎以來朝野雜記・榷場》（北京：中華書局，1985

宋金時戰時和，榷場隨之時罷停、時恢復，其中南宋盱眙（今江蘇盱眙）與金人泗州（今安徽泗縣），可說是雙方交易中最爲穩定者的兩大榷場。宋人輸出的商品，《金史・食貨志》載：

> 泗州場，大定間（金世宗，1161～1189），歲獲五萬三千四百六十七貫，承安元年（金章宗，1196），增爲十萬七千八百九十三貫六百五十三文。所須雜物，泗州場歲供進新茶千胯、荔支五百斤、圓眼五百斤、金橘六千斤、橄欖五百斤、芭蕉乾三百箇、蘇木千斤、溫柑七千箇、橘子八千箇、沙糖三百斤、生薑六百斤、梔子九十稱，犀象丹砂之類不與焉。〔註 69〕

藉由此份商品進口單，可知以果物類居多，足見南方特色，且反映金人嗜茶。金人飲茶風氣盛行，上至皇室，下至平民，無不喜愛，甚至因而引發朝臣勸戒，限制飲用，《金史・食貨志》云：「十一月，尚書省奏：『茶，飲食之餘，非必用之物。比歲上下競啜，農民尤甚，市井茶肆相屬。商旅多以絲絹易茶，歲費不下百萬，是以有用之物而易無用之物也。若不禁，恐耗財彌甚。』遂命七品以上官，其家方許食茶，仍不得賣及饋獻。不應留者，以斤兩立罪賞。」〔註 70〕至於金人輸出者，除絲、絹〔註 71〕之外，則以鹽爲最大宗。〔註 72〕沈括《夢溪

年），甲集卷 20，頁 306～307。

〔註 69〕〔元〕脫脫等撰，楊家駱主編：《新校本金史并附編七種》，卷 50，頁 1114～1115。

〔註 70〕〔元〕脫脫等撰，楊家駱主編：《新校本金史并附編七種》，卷 49，頁 1108～1109。

〔註 71〕在金人佔領原屬北宋的地區，如：山東、河北、陝西，皆屬品質優良、產量豐富的紡織業生產區，如：《雞肋編》云：「河朔、山東養蠶之利，踰於稼穡。」《宋史・地理志》載陝西：「有銅、鹽、金鐵之產，絲、枲、林木之饒，其民慕農桑，好稼穡。」參見：
〔宋〕莊綽撰，蕭魯陽點校：《雞肋編》（北京：中華書局，1983 年 3 月），卷上，頁 9。
〔元〕脫脫等撰，楊家駱主編：《新校本金史并附編七種》，卷 87，頁 2170。

〔註 72〕《金史・食貨志》載：「金制，榷貨之目有十，曰酒、麴、茶、醋、

筆談》以爲鹽品至多，主要分爲末鹽、顆鹽、井鹽、崖鹽：

> 一者「末鹽」，海鹽也，河北、京東、淮南、兩浙、江南東西、荊湖南北、福建、廣南東西十一路食之。其次「顆鹽」，解州鹽澤（今山西運城）及晉（今山西臨汾）、絳（今山西新絳）、潞（今山西長治）、澤（今山西晉城）所出，京畿、南京、京西、陝西、河東、褒、劍等處食之。又次「井鹽」，鑿井取之，益、梓、利、夔四路食之。又次「崖鹽」，生於土崖之間，階（甘肅武都）、成（甘肅成縣）、鳳（四川瀘縣）等州食之。〔註 73〕

對照〈南宋時期形勢圖〉，可知大抵淮河以北，以顆鹽爲主；淮河以南，以海鹽（末鹽）爲主。顆鹽之中，尤以山西解鹽品質最佳，《本草圖經》云：「河東鹽，今解州、安邑兩池所種鹽，最爲精好是也。」〔註 74〕其製作方式，不同於淮浙煎鹽的繁複，〔註 75〕主要依靠風力、日曬，《雲麓漫鈔》云：「其雇於官而種鹽者曰攬戶，治畦其旁，盛夏引水灌畦而種之，得東南風，一息而成，取而暴之。」〔註 76〕由於成本低、品質佳，無怪乎金人藉此獲利最多。

其三，浙東運河。由蕭山縣西興鎭往東至寧波（北宋稱明州，南

香、礬、丹、錫、鐵，而鹽爲稱首。」〔元〕脫脫等撰，楊家駱主編：《新校本金史并附編七種》，卷 49，頁 1093。

〔註 73〕〔宋〕沈括：《夢溪筆談》，卷 11，朱易安、傅璇琮等主編：《全宋筆記》，第 2 編，冊 3，頁 93～94。

〔註 74〕〔宋〕蘇頌撰，尚志鈞輯校：《本草圖經》（合肥：安徽科學技術出版社，1994 年 5 月），卷 2〈玉石中品〉，頁 43。
按：《雲麓漫鈔》載：「鹽池在中條山之北，處四高中下之地，東西五十里，南北七十里……解州鹽池自解縣東抵安邑之南，凡五十里，南北廣七十里，中隨兩邑之境分之，曰解池、安邑。」〔南宋〕趙彥衛撰，傅根清點校：《雲麓漫鈔》：（北京：中華書局，1996 年 8 月），卷 2，頁 29。

〔註 75〕《雲麓漫鈔》載：「淮浙煎鹽，布灰於地，引海水灌之，遇東南風，一宿鹽上聚灰，暴乾，鑿地以水淋灰，謂之鹽鹵。投乾蓮實以試之，隨投即泛，則鹵有力，鹽佳；值雨多即鹵稀，不可用。取鹵水入盆，煎成鹽。」同上註，卷 2，頁 29。

〔註 76〕同上註，卷 2，頁 29。

宋升爲慶元府）稱爲浙東運河，屬於人工開鑿與自然水流相接連的水道，途中經過錢清江（浦陽江下游爲錢清江）至紹興（北宋稱越州，南宋升爲紹興府），又自紹興往東過曹娥江至上虞，再往東北至餘姚縣，經餘姚江，至寧波。〔註77〕（運河路徑，參見圖3-6〈宋代浙東運河示意圖〉）浙東運河並非建於一時，歷史記載零散，如：紹興以西一段，《會稽志》載：「運河在府（紹興府）西一里，屬山陰縣，自會稽東流縣界五十餘里入蕭山縣，舊經云：『晉司徒賀循臨郡，鑿此以溉田。』」〔註78〕陳橋驛解釋「《舊經》」即《越州圖經》，云：「乃指北宋大中祥符年代所修的《越州圖經》，這是一部官修文獻，所記當不至於全無依據。」〔註79〕浙東運河之於宋高宗，是一條逃亡保命

〔註77〕關於浙東運河，姚漢源、陳敏珍主張西起西興，東迄寧波，陳橋驛則以爲通明以東的餘姚江、甬江屬天然河流，不能視爲浙東運河的河道。本論文重點並非探討運河長短的範圍界定，而是希望藉由敘述浙東水路，以明南宋經濟往來，換言之，即使浙東運河不包含餘姚江、甬江，此二條河流仍是運送物資的重要一環；且因本論文附圖〈宋代浙東運河示意圖〉引自姚漢源一文，爲免圖、文混淆，因此，採取前者說法。參見：
姚漢源：《京杭運河史・浙東運河史考略》（北京：中國水利水電出版社，1998年12月），頁736。陳橋驛：《吳越文化論叢・浙東運河的變遷》（北京：中華書局，1999年12月），頁346。
陳敏珍：《唐宋時期明州區域社會經濟研究》（上海：上海古籍出版社，2007年10月），頁101。

〔註78〕〔南宋〕施宿等撰：《會稽志》（香港：迪志文化出版公司，2007年《文淵閣四庫全書電子版》），卷10，頁1。

〔註79〕陳橋驛：《吳越文化論叢・浙東運河的變遷》，頁347。
按：《越州圖經》已經亡佚。《宋史・藝文志》載李宗諤撰《越州圖經》，《直齋書錄解題》云：「《越州圖經》九卷，李宗諤祥符所上也。」陳橋驛〈會稽二志〉依據《會稽志・陸游序》云：「書雖本之《圖經》，《圖經》出於先朝。」因而推論「《圖經》」當指宋眞宗大中祥符年間（1008～1016），李宗諤所撰《越州圖經》；又陳橋驛《紹興地方文獻考錄》考證祥符之前，宋太祖開寶年間曾廣修各州圖經，因此，《會稽志》亦有可能參考大中祥符之前的《越州圖經》。無論開寶年間，抑或大中祥符年，《越州圖經》皆已亡佚。參見：
〔元〕脫脫等撰，楊家駱主編：《新校本宋史并附編三種》，卷204，頁5152。

之路；〔註 80〕浙東運河之於南宋經濟，則是一條溝通內外的交通樞紐，上述張錦鵬所述南宋臨安的交通要道，其中第七條路徑即結合海上航運與浙東運河，沿海廣州、潮州、漳州、泉州、福州、溫州、臺州的交易商品，皆可航海至明州，再藉由浙東運河運抵杭州，足見浙東運河對於南宋臨安的重要性；且「海商船舶，畏避沙潬，不由大江，惟泛餘杭小江，易舟而浮運河，達於杭、越矣。」〔註 81〕杭州濱錢塘江北岸，錢塘潮迅猛，江口泥沙淤塞，海商船舶的出入不由杭州，〔註 82〕換言之，寧波不僅對內，同樣也是海外貿易的窗口，《乾道四明圖經》云：「南則閩廣，東則倭人，北則高麗，商舶往來，物貨豐衍，東出定海，有蛟門虎蹲天設之險，亦東南之要會也。」〔註 83〕陸

〔宋〕陳振孫：《直齋書錄解題》（香港：迪志文化出版公司，2007年《文淵閣四庫全書電子版》），卷 8，頁 24。

陳橋驛：《吳越文化論叢・會稽二志》，頁 122。

〔南宋〕施宿等撰：《會稽志・陸游序》，頁 2。

陳橋驛：《紹興地方文獻考錄》（杭州：浙江人民出版社，1983 年 11 月），頁 197～198。

〔註 80〕《建炎以來繫年要錄》記載宋高宗建炎三年（1129）十一月，已經逃至越州，呂頤浩上奏：「金人以騎兵取勝，今鑾輿一行，皇族百司官吏兵衛家小甚眾，若陸行山險之路，糧運不給，必至生變，兼金人既渡浙江，必分遣輕騎追襲；今若車駕海舟以避敵，既登海舟之後，敵騎必不能襲，江浙地熱，敵不能久留，俟其退後，復還二浙，彼入我出，彼出我入，此正兵家之奇也。」高宗認同採納，遂由越州至明州定海縣（今浙江鎮海）出海。〔南宋〕李心傳：《建炎以來繫年要錄》（北京：中華書局，1985 年），卷 29、30，頁 578～586。

〔註 81〕〔宋〕姚寬：《西溪叢語・會稽論海潮碑》（北京：中華書局，1993年 12 月），卷上，頁 25。
按：句中「潬」字，原注云：「水中沙爲潬，徒旱切」，又《漢語大詞典》釋「潬」云：「古同『灘』，水中沙堆。」《漢語大詞典》網路電子版 http://www.zdic.net/。

〔註 82〕陳敏珍：《唐宋時期明州區域社會經濟研究》，頁 105。

〔註 83〕〔宋〕張津等撰：《乾道四明圖經》，卷 1，成文出版社編《中國方志叢書》（臺北：成文出版社，1984 年 3 月），冊 573，頁 4960。
按：「四明」，即「明州」別稱，以境內四明山得名。戴均良等編：《中國古今地名大辭典》，頁 884。

游亦云：「惟茲四明，表海大邦……萬里之舶，五方之賈，南金大貝，委積市肆，不可數知。」〔註 84〕足見寧波經商往來之繁盛。由水運發展至海運，有賴於航海技術的進步，其一：宋人懂得利用指南針判斷方向，《夢粱錄・江海船艦》云：「自入海門，便是海洋，茫無畔岸，其勢誠險。蓋神龍怪蜃之所宅，風雨晦冥時，惟憑針盤而行，乃火長掌之，毫釐不敢差誤，蓋一舟人命所繫也。」〔註 85〕其二，對於海洋風向有一定程度的了解，有助於縮短航行時間，《宣和奉使高麗圖經》記述宋臣出使高麗，由明州定海縣出海，「乘夏至後南風，風便，不過五日即抵岸」、「使人之行，去日以南風，歸日以北風。」〔註 86〕其三，造船技術優良，呂頤浩《忠穆集・論舟楫之利》云：「南方木性，與水相宜，故海船以福建爲上，廣東、西船次之，溫舟明船又次之。」〔註 87〕北宋遣使高麗，即乘坐福建客舟，《宣和奉使高麗圖經》云：「先期委福建、兩浙監司，顧募客舟，復令明州裝飾，略如神舟，具體而微，其長十餘丈，闊二丈五尺，可載二千斛粟。其制皆以全木巨枋，攙疊而成，上平如衡，下側如刃，貴其可以破浪而行。」〔註 88〕總之，水運與海運相互配合，輔之陸運，架構通達的運輸網絡，無論對內、對外，皆有利於人們往來、商品流通。

綜上所述，宋朝失去大片江山，偏安江南，可謂禍福相倚，得失參半。較之北宋開封，南宋杭州城即位於物產豐饒的南方，具地利之便，不僅縮短運送距離，且以杭州城爲中心，充分利用南方水系、三

〔註 84〕〔南宋〕陸游：《渭南文集・明州育王山買田記》（香港：迪志文化出版公司，2007 年《文淵閣四庫全書電子版》），卷 19，頁 1～2。

〔註 85〕〔南宋〕吳自牧：《夢粱錄》，卷 12，〔宋〕孟元老等著，中華書局上海編輯所編輯：《東京夢華錄外四種》，頁 235。

〔註 86〕〔宋〕徐兢：《宣和奉使高麗圖經》（臺北：臺灣商務印書館，1971 年 10 月），卷 3、39，頁 7、135。

〔註 87〕〔宋〕呂頤浩：《忠穆集》（香港：迪志文化出版公司，2007 年《文淵閣四庫全書電子版》），卷 2，頁 13。

〔註 88〕〔宋〕徐兢：《宣和奉使高麗圖經》，卷 34，頁 117。

大運河、沿海航運，與陸運相互配合，形成放射狀的運輸路線，致使民生供需無缺，城市經濟昌盛，因此，南宋尚能維持百餘年國祚，其通達的運輸路網，可謂功不可沒。以下進而闡述各方飲食商品的流通情況。

四、各類水果海鮮，輸運通達無阻

開封、杭州分別爲北宋、南宋第一大都會，商業活動頻繁，匯集四方物品，《東京夢華錄》云：「集四海之珍奇，皆歸市易，會寰區之異味，悉在庖廚。」〔註 89〕《夢粱錄》云：「南渡以來，杭爲行都二百餘年，戶口蕃盛，商賈買賣者十倍於昔，往來輻湊，非他郡比。」〔註 90〕以水果類而言，汴京的水果買賣主要集中於朱雀門外及州橋之西，稱之果子行，〔註 91〕在大城市中可見來自各地的時新鮮果，抑或加水果加工製品，近者，如：衛州（今河南汲縣）白桃、南京（今河南商丘）金桃、青州（今山東益都）棗、亳州（今安徽亳州）棗、河東（今山西省）葡萄等；〔註 92〕遠者，江西金橘，歐陽修《歸田錄》云：

〔註 89〕〔宋〕孟元老：《東京夢華錄・序》，〔宋〕孟元老等著，中華書局上海編輯所編輯：《東京夢華錄外四種》，頁 1。

〔註 90〕〔南宋〕吳自牧：《夢粱錄・兩赤縣市鎮》，卷 13，〔宋〕孟元老等著，中華書局上海編輯所編輯：《東京夢華錄外四種》，頁 238。

〔註 91〕〔宋〕孟元老：《東京夢華錄・天曉諸人入市》，卷 3，同上註，頁 22。另，參見圖 3-3〈北宋東京示意圖〉紫色標示區。另，果物來源地，又可參見圖 3-4〈遼北宋西夏中心區域圖〉。

〔註 92〕衛州白桃、南京金桃，〔宋〕孟元老：《東京夢華錄・是月巷陌雜賣》載：「是月（六月）時物，巷陌路口、橋門市井，皆賣大小米水飯、炙肉……衛州白桃、南京金桃……皆用青布繖當街列床凳堆垛。」卷 8，同上註，頁 48。
青州棗、亳州棗，〔宋〕孟元老：《東京夢華錄・立秋》載：「是月，瓜果梨棗方盛，京師棗有數品：靈卷、牙棗、青州棗、亳州棗。」卷 8，同上註，頁 50。
河東葡萄，蘇頌《本草圖經》云：「葡萄，生陝西、五原、敦煌山谷，今河東及近京州郡皆有之。」〔宋〕蘇頌撰，尚志鈞輯校：《本草圖經》，卷 16〈果部〉，頁 530。

金橘產於江西，以遠難致，都人初不識。明道（宋仁宗，1032～1033）、景佑（宋仁宗，1034～1037）初，始與竹子俱至京師。竹子味酸，人不甚喜，後遂不至。而金橘香清味美，置之尊俎間，光彩灼爍，如金彈丸，誠珍果也。都人初亦不甚貴，其後因溫成皇后尤好食之，由是價重京師，余家江西，見吉州人甚惜此果，其欲久留者，則於綠豆中藏之，可經時不變，云：「橘性熱，而豆性涼，故能久也」。〔註93〕

江西金橘，由於距離汴京遙遠，不易運送，即使終於送達，起初未合眾人口味，不受歡迎，直至溫成皇后喜食金橘，遂帶動食用風氣，上行下效，價重京師。再者，此段記述生產地透過食物保鮮，延長水果食用期限，換言之，為獲得水果買賣的經濟利益，自是必須在水果保存方面，多費心思。又如：福建荔枝更是受到海內外歡迎，蔡襄《荔枝譜》云：

初著花時，商人計林斷之以立券，若後豐寡，商人知之，不計美惡，悉為紅鹽（去聲）者。水浮陸轉，以入京師。外至北漠、西夏，其東南舟行新羅、日本、流求、大食之屬，莫不愛好，重利以酬之。〔註94〕

新鮮荔枝的嚐鮮期相當短暫，假使未能利用各種保存、加工方式延長食用期限，一經長途運輸，則必定腐壞，無法獲利；紅鹽荔枝即為加

〔註93〕〔宋〕歐陽修：《歸田錄》，卷2，上海古籍出版社編：《宋元筆記小說大觀》（上海：上海古籍出版社，2001年12月），冊1，頁626～627。

按：溫成皇后，實為「貴妃張氏」，得寵愛，死後追冊為皇后，《宋史．仁宗張貴妃傳》載：「張貴妃，河南永安人也……長得幸，有盛寵。妃巧慧多智數，善承迎，勢動中外。慶曆元年，封清河郡君，歲中為才人，遷修媛。忽被疾，曰：「妾姿薄，不勝寵名，願為美人。」許之。皇祐初，進貴妃。後五年薨，年三十一。仁宗哀悼之，追冊為皇后，謚溫成。」參見〔元〕脫脫等撰，楊家駱主編：《新校本宋史并附編三種》，卷242，頁8622～8633。

〔註94〕〔宋〕蔡襄：《端明集》，卷35《荔枝譜》（香港：迪志文化出版公司，2007年《文淵閣四庫全書電子版》），頁9。

工方法之一，係以鹽梅滷浸佛桑花爲紅漿，投荔枝漬之，曝乾，色紅而甘酸。〔註 95〕其他又見蘇頌《本草圖經》云：「椰子……南人取其肉，糖飴漬之，寄至北中作果，味甚佳也。」〔註 96〕「楊梅，亦生江南、嶺南……南人淹藏以爲果，寄至北方甚多。」〔註 97〕文中所謂「北方」，未必代表開封，卻同樣反映藉由加工製作，延長水果的保存期限、豐富水果的品嚐方式，並與交通運輸相互配合之下，拓展市場銷售營利的經濟價值，抑或成爲饋贈親友的禮品。另外，今日常見街頭攤車販賣的炒栗子，早於宋代已有之，陸游《老學庵筆記》云：「故都李和炒栗，名聞四方，他人百計效之，終不可及。」〔註 98〕河南盛產栗，吳處厚《青箱雜記》載王旦與楊億往來一事，補充說道：「汝（今河南汝州）唯產栗」〔註 99〕、楊侃〈皇畿賦〉載河南各種果物種

〔註 95〕同上註，頁 9。
按：紅鹽之「鹽」，原文即註明「去聲」，《廣韻．豔韻》云：「鹽，以鹽醃也。本音平聲。」〔宋〕陳彭年等重修，林尹校訂：《新校正切宋本廣韻》（臺北：黎明文化事業公司，1976 年 9 月），頁 443。
《禮記．內則》云：「爲熬：捶之，去其皽，編萑布牛肉焉，屑桂與薑，以洒諸上而鹽之，乾而食之。施羊亦如之，施麋、施鹿、施麇，皆如牛羊。欲濡肉則釋而煎之以醢，欲乾肉則捶而食之。」〔漢〕戴聖撰，〔漢〕鄭玄注，〔唐〕孔穎達等疏：《禮記注疏》（臺北：新文豐出版社，2011 年 6 月），卷 28，頁 1323。

〔註 96〕〔宋〕蘇頌撰，尚志鈞輯校：《本草圖經》，卷 12〈木部下品〉，頁 424。

〔註 97〕同上註，卷 16〈果部〉，頁 541。
按：「淹」、「醃」、「醃」，皆可指鹽漬食物。
漢語大詞典網路電子版：http://www.zdic.net/zd/zi/ZdicE6ZdicB7ZdicB9.htm。

〔註 98〕〔宋〕陸游：《老學庵筆記》，卷 2，上海古籍出版社編：《宋元筆記小說大觀》，冊 4，頁 3467。

〔註 99〕《青箱雜記》載：「王文正公旦，相眞宗僅二十年，時值四夷納款，海內無事……公與楊文公億爲空門友，楊公謫汝州，公適當軸，每音問不及他事，唯談論眞諦而已。余嘗見楊公親筆與公云：『山栗一秤，聊表村信。』蓋汝唯產栗，而億與王公忘形，以一秤栗遺之，斯亦昔人雞黍縞紵之意也。」〔宋〕吳處厚，李裕民點校：《青箱雜記》（北京：中華書局，1985 年 5 月），卷 1，頁 3～4。

植，其中之一爲「扶樂（今河南扶樂）千樹之栗」〔註 100〕因此，當生產地鄰近消費區、果物盛產之際，賣方藉由變化食用方式，增加不同口味，自可吸引消費者注目，提升商品販售機會；「炒製」果物受到宋人喜愛，且不限栗子，《東京夢華錄・飲食果子》又載旋炒河北鵝梨、梨條、梨乾、梨肉、膠棗、棗圈、梨圈、桃圈、核桃、肉牙棗等，〔註 101〕由此可見炒製果物，除增添風味，又可變化各式形狀，提供消費者多元選擇。

再者，各類海錯，亦源源不絕運抵汴京，《東京夢華錄》記載：「賣生魚則用淺抱桶，以柳葉間串清水中浸，或循街出賣。每日早惟新鄭門、西水門、萬勝門，如此生魚有數千檐入門。冬月即黃河諸遠處客魚來，謂之「車魚」，每斤不上一百文。」〔註 102〕梅堯臣〈設膾示坐客〉明白寫道自市場購買黃河鯉魚，宴請嘉賓，詩云：

> 汴河西引黃河枝，黃流未凍鯉魚肥。隨鉤出水賣都市，不惜百金持與歸。我家少婦磨寶刀，破鱗奮鬐如欲飛。蕭蕭雲葉落盤面，粟粟霜蔔爲縷衣。楚橙作虀香出屋，賓朋競至排入扉。呼兒便索沃腥酒，倒腸飫腹無相譏。逡巡缾竭上馬去，意氣不說西山薇。〔註 103〕

廚娘刀法熟練，除鱗去鰭，毫不遲疑，且刀削魚片，快速俐落，猶如雲朵片片；同時細切縷縷白蘿蔔絲，以爽脆口感搭配生魚片滑嫩，豐富味蕾享受，亦能去魚腥；〔註 104〕又調製香橙虀，藉由鮮豔色彩、

〔註 100〕〔宋〕呂祖謙：《宋文鑑》（香港：迪志文化出版公司，2007 年《文淵閣四庫全書電子版》），卷 2，頁 4。

〔註 101〕《東京夢華錄・飲食果子》，卷 2，〔宋〕孟元老等著，中華書局上海編輯所編輯：《東京夢華錄外四種》，頁 17。

〔註 102〕《東京夢華錄・魚市》，卷 4，同上註，頁 28。魚行位置，參見圖 3-3〈北宋東京開封示意圖〉。

〔註 103〕北京大學古文獻研究所編：《全宋詩》（北京：北京大學出版社，1998 年 12 月），冊 5，卷 252，頁 3019。

〔註 104〕《隨息居飲食譜》載：「蘆服（俗名蘿蔔），生者辛甘涼（有去皮即不辛者，有皮味亦不辛，生啖勝於梨者特少耳）。潤肺化痰……殺魚腥氣。」〔清〕王士雄撰，周三金注釋：《隨息居飲食譜》，

香味滿溢，令賓客聞香而至，挑動飲食慾望，同樣具有去腥解毒的作用。〔註 105〕詩末化用伯夷、叔齊反對以暴易暴，不食周粟，隱於西山，採薇而食，直至餓死的典故，〔註 106〕進而翻轉語意，以爲這場鮮魚饗宴，鱸魚正是新鮮肥美，佐料亦調配得當，賓主無不盡歡，暫且別說固窮守貧的志節情操，不妨縱情於飲食，即時行樂一回。又如：福建子魚，乃「閩中鮮食最珍者」、「剖之，子滿腹。冬月正其佳時」，〔註 107〕又稱爲「通應子魚」，《雞肋編》記述生長環境與辨正名稱：

> 興化軍莆田鄉去城六十里，有通應侯廟，江水在其下，亦曰「通應」。地名迎遷，水極深緩，海潮之來亦至廟所，故其江水鹹淡得中，子魚出其間者，味最珍美；上下十數里，魚味即異，頗難多得，故通應子魚，名傳天下。而四方不知，乃謂子魚大可容印者爲佳。〔註 108〕

頁 51。

〔註 105〕關於橙虀去腥解毒，本文引自《隨息居飲食譜》記載，參見第二章〈研究現況與探討〉，頁 22。

〔註 106〕《史記·伯夷列傳》載：「伯夷、叔齊，孤竹君之二子也。父欲立叔齊，及父卒，叔齊讓伯夷。伯夷曰：「父命也。」遂逃去。叔齊亦不肯立而逃之。國人立其中子。於是伯夷、叔齊聞西伯昌善養老，盍往歸焉。及至，西伯卒，武王載木主，號爲文王，東伐紂。伯夷、叔齊叩馬而諫曰：「父死不葬，爰及干戈，可謂孝乎？以臣弒君，可謂仁乎？」左右欲兵之。太公曰：「此義人也。」扶而去之。武王已平殷亂，天下宗周，而伯夷、叔齊恥之，義不食周粟，隱於首陽山，采薇而食之。及餓且死，作歌。其辭曰：「登彼西山兮，采其薇矣。以暴易暴兮，不知其非矣。神農、虞、夏忽焉沒兮，我安適歸矣？于嗟徂兮，命之衰矣！」遂餓死於首陽山。」司馬貞《史記索隱》云：「西山，即首陽山。」

〔漢〕司馬遷撰，〔南朝宋〕裴駰集解，〔唐〕司馬貞索隱，張守節正義：《新校本史記三家注并附編二種》（臺北：鼎文書局，1979 年 2 月），卷 61，頁 2123～2124。

〔註 107〕〔宋〕王得臣：《麈史》，卷中，上海古籍出版社編：《宋元筆記小說大觀》，冊 2，頁 1349。

〔註 108〕〔南宋〕莊綽撰，蕭魯陽點校：《雞肋編》（北京：中華書局，1983 年 3 月），卷中，頁 68～69。

福建莆田子魚，生長環境特殊，出於天然，形成獨特風味，非他地所能模仿，因此，物以稀爲貴；或由於南北遙遠，訛傳渲染，使得「通應」成「通印」，世人多習以爲常。南方新鮮子魚，亦能運抵北方，梅堯臣〈和答韓子華餉子魚〉云：

> 南方海物難具名，子魚珍美無與並。完鱗全乙異臭腥，素鹽漬曝生花輕。其頭戢戢筠籃盈，出自通印時所評。遠涉川陸來都城，親賓交遺已見情。食指嘗動吾竊驚，果獲異味亦足明。〔註 109〕

詩人讚嘆子魚味美，名不虛傳。福建子魚歷經長途運送，尚能保持鮮度，理應包含二大原因，其一，上述子魚最佳賞味期爲寒冷冬天，故有助於延緩腐壞；其二，通達的運輸系統，亦即詩中說道「遠涉川陸」，陸運與水運交互配合，甚至更有可能利用海運，加快運送時間。又如：歐陽修〈初食車螯〉亦記述透過交通運輸，匯集各方水產海鮮，令人大飽口福：「累累盤中蛤，來自海之涯。坐客初未識，食之先歎嗟……水載每連舳，陸輸動盈車。谿潛細毛髮，海怪雄鬚牙。豈惟貴公侯，閭巷飽魚蝦。此蛤今始至，其來何晚邪。」〔註 110〕此外，汴京民眾亦喜愛魚類加工品，如：「魚鮓」，周煇《清波別志》引《瑣碎錄》云：「京師東華門何、吳二家，造魚鮓，十數臠作一把，號「把鮓」，著聞天下。文士有爲賦詩，誇爲珍味。」〔註 111〕梅堯臣有〈和韓子華寄東華市玉版鮓〉一詩，云：「客從都下來，遠遺東華鮓。荷香開新包，玉臠識舊把。色潔已可珍，味佳寧獨捨。莫問魚與龍，予非博物者。」〔註 112〕魚鮓，屬鹽漬品，南宋·陳元靚《事林廣記》記載詳

〔註 109〕北京大學古文獻研究所編：《全宋詩》，冊 5，卷 249，頁 2935。
〔註 110〕北京大學古文獻研究所編：《全宋詩》，冊 6，卷 287，頁 3636。
〔註 111〕〔南宋〕周煇：《清波別志》，卷下，新興書局編：《筆記小說大觀》（臺北：新興書局，1984 年 6 月），第 21 編，第 5 冊，頁 3235～3236。另，魚鮓店鋪，參見圖 3-3〈北宋東京開封示意圖〉。
〔註 112〕北京大學古文獻研究所編：《全宋詩》，冊 5，卷 248，頁 2914。按：《全宋詩》注：「本卷作於慶曆七年（1047），是年作者解忠武軍（今河南淮陽縣）節度判官任，九月回開封。」因此，對照詩意，

細，云：

> 玉版鮓：青魚、鯉魚皆可用。大者爲上，取淨肉隨意切片，每斤用塩一兩，淹過一宿，漉出控乾，入椒、蒔蘿、茴香、橘皮、姜絲、葱絲、油半兩，炒熟；橘葉數片、熟硬飯三兩匙、再入塩少許、調和入鮓，用箬葉、竹篾彎在鮓內，密封。夏半月，冬一月，熟。〔註 113〕

魚鮓作法費工耗時，汴京何、吳二家，以名聞天下著稱，想必更是精細講究，更成爲餽贈佳品。值得留意的是，上述周煇《清波別志》引《瑣碎錄》，並記載運送過程的變化，云：

> 其魚初自澶、滑河上斫造，以荊籠貯入京師；道中爲風沙所侵，有敗者，乃以水濯，小便浸一過，控乾，入物料，肉益緊而味回。〔註 114〕

以尿液浸泡，竟能化腐敗而味回，或許眞有效果，周煇另一著作《清波雜志》，載耆老言：「承平時，淮甸蝦米用蓆裹入京，色皆枯黑，無味，以便溺浸一宿，水洗去，則紅潤如新。」〔註 115〕可見此法普遍。魚鮓製作，首先仍必須採用鮮魚，再進行鹽漬等後續加工；相反地，濱江地區製作魚乾，務求任其腐敗，張耒《明道雜誌》載：

> 漢陽、武昌，濱江多魚，土人取江魚，皆剖之，不加鹽，暴江岸上，數累千百，雖盛暑爲蠅蚋所敗，不顧也。候其乾，乃以物壓作鱐，謂之淡魚，載往江西賣之，一斤近百錢。饒、信間尤重之，若飲食祭享無淡魚，則非盛禮。雖臭腐可惡，而更以爲佳。〔註 116〕

作於九月回開封之前。北京大學古文獻研究所編：《全宋詩》，冊 5，卷 248，頁 2915。

〔註 113〕〔南宋〕陳元靚：《事林廣記》（北京：中華書局，1999 年）（《纂圖增新群書類要事林廣記》，北大藏本（鄭氏積誠堂刻本）），壬集卷下，頁 225。

〔註 114〕〔南宋〕周煇：《清波別志》，卷下，新興書局編：《筆記小說大觀》，第 21 編，第 5 冊，頁 3236。

〔註 115〕〔南宋〕周煇：《清波雜志》，卷 12，同上註，頁 3183。

〔註 116〕〔宋〕張耒：《明道雜誌》，朱易安、傅璇琮等主編：《全宋筆記》，第 2 編，冊 7，頁 13。

湖北漢陽、武昌濱江多魚，魚貨隨處可見，卻不立即品嚐，反而製作臭腐魚乾，且運往他地，買賣獲利，亦可謂出奇制勝。

時至南宋，周必大《二老堂雜志》敘述杭州於東、南、西、北四大方向，與飲食相關的供應、運輸，云：

> 駕行在臨安，土人諺云：「東門菜。西門水。南門柴。北門米。」蓋東門絕無民居，彌望皆菜園。西門引湖水注城中，以小舟散給坊市。嚴州（今浙江嚴州）、富陽（今浙江富陽）之柴聚於江下，由南門而入。蘇（今江蘇蘇州）、湖（今浙江湖州）米則來自北關。〔註117〕

無柴、無水，難以進行炊事；無米、無菜，難以免於飢餓，換言之，杭州之東、南、西、北門，皆與飲食息息相關。以「北門米」而言，《夢粱錄》載：「城北門者三，曰：『天宗水門』，曰：『餘杭水門』，曰：『餘杭門』，舊名『北關』是也。蓋北門浙西、蘇、湖、常（今江蘇常州）、秀（今浙江嘉興），直至江、淮諸道，水陸俱通。」〔註118〕正因為水陸通達，「杭城常願米船紛紛而來，早夜不絕可也」，城內外多達數十萬戶、百十萬口，姑且不論官府、豪貴，僅一般百姓的每日米糧總需求量，已高達一二千餘石米糧，因此，依賴「蘇、湖、常、秀、淮（今江蘇淮安）、廣（今廣東廣州）」等處運米而至。〔註119〕米市除集中於北關外黑橋頭，又於城東南新開門外草橋下南街，亦開米市三四十家；〔註120〕對照上述南宋交通體系與《夢粱錄》載米糧來源區，可知城東南新開門之米糧，理應來自廣州，且藉由海運、浙

〔註117〕〔南宋〕周必大：《二老堂雜志・臨安四門所出》，卷4，周光培編：《歷代筆記小說集成——宋代筆記小說》（石家莊：河北教育出版社，1995年2月），冊8，頁16。

〔註118〕〔南宋〕吳自牧：《夢粱錄》，卷7〈杭州〉，〔宋〕孟元老等著，中華書局上海編輯所編輯：《東京夢華錄外四種》，頁183。

〔註119〕〔南宋〕吳自牧：《夢粱錄》，卷16〈米鋪〉。同上註，頁269。米市、魚行、蟹行、果團、菜行等位置圖，參見圖3-7〈南宋臨安（杭州）城概略圖〉。

〔註120〕〔南宋〕吳自牧：《夢粱錄》，卷16〈米鋪〉、〔南宋〕周密：《武林舊事》，卷6〈諸市〉。同上註，頁269、440。

東運河縮短運輸時間。

在基本飲食需求之外，若要購買生鮮海產或醃製乾貨，可至北關外、或候潮門外有「鮮魚行」、新門外南土門有「蟹行」、便門外渾水閘有「鮝（或作鯗）團」。〔註 121〕以魚鮝而言，《夢粱錄》載：「此物產於溫（今浙江溫州）、臺（今浙江臺州）、四明（今浙江寧波）等郡，城南渾水閘，有團招客旅，鮝魚聚集於此。城內外鮝鋪，不下一二百餘家，皆就此上行合摭。魚鮝名件具載於後：郎君鮝、石首鮝、望春、春皮、片鰳……鋪中亦兼賣大魚鮓、鱘魚鮓、銀魚鮓……蒸魚、炒白蝦。」〔註 122〕種類繁多，任君挑選。若要購買水果，可至候潮門內泥路上有「青果團」、後市街上有「柑子團」。〔註 123〕在臨安城販賣的水果，如：蘇州蜜林檎，口感正如其名，范成大《吳郡志》載：「蜜林檎實，味極甘，如蜜。雖未大熟，亦無酸味。本品中第一，行都尤貴之。他林檎雖硬大，且酣紅，亦有酸味，鄉人謂之平林檎，或曰花紅林檎，皆在蜜林檎之下。」〔註 124〕抑或福建荔枝，《西湖繁勝錄》載：「福州新荔枝到，進上御前，送朝貢，遍賣街市。生紅爲上，或是鐵色。或海航來，或步擔到。」〔註 125〕再者，依據王十朋〈靜暉

〔註 121〕〔南宋〕周密：《武林舊事》，卷 6〈諸市〉。同上註，頁 440。
按：《夢粱錄》卷 13，載「團行」：「市肆謂之『團行』者，蓋因官府回買而立此名，不以物之大小，皆置爲團行，雖醫卜工役，亦有差使，則與當行同也……有名爲『團』者，如：城西花團……又有名爲『行』者，如：官巷方梳行……更有名爲『市』者，如：炭橋藥市……大抵杭城是行都之處，萬物所聚，諸行百市，自和寧門杈子外至觀橋下，無一家不買賣者。」同上註，頁 239。

〔註 122〕〔南宋〕吳自牧：《夢粱錄・鮝鋪》，卷 16。同上註，頁 269。
按：「鮝」，魚乾也。李時珍釋「石首魚」云：「乾者名鮝魚。」可以作鮝者，不限石首魚，《夢粱錄》即記載各種鮝。
〔明〕李時珍：《本草綱目》（臺北：鼎文書局，1973 年 9 月），卷 44〈鱗之三〉，頁 1366。

〔註 123〕同上註，頁 440。

〔註 124〕〔南宋〕范成大：《吳郡志》（北京：中華書局，1985 年），卷 30，頁 287。

〔註 125〕〔南宋〕西湖老人：《西湖老人繁勝錄》，〔宋〕孟元老等著，中華

樓前有荔枝一株，木老矣，予去其枯枝，今歲遂生一二百顆，至六月方熟〉，自注詩云：「閩中荔枝，三日到永嘉。」〔註 126〕以及范成大〈新荔枝四絕〉詩，自注云：「四明海舟自福唐來，順風三數日至，得荔子色香未減，大勝戎涪間所產。」〔註 127〕可知福建荔枝若以海船運送，僅三日即可到達浙江溫州，甚至在順風的助益之下，最短航程時間亦可三日至寧波，至於寧波以西，利用上述浙東運河，有助於在最佳賞味期限內運抵臨安；且由於鄰近產區，以及航運路線的便捷，豐富了人們的飲食經驗，因而懂得區分不同產區的荔枝優劣，也得以在荔枝加工品之外，增加品嚐荔枝原味的機會。

再者，食品有等級之別，食用者有貧富差距。依據程民生《宋代物資研究》分析宋代錢幣制度，所謂「貫」者，亦即「千」、「緡」、「足陌」，等同 1,000 文，或稱 1,000 錢，換言之，「文」、「錢」爲最小的錢幣單位；一般平民的每日收入相當於 100 文，個人基本單日「米糧」約需 1.5 升（宋制 1 斗爲 10 升），消費約 20 文，換言之，100 文能夠支撐一個平民家庭（4 口）的單日米糧開銷，不包括副食、燃料等支出。〔註 128〕以蘇州「眞柑」爲例，范成大《吳郡志》云：

> 眞柑，出洞庭東、西山。柑雖橘類，而其品特高。芳香超勝，爲天下第一。浙東、江西及蜀果州，皆有柑，香氣標格，悉出洞庭下，土人亦甚珍貴之。其木畏霜雪，又不宜旱，故不能多植及持久。方結實時，一顆至直百錢，猶是

書局上海編輯所編輯：《東京夢華錄外四種》，頁 119。

〔註 126〕〔南宋〕王十朋：《梅溪先生文集》（臺北：臺灣商務印書館，1975 年 6 月），《後集》，卷 12，頁 345。

〔註 127〕〔南宋〕范成大：《石湖居士詩集》（臺北：臺灣商務印書館，1975 年 6 月），卷 21，頁 120。

〔註 128〕程民生：《宋代物價研究》（北京：人民出版社，2008 年 11 月），頁 9、557～567。
按：《宋代物價研究》一書，作者論述嚴謹，舉證詳實，包括史料、方志、筆記、文集等。其中，關於宋人生活水平，本論文扼要引用部分研究成果，省略書中推論過程，不再列出各項相關文獻，若對此議題有興趣者，請直接參考原書。

常品，稍大者倍價。並枝葉剪之，飣盤時，金碧璀璨，已可人矣。〔註 129〕

聞名天下的眞柑，由於品質高、數量少、栽種不易，一顆價格相當於一戶四口之家的單日米糧花費；福建荔枝爲宋代新興的荔枝產地，品種多、品質高，劉克莊〈和南塘食荔嘆〉云：「惟閩以遠幸免涴，一顆不到溫泉宮。自從陳紫無眞本，皺玉晚出猶稱雄。」〔註 130〕「皺玉」荔枝不亞於「陳紫」，又於〈和趙南塘離支五絕〉之三，自注云：「皺玉盛時，顆直百錢。」〔註 131〕與眞柑同屬高級消費品。更有甚者，《東京夢華錄．大內》云：「東華門外，市井最盛，蓋禁中買賣在此，凡飲食、時新花果、魚蝦鱉蟹，鶉兔脯腊、金玉珍玩衣著，無非天下之奇……其歲時果瓜蔬茹新上市，並茄瓠之類新出，每對可直三五十千，諸閤分爭以貴價取之。」〔註 132〕一對瓜果價格高達 30 貫以上，著實驚人。水果之外，又如：宋仁宗飲宴，一隻螃蟹價値 1 貫，〔註 133〕凡此種種，皆非尋常人家所能消費。相較於資產金字塔的中產階級，已經具有能力享受高級食品，程民生依據《續資治通鑑長編》載大中祥符八年（1015），王旦上言：「國家承平歲久，兼并之民，徭役不及，坐取厚利。京城資產，百萬者至多，十萬而上，比比皆是。」〔註 134〕以及相關史料，推論北宋時的中產階級財產約爲 1,000 貫，南

〔註 129〕〔南宋〕范成大：《吳郡志》，卷 30，頁 285。

〔註 130〕〔南宋〕劉克莊：《後村集》（香港：迪志文化出版公司，2007 年《文淵閣四庫全書電子版》），卷 9，頁 22。

〔註 131〕同上註，卷 8，頁 16。

〔註 132〕〔宋〕孟元老等著，中華書局上海編輯所編輯：《東京夢華錄外四種》，卷 1，頁 10。

〔註 133〕《邵氏聞見後錄》載：「仁皇帝內宴，十門分各進饌。有新蟹一品，二十八枚。帝曰：『吾尚未嘗，枚直幾錢？』左右對：『直一千。』帝不悅曰：『數戒汝輩無侈靡，一下箸爲錢二十八千，吾不忍也。』置不食。」〔宋〕邵博：《邵氏聞見後錄》（北京：中華書局，1983 年），卷 1，頁 4。

〔註 134〕〔南宋〕李燾：《續資治通鑑長編》（香港：迪志文化出版公司，2007 年《文淵閣四庫全書電子版》），卷 85，頁 28。

宋由於物價和經濟發展等因素，中產階級約爲 3,000 貫至 10,000 貫，〔註 135〕因此，新鮮蟹類、遠方瓜果，於經濟發達的北宋開封抑或南宋臨安，仍有其消費族群。

底層民眾雖受限於自身經濟所得，仍可選擇鄰近產區、產量豐富、或等級普通的飲食商品，售價理應較爲低廉，如：山東鄰近汴京，盛產棗，王安石〈賦棗得燭字〉云：「緬懷青（今山東益都）齊（今山東濟南）間，萬樹蔭平陸。」〔註 136〕立秋時節，汴京街上販售棗類尤多，其中之一即「青州棗」。〔註 137〕又如：北宋時，「江西金橘」因溫成皇后的喜愛而「價重京師」，然於南宋之際，江西鄰近臨安，憑藉地利、水路之便，「一舟可載千百株」，且「實多根茂，才直二、三鐶」，〔註 138〕一株小橘樹，結實纍纍，300 文內即可購得；四川荔枝，蔡襄《荔枝譜》評爲：「肌肉薄而味甘酸，其精好者僅比東閩之下等。」〔註 139〕然黃庭堅仍稱讚戎州（今四川宜賓）栢枝品種，「大如雞卵，味極美，每斤才八錢。」〔註 140〕味美且價廉。

開封、杭州爲北宋、南宋的首要都城，屬經濟消費重心、與交通運輸中心。各類水果、海鮮，無論遠近，藉由水、海、陸運，運抵都會消費區，或講究新鮮，如：黃河鯉魚、福建子魚、江西金橘、蘇州

〔註 135〕程民生：《宋代物價研究》，頁 572～576。

〔註 136〕〔宋〕王安石撰：《王安石全集》（臺北：河洛圖書出版社，1974 年 10 月），《王安石詩集》，卷 10，頁 59。

〔註 137〕〔宋〕孟元老：《東京夢華錄・立秋》載：「是月，瓜果梨棗方盛，京師棗有數品：靈卷、牙棗、青州棗、亳州棗。」卷 8，〔宋〕孟元老等著，中華書局上海編輯所編輯：《東京夢華錄外四種》，頁 50。

〔註 138〕〔宋〕張世南：《游宦紀聞》（北京：中華書局，1981 年 1 月），卷 2，頁 11。
按：「鐶」者，即 100 文。參見程民生：〈宋錢計量單位及名稱小考〉，《史學月刊》第 3 期（1997 年），頁 116。

〔註 139〕〔宋〕蔡襄：《端明集》（香港：迪志文化出版公司，2007 年《文淵閣四庫全書電子版》），卷 35《荔枝譜・第一》，頁 7。

〔註 140〕曾棗莊、劉琳主編：《全宋文》（上海：上海辭書出版社，2006 年 8 月），黃庭堅〈與王觀復書〉，冊 104，卷 2281，頁 299。

蜜林檎等；或加工製作，以延長食用期限，且增添風味，如：福建紅鹽荔枝、醃製魚鮓、炒製水果等。其餘各地，彼此亦有往來，如：南方醃製椰子、楊梅運至北方，湖北臭腐魚乾運往江西銷售。再者，生產區具有品質高下、產量多寡、距離消費區遠近等自然環境因素，消費區具有經濟能力、流行風尚等社會發展因素，相互交錯影響之下，無論高價或低價的飲食商品，皆有其購買者，且商品價格未必永遠不變，如：江西金橘即是一例。

第二節　譜錄著作與飲食主張

關於「譜錄」，《四庫全書總目提要・子部 12・農家類》云：「農家條目，至爲雜蕪。諸家著錄，大抵輾轉旁遷，因「耕」而及《相牛經》，因《相牛經》及《相馬經》、《相鶴經》、《鷹經》、《蟹錄》至於《相貝經》，而《香譜》、《錢譜》相隨入矣。因「五穀」而及《圃史》，因《圃史》而及《竹譜》、《荔枝譜》、《橘譜》至於《梅譜》、《菊譜》……今逐類汰除，惟存本業，用以見重農貴粟，其道至大，其義至深，庶幾不失〈豳風〉、〈無逸〉之初旨。」〔註 141〕爲求類別清楚，而非籠統概括，《四庫全書》因而限定農家類以農耕、蠶桑爲主，共收錄 10 本，其中，宋人所述者，僅陳旉撰《農書》。〔註 142〕另針對「以某物爲題」者，訂立〈譜錄類〉，再細分器物、食譜、草木鳥獸蟲魚三項子類，其中，就「食譜」而言，共收錄 10 本，除《糖霜譜》外，餘爲茶、酒，宋人所述者，占 7 本，如：蔡襄《茶錄》、竇苹《酒譜》等；「草木蟲魚」則共收錄 21 本，宋人所述者，占 15 本，如：歐陽修《洛陽牡丹記》、蔡襄《荔枝譜》、傅肱《蟹譜》等。〔註 143〕藉由相關數據，可見宋代撰寫譜錄之盛行。

〔註 141〕〔清〕紀昀總纂：《四庫全書總目提要》（石家莊：河北人民出版社，2000 年 3 月），總卷 102，子部卷 12，頁 2580。
〔註 142〕同上註，總卷 102，子部 12，頁 2581～2582。
〔註 143〕同上註，總卷 115，子部 25，頁 2974～2994。

即使「譜錄」獨立於「農家」之外，歸類仍略有瑕疵，乃因荔枝、橘、蟹等，亦能食用，何嘗不能放入「食譜」，且「食譜」中幾乎全爲茶、酒，卻納入《糖霜譜》，不免突兀；相較於今人姚偉鈞等撰《中國飲食典籍史》以「飲食」爲關鍵核心，進而區分食經類、茶書類、酒書類、醫書類、農書類、史書類、筆記類、類書類著作，標目歸類相對明確，其中，「農書類」即綜合上述《四庫全書》農家類以及譜錄類，包括陳旉《農書》、蔡襄《荔枝譜》、韓彥直《橘錄》、僧贊寧《筍譜》、陳仁玉《菌譜》、傅肱《蟹譜》、高似孫《蟹略》、王灼《糖霜譜》，至於茶錄、酒譜則分別歸類至茶書類、酒書類。〔註 144〕本章專就蔡襄《荔枝譜》、與韓彥直《橘錄》而論。

一、蔡襄《荔枝譜》

蔡襄，《兩宋名賢小集》載：「蔡襄，字君謨，其先自光州固始（今河南固始）入閩，家仙遊（今福建仙遊），又遷莆田（今福建莆田），遂爲莆田人。」〔註 145〕歐陽修〈端明殿學士蔡公墓誌銘〉載：「（治平）三年，徙南京留守，未行，丁母夫人憂。明年八月某日，以疾卒於家，享年五十有六。」〔註 146〕因此，可知蔡襄係閩人，生於宋眞宗大中祥符五年（1012），卒於宋英宗治平四年（1067），年 56。宋仁宗嘉祐四年（1059），蔡襄時年 48，撰《荔枝譜》，〔註 147〕考之前

〔註 144〕姚偉鈞、劉樸兵、鞠明庫：《中國飲食典籍史》（上海：上海古籍出版社，2011 年 12 月），頁 201～213。

〔註 145〕〔南宋〕陳思編，〔元〕陳世隆補：《兩宋名賢小集》（香港：迪志文化出版公司，2007 年《文淵閣四庫全書電子版》），卷 71，頁 1。

〔註 146〕〔宋〕歐陽修撰，楊家駱編：《歐陽修全集》（臺北：世界書局，1991 年 10 月），《居士集》，卷 35，頁 247。

〔註 147〕《荔枝譜》，收錄於蔡襄《端明集》，文末云：「嘉祐四年（1059）歲次己亥秋八月二十日蒲陽蔡某述。」因此，可得著述時間。
按：《方輿勝覽》載宋朝興化軍，領縣有三，「興化、仙遊、莆田」，治莆田，又別名「莆陽」。至於莆、蒲二字，《康熙字典》釋：「莆，通『蒲』」。總之，莆田，或稱莆陽，且「莆」字通「蒲」，故往往混合使用。本文一律作「莆」。參見：

後仕途經歷：

宋仁宗至和元年（1054），遷龍圖閣直學士，知開封府〔註148〕；至和二年（1055）乞知泉州，六月離京〔註149〕；宋仁宗嘉祐元年（1056）二月至泉州，同年四月即改知福州〔註150〕；宋仁宗嘉祐三年（1058）七月，改知泉州，直至嘉祐五年（1060），召翰林學士，權三司，使三司，還京。〔註151〕

嘉祐四年（1059），蔡襄任職泉州，因此，《四庫全書總目提要》指

〔宋〕蔡襄：《端明集》（香港：迪志文化出版公司，2007年《文淵閣四庫全書電子版》），卷35《荔枝譜》，頁15。

〔宋〕祝穆：《方輿勝覽》（香港：迪志文化出版公司，2007年《文淵閣四庫全書電子版》），卷13，頁1。

〔清〕張玉書等撰：《康熙字典》，申集上，見于玉安、孫豫仁主編：《字典彙編》（北京：國際文化出版公司，1993年12月），冊16，頁181。

〔註148〕歐陽修〈端明殿學士蔡公墓誌銘〉云：「至和元年（1054）遷龍圖閣直學士，知開封。」〔宋〕歐陽修撰，楊家駱編：《歐陽修全集》，《居士集》，卷35，頁246。

〔註149〕蔡襄〈長子將作監主簿哀詞并序〉云：「至和二年（1055），予出知泉州，仕親南歸。」〔宋〕蔡襄：《端明集》，卷36，頁1。

〈上集賢相公書〉云：「某自六月去都，至南京，遽喪長子，尋以妻室病患，道路就醫，處處留滯，至衢州，此又喪亡，半年之間，再罹凶告，生意幾盡。」〔宋〕蔡襄：《端明集》，卷27，頁20。

〔註150〕蔡襄〈移福州乞依舊知泉州狀〉云：「臣爲偏親年高，陳乞泉州，近家仕養，蒙恩除臣，自出京在路，亡子喪妻，醫藥住滯。於今年二月七日到官，方得六十餘日，又蒙命移知福州。」〔宋〕蔡襄：《端明集》，卷25，頁7～8。

〔註151〕蔡襄〈乞雨題西方院詩序〉：「嘉祐三年（1058）七月，某再領泉山，是歲春夏不雨，祈飛陽廟」〔宋〕蔡襄：《端明集》，卷8，頁5。

蔡襄〈萬安渡石橋記〉云：「泉州萬安渡石橋，始造於皇祐五年（1053）四月庚寅，以嘉祐四年（1059）二月辛未訖功……明年秋（1060），蒙召還京，道繇是出。」〔宋〕蔡襄：《端明集》，卷28，頁21～22。

歐陽修〈端明殿學士蔡公墓誌銘〉云：「嘉祐五年（1060），召拜翰林學士，權三司，使三司。」

〔宋〕歐陽修撰，楊家駱編：《歐陽修全集》，《居士集》，卷35，頁246。

出蔡襄著述時間「按其年月，蓋自福州移知泉州時也」，〔註 152〕此句確實無誤；然《四庫全書總目提要》又云：「荔枝之有譜自襄始」，〔註 153〕今人彭世獎於 2008 年發表《歷代荔枝譜校注》提出反駁。依據南宋・吳曾《能改齋漫錄・荔枝譜》載：「蔡君謨守福唐，以閩中荔枝著譜。而鄭熊亦嘗記廣中荔枝凡二十二種：玉英子荔枝　如玉之英　燋核荔枝　核小肉多……五色荔枝　出海南。」〔註 154〕彭氏因而推論：

> 北宋嘉祐四年（1059），蔡襄寫的《荔枝譜》是現存最早的一種《荔枝譜》，也是流傳最廣、影響最大的一種……事實上，在蔡譜之前 80 多年，即公元 971 年（宋太祖開寶四年），北宋鄭熊已寫成了記述廣東荔枝的《廣中荔枝譜》。原書雖已失傳，但卻在南宋吳曾所撰的《能改齋漫錄》中保存了所記 22 個廣東荔枝品種的名稱和簡單性狀，所以，鄭熊《廣中荔枝譜》才是中國歷史上最早的《荔枝譜》。〔註 155〕

關於鄭熊《廣中荔枝譜》，歷來多有討論，王毓瑚《中國農學書錄》以爲「據清・吳應逵《嶺南荔枝譜》序說，早已失傳。」〔註 156〕實際翻閱吳應逵《嶺南荔枝譜》，序文並無相關說法，而是見於譚瑩跋語，云：「廣中譜自鄭熊，而已湮其說。」〔註 157〕因之，王毓瑚說道：

> 《說郛》收有唐・鄭熊《番禺雜記》一種，《古今圖書集成・草木典・荔枝部》加以引用，列於段公路《北户錄》之後；段氏是唐末時人，本書作者（鄭熊）大約與他（段氏）同時。關於荔枝的專譜，應以本書爲最早。〔註 158〕

〔註 152〕〔清〕紀昀總纂：《四庫全書總目提要》，總卷 115，卷 25，頁 2986。

〔註 153〕同上註，頁 2986。

〔註 154〕〔南宋〕吳曾：《能改齋漫錄》（香港：迪志文化出版公司，2007 年《文淵閣四庫全書電子版》），卷 15，頁 29。

〔註 155〕彭世獎：《歷代荔枝譜校注》（北京：中國農業出版社，2007 年 10 月），〈校注說明〉，頁 1～2。

〔註 156〕王毓瑚：《中國農學書錄》（臺北：明文書局，1981 年 3 月），頁 51。

〔註 157〕彭世獎：《歷代荔枝譜校注》，頁 535。

〔註 158〕王毓瑚：《中國農學書錄》，頁 51。

必須說明的是，《說郛》收錄鄭熊《番禺雜記》，共計 9 則記載，實未標註作者年代，〔註 159〕《古今圖書集成》引用《番禺雜記》其中一則荔枝記載，並非引自《廣中荔枝譜》；〔註 160〕王毓瑚參考《古今圖書集成》「依時爲序」的編排特點，在《番禺雜記》之前的書籍，係段公路《北戶錄》，進而推斷鄭熊生年及《番禺雜記》著述時間，並以爲《番禺雜記》與《廣中荔枝譜》二者撰述時間理應相近，因此，導引《廣中荔枝譜》成書於唐末的結論。然其論述盲點在於，依據《古今圖書集成》編排〈荔枝部彙考〉，《番禺雜記》之前爲唐·段公路《北戶錄·無核荔枝》，後爲宋·蔡襄《荔枝譜》，何以鄭熊非北宋人？潘法連〈讀《中國農學錄》札記之三〉則引用南宋·陳振孫《直齋書錄解題》載：「《番禺雜記》一卷，攝南海主簿鄭熊撰，國初人。」〔註 161〕推翻以上論述，且依據明·宋珏《荔枝譜·述蔡第三》引《浪齋便錄》云：「蔡君謨守泉日，書《荔枝譜》於安靜堂。有鄭熊者，亦記廣中荔枝，凡二十二種，以附蔡譜之末。」〔註 162〕進而斷定鄭熊《廣中荔枝譜》撰於北宋嘉祐四年之後，晚於蔡襄。〔註 163〕楊寶霖〈關於〈讀《中國農學錄》札記〉中一些問題與潘法連先生商榷〉

按：「番禺」，古郡縣名。秦始皇三十三年（前 214）置，治今廣東省廣州市。秦末龍川縣令趙佗割據嶺南，自立爲南越王都此。秦、漢至南朝爲南海郡治。隋併入南海縣。參見戴均良等主編：《中國古今地名大詞典》（上海：上海辭書出版社，2005 年 7 月），頁 2901。

〔註 159〕〔元〕陶宗儀：《說郛》（香港：迪志文化出版公司，2007 年《文淵閣四庫全書電子版》），卷 61 下，頁 30～31。

〔註 160〕原文：「犍爲僰道（今四川宜賓）、廣南，荔枝熟時，百鳥肥。其名上曰焦核小、次曰春花、次曰胡偈，此三種爲美；似鱉卵，大而酸，以爲醢和，率生稻田間。」〔清〕陳夢雷：《古今圖書集成》（臺北：文星書店，1964 年 10 月），冊 67，卷 273〈荔枝部·彙考一·鄭熊《番禺雜記》·荔枝三種〉，頁 552。

〔註 161〕〔南宋〕陳振孫：《直齋書錄解題》（香港：迪志文化出版公司，2007 年《文淵閣四庫全書電子版》），卷 8，頁 38。

〔註 162〕彭世獎：《歷代荔枝譜校注》，頁 198。

〔註 163〕潘法連：〈讀《中國農學錄》札記之三〉，《中國農史》第 4 期（1989 年），頁 98～99。

贊同鄭熊為北宋初人之說，又引證南宋・方信孺《南海百詠》註釋地理景觀，該書以鄭熊《番禺雜記》為參考資料，並云：「國初，前攝南海簿鄭熊所作《番禺雜記》……熊為潘美客。」〔註 164〕進而檢索《宋史》，可知「開寶三年（970），征嶺南，以美為行營諸軍都部署、朗州團練使，尹崇珂副之。」〔註 165〕開寶四年（971）二月，破廣州，「即日，命美與尹崇珂同知廣州兼市舶使……五年（972），兼嶺南道轉運使。土豪周思瓊聚眾負海為亂，美討平之，嶺表遂安。七年（974），議征江南。九月，遣美與劉遇等率兵先赴江陵。」〔註 166〕鄭熊為潘美客，攝南海主簿，時為開寶四年至七年（971～974）間，因此，推論《番禺雜記》與《廣中荔枝譜》著述早於北宋嘉祐四年（1059）之前。〔註 167〕總之，《四庫全書總目提要》所謂「荔枝之有譜自襄始」，已經確定有誤，自 1980 年王毓瑚提出鄭熊《廣中荔枝譜》方為最早的荔枝譜，成書時間約於唐末；1989 年，潘法連則以為鄭熊為北宋初人，著作晚於蔡襄《荔枝譜》，即嘉祐四年（1059）之後；1992 年，楊寶霖藉由文史對照，論定鄭熊確為北宋初人，於開寶四年至七年（971～974）間任南海主簿，換言之，鄭熊《廣中荔枝譜》不可能在 80 餘年之後才成書；2008 年，彭世獎直指鄭熊著述時間，係開寶四年（971），卻未引用任何文獻佐證，抑或述及推論過程，實有失允當，換言之，仍以楊寶霖所論為準。其次，較之王毓瑚以為「清初人編寫的《廣群芳譜・果譜・荔枝》引過此書」，〔註 168〕彭世獎上溯更早的文獻紀錄，亦即南宋・吳曾《能改齋漫錄》可見鄭熊記載的廣東荔枝

〔註 164〕〔南宋〕鄭熊：《南海百詠》（北京：中華書局，1985 年），頁 1。
〔註 165〕〔元〕脫脫等撰，楊家駱編：《新校本宋史并附編三種・潘美傳》（臺北：鼎文書局，1978 年 9 月），卷 258，頁 8991。
〔註 166〕同上註，頁 8992。
〔註 167〕楊寶霖：〈關於〈讀《中國農學錄》札記〉中一些問題與潘法連先生商榷〉，《中國農史》第 4 期（1992 年），頁 97～98。
〔註 168〕王毓瑚：《中國農學書錄》，頁 51。另，參見〔清〕汪灝等撰：《廣群芳譜》（臺北：新文豐出版公司，1970 年 10 月），卷 60〈果譜・荔支一〉，頁 3335～3336。

品種。

目前學界認定的最早荔枝譜錄，乃鄭熊《廣中荔枝譜》，然就影響甚遠、現存完整的荔枝譜錄而言，當屬蔡襄《荔枝譜》，不僅記載各種荔枝品類，亦談史、論美，以下予以分析闡述。

（一）閩荔真第一，宣傳家鄉物

蔡襄《荔枝譜》，共七篇，原無標目，僅列序號，《四庫全書總目提要》爲之訂定標題，其一，原本始；其二，標尤異；其三，誌賈鬻；其四，明服食；其五，慎護養；其六，時法製；其七，別種類，〔註 169〕本論文探究並不受限於單一篇目，未必依序探討，各篇實可綜合參看。

首先，蔡襄標舉荔枝之特殊性，即產地有限，而非隨處可見，云：「荔枝之於天下，唯閩、粵、南粵、巴蜀有之。」〔註 170〕並以「史」爲證，引漢高祖、漢和帝、唐玄宗荔枝進貢爲例，云：

> 漢初南粵王尉佗以之備方物，於是始通中國……東京，交阯七郡貢生荔枝，十里一置，五里一堠，晝夜奔騰，有毒蟲猛獸之害。臨武長唐羌上書言狀，和帝詔太官省之……唐天寶中，妃子尤愛嗜，涪州歲命驛致。〔註 171〕

〔註 169〕〔清〕紀昀總纂：《四庫全書總目提要》，卷 115，頁 2986。

〔註 170〕〔宋〕蔡襄：《端明集》，卷 35《荔枝譜・第一》，頁 6。
按：「閩」，今福建簡稱。
「粵」，今廣東簡稱。
「南粵」，即「南越」。西漢初國名。都於南海縣（今廣東廣州）。
「巴蜀」，巴者，秦惠文王更元九年（前 316）滅巴國，置巴郡，治江州縣（今四川重慶市江北區）。蜀者，戰國秦昭襄王二十二年（前 285）置蜀郡，治成都縣（今四川成都市）。
戴均良等主編：《中國古今地名大詞典》，頁 595、2249、2896、3023。史爲樂主編：《中國歷史地名大辭典》（北京：中國社會科學出版社，2005 年 3 月），頁 1819。

〔註 171〕同上註，卷 35，頁 6。
按：「東京」，宋代指開封，隋唐指洛陽。
「交阯」，初泛指五嶺以南地區。西漢平南越後，置交阯刺史部於嶺南，東漢建武中，改交阯刺史部爲交州，治廣信縣（今廣西梧州以上語出漢・劉歆《西京雜記》載：「尉陀獻高帝鮫魚、荔枝，帝報以蒲桃錦四匹。」〔註 172〕以及南朝宋・范曄《後漢書》載：「舊南海獻龍眼、荔支，十里一置，五里一候，奔騰阻險，死者繼路。時臨武長汝南唐羌，縣接南海，乃上書陳狀。帝下詔曰：『遠國珍羞，本以薦奉宗廟。苟有傷害，豈愛民之本。其勑太官勿復受獻。』由是遂省焉。」〔註 173〕此段記載，唐・李賢等注並引三國吳・謝承《後漢書》，補足唐羌進諫之語，謝承書曰：「道經臨武，羌乃上書諫曰：『臣聞上不以滋味爲德，下不以貢膳爲功，故天子食太牢爲尊，不以果實爲珍。伏見交阯七郡獻生龍眼等，鳥驚風發。南州土地，惡蟲猛獸不絕於路，至於觸犯死亡之害。死者不可復生，來者猶可救也。此二物升殿，未必延年益壽。』帝從之。」〔註 174〕至於楊貴妃喜食荔枝，關於唐代荔枝進貢之來源，歷來見解不一，或持廣東廣州說，或持四川涪州說。關於廣東廣州說，唐・李肇《唐國史補》云：「楊貴妃生於蜀，好食荔枝。南海所生，尤勝蜀者，故每歲飛馳以進。然方暑而熟，經宿則敗，後人皆不知之。」〔註 175〕李肇以爲南海荔枝風味勝過蜀地，因而成爲進貢首選，且同時點出荔枝易於腐敗，凸顯「飛馳以進」的緊急性。貴妃擁有三千寵愛，自然不可能食用腐壞

市），旋移治番禺縣（今廣東廣州市）。

「臨武」，湖南省南部，南與廣東省接壤，西漢初置臨武縣。

「涪州」，唐武德元年（618）分渝州置，天寶初改涪陵郡，乾元初復爲涪州。治涪陵縣（今重慶市涪陵區）。參見戴均良等主編：《中國古今地名大詞典》，頁 1231、2149、2773。

〔註 172〕〔漢〕劉歆：《西京雜記》（北京：中華書局，1991 年），卷上，頁 13。

〔註 173〕〔南朝宋〕范曄撰，〔唐〕李賢等注，〔晉〕司馬彪補志，楊家駱編：《新校本後漢書并附編十三種・孝和孝殤帝紀》（臺北：鼎文書局，1978 年 11 月），卷 4，頁 194。

按：李賢等注云：「南海，郡，秦置，今廣州縣也」，頁 194。

〔註 174〕同上註，頁 194。

〔註 175〕〔唐〕李肇：《唐國史補》（香港：迪志文化出版公司，2007 年《文淵閣四庫全書電子版》），卷上，頁 6。

的荔枝，然所謂荔枝「經宿則敗」畢竟過於誇張；可以肯定的是，正如白居易所〈荔枝圖序〉云：「若離本枝，一日而色變，二日而香變，三日而味變，四五日外，色香味盡去矣。」〔註 176〕荔枝最佳賞味期限確實短暫，因此，受限於嚐鮮期，以及嶺南距離長安路途遙遠，即使藉由大運河體系，尚須經由洛陽再轉運至長安，途經三門峽，過程險阻曲折，見第三章之第一節〈運輸網絡與飲食流通〉所述，換言之，嶺南荔枝唯有透過加工，方能延長食用期限，獲得進貢朝廷的機會。再者，歐陽修等撰《新唐書》載：「帝幸驪山，楊貴妃生日，命小部張樂長生殿，因奏新曲，未有名，會南方進荔枝，因名曰〈荔枝香〉。」〔註 177〕陳寅恪提出相關辯駁。唐・李吉甫《元和郡縣圖志》載：「華清宮，在驪山上。開元十一年（723），初置溫泉宮，天寶六年（747），改爲華清宮。又造長生殿，名爲集靈臺，以祀神也。」〔註 178〕白居易〈長恨歌〉云：「春寒賜浴華清池，溫泉水滑洗凝脂。侍兒扶起嬌無力，始是新承恩澤時。」〔註 179〕陳寅恪《元白詩箋證稿》案云：「溫泉之浴，其旨在治療疾病，除寒祛風。非若今日習俗，以爲消夏逭暑之用者也。」〔註 180〕確定華清宮溫泉功用之後，進而

〔註 176〕周紹良主編：《全唐文新編》（長春：吉林文史出版社，2000 年 12 月），卷 675，頁 7628。

〔註 177〕〔宋〕歐陽修、宋祁等撰，楊家駱主編：《新校本新唐書附索引・禮樂志》（臺北：鼎文書局，1979 年 2 月），卷 22，頁 476。

〔註 178〕〔唐〕李吉甫撰，賀次君點校：《元和郡縣圖志》（北京：中華書局，1983 年 6 月），卷 1，頁 7。

〔註 179〕清聖祖御定：《全唐詩》（北京：中華書局，1960 年 4 月），冊 13，卷 435，頁 4818～4820。

〔註 180〕陳寅恪案語前後，往往運用詩史互證，同時避免孤證，資料引用相當豐富。本文僅列舉部分文史資料，不再逐條徵引。關於白居易詩「春寒賜浴華清池」四句，陳寅恪引用詩史資料，如：《三秦記》載：「麗（通「驪」）山西北有溫水，祭則得入，不祭則爛人肉。俗云：『始皇與神女遊，而忤其旨，神女唾之，生瘡；始皇佈謝之，神女爲出溫泉，後人因以澆洗瘡』。」
《唐六典》注「溫湯監一人正七品下」，引《三秦記》之外，又云：『漢魏以來，相傳能蕩邪蠲疫。今在新豐縣西。後周庾信有溫

考證白居易〈長恨歌〉云：「七月七日長生殿，夜半無人私語時。」實爲荒謬，陳寅恪案云：

> 此節有二問題，一時間，二空間。關於時間之問題，則前論溫湯療疾之本旨時已略言之矣。夫溫泉袪寒去風之旨既明，則玄宗臨幸溫湯必在冬季春初寒冷之時節。今詳檢兩唐書玄宗紀無一次於夏日炎暑時幸驪山，而其駐蹕溫泉，常在冬季春初，可以證明者也……唐代宮中長生殿雖爲寢殿，獨華清宮之長生殿爲祀神之齋宮。神道清嚴，不可闖入兒女猥瑣。樂天未入翰林，猶不諳國家典故，習於世俗，未及詳察，遂致失言。〔註181〕

時間證明唐玄宗與楊貴妃不可能於夏日之際，至驪山華清宮享受溫泉浴；空間證明礙於祭祀禮儀，唐玄宗與楊貴妃也不可能在長生殿發生兒女情事。楊貴妃既然不可能於夏日至華清宮、長生殿，當然也不可

泉碑。皇朝置溫泉宮，常所臨幸……天下諸州，往往有之，然地氣溫潤，殖物尤早，卉木淩冬不凋，蔬果入春先熟，比之驪山，多所不逮。』」

唐玄宗〈惟此溫泉是稱愈疾，豈予獨受其福，思與兆人共之，乘暇巡遊乃言其志〉詩云：「桂殿與山連，蘭湯湧自然。陰崖含秀色，溫穀吐潺湲。績爲蠲邪著，功因養正宣。願言將億兆，同此共昌延。」與史料相互爲證。參見：

（成書年代不詳）辛氏：《三秦記》（臺北：藝文印書館，1967年），頁7。

〔唐〕張九齡等撰：《唐六典》（臺北：臺灣商務印書館，1970年），卷19，頁16。

清聖祖御定：《全唐詩》，冊1，卷3，頁30。

陳寅恪：《元白詩箋證稿》（臺北：世界書局，1963年1月），頁21、22。

〔註181〕在空間方面，引用資料包括《舊唐書・玄宗紀》、《唐會要・華清宮》、鄭嵎〈津陽門詩〉等。前兩者所記，與《元和郡縣圖志》所載大抵相同，皆述及建長生殿以祀神；鄭嵎〈津陽門詩〉云：「飛霜殿前月悄悄，迎春亭下風颸颸」自注云：「飛霜殿即寢殿，而白傳〈長恨歌〉以長生殿爲寢殿，殊誤矣。」

陳寅恪：《元白詩箋證稿》，頁40～42。清聖祖御定：《全唐詩》，冊17，卷567，頁6566。

能於驪山華清宮、長生殿食用荔枝。因此，陳寅恪進而推論唐・杜牧〈過華清宮絕句〉所述驪山山頂千門次第開，只因荔枝進貢來，以及唐・袁郊《甘澤謠》記述南海荔枝獻於長生殿，凡此皆不可信，〔註 182〕即使如歐陽修等撰《新唐書》此類史書，所述〈荔枝香〉一事，亦屬《甘澤謠》謬說，不可斷然信之。〔註 183〕總之，南海荔枝以新鮮狀態進貢至長安，實屬困難，且楊貴妃於夏日至華清宮、長生殿食用南海荔枝，亦非事實。至於杜甫〈病橘〉述及荔枝進貢一事，云:「憶昔南海使，奔騰獻荔枝。百馬死山谷，到今耆舊悲。」〔註 184〕宋・郭知達編《九家集註杜詩》以爲此句係引用漢和帝時，南海進獻荔枝、龍眼，途中快馬奔騰、人馬疲弊，「借其事以譏楊妃……唐所

〔註 182〕杜牧〈過華清宮絕句〉三首之一云：「長安回望繡成堆，山頂千門次第開。一騎紅塵妃子笑，無人知是荔枝來。」清聖祖御定：《全唐詩》，冊 16，卷 521，頁 5954。
袁郊《甘澤謠》:「天寶十四載（755）六月一日，時驪山駐蹕，是貴妃誕辰。上命小部音聲樂長生殿，仍奏新曲，未有名。會南海進荔枝，因以曲名〈荔枝香〉，左右歡呼，聲動山谷。」〔唐〕袁郊：《甘澤謠》（北京：中華書局，1985 年），〈許雲封〉，頁 13。
陳寅恪按云：「據唐代可信之第一等資料，時間空間，皆不容許明皇與貴妃有夏日同在驪山之事實。杜牧、袁郊之說，皆承譌因俗而來，何可信從？而樂天長恨歌「七月七日長生殿」之句，更不可據爲典要。」《元白詩箋證稿》，頁 42。

〔註 183〕陳寅恪按云：「歐陽永叔博學通識，乃於《新唐書》貳貳〈禮樂志〉壹云:「帝幸驪山……因名曰〈荔枝香〉」是亦采《甘澤謠》之謬說，殊爲可惜。」《元白詩箋證稿》，頁 43。

〔註 184〕杜甫〈病橘〉原詩云：「群橘少生意，雖多亦奚爲。惜哉結實小，酸澀如棠梨。剖之盡蠹蝕，采掇爽所宜。紛然不適口，豈只存其皮。蕭蕭半死葉，未忍別故枝。玄冬霜雪積，況乃回風吹。嘗聞蓬萊殿，羅列瀟湘姿。此物歲不稔，玉食失光輝。寇盜尚憑陵，當君減膳時。汝病是天意，吾愁罪有司。憶昔南海使，奔騰獻荔支。百馬死山谷，到今耆舊悲。」
本詩主旨，仇兆鰲注云：「〈病橘〉，傷貢獻之勞民也。首敘橘病堪憐……病橘不供，適當減膳之時，疑是天意使然，但恐責有司而疲民力，故引獻荔事爲證，節節推開，意多曲折。」〔唐〕杜甫撰，〔清〕仇兆鰲注：《杜少陵集詳注》（北京：北京圖書館出版社，1999 年 4 月），卷 10，頁 562～563。

貢乃涪州荔支，由子午道而往，非南海也。」〔註185〕子午道，正是四川新鮮荔枝進貢長安的關鍵因素。

有別於南海，唐代新鮮荔枝進貢的來源，更有可能來自於四川。蘇軾〈荔支嘆〉云：「永元荔支來交州，天寶歲貢取之涪。」自注云：「唐天寶中蓋取涪州荔支，自子午谷路進入。」〔註186〕除了敘述漢、唐荔枝進貢的產地，蘇軾同樣點出涪州荔枝適合進貢朝廷的原因，正是「子午谷路」的配合。李吉甫《元和郡縣圖志》載：「子午關，在（長安）縣南百里。王莽通子午道，因置此關。魏遣鍾會統十萬餘眾，分從斜谷，駱谷、子午谷，趨漢中；晉桓溫伐秦，命司馬勳出子午道。今洋州（今陝西西鄉縣西）東二十里曰龍亭，此入子午谷之路。梁將軍王神念以舊道緣山避水、橋樑多壞，乃別開乾路，更名子午道，即此路也。」〔註187〕入子午谷之路，即名「子午道」，漢・王莽通子午道，乃軍事要道；南朝梁・王神見多有毀壞，乃別開新路，亦名子午道。相較於南海，四川距離長安近，又利用子午道，加快荔枝運送時程，南宋・祝穆《方輿勝覽》引《洋州志》云：「楊妃嗜生荔枝，詔驛自涪陵，由達州（今四川達州）取西鄉入子午谷，至長安才三日，香色俱未變。」〔註188〕再者，南宋・吳曾《能改齋漫錄》云：「近見《涪州圖經》，及詢土人，云：『涪州有妃子園荔枝』蓋妃嗜生荔枝，以驛騎遞，自涪至長安有便路，不七日可到，故杜牧之詩云：『一騎紅塵妃子笑』，東坡亦川人，故得其實。」

〔註185〕〔宋〕郭知達編：《九家集註杜詩》（臺北：大通書局，1974 年），卷 8，頁 524。

〔註186〕〔宋〕蘇軾著，〔清〕馮應榴輯注，黃任軻、朱懷春校點：《蘇軾詩集合注》，卷 39，頁 2029。

〔註187〕〔唐〕李吉甫撰，賀次君點校：《元和郡縣圖志》，卷 1，頁 5～6。按：「子午」，宋敏求《長安志》引顏師古注云：「子，北方也；午，南方也。言通南北道相當，故謂之子午耳。今京城直南山有谷通梁漢道者，名子午谷。」（香港：迪志文化出版公司，2007 年《文淵閣四庫全書電子版》），卷 12，頁 3。

〔註188〕〔南宋〕祝穆：《方輿勝覽》，卷 68，頁 10。

〔註189〕四川設有妃子園，專爲貴妃進獻荔枝，又輔以子午谷便道，更加確定四川新鮮荔枝，最有可能成爲貴妃最愛。近人余曉容〈楊貴妃能吃上新鮮荔枝〉專就保鮮技術，引用杜甫〈解悶〉之十二云：「側生野岸及江浦，不熟丹宮滿玉壺。」〔註190〕以及杜甫〈甘園〉云：「結子隨邊使，開籠（或作筒）近至尊。」〔註191〕爲例，指出當時人們已經懂得利用瓷壺、竹筒此類容器裝運荔枝等水果；文中闡述密封保鮮法與植物生長的關係：「根據果實本身的呼吸作用，密封筒內的氧氣逐漸減少，二氧化碳逐漸增多，抑制了果實本身的新陳代謝，延長果實的成熟時間，從而達到了貯藏保鮮的目的。」〔註192〕此一植物生理學，得以解釋爲何「一騎紅塵妃子笑，無人知是荔枝來」？正是因爲「瓷壺裝運或筒裝的鮮荔枝，由於是密封，外面看不見，所以在馳驛途中也就『無人知是荔枝來』。」〔註193〕文學與植物生理學相互連結，顯示密封保鮮法，唐代已經懂得應用，如此反推嶺南荔枝亦可透過密封保鮮法運抵北方，然考量距離遠近，何必捨近求遠。總之，四川涪州荔枝以其鄰近長安，以及便道設施的地理優勢，又設有專屬妃子園、近人分析唐代保鮮技術的運用，皆強化貴妃食用四川新鮮荔枝的可能性，因此，可證唐代四川荔枝貴爲進貢佳品。

無論漢、唐進貢來自廣東，抑或四川，蔡襄評曰：「雖曰鮮獻，而傳置之速，腐爛之餘，色香味之存者亡幾矣。是生荔枝，中國未始見之也。」〔註194〕腐壞的荔枝，絕非美味，經由荔枝加工製造的荔枝，亦與「生荔枝」有別，即使快馬加鞭運送生荔枝，蔡襄仍評以新鮮不足；在「生」的首要客觀條件之外，勝出關鍵在於，蔡襄認定家

〔註189〕〔南宋〕吳曾：《能改齋漫錄》，卷15，頁42。
〔註190〕〔唐〕杜甫撰，〔清〕仇兆鰲注：《杜少陵集詳注》，卷17，頁910。
〔註191〕同上註，卷12，頁636。
〔註192〕余曉容：〈楊貴妃能吃上新鮮荔枝〉，《語文教學之友》第12期（2010年），頁33。
〔註193〕同上註，頁33。
〔註194〕〔宋〕蔡襄：《端明集》，卷35《荔枝譜・第一》，頁7。

鄉福建荔枝，方爲「眞荔枝」，云：「九齡、居易雖見新實，驗今之廣南州郡與夔梓之間所出，大率早熟，肌肉薄而味甘酸，其精好者僅比東閩之下等，是二人者亦未始遇夫眞荔枝者也。」〔註 195〕有別於進貢，白居易（772～845），山西太原人，〔註 196〕唐憲宗元和十五年（820），任南賓（今重慶忠縣）太守，身處荔枝產區，命畫工繪畫當地四川荔枝，自己則寫下〈荔枝圖序〉，全文如下：

> 荔枝生巴峽間，樹形團團如帷蓋。葉如桂，冬青；華如橘，春榮；實如丹，夏熟。朵如葡萄，核如枇杷，殼如紅繒，膜如紫綃，瓤肉瑩白如冰雪，漿液甘酸如醴酪。大略如彼，其實過之。若離本枝，一日而色變，二日而香變，三日而味變；四五日外，色香味盡去矣。元和十五年夏、南賓守樂天命工吏圖而書之，蓋爲不識者與識而不及一二三日者。〔註 197〕

文句簡潔淺白，綜合荔枝樹形、樹葉、外殼、內膜、果肉、果核、口感滋味、生長季節變化、採摘之後的數日變化，足見作者觀察入微，頗能引發讀者嚮往品嚐，然甘酸如醴酪者，在蔡襄眼中，此乃不過東閩之下等者。在白居易〈荔枝圖序〉之前，張九齡（678～740）〈荔枝賦并序〉亦屬荔枝名篇，序云：

> 南海郡出荔枝焉，每至季夏，其實乃熟，狀甚環詭，味特甘滋，百果之中，無一可比……每相顧閒議，欲爲賦述，而世務卒卒，此誌莫就。及理郡暇日，追敘往心。夫物以不知而輕，味以無比而疑，遠不可驗，終然永屈。況士有未效之用，而身在無譽之間，苟無深知，與彼亦何以異也？因道揚其實，遂作此賦。〔註 198〕

〔註 195〕同上註，頁 7。

〔註 196〕白居易，字樂天，太原人。〔後晉〕劉昫撰，楊家駱編：《新校本舊唐書附索引》，卷 166〈白居易傳〉，頁 4340。

〔註 197〕周紹良主編：《全唐文新編》（長春：吉林文史出版社，2000 年 12 月），卷 675，頁 7628。

〔註 198〕同上註，卷 283，頁 3210。

廣東荔枝，生鮮滋味足以稱冠百果，張九齡係韶州（今廣東韶關）曲江人，〔註199〕極力鋪陳家鄉荔枝的形與味，文中說道：「蔕藥房而攢萃，皮龍鱗以駢比，膚玉英而含津，色江萍以吐日。朱苞剖，明璫出，炯然數寸，猶不可匹，未玉齒而殆銷，雖瓊漿而可軼。彼眾味之有五，此甘滋之不一，伊醇淑之無算，非精言之能悉。聞者歡而竦企，見者訝而驚佐，心恚可以蠲忿，口爽可以忘疾。」〔註200〕語詞華麗精美，以龍鱗、玉英、明璫、瓊漿凸顯荔枝的尊貴，食之不僅入口即化，更能令人精神愉悅暢快；可惜南北路遙，無法於嚐鮮期限內運抵北方長安，以致北人未能了解南方荔枝原味，猶如志士滿懷理想，卻不受賞識。張九齡以物喻人，楊承祖進而推論該篇文章理應作於貶謫洪州（今江西南昌）期間，即唐玄宗開元十五年至十八年（727～730），〔註201〕仕途受挫，因而慨嘆「終然永屈」。〔註202〕

〔註199〕〔宋〕歐陽修、宋祁等撰，楊家駱主編：《新校本新唐書附索引》，卷126〈張九齡傳〉，頁4424。

〔註200〕周紹良主編：《全唐文新編》，卷283，頁3210。

〔註201〕張九齡勸諫張說，切勿徇私任人，以免遭惹非議，然張說不聽，又與他人政見不合，累積夙怨仇敵，遂遭致彈劾罷相，張九齡亦受牽連。相關史料如下：

《舊唐書・張九齡傳》載：「九齡以才鑒見推，當時吏部試拔萃選人及應舉者，咸令九齡與右拾遺趙冬曦考其等第，前後數四，每稱平允。開元十年（722），三遷司勳員外郎。時張說爲中書令，與九齡同姓，敘爲昭穆，尤親重之，常謂人曰：「後來詞人稱首也。」九齡既欣知己，亦依附焉……十三年（725），車駕東巡，行封禪之禮。說自定侍從升中之官，多引兩省錄事主書及己之所親攝官而上，遂加特進階，超授五品。初，令九齡草詔，九齡言於說曰：「官爵者，天下之公器，德望爲先，勞舊次焉。若顛倒衣裳，則譏謗起矣。今登封霈澤，千載一遇。清流高品，不沐殊恩；胥吏末班，先加章紱。但恐制出之後，四方失望。今進草之際，事猶可改，唯令公審籌之，無貽後悔也。」說曰：「事已決矣，悠悠之談，何足慮也！」竟不從。及制出，內外甚咎於說。時御史中丞宇文融方知田戶之事，每有所奏，說多建議違之，融亦以此不平於說。九齡復勸說爲備，說又不從其言。無幾，說果爲融所劾，罷知政事，九齡亦改太常少卿，尋出爲冀州刺史。九齡以母老在鄉，而河北道里遼遠，上疏固請換江南一州，望得數承母音耗，優制許之，改爲洪州（今張九齡〈荔枝賦并序〉看似宣傳家鄉荔枝，實則隱含私人的委屈不滿；相較於為「己」，蔡襄撰《荔枝譜》，完全出於愛鄉愛民，云：

> 閩中唯四郡有之，福州最多，而興化軍最為奇特，泉、漳時亦知名。列品雖高，而寂寥無紀。將尤異之物，昔所未有乎？蓋亦有之，而未始遇乎人也。予家莆陽，再臨泉、福二郡，十年往還，道由鄉國，每得其尤者，命工寫生，稡集既多，因而題目，以為倡始。〔註203〕

福建荔枝品質優越，卻未見史傳、詩文記述，因此，「引以為傲」促發「不平之鳴」；蔡襄不僅身為閩人，同時身兼地方長官，且於政壇具有相當地位，〔註204〕藉由撰寫譜錄，透過文字傳播，為家鄉荔枝

江西南昌）都督。俄轉桂州（今廣西桂林）都督，仍充嶺南道按察使……初，張說知集賢院事，常薦九齡堪為學士，以備顧問。說卒後，上思其言，召拜九齡為祕書少監、集賢院學士，副知院事。再遷中書侍郎。常密有陳奏，多見納用。尋丁母喪歸鄉里。二十一年（733）十二月，起復拜中書侍郎、同中書門下平章事。明年，遷中書令，兼修國史。」〔後晉〕劉昫撰，楊家駱編：《新校本舊唐書附索引》，卷99，頁3098～3099。

年譜方面，楊承祖《唐張子壽先生九齡年譜》載：「開元十年（722），時張說柄政，始親重之，許為後出詞人之冠……二月，轉中書舍人，並入翰林供奉……十二年（724），正月，封曲江縣開國南，食邑三百戶……十三年（725）十一月，護駕登泰山封禪，諫張說推恩不及百官，轉太常少卿……十五年（727）三月，授洪州刺史……十八年（730）七月，轉授桂州刺史、桂管經略使、兼嶺南按察使、攝御史中丞、借紫金魚袋……十九年（731）三月，轉秘書少監，兼集賢院學士、副知院事……二十年（732），七月或八月，遷工部侍郎……二十一年（733）十二月，起復拜中書侍郎，同中書門下平章事，兼修國史。」楊承祖：《唐張子壽先生九齡年譜》（臺北：臺灣商務印書館，1980年11月），頁34～70。

〔註202〕楊承祖按云：「九齡先後為洪、桂二州刺史，在洪州凡三年餘，暇日必多，在桂州僅半年左右，且兼嶺南按察使，巡行未畢，即改秘書少監，當無暇日可知也。序又云：『夫物以不知而輕……與彼亦何異也？』與九齡滯洪州之心境相符；至轉桂州刺史，兼嶺南按察，方漸升騰，固不致有『終然永屈』之嘆，是知作於洪州。」楊承祖：《唐張子壽先生九齡年譜》，頁59。

〔註203〕〔宋〕蔡襄：《端明集》，卷35《荔枝譜・第一》，頁7。

〔註204〕蔡襄政壇地位的建立，在於敢言直諫，耿介守正，《宋史》載：「舉

發聲，定能產生十足影響，達到廣爲宣傳的目的，使眾人深入了解福建荔枝的獨特不凡。再者，對照蔡襄仕宦生涯，與泉州、福州相關者，首次係於宋仁宗慶曆四年（1044），以侍親爲由，自請外調，知福州，慶曆七年（1047）改任福建路轉運使，〔註 205〕其後丁父憂，至皇祐三年（1051）服除，判三司鹽鐵勾院，復修起居注；〔註 206〕任職期

進士，爲西京留守推官、館閣校勘。范仲淹以言事去國，余靖論救之，尹洙請與同貶，歐陽脩移書責司諫高若訥，由是三人者皆坐譴。襄作〈四賢一不肖〉詩，都人士爭相傳寫，鬻書者市之，得厚利。契丹使適至，買以歸，張於幽州館……慶曆三年（1043），仁宗更用輔相，親擢靖、脩及王素爲諫官，襄又以詩賀，三人列薦之，帝亦命襄知諫院……時有旱蝗、日食、地震之變，襄以爲：『災害之來，皆由人事。數年以來，天戒屢至。原其所以致之，由君臣上下皆闕失也……朝有敝政而不能正，民有疾苦而不能去，陛下寬仁少斷而不能規，大臣循默避事而不能斥，此臣等之罪也。陛下既有引過之言，達於天地神祇矣，願思其實以應之。』疏出，聞者皆悚然。進直史館，兼修起居注，襄益任職論事，無所回撓。開寶浮圖災，下有舊瘞佛舍利，詔取以入，宮人多灼臂落髮者。方議復營之，襄諫曰：『非理之福，不可徼幸。今生民困苦，四夷驕慢，陛下當修人事，奈何專信佛法……天之降災，以示儆戒，顧大興功役，是將以人力排天意也。』……唐介擊宰相，觸盛怒，襄趨進曰：「介誠狂愚，然出於進忠，必望全貸。」既貶春州，又上疏以爲此必死之謫，得改英州。」〔元〕脫脫等撰，楊家駱編：《新校本宋史并附編三種》，卷 320〈蔡襄傳〉，頁 10397～10399。

〔註 205〕歐陽修〈端明殿學士蔡公墓誌銘〉云：「慶曆四年（1044），以右正言直史館出知福州，以便親。遂爲福建路轉運使。」〔宋〕歐陽修撰，楊家駱編：《歐陽修全集》，《居士集》，卷 35，頁 246。

蔡襄〈耕園驛詩序〉云：「慶曆七年，予使本路。」〔宋〕蔡襄：《端明集》，卷 5，頁 13。

〔註 206〕蔡襄〈移福州乞依舊知泉州狀〉云：「伏念臣先自知諫院，爲父年老乞知福州，臣迎侍先父，在任三年，後來丁父憂。」〔宋〕蔡襄：《端明集》，卷 25，頁 7。

蔡襄〈讀樂天〈閒居〉篇〉云：「予年四十四，髮白成衰翁……八年江海外，再上螭階東。四十入西閣，宿仇司化工。」〔宋〕蔡襄：《端明集》，卷 3，頁 5。

歐陽修〈端明殿學士蔡公墓誌銘〉云：「丁父憂，服除，判三司鹽鐵勾院，復修起居注。」〔宋〕歐陽修撰，楊家駱編：《歐陽修全集》，《居士集》，卷 35，頁 246。

間，蔡襄「開古五塘溉民田，奏減五代時丁口稅之半」〔註 207〕爲民謀利，深受地方鄉民感念，甚至爲其建立生祠。〔註 208〕再次申請外調地方，同樣出於奉養因素，捨棄權力中心，但求就近照顧寡母，〔註 209〕時間亦即上述宋仁宗至和二年（1055），乞知泉州，嘉祐元年（1056）二月至泉州，僅短暫停留六十餘日，即改知福州，至宋仁宗嘉祐三年（1058）七月，再改知泉州，直至嘉祐五年（1060）；任泉、福間，蔡襄政績顯著，如：重視經術教育、禮賢下士，「往時閩人多好學，而專用賦以應科舉。公得先生周希孟，以經術傳授，學者常至數百人。公爲親至學舍，執以講問，爲諸生率。延見處士陳列，尊以師禮，而陳襄、鄭穆以德行著稱鄉里，公皆折節下之。」〔註 210〕且辟除民間陋習、教導醫藥知識，「閩俗重凶事，其奉浮圖、會賓客，以盡力豐侈爲孝，否則深自愧恨，爲鄉里羞……至有親亡秘不舉哭，必破產爲具而後敢發喪者，有力者乘其急時，賤賣其田宅，而貧者立劵舉債，終身困不能償，公曰：『弊有大於此耶！』即下令禁止。至於巫覡主病蠱毒殺人之類，皆痛絕之，然後擇民之聰明者，教以醫藥，使治其病。」〔註 211〕又造橋便民、植樹庇蔭，「徙知泉州，距州二十里萬安渡，絕海而濟，往來畏其險，襄立石爲梁，其長三百六十丈，種蠣於礎以爲固，至今賴焉。又植松七百里以庇道路，閩人刻碑紀德。」〔註 212〕總之，蔡襄私則事親至孝，公則爲國、爲鄉、爲民，

〔註 207〕〔元〕脫脫等撰，楊家駱編：《新校本宋史并附編三種》，卷 320〈蔡襄傳〉，頁 10399。

〔註 208〕歐陽修〈端明殿學士蔡公墓誌銘〉載：「復古五塘以溉田，民以爲利，爲公立生祠於塘側。又奏減閩人五代時丁口稅之半。」〔宋〕歐陽修撰，楊家駱編：《歐陽修全集》，《居士集》，卷 35，頁 246。

〔註 209〕蔡襄〈移福州乞依舊知泉州狀〉云：「後蒙朝廷差權開封府，臣爲偏親年高，陳乞泉州，近家侍養。」〔宋〕蔡襄：《端明集》，卷 25，頁 7～8。

〔註 210〕〔宋〕歐陽修撰，楊家駱編：《歐陽修全集》，《居士集》，卷 35〈端明殿學士蔡公墓誌銘〉，頁 246。

〔註 211〕同上註，頁 246。

〔註 212〕〔元〕脫脫等撰，楊家駱編：《新校本宋史并附編三種》，卷 320〈蔡

知泉、福二州，與貶謫外放無關，因此，《荔枝譜》之寫作動機，自是有別於張九齡。

蔡襄上溯荔枝進貢史，以明北方欲品嚐南方「生荔枝」，實屬不易，又列舉前代荔枝詩文，進而評論廣東、四川荔枝，即使同屬新鮮樣態，品質仍不及福建品種，非「眞荔枝」也。除了與福建之外的荔枝相互比較，蔡襄更以爲各種果物之間，福建荔枝可謂「其於果品，卓然第一」，〔註213〕與張九齡評比廣東荔枝：「百果之中，無一可比」，假使不論地區分別、不論各自寫作動機差異，二者見解倒是一致。其次，張九齡云：「且欲神於醴露，何比數於甘橘？援蒲桃而見擬，亦古人之深失。」〔註214〕語出魏文帝，以爲南方荔枝無法與西域葡萄、櫻桃相匹，詔群臣曰：「南方龍眼、荔枝，寧比西國蒲陶、石蜜乎？酢且不如中國。」〔註215〕依據上述探究荔枝進貢，推論魏文帝當時所食，由於南北距離遙遠，即使日夜奔馳，生荔枝早已風味全變，因而評語不佳。魏文帝又詳細分析葡萄優點，云：

> 中國珍果甚多，且復爲説蒲萄。當其朱夏涉秋，尚有餘暑，醉酒宿酲，掩露而食；甘而不飴，脆而不酸，冷而不寒，味長汁多，除煩解倦；又釀以爲酒，甘於麴糵，善醉而易醒，道之固以流涎咽嗌，況親食之邪。南方有橘，酢正裂

襄傳〉，頁10400。

〔註213〕〔宋〕蔡襄：《端明集》，卷35《荔枝譜·第一》，頁7。

〔註214〕周紹良主編：《全唐文新編》，卷283，頁3210。

〔註215〕〔曹魏〕曹丕：《魏文帝集》，卷3〈與群臣詔〉之一，見〔明〕張燮撰：《七十二家集》（上海：上海古籍出版社，2002年3月《續修四庫全書》本），冊1583，頁656。

按：王楙考證「崖蜜」、「石蜜」，係指「櫻桃」，云：「東坡〈橄欖〉詩曰：「待得微甘回齒頰，已輸崖蜜十分甜。」……僕嘗考之，石蜜有數種，《本草》謂崖石間蜂蜜爲石蜜，又有所謂乳餳爲石蜜，《廣志》謂蔗汁爲石蜜，其不一如此。崖石一義，又安知古人不以櫻桃爲石蜜乎？觀魏文帝詔曰：「南方有龍眼、荔枝，不比西園（國）蒲萄、石蜜」，以龍眼荔枝相對而言，此正櫻桃耳，豈餳蜜之謂邪？坡詩所言，當以此爲證」〔宋〕王楙撰，王文錦點校：《野客叢書》（北京：中華書局，2007年4月），卷17，頁191。

人牙，時有甜耳。即遠方之果，寧有匹者乎？〔註 216〕

葡萄味美多汁，又能釀成美酒，最是吸引魏文帝喜愛，尤其「遠方之果，寧有匹者乎？」語意間更透顯鄙視南方果物，殊不知落得後人取笑，蔡襄與張九齡看法相同，亦云：「魏文帝有『西域蒲桃』之比，世譏其繆論。豈當時南北斷隔，所擬出於傳聞耶？」〔註 217〕果物本身各具特點，個人口味喜好有別，接受酸甜味道的程度亦有所差異，原本無關對錯；正因爲「美」可以趨向客觀，同時也離不開主觀，因此，魏文帝只爲葡萄動心，蔡襄則執著於家鄉荔枝，各自提出批評。

不僅與他地、他物比較，蔡襄並且評比閩地自身的各種荔枝，其中以「陳紫」奪冠，堪稱天下第一，《荔枝譜》評曰：

> 興化軍風俗，園池勝處唯種荔枝。當其熟時，雖有他果，不復見省，尤重陳紫……其樹晚熟，其實廣上而圓下，大可徑寸有五分，香氣清遠，色澤鮮紫，殼薄而平，瓤厚而瑩，膜如桃花紅，核如丁香母。剝之凝如水精，食之消如絳雪，其味之至，不可得而狀也。荔枝以甘爲味，雖百千樹莫有同者，過甘與淡，失味之中，唯陳紫之於色香味，自拔其類，此所以爲天下第一也。〔註 218〕

陳紫出於興化軍，果香清新撲鼻、果色紅而發紫、果殼薄而平滑、果肉厚而瑩白、果核小如雞舌，食之則汁液滿溢口中、且甜而不膩；相較於次等者，蔡襄述云：「凡荔枝皮膜形色一有類陳紫，則已爲中品。若夫厚皮尖刺，肌理黃色，附核而赤，食之有查，食已而澀，雖無酢味，自亦下等矣。」〔註 219〕依此審美原則，予以區別等級，《荔枝譜》共收錄 32 個荔枝品種，包括陳紫、江綠、方家紅、游家紫、小陳紫、宋公荔枝、藍家紅、周家紅、何家紅、法石白、綠核、圓丁

〔註 216〕〔曹魏〕曹丕：《魏文帝集》，卷 8〈與吳監書〉，〔明〕張燮撰：《七十二家集》，冊 1584，頁 40。

〔註 217〕〔宋〕蔡襄：《端明集》，卷 35《荔枝譜・第一》，頁 6。

〔註 218〕〔宋〕蔡襄：《端明集》，卷 35《荔枝譜・第二》，頁 7～8。

〔註 219〕同上註，頁 8。

香，依序爲十二等次，除興化軍外，如：「藍家紅」出於泉州、「何家紅」出於漳州、「綠核」出於福州，並不囿於興化軍，亦呼應上述所謂「閩中唯四郡有之」，此外，虎皮、十八娘、火山等二十類，不分等次，〔註 220〕各有鮮明特色，故値得一書。新鮮荔枝的果肉厚薄、果核大小、口感酸甜等，皆可藉由逐一比較，予以訂定等級，至於荔枝加工品，蔡襄也不忽略，分爲紅鹽、白曬、蜜煎，敘述如下：

> 紅鹽（去聲）：民間以鹽梅鹵浸佛桑花爲紅漿，投荔枝漬之，曝乾，色紅而甘酸，可三四年不蟲（去聲）。修貢與商人皆便之，然絕無正味。
>
> 白曬：正爾烈日乾之，以核堅爲止。畜之甕中密封百日，謂之出汗。去（去聲）汗耐久，不然踰歲壞矣。
>
> 蜜煎：剝生荔枝，笮去其漿，然後蜜煮之。〔註 221〕

因應南北遠隔、荔枝嚐鮮期短暫，利用浸漬、日曬、蜜煮的加工方式，使得新鮮荔枝轉換爲果乾、蜜餞，有助於延長食用期限，蔡襄甚至綜合運用，創新口味，云：「予前知福州，用曬及半乾者爲煎，色黃白而味美可愛。」〔註 222〕綜觀各種荔枝加工品，尤以紅鹽荔枝最不得

〔註 220〕同上註，卷 35《荔枝譜・第七》，頁 11～15。

〔註 221〕〔宋〕蔡襄：《端明集》，卷 35《荔枝譜・第六》，頁 10～11。
按：紅鹽之「鹽」，見前註 95。
不蟲之「蟲」，原文即註明「去聲」，乃「蟲咬」之義，《廣韻・送韻》云：「蟲，蟲食物。」
去汗之「去」，原文即註明「去聲」，乃「去除」之義，《廣韻・語韻》云：「去，除也。」
〔宋〕陳彭年等重修，林尹校訂：《新校正切宋本廣韻》，頁 259、343。
至於白曬「出汗」，依據《果品貯藏與加工》，闡述果品乾製必須留意溫度的控制，乃因當溫度過高，表層水分蒸發過快，導致內部水分來不及補充，外層就會因爲失水而形成乾燥硬殼，進而焦化，因此，當大部分水分蒸發後，就必須在較低的溫度下緩慢進行乾製；對照蔡襄記載白曬法，可知密封出汗，理應爲求內外乾潮均勻，以完成脫水乾製。參見農學社：《果品貯藏與加工》（臺北：武陵出版社，1988 年 4 月），頁 236～237。

〔註 222〕〔宋〕蔡襄：《端明集》，卷 35《荔枝譜・第六》，頁 11。

蔡襄喜愛，評以「絕無正味」；然經由紅漿浸漬、日曬曝乾，變色又變味的紅鹽荔枝，卻是呈上進貢、商業買賣的優先選擇，福州銷售盛況如下：

> 福州種植最多……初著花時，商人計林斷之以立券，若後豐寡，商人知之，不計美惡，悉爲紅鹽（去聲）者。水浮陸轉，以入京師。外至北漠、西夏，其東南舟行新羅、日本、流求、大食之屬，莫不愛好，重利以酬之。故商人販益廣，而鄉人種益多，一歲之出不知幾千萬億。而鄉人得飫食者蓋鮮，以其斷林鬻之也。〔註 223〕

荔枝不僅是大自然界中的一種水果，在配合交通運輸之下，可供內銷、外銷，成爲海內、外交易市場的熱門商品，具有高經濟價值，相對促使產區擴大種植、加工；然荔枝產季並非四時皆有，以及「閩中唯四郡有之」，又無法避免「今年實者，明年歇枝」〔註 224〕的豐歉收現象，綜合季節限定、地區限定、產量不固定，無怪乎商人於荔枝初著花之際，立刻與荔枝園簽訂契約，大量預購，只怕錯失商機。再

按：許愼《說文解字》云：「煎，熬也。」段玉裁注云：「凡有汁而乾謂之煎。」〔漢〕許愼撰，〔清〕段玉裁注：《說文解字注》（臺北：藝文印書館，1976 年 10 月），頁 487。

〔註 223〕〔宋〕蔡襄：《端明集》，卷 35《荔枝譜・第六》，頁 8～9。

〔註 224〕〔宋〕蔡襄：《端明集》，卷 35《荔枝譜・第五》，頁 10。
按：關於「歇枝」，荔枝、龍眼皆有此現象，〔清〕屈大均：《廣東新語》載：「每一年多，則一年少，閩中謂之『歇枝』，廣中謂之『養樹』，歲歲豐盛，則樹易衰；養之而後，經久不壞，子且繁大。蓋樹自養，非人養，或龍眼荔枝皆養，或各養。」（北京：中華書局，1985 年 4 月），卷 25〈木語・龍眼〉，頁 626。
歇枝現象，直至今日，仍然有之，張蕙芬：《菜市場水果圖鑑》載：「荔枝的結果，一般都有豐年與歉年的現象產生，即有『大小年』之分，產量多寡差異極大。而爲何會有『大小年』的現象，眞正的原因並不是很清楚。一般豐收年大概每隔兩、三年一次，也有的是一年豐收、一年歉收的規律循環；大年和小年的面積產量，有時相差幾倍或甚而幾十倍。這種現象自有荔枝的栽培起，就是如此，也是果農最傷腦筋的難題之一。」（臺北：天下遠見出版公司，2012 年 7 月），頁 113。

者，此段記載顯現本地人、與非本地人選取荔枝口味的差異性，在地者，直接品嚐新鮮原味，最是方便；遠地者，受限於荔枝易腐、非鄰近產區，只能在既定環境條件下，選擇荔枝加工品，如此，即可推論閩人蔡襄何以評論紅鹽荔枝「絕無正味」。在食用荔枝的同時，蔡襄亦注重醫食同源，引用《列仙傳》、《開寶本草》，以明新鮮荔枝足以養生、止渴，云：「荔枝食之有益於人。《列仙傳》稱：『有食其華實爲荔枝仙人』。《本草》亦列其功。」〔註225〕甚至說道：「人有日噉千顆，未嘗爲疾。即少覺熱，以蜜漿解之。」〔註226〕反映蔡襄撰寫荔枝譜錄，既重視審美品鑑，又能述及日常保健，可謂設想周到；然而大量食用，未必無害，據《本草綱目》載：「鮮者食多，即齦腫口痛，或衄血也。」〔註227〕換言之，仍須適當節制爲度。

在食用之外，與荔枝相關的奇聞異事，亦可見於蔡襄《荔枝譜》，如：「其熟，未經採摘，蟲鳥皆不敢近；或已取之，蝙蝠、蜂、蟻爭來蠹食。園家有名樹，旁植四柱小樓，夜棲其上，以警盜者。又破竹五七尺，搖之答答然，以逼蝙蝠之屬。」〔註228〕歷經細心栽種，荔枝終於結實纍纍，正是買賣獲利之際，若在此時，遭受動物咬損、竊賊盜取，豈不心血白費，因此，防患未然，自是重要。其次，部分荔枝品種來源，亦頗爲奇特，如：「宋公荔枝」，蔡襄載：「樹極高大，

〔註225〕〔宋〕蔡襄：《端明集》，卷35《荔枝譜．第四》，頁9。
按：〔漢〕劉向《列仙傳》云：「寇先者，宋人也。以釣魚爲業，居睢水旁百餘年。得魚，或放、或賣、或自食之。常著冠帶，好種荔枝，食其葩實焉。宋景公問其道，不告，即殺之。數十年，踞宋城門，鼓琴，數十日乃去。宋人家家奉祀之。寇先惜道，術不虛傳。景公戮之，屍解神遷。歷載五十，撫琴來旋。夷俟宋門，暢意五弦。」（臺北：廣文書局，1989年12月），卷上，頁12。
〔宋〕劉翰、馬志等奉敕撰，謝文全、林豐定重輯：《重輯開寶重定本草》載荔枝：「味甘，平，無毒。止渴，益人顏色。」（臺中：中國醫藥學院醫學研究所，1998年6月），卷17〈果部〉，頁238。
〔註226〕〔宋〕蔡襄：《端明集》，卷35《荔枝譜．第四》，頁9。
〔註227〕〔明〕李時珍：《本草綱目》，卷31〈果之三〉，頁1040。
〔註228〕〔宋〕蔡襄：《端明集》，卷35《荔枝譜．第五》，頁10。

實如陳紫而小，甘美無異。或云陳紫種出宋氏。世傳其樹已三百歲，舊屬王氏。黃巢兵過，欲斧薪之，王氏媼抱樹號泣求與樹偕死，賊憐之不伐。宋公名諴。公者，老人之稱。年餘八十，子孫皆仕宦。」三百年的荔枝老樹，代表一段兵荒馬亂的歷史回憶，牽動著生死與共的人樹情誼；又如：「十八娘荔枝」，蔡襄云：「十八娘荔枝，色深紅細長，時人以少女比之。俚傳閩王王氏有女第十八，好噉此品，因而得名。其塚今在城東報國院，塚旁猶有此樹云。」〔註 229〕在楊貴妃之後，再度出現一位喜食荔枝的女性，時人更以此命名荔枝，因而形成食「十八娘」、思「十八娘」，可謂奇特有趣。然清・王椿、葉和侃修纂《福建省僊遊縣志》記載「十八娘」，其人、其事，皆與蔡襄所記完全不同，云：「陳璣，洪進女。嘗捐釵釧買地開溝，深八尺、闊丈二尺，自楓亭抵惠安縣之驛坂十五里，以灌田，號為金釵溝，其莊為金釵莊，又嘗手植荔枝，至今稱為十八娘，香味尤絕。」〔註 230〕蔡襄以為閩王王氏之女，排行十八，喜食荔枝；王椿記載陳洪進之女，植栽荔枝。考證閩國時局紛亂，動蕩不安，直至陳洪進投效宋朝，方趨於安定，〔註 231〕又依據史書記載，可知確有閩王王氏，且《宋史・

〔註 229〕彭世獎校注：《歷代荔枝譜校注》，頁 20。

〔註 230〕〔清〕王椿、葉和侃修纂：《福建省僊遊縣志・列女・陳璣》（臺北：成文出版社，1975 年），卷 43，頁 856。

〔註 231〕陳璣，為陳洪進之女；陳洪進，為留從效之部下；留從效，曾助王延政復位。依據《宋史・留從效傳》、《宋史・陳洪進傳》等資料，可知十國之一「閩」之政權更迭：王審知（據福建）
王延鈞（審知之子，建國號閩，都福州，為其下所殺，立審知次子延羲。）
王延羲（為朱文進所殺）
朱文進（朱文進據福州，封其屬下黃紹頗為泉州刺史、程贇為漳州刺史、汀州刺史為許文稹。至於王審知之子王延政，此時為建州刺史。）（朱文進，後被連重遇所殺；泉州刺史黃紹頗，則被留從效、陳洪進等殺之，改立王延政之子王繼勛為刺史；漳州刺史程贇，被陳洪進所殺，改立王繼成為刺史；汀州刺史許文稹投降。王繼勛命陳洪進送黃紹頗首於建州，奉王延政為主。）
王延政（南唐李璟陷建州，王延政投降。留從效劫王繼勛投降，李璟建泉州為清源軍，授留從效為清源軍節度使、陳洪進為統軍使、留從效》載：「王氏有二女嫁爲郡人妻，從效奉之甚謹，資給豐厚。」〔註 232〕可見閩王確實有女，然史料有限，無法補足證明王氏女是否嗜食荔枝。至於陳洪進，稱臣宋朝，官位、富貴皆有之，有子陳文顯、陳文顥、陳文顗，皆出任官職；〔註 233〕史傳、方志皆云陳洪進爲求

張漢思爲統軍副使。）
留從效卒（陳洪進以從效子留從鎡勾結吳越王爲由，將其執送江南，推復使張漢思繼之，自爲副使，後又奪權。）
陳洪進（一方面依附南唐，李煜以陳洪進爲清源軍節度使、泉南等州觀察使。另一方面，宋太祖乾德元年（963）陳洪進遣衙將魏仁濟間道奉表，自稱清源軍節度副使、權知泉南等州軍府事，且言張漢思老耄不能御眾，請臣領州事，恭聽朝旨，此後年年進貢。乾德二年（964），改清源軍爲平海軍，授洪進節度、泉漳等州觀察使、檢校太傅，賜號推誠順化功臣，鑄印賜之，以陳洪進子文顯爲節度副使、文顥爲漳州刺史。太平興國三年（978），上言：「臣不勝大願，願以所管漳、泉兩郡獻于有司，使區區負海之邦，遂爲內地，蚩蚩生齒之類，得見太平。伏望聖慈，授臣近地別鎮。」正式歸順宋朝，宋太宗以陳洪進爲武寧軍節度、同平章事，留京師奉朝請。諸子皆授以近郡，賜白金萬兩，各令市宅。太平興國六年（981），封杞國公；雍熙元年（984），進封岐國公。洪進年老，富貴至極，上言求致仕，優詔免其朝請，雍熙二年（985），以疾卒，年七十二。廢朝二日，贈中書令，謚忠順，敕葬開封祥符縣田村，追封穎川會稽東海南康王。）參見《宋史・留從效傳》、《宋史・陳洪進傳》，〔元〕脫脫等撰、楊家駱主編：《新校本宋史并附編三種》（臺北：鼎文書局，1978 年 9 月），卷 483，頁 13956～13962。
〔清〕王椿、葉和侃修纂：《福建省僊遊縣志・武功・陳洪進》，卷 44，頁 925～928。
仙遊縣楓亭鎮人民政府編：《楓亭志・陳洪進》（北京：方志出版社，1999 年 8 月），卷 6，頁 343～344。

〔註 232〕〔元〕脫脫等撰、楊家駱主編：《新校本宋史并附編三種》，卷 483，頁 13958。

〔註 233〕附於《宋史・陳洪進傳》，云：「洪進歸朝，授文顯通州團練使、知泉州。未幾代還。時太宗征太原，朝於行在。久之，出爲青齊盧壽、西京水南北、陝州四州都巡檢使……文顥，初爲泉州右軍散兵馬使、衙內都指揮使，俄權知漳州，朝命漳州刺史，凡七年，求還泉州，署行軍司馬。開寶末，江南平，洪進遣第三子文顗入貢，文顗不欲行，乃遣文顥。至京師，自陳願留以俟父入覲，太祖嘉之。及洪進歸朝，授文顥房州刺史，會升房州爲節鎮，換康州刺史。端拱初，出知同州，錢若水爲從事，文顥深禮之，委以郡政。咸平初，知耀州，又徙徐州，坐用刑失入，責授左武衛大將軍、知漣水軍。

進貢，往往「多厚斂於民」，〔註 234〕反觀其女陳璣熱心助民，方志因而特地記其善行。令人不解的是，蔡襄（1012～1067）距陳洪進生卒（914～985），不到百年時間，卻未聞陳璣之事，究竟孰是孰非，筆者不敢妄下斷言。

（二）著譜開風氣，蔡襄影響深

蔡襄《荔枝譜》撰於宋仁宗嘉祐四年（1059），顯現作者熱愛家鄉至深；歐陽修於嘉祐八年（1063）撰寫〈書荔枝譜後〉一文，則增添該書特殊意義。文章前半段首先表達萬物生長百態，係造物者任其自然發展，非謀劃干預，云：「善爲物理之論者，曰：『天地任物之自然，物生有常理，斯之謂至神。圓方刻畫，不以智造而力給，然千狀萬態，各極其巧，以成其形，可謂任之自然矣。』」〔註 235〕其中，牡丹、荔枝，正所謂神奇巧妙，歐陽修說道：

> 牡丹，花之絕也，而無甘實；荔枝，果之絕，而非名花。昔樂天有感於二物矣，是孰尸其賦予邪？然斯二者惟不兼萬物之美，故各得極其精，此於造化不可知，而推之至理，宜如此也。余少遊洛陽，花之盛處也，因爲牡丹作記；君謨，閩人也，固能識荔枝而譜之。因念昔人嘗有感於二物，而吾二人者適各得其一之詳，故聊書其所以然，而以附君謨譜之末。〔註 236〕

歐陽修引用白居易〈歎魯〉二首之二云：「荔枝非名花，牡丹無甘實。」〔註 237〕進而點明牡丹、荔枝，即使未能兼具對方之美，仍各

上念其父納土效順，復以爲康州刺史，留京師。」〔元〕脫脫等撰、楊家駱主編：《新校本宋史并附編三種》，卷 483，頁 13963～13964。

〔註 234〕〔元〕脫脫等撰、楊家駱主編：《新校本宋史并附編三種》，卷 483，頁 13961。
〔清〕王椿、葉和侃修纂：《福建省僊遊縣志·武功·陳洪進》，卷 44，頁 927。

〔註 235〕〔宋〕歐陽修撰，楊家駱編：《歐陽修全集》，卷 23《居士外集·雜題跋》，頁 538。

〔註 236〕同上註，頁 538。

〔註 237〕清聖祖御定：《全唐詩》，冊 13，卷 425，頁 4688。

自爲花、果第一，奪目耀眼；由自然生長的「巧」，歐陽修又聯想至著述選題的「巧」，亦即自身於宋仁宗景祐元年（1034）撰《洛陽牡丹記》，〔註238〕相對於既是政壇同事、又爲知己好友的蔡襄，〔註239〕則於嘉祐四年（1059）撰《荔枝譜》，兩人恰巧各自選擇花之絕、果之絕，純屬無心插柳，卻形成譜錄寫作的相互呼應，猶如以文會友。然回歸至蔡襄最初寫作動機，並且對照往後的著述發展，可知此書著實產生影響，開展荔枝譜錄的撰寫風氣，尤以福建荔枝爲主，具有導引作用。

以當代而言，宋神宗元豐元年（1078），曾鞏知福州軍州事，撰〈福州擬貢荔枝狀并荔枝錄〉，〔註240〕較之蔡襄闡述荔枝進貢歷史、加工製作、經濟買賣、品評等第、食療保健、奇聞異事等，綜合論史、

〔註238〕〔宋〕歐陽修撰，楊家駱編：《歐陽修全集》，卷22《居士外集·記》，頁526～530。

〔註239〕歐陽修與蔡襄之往來，如：同爲館閣校勘、同知諫院，歐陽修〈蔡君山墓誌銘〉云：「予友蔡君謨之弟曰君山，爲開封府太康主簿時，予與君謨皆爲館閣校勘，居京師。」《宋史》載：「慶曆三年（1043），仁宗更用輔相，親擢靖、脩及王素爲諫官，襄又以詩賀，三人列薦之，帝亦命襄知諫院。」又如：歐陽修撰〈書荔枝譜後〉，蔡襄於宋英宗治平四年（1067）書法《洛陽牡丹記》以贈，歐陽修〈牡丹記跋〉記述此段情誼，云：「右蔡君謨之書，八分散隸正楷行狎大小草眾體皆精。其平生手書小簡殘篇斷稿，時人得者甚多，惟不肯與人書石，而獨喜書余文也。若〈陳文惠公神碑銘〉、〈薛將軍碣〉、〈眞州東園記〉、〈杭州有美堂記〉、〈相州晝錦堂記〉，余家〈集古錄目序〉，皆公之所書，最後又書此記，刻而自藏於其家，方走人於亳，以模本遺予，使者未復於閩，而凶訃已至於亳矣。蓋其決筆於斯文也。」歐陽修〈祭蔡端明文〉，亦寫道：「況如修者，與公之遊最久，知之最深者乎。」可知友誼深切。〔宋〕歐陽修撰，楊家駱編：《歐陽修全集》，《居士集》卷28、50、《居士外集》卷22，頁195、343、530。〔元〕脫脫等撰，楊家駱編：《新校本宋史并附編三種》，卷320〈蔡襄傳〉，頁10397。

〔註240〕編年，周明泰：《宋曾文定公鞏年譜》（臺北：臺灣商務印書館，1981年11月），頁63。
原文，〔宋〕曾鞏：《元豐類稿》（臺北：世界書局，1963年11月），卷35，頁1～3。

評美、述食等多元面向，呈現豐富內容，曾鞏則專就品種輯錄，何焯評曰：「《錄》仿歐公《洛陽牡丹記・釋名篇》」；〔註 241〕綜觀曾鞏共收錄 34 種荔枝，除一品紅、狀元紅外，其餘皆與蔡襄重複，且次第評比，自陳紫至圓丁香，亦與蔡襄完全相同，因此，與其說仿效歐陽修解釋品種名稱的寫作方式，更可視爲承襲蔡襄審美品味。其次，文句敘述與蔡襄大同小異，較爲特別者，補充記載「陳紫」出於「興化軍秘書省著作佐郎陳琦家」、〔註 242〕「十八娘」除源於閩王王氏之女，「或云謂物之美少者爲『十八娘』，閩人語。」〔註 243〕可供研究參考。再者，李綱於宋徽宗宣和二年（1120），監南劍州沙縣（今福建沙縣）稅務，〈畫荔枝圖〉詩云：

> 牛心最大蚶殼褊，虎皮斑駁龍牙長。火山早依炎氣熟，中元晚待秋風涼。色奇更變江家綠，味旨尤稱十八娘。葡萄結實極繁盛，硫黃著子何芬芳。若將牡丹與比並，好把陳紫同姚黃。〔註 244〕

以上述及牛心、蚶殼、虎皮、龍牙、火山、中元、江家綠、十八娘、葡萄荔枝、硫黃、陳紫，總共 11 種荔枝，言簡意賅，句句點明各類品種特色，堪稱「詩體式」的荔枝譜，令人耳目一新；且將荔枝陳紫與牡丹姚黃並列，可以想見受歐陽修、蔡襄譜錄影響所致。

明清之際，荔枝譜錄相繼發表，依據今人彭世獎《歷代荔枝譜校注》，可知現存明代荔枝譜，如：徐𤊹《荔枝譜》、宋珏《荔枝譜》、曹蕃《荔枝譜》、鄧道協《荔枝譜》、吳載鰲《記荔枝》等；清代荔枝譜，如：林嗣環《荔枝話》、陳定國《荔枝譜》、陳鼎《荔枝譜》、吳應逵《嶺南荔枝譜》等，〔註 245〕足見撰寫風氣更勝宋代。就品種地

〔註 241〕〔清〕何焯：《義門讀書記》，卷 43，徐德明、吳平編：《清代學術筆記叢刊》（北京：學苑出版社，2005 年 9 月），頁 348。

〔註 242〕〔宋〕曾鞏：《元豐類稿》，卷 35，頁 2。

〔註 243〕同上註，卷 35，頁 3。

〔註 244〕北京大學古文獻研究所編：《全宋詩》，冊 27，卷 1551，頁 17613。

〔註 245〕彭世獎分析宋代張宗閔《增城荔枝譜》、徐師閔《莆田荔枝譜》均已失佚，故無從收錄；明代曾弘《荔枝譜略》，內容多爲抄襲前人

區而言，自徐𤊹至陳定國，皆探討福建荔枝，或廣泛輯錄，如：曹蕃係華亭（今上海松江縣）人，起初懷疑閩人誇耀福建荔枝是否出於私心，有所偏頗？於是親至福建，實地考察，品嚐在地各類荔枝，最終嘆曰：「今乃知閩人之譽非誇也。」〔註 246〕並選定 28 種入譜。或專就單一品種，如：陳定國針對「勝畫」品種，爲其辨種、辨名、辨地、辨時、辨核、辨運；〔註 247〕陳鼎《荔枝譜》則不限福建，又包含四川、廣東、廣西，然僅佔少數篇幅；〔註 248〕吳應逵《嶺南荔枝譜》，以彙整歷代荔枝文獻爲主，較少表達個人見解，分爲總論、種植、節候、品類、雜事上、雜事下六卷，題目雖名爲「嶺南」，實則只要與各卷主題相關者，也廣納入書，因此，也收錄宋、明、清福建荔枝譜的相關論述。總之，明清荔枝譜，仍延續宋代著重福建荔枝。至於內容主題，尤其留意文學作品，抑或史料、筆記、方志等與荔枝相關典故，如：徐𤊹、鄧道協輯錄宋、明荔枝詩、詞、文、賦，勾勒「荔枝文學」發展，可惜僅見 8 闋荔枝詞，〔註 249〕換言之，收錄未臻完備。

之作，故不予收錄；清代溫汝適《嶺南荔枝譜》，未見流傳，亦無從收錄。參見彭世獎：《歷代荔枝譜校注》，〈校注說明〉，頁 3。本論文爲求閱讀、檢索便利，凡明清荔枝譜，皆引自此書。

〔註 246〕曹蕃《荔枝譜》自述寫作動機：「自蔡君謨學士著譜，聲價頓起。時運遞遷，種植蕃衍，品格變幻，月盛日新，閩人士爭哆口而豔談之。即永嘉之柑、洞庭之楊梅、宣州之栗、燕地之蘋婆果，似俱爲荔枝壓倒，噲等曾不敢與伍。余驟聞其說，竊竊致疑其然，豈其然乎？遂於今歲暮春之初，馳入閩中，謂閩人士，不佞素惡負虛聲者，此來將爲荔枝定品……一日，閩人士造余邸而問曰：『聞君日啖三百顆，遂與荔枝評月旦乎？』余笑曰：『今乃知閩人之譽非誇也』……萬曆壬子秋華亭曹蕃介人撰。」彭世獎：《歷代荔枝譜校注》，頁 217～218。

〔註 247〕彭世獎：《歷代荔枝譜校注》，頁 459～460。

〔註 248〕陳鼎《荔枝譜》記載福建 22 種荔枝、廣東 13 種、四川 6 種、廣西 3 種。參見彭世獎：《歷代荔枝譜校注》，頁 470～476。

〔註 249〕徐𤊹收錄歐陽修〈浪淘沙〉（首句：五嶺麥秋殘），以及黃庭堅〈浪淘沙・荔枝〉（首句：憶昔謫巴蠻）、〈定風波・荔枝〉（首句：晚歲監州聞荔枝）、〈定風波〉（首句：準擬階前摘荔枝）。
鄧道協收錄蘇軾〈南鄉子・雙荔支〉（首句：天與化工知）、〈減字徐𤊹、宋珏、林嗣環並將個人荔枝詩篇入書，展現撰者的創作本事，如：徐𤊹以荔枝品種爲題，寫作 40 首荔枝詩，亦即分別描述 40 個荔枝品種，顯露對於荔枝品種的了解程度，又以日期爲題，自五月十日至七月七日，記錄期間食用的各類荔枝，或獨自品嚐、或與友分享，猶如荔枝日記。〔註 250〕

又以食用方式而論，蔡襄述及原味、紅鹽、白曬、蜜煎，徐𤊹增列火焙法，說道：「擇空室一所，中燔柴數百斤，兩邊用竹箕各十。每箕盛荔枝三百斤，密圍四壁，不令通氣，焙至二日一夜，荔遂乾實。過焙傷火，則肉焦苦，不堪食。」〔註 251〕又有荔枝漿法，徐𤊹載：「取荔枝初熟者，味帶微酸時，榨出白漿，將蜜勻煮，蜜熟爲度，置之瓷瓶，箬葉封口完固。經月，漿蜜結成香膏，食之美如醴酪。」〔註 252〕此以荔枝漿汁加入蜂蜜，經熬煮且久置而成的荔枝香膏，其實早於宋代已有之，《東京夢華錄》載州橋夜市販賣「荔枝膏」，與甘草冰雪涼水、芥辣瓜兒等，〔註 253〕同爲夏日飲食。然加工再製，終究不比新鮮原味，上述蔡襄品評紅鹽荔枝「絕無正味」，後人亦表贊同，徐𤊹云：「當盛夏時，乘曉入林中，帶露摘下，浸以冷泉，則殼脆肉寒，色香味俱不變……若紅鹽、火焙、曬煎者，俱失眞

木蘭花・荔支〉（首句：閩溪珍獻），以及康伯可〈西江月〉（首句：名與牡丹聯譜）、無名氏〈滿庭芳〉（首句：青幄高張）。其中，徐𤊹載黃庭堅〈定風波〉詞牌爲〈阮郎歸〉，鄧道協載〈滿庭芳〉作者爲柳永，本論文皆依據《全宋詞》改之。參見彭世獎：《歷代荔枝譜校注》，〔明〕徐𤊹《荔枝譜》卷 6、〔明〕鄧道協《荔枝譜》卷 4，頁 124～125、328～329。唐圭璋編纂、王仲聞參訂、孔凡禮補輯：《全宋詞》北京：中華書局，1999 年 1 月），冊 1、5，頁 502、4651。

〔註 250〕彭世獎：《歷代荔枝譜校注》，〔明〕徐𤊹《荔枝譜》，卷 7，頁 175～191。

〔註 251〕同上註，〔明〕徐𤊹《荔枝譜》，卷 2，頁 48。

〔註 252〕同上註，〔明〕徐𤊹《荔枝譜》，卷 2，頁 49。

〔註 253〕〔宋〕孟元老等著，中華書局上海編輯所編輯：《東京夢華錄外四種》，卷 2〈州橋夜市〉，頁 14。

味，竟成二物矣。」〔註254〕吳應逵亦云：「紅鹽、火焙、曬煎諸法，色香味俱失，非荔枝之眞，概不採錄。」〔註255〕換言之，所謂正味、眞味，亦即天然本味；吳載鰲對於荔枝加工有其獨特譬喻，云：「荔而蜜煎也，以甘受甘，異甘而強之使受，譬如陶貞白質本清華，盡快松風之夢，又故使爲宰相。少此一番宰相，不更受用太過耶？人性各有宜適，福澤甘馨，附益反損其趣者，蜜煎是也。」〔註256〕陶弘景隱居茅山，潛心修養，不慕榮華，梁武帝卻屢屢以國事諮詢之，使其山林生活不免受到打擾，人稱「山中宰相」，〔註257〕比之荔枝，猶如荔枝本身已有甜味，理應順其本味，若利用蜜煎加工，強行附著蜂蜜甜味，甜而又甜，遂失去原味。宋珏對於荔枝正味，喜愛不已，說道：「余生於莆，既幸與此果遇，且天賦啖量，每啖日能一二千顆。値熟時，自初盛至中晚，腹中無慮藏十餘萬。而喜別品、喜檢譜，始以泉浸，繼以漿解，瓷盆筠籠，一物不具則寧不啖。」〔註258〕縱然宋珏食量驚人，絕非貪圖「吃到飽」的物欲滿足，譜錄又列舉「裛露

〔註254〕彭世獎《歷代荔枝譜校注》，〔明〕徐𤊹《荔枝譜》，卷2，頁47。

〔註255〕同上註，〔清〕吳應逵《嶺南荔枝譜》，卷1，頁488。

〔註256〕同上註，〔明〕吳載鰲《記荔枝》，頁443。

〔註257〕《南史‧陶弘景傳》載：「家貧，求宰縣不遂。永明十年（492），脫朝服挂神武門，上表辭祿。詔許之，賜以束帛，敕所在月給伏苓五斤，白蜜二升，以供服餌。及發，公卿祖之征虜亭，供帳甚盛，車馬塡咽，咸云宋、齊以來未有斯事。於是止于句容之句曲山。恒曰：「此山下是第八洞宮，名金壇華陽之天，周回一百五十里。昔漢有咸陽三茅君得道來掌此山，故謂之茅山。」乃中山立館，自號華陽陶隱居。人間書札，即以隱居代名……後屢加禮聘，並不出，唯畫作兩牛，一牛散放水草之間，一牛著金籠頭，有人執繩，以杖驅之。武帝笑曰：「此人無所不作，欲斆曳尾之龜，豈有可致之理。」國家每有吉凶征討大事，無不前以諮詢。月中常有數信，時人謂爲山中宰相……詔贈太中大夫，謚曰貞白先生。」〔唐〕李延壽撰，楊家駱編：《新校本南史附索引》（臺北：鼎文書局，1979年3月），卷76，頁1897、1899～1900。

〔註258〕彭世獎：《歷代荔枝譜校注》，〔明〕宋珏《荔枝譜‧福業第一》，頁194～195。

摘」、「名品嚐遍」、「色香味全」、「晚涼」、「新月」、「臨流」、「同好至」、「佳人剝」等有助飲食歡愉的「食荔清福」，與「剝漬糖蜜」、「白曬」、「焙乾」、「魚肉側」、「不喜食者在」等敗壞飲食雅興的「食荔黑業」，〔註 259〕試想現摘上品的新鮮荔枝，或佐以涼爽晚風、皎皎明月、潺潺流水，或與好友分食、佳人共享，自是賞心樂事，換言之，食用荔枝的當下，品評家同時追求「美」的享受，而這美感來自食物本身，以及飲食環境的襯托。因此，蔡襄影響所及，不僅拓展著譜風氣，更是建立荔枝審美鑑賞，引領荔枝審美風潮。

姚偉鈞等撰《中國飲食典籍史》，列蔡襄《荔枝譜》為「農書類」，評曰：「蔡襄《荔枝譜》是中國古代第一部有關荔枝的專著，它不僅反映了中國古代荔枝的種植、加工技術，對考察宋代經濟作物的商品化、區域化也具有重要的參考價值。」〔註 260〕筆者則以為愛鄉至深的蔡襄，以「史」為視角、以「美」為準則，藉由與其他果物比較、與他地荔枝比較、與福建產地的各類荔枝比較、與荔枝加工品比較，進而提出「眞荔枝」之說，以新鮮原味為首要條件，此乃眞味、正味、本味；又評定福建荔枝為眞正第一，勝過四川、廣東；更以福建陳紫荔枝為天下第一，足以傲視所有果物。自此，成功打響福建荔枝名號，引人注目，不再委屈於名不見經傳，並且奠定當代、後代的審美品味。因此，誠然荔枝屬於經濟作物，然假使僅以「自然記錄」界定蔡襄《荔枝譜》的著述價值，未免等閒視之。再者，所謂「荔枝之有譜自襄始」、貴妃於夏日至長生殿食用南海荔枝之說，現今研究皆一一反駁，換言之，對於研究現況的掌握，實屬重要，印證「盡信書，不如無書」，否則將落入以訛傳訛。

〔註 259〕同上註，〔明〕宋珏《荔枝譜・食荔清福三十三事》、《荔枝譜・食荔黑業三十四事》，頁 195～196。

〔註 260〕姚偉鈞、劉樸兵、鞠明庫：《中國飲食典籍史》，頁 205。

二、韓彥直《橘錄》

在探討韓彥直《橘錄》一書之前，首先必須明白枳、柑、橘、橙、柚之別。枳、柑、橘、橙、柚皆爲芸香科（Rutaceae）植物，其中，「枳」爲芸香科「枳屬」（Poncirus）；「柑、橘、橙、柚」爲芸香科「柑橘屬」（Citrus）。關於「枳」，蘇頌《本草圖經》以爲「以商州（今陝西省商縣）者爲佳」，又云：「如橘而小，高亦五、七尺；葉如棖，多刺；春生白花，至秋成實。九月、十月採，陰乾。舊說七月、八月採者爲實，九月、十月採者爲殼。今醫家以皮厚而小者爲枳實，完大者爲枳殼，皆以翻肚如盆口狀、陳久者爲勝。」〔註 261〕李時珍《本草綱目》云：「枳，乃木名，從只，諧聲也。實乃其子，故曰枳實，後人因小者性速，又呼老者爲枳殼。生則皮厚而實；熟則殼薄而虛。」〔註 262〕可知枳樹之未成熟果實，稱爲「枳實」，成熟者則稱爲「枳殼」，二者之間，不僅自然形狀有別，且具有藥用屬性之差異。至於《周禮・冬官考工記》云：「橘踰淮北而爲枳。」〔註 263〕陳藏器《本草拾遺》駁曰：「舊云江南爲橘，江北爲枳，今江南俱有枳、橘，江北有枳無橘，此自是別種，非關變也。」〔註 264〕現今植物分類學同樣枳、橘有別。

柑、橘、橙、柚爲芸香科「柑橘屬」，又分爲寬皮橘類、橙類、柚類、葡萄柚類等。首先，以「寬皮橘類」（Citrus reticulate）〔註 265〕

〔註 261〕〔宋〕蘇頌撰，尚志鈞輯校：《本草圖經》，卷 11〈木部中品〉，頁 365～366。

〔註 262〕〔明〕李時珍：《本草綱目》，卷 36〈木之三〉，頁 1188。

〔註 263〕〔漢〕鄭玄注、〔唐〕賈公彥疏、〔唐〕陸德明音義：《周禮注疏》（香港：迪志文化出版公司，2007 年《文淵閣四庫全書電子版》），卷 39，頁 7。

〔註 264〕〔唐〕陳藏器撰，尚志鈞輯釋：《本草拾遺輯釋》（合肥：安徽科學技術出版社，2002 年 7 月），卷 4〈木部〉，頁 130～131。

〔註 265〕此爲植物「學名」，以拉丁文標記，前爲屬名，後爲種名。本文相關植物學名，皆參見胡昌熾：《園藝植物分類學・附錄〈中國園藝植物名錄〉》，頁 472～475。

而言，包括柑、橘。相較於橙，柑、橘剝皮容易，又「橘」俗字爲「桔」，〔註266〕故常見或寫「橘」、或寫「桔」，實爲一也。柑、橘之分，李時珍云：「柑，南方果也……其樹無異於橘，但刺少耳。柑皮比橘色黃而稍厚，理稍粗而味不苦；橘可久留，柑易腐敗；柑樹畏冰雪，橘樹略可，此柑橘之異也。」〔註267〕現今之別，大抵不出於此，柑的果實較大，果皮較粗厚，反之，橘的果皮較薄而光滑。〔註268〕其次，「橙」（或作「棖」），〔註269〕又分爲甜橙類（Citrus sinensis）、酸橙類（Citrus Aurantium L.）。甜橙類再細分爲普通甜橙、臍橙、無酸橙、血橙四大類，以普通甜橙而言，如：柳橙，又名廣柑、印子柑，乃因柳橙原產於廣東新會縣、又果頂多數有明顯圓形印環，故名之；〔註270〕在臺灣則普遍稱爲「柳丁」，或由閩南語「liu[2]-ting[1]」而來，〔註271〕以「ting[1]」音同「丁」，因而在字形書寫上，以簡易筆畫替代之。至於臍橙、無酸橙、血橙，亦各具特色，如：臍橙，果頂內著生一小果，常開列成臍狀，故名臍橙；無酸橙由普通甜橙突變而來，酸度極低，又稱糖橙；血橙，顧名思義，果肉、果汁呈紅色至暗紅色。〔註272〕酸橙與甜橙之差別，在於前者果皮厚，味苦酸，其中「代代」

〔註266〕桔，音「ㄐㄧㄝˊ」者，如：「桔梗」；音「ㄐㄩˊ」者，爲「橘」之俗字。《漢語大詞典》網路電子版 http://www.zdic.net/。

〔註267〕〔明〕李時珍：《本草綱目》，卷30〈果之二〉，頁1025。

〔註268〕汪勁武、賴明洲：《萬花世界——植物分類攬勝》（臺北：地景企業公司，1995年10月），頁245。

〔註269〕橙子，棖子，一也，即橙樹的果實。參見《漢語大詞典》網路電子版 http://www.zdic.net/。

〔註270〕屈千澤：《千古文學看到古今農業：屈千澤筆下的蔬香果趣》（臺北：豐年社，2011年1月），頁109。

〔註271〕董忠司：《臺灣閩南語辭典》（臺北：五南圖書出版公司，2001年1月），頁860。

〔註272〕薛聰賢：《蔬香果樂：台灣的食用農作物130種》（員林：撰者自刊，1990年5月），頁24。
呂明雄、徐信次〈品種及其特性〉，楊秀珠彙編：《柑桔整合管理》（臺中：行政院農業委員會藥物毒物試驗所，2002年12月），頁11～16。

品種，可以採花焙乾，製作花茶。〔註 273〕藉由上述「橘」的特點，與「甜橙」相較，自可理解《說文》以爲「橙爲橘屬」，〔註 274〕係因果皮厚薄；其次，李時珍云：「柚，乃柑屬之大者，早黃難留；橙，乃橘屬之大者，晚熟耐久。」〔註 275〕則依據生長期、保存期，且對照現今柚之產期約 9 月至 12 月，橙之產期約 11 至 2 月，〔註 276〕可知李時珍所言與今日仍可相互印證。

再者，「柚」（Citrus grandis），又名「壺柑」、「朱欒」、「香欒」等，主要依據形狀、氣味而命名，李時珍云：「柚色油然，其狀如卣，故名。壺亦象形，今人呼其黃而小者爲『蜜筒』，正此意也。其大者謂之『朱欒』，亦取團欒之象，最大者謂之『香欒』。」又云：「小者如柑如橙，大者如瓜如升……皮，厚而粗、其味甘、其氣臭；其瓣堅而酸惡，不可食。其花甚香。」〔註 277〕范成大《桂海虞衡志》云：「柚子，南州名臭柚，大如瓜，人亦食之。」〔註 278〕或以口味取名、或以形爲名、或以氣味命名。其次，今日常見以「文旦」稱柚，則是遲至清代才出現的名稱。清・郭柏蒼《閩產錄異》云：「文旦者，小旦文姓所種，在長泰縣溪東，不過四五十樹，其實圓而稍小，有名。」〔註 279〕著名的「麻豆文旦」，係於 18 世紀由福建漳州引入臺南安定，又再傳入麻豆，而後突變，因其品種優異，有別於早先引入的文旦，故「麻豆文旦」成爲特定品種名稱，〔註 280〕連橫《臺灣通史》云：「文

〔註 273〕胡昌熾：《園藝植物分類學》，頁 242。

〔註 274〕〔漢〕許愼撰、〔清〕段玉裁注：《說文解字注》（臺北：藝文印書館，1976 年 10 月），頁 241。

〔註 275〕〔明〕李時珍：《本草綱目》，卷 30〈果之二〉，頁 1026。

〔註 276〕郭信厚：《台灣蔬果園——水果篇》（臺北：田野影像出版社，2003 年 1 月），頁 243～244。

〔註 277〕〔明〕李時珍：《本草綱目》，卷 30〈果之二〉，頁 1026～1027。

〔註 278〕〔宋〕范成大：《桂海虞衡志》（北京：中華書局，1985 年），頁 20。

〔註 279〕〔清〕郭柏蒼：《閩產錄異》，卷 2，田兆元主編：《華東民俗文獻》（北京：學苑出版社，2010 年），卷 22，頁 278。

〔註 280〕呂明雄、徐信次〈品種及其特性〉，楊秀珠彙編：《柑桔整合管理》，頁 26～27。

旦柚產於麻荳莊，皮薄肉白，汁多而甘如蜜，馳名內外。舊志不載，種之他處則味不及。」〔註 281〕至於葡萄柚（Citrus panadisi），係柚與甜橙的天然雜交種，果實似小型柚子，且結實樹梢猶如葡萄成串，故名，最早上溯 18 世紀初，發現於南美西印度 Barbados 島，至今以美國 Florida、Texas 栽種最多。〔註 282〕綜上所述，藉由初步了解枳、柑、橘、橙、柚之區別，成爲開啓閱讀韓彥直《橘錄》之鑰。

（一）真柑冠天下，審美亦品人

韓彥直（1131～卒年不詳），〔註 283〕字子溫，延安（今陝西延安）人，韓世忠之子。〔註 284〕宋孝宗淳熙五年（1178），時任溫州知州，〔註 285〕撰《橘錄》一書，分上、中、下三卷，上卷爲「柑」，標目：眞柑、生枝柑、海紅柑、洞庭柑、朱柑、金柑、木柑、甜柑、橙子，共 9 種；中卷爲「橘」，標目：黃橘、塌橘、包橘、綿橘、沙橘、荔枝橘、軟條穿橘、油橘、綠橘、乳橘、金橘、自然橘、早黃橘、凍橘、朱欒、香欒、香圓、枸橘，共 18 種。序云：

> 橘出溫郡最多種，柑乃其別種。柑自別爲八種，橘又自別爲十四種。橙子之屬類橘者，又自別爲五種，合二十有七種。〔註 286〕

〔註 281〕連橫：《臺灣通史》（南投：臺灣省文獻委員會，1992 年 3 月），卷 27〈農業志・果之屬〉，頁 747。

〔註 282〕呂明雄、徐信次〈品種及其特性〉，楊秀珠彙編：《柑桔整合管理》，頁 29。
郭信厚：《台灣蔬果園——水果篇》，頁 54。

〔註 283〕《紹興十八年同年小錄》載韓彥直年十八，登紹興十八年進士第，因此，可推知其生年。參見撰者不詳：《紹興十八年同年小錄》（香港：迪志文化出版公司，2007 年《文淵閣四庫全書電子版》）。

〔註 284〕〔元〕脫脫等撰、楊家駱主編：《新校本宋史并附編三種・韓世忠傳》（臺北：鼎文書局，1978 年 9 月），卷 364，頁 11368。

〔註 285〕韓彥直《橘錄》序末註明寫作時間，《宋史》亦載其知溫州之事，故可知《橘錄》撰寫時間與任職。〔南宋〕韓彥直：《橘錄》（北京：中華書局，1985 年），頁 1。〔元〕脫脫等撰、楊家駱主編：《新校本宋史并附編三種・韓世忠傳》，卷 364，頁 11370。

〔註 286〕〔南宋〕韓彥直：《橘錄》，頁 1。

「柑自別爲八種」，指上卷眞柑至甜柑，以柑爲名者，共 8 種；「橘自別爲十四種」，指中卷黃橘至凍橘，以橘爲名者，共 14 種；「橙子之屬類橘者，又自別爲五種」，指橙子、朱欒、香欒、香圓、枸橘此 5 種，然韓彥直既云「橙」類「橘」，卻又將橙歸列至上卷「柑」，自相矛盾。再者，《橘錄》以橘爲書名，內容實則分爲柑、橘二卷，且包含橙、柚等；〔註 287〕對照今日植物分類學將芸香科柑橘屬，細分爲寬皮橘類、橙類、柚類、葡萄柚類等，〔註 288〕大抵而言，韓彥直基本上具有植物分類概念，然僅停留於二分法，仍不夠精確。尤其上卷之一的「金柑」，與卷中的「金橘」，若依照今日植物學分類，此二者爲芸香科金柑屬（Fortunella），而非芸香科柑橘屬（Citrus）。金柑，普遍或稱金桔（金橘），又區分爲圓金柑、長實金柑、金豆等；其中，長實金柑，因形似棗，又名金棗，多用於加工製作，如：桔醬、蜜餞。〔註 289〕《橘錄》則是說道：

> 金柑，在他柑特小，其大者如錢，小者如龍目，色似金，肌理細瑩，圓丹可翫。噉者不削，若用以漬蜜尤佳。歐陽文忠公《歸田錄》載其香清味美，置之樽俎間，光彩灼爍，如金彈丸，誠珍果也。都人初不甚貴，其後因溫成皇后好食之，由是價重京師。〔註 290〕

足見金柑做爲蜜餞製品，由來已久。至於歐陽修《歸田錄》記述貴重

〔註 287〕韓彥直分法↗柑（包括柑、金柑、橙）
↘橘（包括橘、山金柑、柚、枳橘）

〔註 288〕現今植物分類學分法：芸香科柑橘屬：①寬皮橘類（柑、橘）
②橙類（甜橙、酸橙）
③柚類
④葡萄柚類

〔註 289〕胡昌熾：《園藝植物分類學》（臺北：臺灣中華書局，1985 年 11 月），頁 236。
王沂、方瑞達：《果脯蜜餞及其加工》（北京：中國食品出版社，1987 年 3 月），頁 90。
陳彥仲、葉益青、羅秀華：《台灣的地方特產》（臺北：遠足文化事業公司，2006 年 4 月），頁 47。

〔註 290〕〔南宋〕韓彥直：《橘錄》，頁 2。

京師的江西金橘，對照現今產地分類，或屬「圓金柑」。〔註291〕相較而言，韓彥直《橘錄》卷中的「金橘」，則是說道：

> 金橘，生山逕間，比金柑更小，形色頗類。木高不及尺許，結實繁多，取者多至數升。肉瓣不可分，止一核，味不可食，惟宜植之欄檻中。園丁重之以鬻於市，亦名山金柑。〔註292〕

此「金橘」即「金豆」，又名山金橘、山金柑〔註293〕；藉由文中所述，可知山金柑並不適宜食用，多用於園林造景；此段記載，與今日現況亦相互呼應，取金桔諧音，象徵大吉大利，爲年節應景盆栽。〔註294〕

《橘錄》上卷與中卷，韓彥直以形、色、味等爲撰述重點，以海紅柑爲例，云：

> 海紅柑顆極大，有及尺以上圍者，皮厚而色紅，藏之久而味愈甘。木高二三尺。有生數十顆者。枝重委地，亦可愛。是柑可以致遠，今都下堆積道旁者多此種。初因近海。故以海紅得名。〔註295〕

浙江溫州近海，柑子色紅，故稱「海紅柑」，又因耐久，適合運送外銷，甚至得以成爲杭州栽種的主要品種；「生枝柑」同樣耐久，「鄉人以其耐久，留之枝間，俟其味變甘，帶葉而折，堆之盤俎，新美可愛，故命名生枝。」〔註296〕在採摘時特地留下綠葉，用於堆盤擺飾，頗有新鮮現摘的視覺效果，此法至今仍然可見，臺灣農民習慣採收「桶柑」〔註297〕留下枝葉，以綠葉強調新鮮程度，增加銷售機會；〔註298〕

〔註291〕以大陸地區而言，胡昌熾分析圓金柑主要分佈於安徽、江西；長實金柑，分佈於浙江、四川、廣西；金豆，分佈於浙江、廣西、香港。胡昌熾：《園藝植物分類學》，頁236。

〔註292〕〔南宋〕韓彥直：《橘錄》，頁7。

〔註293〕胡昌熾：《園藝植物分類學》，頁236。

〔註294〕郭信厚：《台灣蔬果園——水果篇》（臺北：田野影像出版社，2003年1月），頁221。

〔註295〕〔南宋〕韓彥直：《橘錄》，頁2。

〔註296〕同上註，頁2。

〔註297〕桶柑（Citrus tankan），爲椪柑與甜橙的天然雜交種。乃因早期用木

相較於耐久、色紅，黃橘則是「色方青黃時，風味尤勝，過是則香氣少減。」〔註 299〕足見天地萬物之奇妙。由客觀描述，作者進而表達優劣評價，如：洞庭柑，「皮細而味美，比之他柑，韻稍不及。熟最早，藏之至來歲之春，其色如丹。鄉人謂其種自洞庭山來，故以得名。」〔註 300〕洞庭柑之所以不及他者，隱含韓彥直身爲溫州知州的自信；又如：油橘，「皮似油飾之。中堅而外黑，蓋橘之若柤（通「楂」）若柚者。擘之而不聞其香。食之而不可於口。是橘之僕奴也。」〔註 301〕色不迷人、無香氣、不美味，可說是《橘錄》中品質極差者。而不常見的品種，往往「物以稀爲貴」，如：綿橘，「綿橘微小，極軟美可愛，故以名。圃中間見一、二樹。結子復稀。物以罕見爲奇。此橘是也。」〔註 302〕又如：綠橘，同樣小而可愛，且不常見，「綠橘，比他柑微小，色紺碧可愛。不待霜，食之，味已珍。留之枝間，色不盡變。隆冬采之，生意如新。横陽（今浙江平陽縣北）人家時有之。不常見也。」〔註 303〕然而綿橘、綠橘等，終究比不上「眞柑」，亦即「乳柑」，韓彥直云：

> 眞柑，在品類中最貴可珍，其柯木與花、實，皆異凡木。木多婆娑，葉則纖長茂密，濃陰滿地；花時，韻特清遠，逮結實，顆皆圓正，膚理如澤蠟。始霜之旦，園丁採以獻，風味照座，擘之則香霧噀人，北人未之識者，一見而知其爲眞柑矣。一名乳柑，謂其味之似乳酪。溫四邑之柑，推泥山爲最。泥山地不彌一里，所產柑，其大不七寸圍，皮薄而味珍，脈不粘瓣，食不留滓，一顆之核才一二，間有

桶包裝運輸，故名「桶柑」。呂明雄、徐信次〈品種及其特性〉，楊秀珠彙編：《柑桔整合管理》，頁 19。

〔註 298〕陳煥棠、林世煜：《台灣蔬果生活曆》（臺北：天下遠見出版公司，2006 年 5 月），頁 1。

〔註 299〕〔南宋〕韓彥直：《橘錄》，頁 5。

〔註 300〕〔南宋〕韓彥直：《橘錄》，頁 2。

〔註 301〕同上註，頁 6。

〔註 302〕同上註，頁 6。

〔註 303〕同上註，頁 7。

全無者。〔註 304〕

「乳」柑，以味取名；「眞」柑，代表眞正第一、稱冠天下的驕傲，序云：「溫人謂乳柑爲『眞柑』，意謂他種皆若假設者，而獨眞柑爲柑耳。」〔註 305〕宋人喜用眞、假二字，以區分優劣勝敗，如：范成大稱江蘇蘇州洞庭柑爲「眞柑」，蔡襄《荔枝譜》同樣以「眞荔枝」讚賞家鄉福建荔枝。〔註 306〕溫州眞柑，尤以泥山（今浙江蒼南縣宜山鎮）者評價最高，韓彥直並於序文中闡述箇中原因。首先，說明泥山並非全爲沃土良田，「泥山蓋平陽（今浙江溫州平陽縣）一孤嶼。大都塊土，不過覆釜，其旁地廣袤只三、二里許。無連崗、陰壑、非有佳風氣之所淫漬鬱烝。出三、二里外。其香味輒益遠益不逮。夫物理何可考耶？或曰溫並海，地斥鹵，宜橘與柑。而泥山特斥鹵佳處，物生其中，故獨與他異。予頗不然其說。」〔註 307〕溫州近海，土壤屬偏鹼性，實符合柑橘種植針對土壤酸鹼性的要求，〔註 308〕然而韓彥直以爲此項理由不夠充足，乃因天下豈止溫州近海？蘇州、閩、廣亦有柑橘種植。繼之，列舉歷來述及「橘」之詩文，如：〈橘頌〉、《史記》「千戶侯」、《襄陽耆舊傳》「木奴」等，韓彥直慨嘆未見描寫溫柑者，〔註 309〕隨之語氣又一轉，云：

〔註 304〕同上註，頁 1。

〔註 305〕同上註，頁 1。

〔註 306〕〔宋〕蔡襄：《端明集》，卷 35，頁 7。

〔註 307〕〔南宋〕韓彥直：《橘錄・序》，頁 1。

〔註 308〕《柑橘專輯》云：「柑橘類果樹較適宜之土壤酸鹼值範圍 5.2～6.4。強酸性土壤種植柑橘類果樹時，最好於幼年園或植苗前，全園施灑苦石灰或副產石灰、或石灰石粉等石灰資材，並耕犁與土壤充分混合。石灰施用可提高土壤酸鹼值，並增加鈣、鎂的含量及磷的有效性，改善柑橘類果樹的生育。」姜金龍等編：《柑橘專輯・李宗翰、莊浚釗〈土壤肥培管理〉》（桃園：行政院農業委員會桃園區農業改良場，2010 年 6 月），頁 16。

〔註 309〕韓彥直《橘錄》云：「自屈原、司馬遷、李衡、潘岳、王羲之、謝惠連、韋應物輩，皆嘗言吳楚間出者，而未嘗及溫。」（〔南宋〕韓彥直：《橘錄・序》，頁 1。）
按：屈原，楚人也，撰〈橘頌〉，云：「后皇嘉樹，橘徠服兮。受命

> 溫最晚出，晚出而群橘盡廢，物之變化出沒，其浩不可靠如此。以予意之。溫之學者，繇晉唐間未聞有傑然出而與天下敵者，至國朝始盛；至於今日，尤號爲文物極盛處，豈亦天地光華秀傑不沒之氣來鐘此土，其餘英遺液猶被草衣，而泥山偶獨得其至美者耶？〔註310〕

「光華秀傑之氣」成爲韓彥直推論溫州泥山眞柑之所以美味的原因。

不遷，生南國兮……年歲雖少，可師長兮。行比伯夷，置以爲像兮。」〔漢〕王逸章句、〔宋〕洪興祖補注：《楚辭．九章》，卷4，吳平、回達強主編《楚辭文獻集成》（揚州：廣陵書社，2008年8月），冊2，頁1277～1281。

司馬遷《史記．貨殖列傳》云：「今有無秩祿之奉，爵邑之入，而樂與之比者，命曰「素封」。封者食租稅，歲率户二百。千户之君則二十萬，朝覲聘享出其中……安邑千樹棗；燕、秦千樹栗；蜀、漢、江陵千樹橘……此其人皆與千户侯等。」〔漢〕司馬遷撰，〔南朝宋〕裴駰集解，〔唐〕司馬貞索隱，〔唐〕張守節正義，楊家駱編：《新校本史記三家注并附編二種》，卷129，頁3272。

三國吳．李衡，見〔南朝宋〕習鑿齒：《襄陽耆舊傳》云：「吳，李衡，字叔平，襄陽人，習竺以女英習配之，漢末爲丹陽太守。衡每欲治家事，英習不聽，後密遣客十人往武陵龍陽泛洲上作宅，種橘千株。臨死，敕兒曰：『汝母每怒吾治家事，故窮如是。然吾州里有千頭木奴，不責汝食，歲上匹絹，亦可足用爾。』」李勇先主編：《中國歷史地理文獻輯刊．第七編輯佚類文獻集成》（上海：上海交通大學出版社，2009年6月），冊35，頁352。

西晉．潘岳〈橘賦並序〉云：「余齋前橘樹，冬夏再熟，聊爲賦云爾。嗟嘉卉之芳華，信氛氳而芬馥……故成都美其家園，江陵重其千樹。」〔明〕張溥：《漢魏六朝百三名家集》（臺北：文津出版社，1979年8月），頁1772。

王羲之〈奉橘帖〉云：「奉橘三百枚，霜未降，未可多得。」〔晉〕王羲之：《王右軍集》（臺北：臺灣學生書局，1971年8月），卷2，頁322。

南朝宋．謝惠連〈橘賦〉云：「園有嘉樹，橘柚煌煌。圓丹可翫，清氣芬芳。受以玉盤，升君子堂。味既滋而事美，實厥苞之最良。」〔明〕張溥：《漢魏六朝百三名家集》，頁2817。

唐．韋應物〈答鄭騎曹青橘絕句〉（一作〈故人重九日求橘書中戲贈〉）：「憐君臥病思新橘，試摘猶酸亦未黃。書後欲題三百顆，洞庭須待滿林霜。」清聖祖御定：《全唐詩》，冊6，卷190，頁1952。

〔註310〕〔南宋〕韓彥直：《橘錄．序》，頁1。

若由今日重視理性、講求實據的科學研究看來，也許覺得不可思議，然而仔細推敲，南宋・劉辰翁評屈原〈橘頌〉爲「詠物之祖」，〔註311〕以橘喻君子堅定操守、品德高尚，韓彥直或受其「以物喻人」的寫作筆法影響，亦寄託情懷，《橘錄》不僅爲「橘」，同樣爲「人」發聲，藉由序文文末，自述寫作動機，可得端倪：

> 予北人，平生恨不得見橘著花，然嘗從橘舟市橘。亦未見佳者，又安得所謂泥山者啖之？去年秋，把麾此來，得一親見花，而再食其實，以爲幸。獨故事，太守不得出城從遠游，無因領客入泥山香林中，泛酒其下；而客乃有遺予泥山者，且曰：「橘之美當不減荔子，荔子今由譜，得與牡丹、芍藥花譜並行，而獨未有譜橘者；子愛橘甚，橘若有待於子，不可以辭。」予因爲之譜，且妄欲自附於歐陽公、蔡公之後，亦有以表見溫之學者足以誇天下。而不獨在夫橘爾。〔註312〕

韓彥直食橘、愛橘，懂得判別品質優劣，時任溫州知州，得以現場品嚐友人贈送的泥山眞柑，有鑑於花譜有歐陽修《洛陽牡丹譜》、孔武仲等人分別撰寫《揚州芍藥譜》，〔註313〕打響洛陽牡丹、揚州芍藥名號，果譜則前有蔡襄《荔枝譜》與之相匹，友人期許愛橘的韓彥直若能撰寫《橘譜》，理應別具意義；身爲地方長官的韓彥直，更希望藉由《橘錄》一書，兼具吸引世人留意溫州學術興盛、人才優越。因此，溫州乳柑勝過他地之因，韓彥直強調「天地靈秀之氣」滋養「眞

〔註311〕〔明〕蔣之翹評校：《七十二家評楚辭》，卷4，見吳平、回達強主編：《楚辭文獻集成》，冊23，頁16144。

〔註312〕〔南宋〕韓彥直：《橘錄・序》，頁1～2。

〔註313〕《揚州芍藥譜》，《宋史・藝文志》載孔武仲、劉攽、王觀，各自撰有一卷。孔武仲《揚州芍藥譜》序云：「揚州芍藥，名於天下，非特以多爲誇也，其敷腴盛大纖麗巧密，皆他州不及。至於名品相壓，爭妍鬥奇，故者未厭，而新者已盛，州人相爲驚異，交口稱說，傳於四方，名益以遠，價益以重，與洛陽牡丹俱貴於時。」〔元〕脫脫等撰、楊家駱主編：《新校本宋史并附編三種》，卷205，頁5206。〔宋〕孔文仲等撰，王蓬編：《清江三孔集》（香港：迪志文化出版公司，2007年《文淵閣四庫全書電子版》），卷18，頁7。

柑」、造就「人傑」，實與寫作動機相互呼應，足見愛才深切。且進而思考，溫州人才何以備受韓彥直推崇？清・孫衣言《甌海軼聞》甲集序云：

> 吾溫李唐以前，士大夫以文藝行治著者，史曠不書。至有宋仁宗時，博士周公（周行之）、右丞許公（許景衡）、左史、給諫二劉公（劉安節、劉安上）與同志之士十人，始自奮於海濱，北游太學，得列程（程頤）、呂氏（呂大臨）之門，永嘉之學於是萌芽。其後文肅鄭公（鄭伯熊）初仕黃巖，請業於隱君子溫節徐先生庭筠。溫節實傳安定胡氏（胡瑗）之學，所謂「經義」、「治事」者也。文肅既歸，授之鄉後進，於是文節、文憲二薛公（薛季宣、薛叔似）、文節陳公（陳傅良）、文懿蔡公（蔡幼學）、文定葉公（葉適）相繼並起，皆守胡氏家法，務通經以致之用，所謂經制之學也。〔註 314〕

上述清楚勾勒宋代溫州永嘉學派的發展源流，並且點出此派學術精神主旨在於「通經致用」，致用的基礎建立於通徹理解古人經典，通經的目的務求實踐應用於社會，此乃永嘉學派探究經典制度、議論時事的準則。南宋永嘉學派的代表學者，如：鄭伯熊（1123～1181）、鄭伯英（1130～1192），葉適（1150～1223）評此二人云：「余嘗嘆章、蔡氏擅事，秦檜終成之，更五六十年，閉塞經史……於斯時也，士能以古人源流，前輩出處，終始執守，慨然力行，爲後生率，非瓌傑特起者乎？吾永嘉二鄭公是已。蓋其長曰伯熊，字景望；季曰伯英，字景元。大鄭公恂恂，少而德成，經爲人師，深厚悃愊，無一指不本於仁義，無一言不關於廊廟；而景元俊健果決，論事憤發，思得其志，則必欲盡洗紹聖以來弊政，復還祖宗之舊，非隨時默默苟爲祿仕者。」〔註 315〕可知二鄭爲國爲民，甚至鄭伯英曾上〈中興急務

〔註 314〕〔清〕孫衣言撰，張如元校箋：《甌海軼聞》（上海：上海社會科學出版社，2005 年 11 月），頁 1。

〔註 315〕〈歸愚翁文集序〉，〔南宋〕葉適：《葉適集》（臺北：河洛圖書出版

書〉，直指秦檜之罪。〔註 316〕又如：薛季宣（1134～1173），字士龍，永嘉人，〔註 317〕呂祖謙稱其：「胸中坦易無機械，勇於爲善，於世務二三條，如：田賦、兵制、水利，甚曾下功夫。」〔註 318〕以爲政、用兵而言，薛季宣強調以「定謀」爲先，如下：

> 某聞國之安危，存乎相：相之失得，存乎謀。有一定之謀，故天下無可爲之事；謀不素定，而事能克濟，道能有行，功業著於一時，聲名流於百世者，唐虞而下，未之前聞……《大學》之書曰：「欲治其國者，先齊其家；欲齊其家者，先修其身。」此言爲天下者，必由內以及外也，故君子正心、誠意，而加於天下國家，必自一定之謀始。一定之謀立，則是非利害不能奪，好惡寵辱不能移；上以正君，下以明民；內以治百官，外綏以外侮者。〔註 319〕

> 竊以爲國家比歲用兵之初，實未聞嘗有戰守之略、宏遠之計；謀不早定，將帥乏才，欲以久惰之兵，幸其一勝，泛泛然如投無鉤之釣，求魚於三江五湖之間。〔註 320〕

宋金對立，若能辨察時勢，定謀規劃，方能取得優勢，否則將領無謀、輔弼失策，只能任由敵方宰割。爲政、用兵重視謀略，亦見鄭伯熊云：「古者先德而後力，貴謀而賤功，故出師必受成於學。」〔註 321〕葉

社，1974 年 5 月），卷 12《水心文集》，頁 216～217。

〔註 316〕〔南宋〕吳氏：《林下偶談》云：「伯熊其弟名伯英，字景元，負氣尚義之士也，登甲科，爲第四名。以母老，不肯仕宦，奉岳祠養母，不出者二十年。紹興末，上〈中興急務書〉十篇，極言秦檜之罪。」（北京：中華書局，1985 年），卷 4，頁 40。

〔註 317〕〔元〕脫脫等撰、楊家駱主編：《新校本宋史并附編三種・薛季宣傳》，卷 434，頁 12883。

〔註 318〕〈與朱仕講書〉，〔南宋〕呂祖謙：《東萊集》（香港：迪志文化出版公司，2007 年《文淵閣四庫全書電子版》），《別集》，卷 7，頁 34。

〔註 319〕〈再上張魏公書〉，〔南宋〕薛季宣：《浪語集》（香港：迪志文化出版公司，2007 年《文淵閣四庫全書電子版》），卷 20，頁 21～22。

〔註 320〕同上註，卷 19〈上宣諭論淮西事宜十〉，頁 23。

〔註 321〕〈書序皋陶矢厥謨禹成厥功〉，〔南宋〕鄭伯熊：《鄭敷文書說》（北京：中華書局，1991 年），頁 4。

適云：「備成而後動，守定而後戰。」〔註 322〕永嘉學者主張爲政用兵，既非一味求和，亦非一味求戰，理應觀察敵我情勢，計謀策略，蓄勢而發，勿爲一己之功而輕率出兵。因此，身爲抗金名將韓世忠之後，韓彥直知溫州，自是贊同永嘉學風，憂國憂民，心繫社會，著重實用，而不空談心性。

（二）實用全記錄，面面皆周備

有別於上、中卷著重「美」的品評，下卷以實用性記錄爲主，包括：種治、始栽、培植、去病、澆灌、採摘、收藏、整治、入藥，簡而言之，亦即分爲種植、採收、貯藏、用途四方面。以種植而言，陽光、水、土壤之於果物相當重要，過與不及皆影響果樹生長，《橘錄・澆灌》云：「圃中貴雨晴以時，旱則堅苦而不長，雨則暴長而皮多坼，或瓣不實而味淡。園丁溝以泄水。俾無浸其根。方亢陽時。抱甕以潤之，糞壤以培之，則無枯瘁之患。」〔註 323〕雨天，果園需要完善的排水系統，以利有效排水，避免土壤過於潮濕乃至於浸水，導致果樹根部腐爛；晴天，陽光充足，果樹需要補充水分，以及配合施肥，供給生長養分。採收時間以及過程，亦不可馬虎，《橘錄・採摘》云：「歲當重陽，色未黃，有採之者，名曰『摘青』。舟載之江、浙間，青柑固人所樂得，然采之不待其熟，巧於商者，間或然爾，及經霜之二、三夕，才盡剪。遇天氣晴霽，數十輩爲群，以小剪就枝間，平蔕斷之，輕置筐筥中，護之必甚謹。」〔註 324〕過早採收，搶先摘青上市，此時產量未豐，商人自可提高售價；然實際上果肉尚未完全成熟，風味不佳，顧客誤以爲可以早先品嚐，卻是白花錢。至於選擇晴天採收、平蔕斷之、果實小心輕放至竹籠，皆是爲了保護果實，避免受損，至今仍是如此。〔註 325〕採收之後的貯藏，亦需留心謹慎，《橘錄・收藏》

〔註 322〕〔元〕脫脫等撰、楊家駱主編：《新校本宋史并附編三種》，卷 434〈葉適傳〉，頁 12889。

〔註 323〕〔南宋〕韓彥直：《橘錄》，頁 12。

〔註 324〕同上註，頁 12。

〔註 325〕呂明雄、李堂察〈採收與貯藏〉以爲柑桔採收最好在天氣晴朗，空云：「旬日一翻揀之，遇微損謂之『點柑』，即揀出，否則侵損附近者。屢汰去之。存而待賈者，十之五六。」〔註 326〕避免病菌擴大傳播，勢必汰去腐壞者，且藉由將近過半的淘汰率，可知當時果物價格昂貴之因。因此，經由層層細心保護，最終可以入口的柑橘，必定味道甘美。

關於柑橘製作、用途，《橘錄》上、中、下卷可以相互補充。在食用方面，除了鮮食，亦可加工製成蜜餞，《橘錄》上卷已經敘述「金柑」漬蜜尤佳，下卷再次強調「金柑著蜜尤勝他品」；蜜煮之外，又可配合火薰，下卷〈製治〉云：「又橘微損，則去皮，以肉瓣安竃間，用火熏之，曰『熏柑』，置之糖蜜中，味亦佳。」〔註 327〕或以鹽調味，上卷述及「朱柑」過酸，因此「以刀破之，漬以鹽，始可食。」〔註 328〕或製作水果酒，別有風味，上卷關於洞庭柑的介紹，即引用蘇軾〈洞庭春色〉賦爲例證，〔註 329〕韓彥直進而評論洞庭柑酒，云：

氣乾燥時採收，遇到下雨天則避免採收，以免增加腐損；採收時分兩段採果，先將果實用手稍微往上托，在上方處連帶數枚枝葉剪下，拿到胸前再把果梗剪平，不可抓、拉果實，以免果梗受損，引起蒂腐病；採收用的容器必須堅實、通風，不可用柔軟的籃袋，避免果實擠壓，且木箱或竹籠內放置肥料袋或牛皮紙，以免擦傷果實，同時要小心輕放，不可粗暴。楊秀珠彙編：《柑桔整合管理》，頁 144～145。

〔註 326〕〔南宋〕韓彥直：《橘錄》，頁 12。

〔註 327〕同上註，頁 13。

〔註 328〕同上註，頁 2。

〔註 329〕蘇軾〈洞庭春色〉，不僅有賦，又有詩篇；兩者皆有序，序言則是大同小異，〈洞庭春色賦並引〉序云：「安定郡王以黃柑釀酒，名之曰「洞庭春色」，其猶子德麟得之餉予。戲作賦曰：（賦文省略不錄）」〔宋〕蘇軾：《蘇東坡全集》（北京：中國書店，1986 年 6 月），後集，卷 8，頁 544。

〈洞庭春色並引〉序云：「安定郡王以黃甘釀酒，謂之「洞庭春色」，色香味三絕，以餉其猶子德麟。德麟以飲余，爲作此詩。醉後信筆，頗有沓拖風氣。（詩省略不錄）」〔宋〕蘇軾著、〔清〕馮應榴輯注，黃任軻、朱懷春校點：《蘇軾詩集合注》，卷 34，頁 1750。

按：〔宋〕劉翰、馬志等奉敕撰，謝文全、林豐定重輯：《重輯開寶重定本草》云：「柑未經霜時猶酸，霜後甚甜，故名柑子。」卷 17

「物固唯所用，醞釀得宜，眞足以佐騷人之清興耳。」〔註 330〕以酒佐興，向來是文人雅士之所好。再者，橘兼具食療保健，尤以「橘皮」最爲人所知曉，《橘錄・入藥》云：

> 橘皮最有益於藥，去盡脈則爲橘紅，青橘則爲青皮，皆藥之所須者。大抵橘皮性溫平，下氣，止蘊熱，攻痰瘧，服久輕身。至橘子尤理腰膝。近時難得枳實，人多植枸橘於籬落間，收其實，剖乾之，以之和藥，味與商州之枳幾逼眞矣。枸橘又未易多得，取朱欒之小者，半破之，日暴以爲枳。異方醫者不能辨，用以治疾亦愈。藥貴於愈疾而已，孰辨其爲眞僞耶。〔註 331〕

橘皮，分爲未成熟的青橘皮，與已成熟的紅橘皮，日久者則稱陳皮，元・王好古《湯液本草》云：「青皮……或云與陳皮一種，青皮小而未成熟，成熟而大者橘也，色紅故曰紅皮。日久者佳，故曰陳皮，如枳實枳殼一種，實小而青，未穰；殼大而黃紫色，已穰。」〔註 332〕且橘皮內層的白色脈絡去除與否，顯現不同的療效，元・李杲《藥類法象》云：「若補脾胃，不去白；若理胸中肺氣，去白用紅。」〔註 333〕大抵而言，韓彥直明瞭橘皮的藥用效果，然而文中「至橘子尤理腰膝」一句，語意突兀且不明確，乃因橘子果實各部位，藥用不一。橘皮利氣，又可化痰，〔註 334〕果肉則是酸者聚痰、甜者潤肺；〔註 335〕橘核亦可做爲藥材，蘇頌云：「凡橘核，皆治腰及膀胱腎氣，炒去皮，酒

〈果部〉，頁 239。由此或可解釋「柑」字何以又作「甘」字。

〔註 330〕〔南宋〕韓彥直：《橘錄》，頁 2。

〔註 331〕同上註，頁 13。

〔註 332〕〔元〕王好古：《湯液本草》（北京：中華書局，1991 年），卷下〈果部〉，頁 133。

〔註 333〕〔元〕李杲撰，鄭金生輯校：《藥類法象》，參見天津科學技術出版社總纂：《金元四大家醫學全書》（天津：天津科學出版社，1996 年 2 月），頁 852。

〔註 334〕宋徽宗撰，〔宋〕吳禔注：《聖濟經》云：「陳橘消痰，穰不除乃以致痰。」（北京：中華書局，1985 年），卷 9〈藥理篇〉，頁 145。

〔註 335〕〔唐〕陳藏器撰，尚志鈞輯釋：《本草拾遺輯釋》，卷 8〈解紛〉，頁 381。

服之良。」〔註336〕李時珍云：「凡用，須以新瓦焙香，去殼取仁，研碎入藥。」又云：「與青皮同功，治腰痛潰疝在下之病。」〔註337〕因此，推論韓彥直「至橘子尤理腰膝」所云，當指「橘核」或「青橘皮」。又依據南朝梁・陶弘景《本草經集注》云：「枳實，採破令乾，用之除中核，微炙令香，亦如橘皮，以陳者爲良。」〔註338〕由此可知枳實、橘皮皆以「陳者」爲佳，或出於此，韓彥直特別於文末述及「枳實」；且《橘錄》中卷云：「枸橘，色青氣烈，小者似枳實，大者似枳殼。能治逆氣、心胸痺痛、中風便血，醫家多用之。」〔註339〕因此，當枳實不易多得時，遂以枸橘代替枳實，甚至又以朱欒代替枸橘，韓彥直以爲只要達到醫治效果，權且變通，未嘗不可；然而部分醫家並不贊同魚目混珠，李時珍云：「枸橘……結實大如彈丸，形如枳實，而殼薄不香。人家多收種爲籓籬，抑或收小實，謂充枳實及青橘皮售之，不可不辨。」〔註340〕又如橘皮、柚皮、柑皮，更是不可混爲一談，宋・寇宗奭《本草衍義》云：「以柚皮爲橘皮，是貽無窮之患。」〔註341〕李時珍亦云：「橘皮性溫，柑、柚皮性冷，不可不知。」〔註342〕因此，用藥取捨，仍須謹愼爲之。

在「食」之外，橙子、朱欒本身具有的香氣，又可運用至生活之中。《橘錄・製治》云：

> 朱欒作花，比柑橘絕大而香，就樹采之。用箋香〔註343〕細

〔註336〕〔宋〕蘇頌撰，尚志鈞輯校：《本草圖經》，卷16〈果部〉，頁540。

〔註337〕〔明〕李時珍：《本草綱目》，卷30〈果之二〉，頁1024。

〔註338〕〔南朝梁〕陶弘景：《本草經集注》（北京：人民衛生出版社，1994年2月），卷4〈草木中品〉，頁283。

〔註339〕〔南宋〕韓彥直：《橘錄》，頁9。

〔註340〕〔明〕李時珍：《本草綱目》，卷36〈木之三〉，頁1191。

〔註341〕〔宋〕寇宗奭：《本草衍義》（北京：中華書局，1985年），卷18，頁101。

〔註342〕〔明〕李時珍：《本草綱目》，卷30〈果之二〉，頁1022。

〔註343〕〔南宋〕周去非：《嶺外代答》云：「箋香，出海南者，如蝟皮、漁蓑之狀，蓋出諸修治。香之精，鐘於刺端。大柢以斧斫以爲坎，使膏液凝沍於痕中，膏液垂而下結，巉巖如攢針者，海南之箋香也。

作片，以錫爲小甑，每入花一重，則實香一重，使花多於香；竅花甑之旁，以溜汗液，用器盛之，炊畢撤甑去花，以液浸香，明日再蒸。凡三換花，始暴乾，入瓷器密盛之。他時焚之。如在柑林中。〔註 344〕

透過蒸炊、浸漬、曝曬的繁複步驟，使得朱欒花香與箋香木片相容，焚香之時，滿室生香。橙香同樣清新迷人，《橘錄》上卷云：「香氣馥馥，可以熏袖」〔註 345〕橙香熏袖的具體做法，可惜未見韓彥直記載，或許利用日光曝曬，使橙花乾燥，進而密封，製成香包，懷藏袖中，抑或參考宋・洪芻《香譜・薰香法》載：「凡薰衣，以沸湯一大甌置薰籠下，以所薰衣覆之，令潤氣通徹，貴香入衣難散也；然後於湯爐中燒香餅子一枚，以灰蓋，或用薄銀楪子尤妙，置香在上薰之，常令煙得所薰訖，疊衣，隔宿衣之，數日不散。」〔註 346〕透過薰香過程，使衣物充滿香氣，經久不散，眞可謂巧思妙用也，演變至今日，懸掛於衣櫃的衣物芳香劑，即使輕巧方便許多，卻盡是化學添加物，有害健康。此外，《橘錄》上卷敘述山金柑小巧可愛，用於造景，增添空間美感；中卷「香圓」亦能觀賞，同時兼具多方用途，韓彥直云：「其長如瓜，有及一尺四五寸者，清香襲人，橫陽多有之。土人置之明窗、凈几間，頗可賞玩；酒闌，並刀破之，蓋不減新橙也；葉可以藥病。」〔註 347〕香圓，或稱枸櫞，外形特殊，且香氣芬芳，引人好奇、賞玩，蘇頌《本草圖經》以爲更勝入口品嚐。云：「枸櫞如小瓜，皮若橙而光澤可愛。肉甚厚，切如蘿蔔，雖味短而香氛，大勝柑橘之類，至衣笥中，則數日香不歇。」〔註 348〕由此再次顯現宋人相當懂得物盡其

膏液湧而上結，平闊如盤盂者，蓬萊箋也。其側結者必薄，名曰蟹殼香。」（香港：迪志文化出版公司，2007 年《文淵閣四庫全書電子版》），卷 7，頁 2。

〔註 344〕〔南宋〕韓彥直：《橘錄》，頁 13。

〔註 345〕同上註，頁 3。

〔註 346〕〔宋〕洪芻：《香譜》（香港：迪志文化出版公司，2007 年《文淵閣四庫全書電子版》），卷下，頁 18。

〔註 347〕〔南宋〕韓彥直：《橘錄》，頁 8。

〔註 348〕〔宋〕蘇頌撰，尚志鈞輯校：《本草圖經》，卷 16〈果部〉，頁 540。

用，或嚐鮮、或藥用、或觀賞、或使衣物芳香，集口服、眼觀、鼻嗅之多種用途，毫不浪費。

綜上所述，在闡析韓彥直《橘錄》之前，首先扼要說明枳、柑、橘、橙、柚之別，乃因《橘錄》並非僅就「橘」而論，文中述及枳實、柑、橘、橙、朱欒等，爲避免置身五里霧中，因此，參考古今本草學、植物學等書籍，釐清相關果物同異，建立基本知識；進而可知距今八百餘年前，韓彥直已經具備植物分類概念，然尚且停留於二分法，或部分歸類錯誤。

《橘錄》一書，分爲上、中、下三卷，不僅描述形、色、口味、氣味，評定品質優劣，且分析溫州眞柑勝出之因，除土壤酸鹼適合栽種的客觀因素之外，更標舉「天地光華秀傑之氣」滋養「眞柑」、造就「人傑」，並希望藉由撰述此書，使世人明瞭溫州眞柑乃天下第一，且溫州人才亦超群卓越。筆者進而推測溫州士子之所以備受韓彥直推崇，絕非身爲地方長官的片面私心，理應出於贊同永嘉學派重視通經致用，力行實踐，爲國爲民，針砭時弊，而不空談心性。其次，《橘錄》包含採收及其前後的各種記載，舉凡種植、採收、貯藏、食品加工、食療保健、造景觀賞、保留香氣等，部分仍與今日相通，如：注重土壤酸鹼值、平蔕斷之、製作蜜餞、橘皮入藥、買賣盆栽等。總之，韓彥直《橘錄》並重審美、實用，亦爲人發聲，達到記實、品評、宣傳的綜合效益。

小　結

文學作品，透顯作者自身的生活經歷，而「個人」離不開「社會」，兩者之間相互影響。本章探討宋詞飲食書寫的發展背景，首先，以隋唐、北宋、南宋爲時間軸，以「運輸網絡與飲食流通」爲題，探討「交

按：「枸櫞」，李時珍釋名，或稱「香櫞（俗作圓）」。〔明〕李時珍：《本草綱目》，卷 30〈果之二〉，頁 1027。

通」與「飲食」之關係，乃因飲食消費行爲之形成，必須配合飲食商品的順暢流通，換言之，唯有完善的運輸體系，方能確保生產區與消費區的快速連結，同時選擇適宜的首都位置，更能助長城市繁榮。以隋唐而言，建都長安，即使具備大運河運輸體系，仍必須依賴洛陽轉運，過程艱險；五代除後唐之外，皆建都開封，地處汴河北方要衝，省去諸多轉運不便，發揮運河最大效益，且後周拓展城市建設，促使經濟發展，北宋承接後周都城，在既定基礎之下，有所開發，視汴河爲重要的經濟運輸命脈；南宋以杭州爲中心，充分利用南方水系、以及淮南運河、江南運河、浙東運河、沿海航運，與陸運相互配合，架構通達的運輸系統。開封、杭州爲北宋、南宋的首要都城，兼具交通運輸樞紐，與經濟消費重心，各類新鮮食物，抑或加工品，無論遠近，藉由水、海、陸運，匯集於此，供應民生所需，提供不同選擇，構成飲食消費，產銷買賣。

當人民免於飢餓的基本需求獲得滿足，飲食不再只是簡單的吃飽喝足，繼之，著眼「譜錄著作與飲食主張」，分別就蔡襄《荔枝譜》與韓彥直《橘錄》，予以闡析。蔡襄本身即閩人，且於政壇具有相當地位，以侍親爲由，自請外調，任地方長官，愛鄉至深，撰《荔枝譜》，透過文字傳播，爲家鄉荔枝發聲；以「史」爲視角、以「美」爲準則，提出「眞荔枝」之說，以新鮮原味爲首要條件，此乃眞味、正味、本味，並評定福建荔枝爲眞正第一，勝過四川、廣東，奠定當代、後代的審美品味。韓彥直係陝西延安人，任職浙江溫州，食橘、愛橘，撰《橘錄》，並重審美、實用；且希望藉由《橘錄》一書，兼具吸引世人留意溫州學術興盛、人才優越，因此，強調溫州乳柑勝過他地之因，即「天地光華秀傑之氣」滋養「眞柑」、造就「人傑」。

總之，宋代社會建立品嚐各類食物的環境，同時注入美的鑑賞，觸動舌尖之後，亦激發筆尖描寫，食物不只是具體物象，飲食文學，遂由此開展，其中，描寫果物者，爲本論文的研究主題。

第四章　宋詞飲食書寫（一）——荔枝

荔枝（「荔枝」之「枝」或作「支」，本文尊重原作，兩字並行）本身果實絳紅、散發香氣、果肉瑩白飽滿，咀嚼之後，流瀉汁液，滿口甘甜、滑嫩，換言之，荔枝乃綜合視覺、嗅覺、味覺美感，呈現「美」與「味」，使得食用者獲得多重愉悅感受。蔡襄《荔枝譜》結合自然記實與審美主張，促使食荔風氣盛行，宋詞中的詠果物詞，亦以描寫荔枝者最多。

第一節　審美品味，荔枝居冠

蘇軾（1036～1101，眉山（今四川眉山）人）〈減字木蘭花・西湖食荔支〉詞，〔註 1〕鄒同慶、王宗堂《蘇軾編年詞校註》將此闋詞

〔註 1〕蘇軾〈減字木蘭花・西湖食荔支〉云：「閩溪珍獻。過海雲帆來似箭。玉座金盤。不貢奇葩四百年。　輕紅釀白。雅稱佳人纖手擘。骨細肌香。恰是當年十八娘。」
按：《全宋詞》詞題標爲「荔支」，《蘇軾詞編年校註》云：「此詞除《全宋詞》外，各本俱題作〈西湖食荔支〉」，故本文依《蘇軾詞編年校註》本。
唐圭璋編纂、王仲聞參訂、孔凡禮補輯：《全宋詞》（北京：中華書局，1999 年 1 月），冊 1，頁 402。

編於宋哲宗紹聖二年（1095）四月，作於惠州（今廣東惠州）。編年依據，其一「考證地點」，其二「對應詩篇」，撰者云：

> 查《蘇軾詩集》卷三九有〈四月十一日初食荔支〉詩，乃紹聖二年乙亥在惠州作，而惠州亦有西湖，見《詩集》同卷〈江月五首〉引中「豐湖」下查注：「《名勝志》：『惠州城西有石埭山，流泉濺沫若飛簾，其水瀉入於豐湖，即西湖也。』」〈初食荔枝〉云：「不知天公有意無，遺此尤物生海隅。」同年所作〈荔支嘆〉亦云：「我願天公憐赤子，莫生尤物爲瘡痏。」詩與此詞上片詠史之意吻合，因知此詞亦當作於乙亥四月惠州初食西湖荔支時。〔註2〕

藉由以上分析，可知蘇軾〈荔支嘆〉、〈四月十一日初食荔枝〉、〈減字木蘭花・西湖食荔支〉理應作於同時同地。關於荔枝的生長型態，《廣群芳譜》記載：

> 樹高數丈，自徑尺至合抱，形團圞如帷蓋；葉如冬青，綠色蓬蓬，四時常茂；花青白，開於二、三月，狀如橘，又若冠之蕤綏；五、六月結實，喜雙狀，如初生松毬，核如熟蓮子；殼有皺紋如羅，生青熟紅，肉白淡如肪玉，味甘多汁，夏至將中，翕然俱赤，大樹每下子百斛。〔註3〕

至於蘇軾〈四月十一日初食荔枝〉詩，清・查愼行注云：「東坡所云四月十一日，是特廣南火山者耳。」〔註4〕本詩開頭云：

> 南村諸楊北村盧（蘇軾自注：「謂楊梅、盧橘也。」），白華青葉冬不枯。垂黃綴紫煙雨裏，特與荔子爲先驅。〔註5〕

鄒同慶、王宗堂：《蘇軾詞編年校註》（北京：中華書局，2002 年 9 月），頁 757。

〔註 2〕鄒同慶、王宗堂：《蘇軾詞編年校註》，頁 757～758。
〔宋〕蘇軾著，〔清〕馮應榴輯注，黃任軻、朱懷春校點：《蘇軾詩集合注》（上海：上海古籍出版社，2001 年 6 月），卷 39，頁 2039。

〔註 3〕〔清〕汪灝等撰：《廣群芳譜》（臺北：新文豐出版公司，1970 年 10 月），卷 60〈果譜・荔支一〉，頁 3333。

〔註 4〕〔宋〕蘇軾著，〔清〕馮應榴輯注，黃任軻、朱懷春校點：《蘇軾詩集合注》，卷 39，頁 2025。

〔註 5〕同上註，卷 39，頁 2025。

綜合《廣群芳譜》與蘇軾詩，可知樹葉經冬不枯、花白，可說是荔枝普遍的生長特徵，並不因為品種、產地而有所差別。蘇軾列舉楊梅、盧橘，與火山荔枝同為「白華青葉冬不枯」具有相同的生長型態，又以「先驅」二字，強調火山荔枝的早熟特色，率先為這自然天地換上火紅衣裳。「先驅」不僅代表熟成時間優先，蘇軾進而說道：「海山仙人絳羅襦，紅紗中單白玉膚。不須更待妃子笑，風骨自是傾城殊。」〔註 6〕身處在這湖光山色之中，猶如來到仙境，又依循殷紅果殼、白色果肉的顏色特徵，蘇軾將荔枝擬為絳衣仙子，肌膚白皙，氣質高雅，無須進貢博取貴妃歡心，亦能獲得眾人喜愛；結合具體實物與抽象擬人，呈現荔枝視覺樣貌的優美，以及神采氣韻的優雅，足見楊梅、盧橘、荔枝之間的果物評比，荔枝已然獲得最佳讚譽。

至於詞篇，蘇軾〈減字木蘭花・西湖食荔支〉下片著重摹形寫物，云：

> 輕紅釀白。雅稱佳人纖手擘。骨細肌香。恰是當年十八娘。（1-402）

火山荔枝，原屬嶺南品種，唐・劉恂《嶺表錄異》載：「荔枝，南中之珍果也。梧州江前有火山（原注：『以其地熱，故曰火也』），上有

按：「盧橘」有二義，一指「金橘」，李時珍《本草綱目》載：「此橘生時青盧色，黃熟則如金，故有『金橘』、『盧橘』之名。『盧』，黑色也，或云：『盧，酒器之名。』其形肖之故也。註《文選》者，以『枇杷為盧橘』，誤矣。案司馬相如〈上林賦〉云：『盧橘夏熟，枇杷橪柿。』以二物並列，則非一物明矣。此橘夏冬相繼，故云：『夏熟』。」；一指「枇杷」，朱翌《猗覺寮雜記》云：「嶺外以枇杷為盧橘子，故東坡云：『盧橘楊梅次第新』，又『南村諸楊北村盧，白花青葉冬不枯。』」。簡言之，司馬相如稱「金橘」為「盧橘」；蘇軾稱「枇杷」為「盧橘」，屬地方性特有稱呼。

〔宋〕朱翌：《猗覺寮雜記》（臺北：藝文印書館，1966 年），卷上，頁 12。

〔明〕李時珍：《本草綱目》（臺北：鼎文書局，1973 年 9 月），卷 30〈果之二〉，頁 1027。

〔註 6〕同上註，卷 39，頁 2025、2026。

荔枝，四月先熟，核大而味酸。」〔註7〕到了宋代，閩地也有火山品種，蔡襄《荔枝譜》云：「本出廣南，四月熟，味甘酸而肉薄，穗生，梗如枇杷，閩中近亦有之。」〔註8〕火山荔枝毫不出色，「核大」、「味酸」、「肉薄」，自是列於極品之外，然蘇軾詩以「絳衣仙子」形容之，詞則稱賞猶如「十八娘」，藉品種名稱，擬物爲人，推論獲得如此讚譽的原因，理應出於蘇軾至惠州之前，未曾食用來自南方的新鮮荔枝。與荔枝相關的蘇軾詩篇，早於紹聖二年（1095）四月之前，共有〈次韻曾仲錫承議食蜜漬生荔支〉、〈再次韻曾仲錫荔支〉、〈次韻劉燾撫勾蜜漬荔支〉三首，作於元祐八年（1093）；〔註9〕詞題點明吟詠的主題，屬荔枝加工品，感嘆「逢鹽久已成枯臘，得蜜猶疑是薄刑。」〔註10〕藉由第三章第二節〈譜錄著作與飲食主張〉，可知宋代荔枝加工，共有白曬、紅鹽、蜜煎方式，然審美品評終究不如新鮮、原味，因此，在劉恂、蔡襄看來頗不起眼的火山荔枝，反而令蘇軾爲之驚豔

〔註7〕〔唐〕劉恂：《嶺表錄異》（北京：中華書局，1985年），卷中，頁12。

〔註8〕〔宋〕蔡襄：《端明集》（香港：迪志文化出版公司，2007年《文淵閣四庫全書電子版》），卷35《荔枝譜・第七》，頁14～15。

〔註9〕以「荔支」爲關鍵字，利用網路展書讀，檢索蘇軾詩，共得8首；與《蘇軾詩集合注》對照，可知作品繫年，依序如下：

(1)〈次韻曾仲錫承議食蜜漬生荔支〉、(2)〈再次韻曾仲錫荔支〉、(3)〈次韻劉燾撫勾蜜漬荔支〉，編於《蘇軾詩集合注》卷37，引清・查愼行注：「起元祐八年（1093）癸酉九月出知定州，合明年甲戌紹聖改元（1094），四月謫惠州，南行過金陵作。」

(4)〈四月十一日食荔支〉、(5)〈荔支嘆〉，編於《蘇軾詩集合注》卷39，引清・查愼行注：「紹聖二年（1095）乙亥在惠州作。」

(6)〈食荔支〉二首之一、(7)〈食荔支〉二首之二，編於《蘇軾詩集合注》卷40，引清・查愼行注：「起紹聖三年（1096）丙子正月，合明年丁丑（1097）四月以前在惠州作。」

(8)〈廉州龍眼質殊絕，可敵荔支〉，編於編於《蘇軾詩集合注》卷43，引清・查愼行注：「起元符三年（1100）庚辰春在儋州，五月移廉州安置，八月杪離廉州作。」

〔宋〕蘇軾著，〔清〕馮應榴輯注，黃任軻、朱懷春校點：《蘇軾詩集合注》，目錄頁60、61、64、65、66、70。

〔註10〕蘇軾〈次韻曾仲錫承議食蜜漬生荔支〉，同上註，卷37，頁1884。

不已，正因爲此乃蘇軾首次食用南方新鮮、原味的荔枝，有別以往食用加工荔枝，而詩篇〈四月十一日初食荔枝〉的「初食」二字相互呼應，以「初食」代表蘇軾來到惠州期間的第一次食用荔枝，同時也是首次食用南方新鮮荔枝。

其次，關於荔枝「味」，蘇軾〈四月十一日初食荔枝〉，將之比爲海物，最是奇特，云：

> 先生洗盞酌桂醑，冰盤薦此赬虯珠。似聞江鰩斫玉柱，更洗河豚烹腹腴。（蘇軾自注：「予嘗謂荔支厚味高格兩絕，果中無比，惟江鰩柱、河豚魚近之耳。」）

江鰩（或作珧、瑤字）柱，亦即「車螯柱」、「紅蜜丁」，〔註 11〕其特別之處，在於本身肉質與肉柱的反差口感，屠本畯《閩中海錯疏》載江珧柱，又名「馬甲柱」，「肉白而韌，柱圓而脆，沙蛤之美在舌，江珧之美在柱。四明奉化縣者佳。」〔註 12〕《王氏宛委錄》載：「奉化縣四月南風起，江珧一上，可得數百，如蚌稍大，肉腥韌不堪。惟四肉柱長寸許，白如珂雪，以雞汁瀹食，肥美。過火則味盡也。」〔註 13〕江珧本身肉腥而韌，肉柱反而味美爽脆。至於河豚，令饕客既愛又怕，腹腴白如脂，素有「西施乳」之稱，肝亦鮮美，同時搭配荻筍、蒿芽、菘菜，烹煮成羹，滋味絕美；然河豚外形怪異，尤其目、血、肝、卵皆具毒性，尤須謹慎處理，否則一命嗚呼。〔註 14〕蘇軾將

〔註 11〕〔南宋〕吳曾：《能改齋漫錄》載：「紹聖三年，始詔福唐與明州，歲貢車螯肉柱五十斤，俗謂之紅蜜丁，東坡所傳江瑤柱是也。」（香港：迪志文化出版公司，2007 年《文淵閣四庫全書電子版》），卷 15，頁 5。

〔註 12〕〔明〕屠本畯：《閩中海錯疏》（香港：迪志文化出版公司，2007 年《文淵閣四庫全書電子版》），卷中，頁 8。

〔註 13〕引自〔明〕李時珍：《本草綱目》，卷 46〈介之二〉，頁 1424～1423。

〔註 14〕關於河豚，〔元〕貢師泰：《玩齋集・拾遺・記河豚》述其習性、形狀、有毒部位、料理方式等，記載甚爲詳細，云：「河豚出江海之濱，方春時，伏游水底，盛氣善怒，遇物觸之，圓張如鼓。漁者伺知其處，沈鐵絎木槌下就之，即仰浮波面因網取之，以爲羹，味絕美……然魚狀甚惡，蝟皮、駢齒、忿腹、短尾，又性毒能殺人，故人雖愛

荔枝比之海味，引發諸多評語，宋・嚴有翼《藝苑雌黃》云：

東坡有〈四月十一日初食荔支〉詩：「海山仙人絳羅襦，紅紗中單白玉膚。」予誦之，未嘗不愛其體物之工。然其後云：「似聞江珧斫玉柱，更洗河豚烹腹腴。」予意東坡未嘗到閩中，亦不識眞荔枝。其曰：「四月十一日」是特廣南火山者耳，故其比類，僅與魏文帝、庾信等同科。〔註 15〕

由於蘇軾飲食經驗的侷限，導致未能辨明荔枝等級優劣，然若以「不識眞荔枝」評之，未免過於嚴苛，乃因隨著飲食經驗的增加，蘇軾品嚐的荔枝品種不限火山，亦能擇優食之，如：〈食荔支〉二首之二，云：「日噉荔支三百顆，不辭長作嶺南人。」詩序云：「惠州太守東

之，而輒疑畏不敢食……其目睛、脊血，能立殺人，必剜去之；腴白如脂，俗號西施乳；肝大，類鳧雁者，亦有毒，然鮮肥在此，去之，則肉無味矣，將食當批薄，浸以新水，使血淨，如浮玉乃入釜。或熬，取油和肉，而棄其滓；卵細，類粟，以酒沃之，經宿，大如彈丸，能脹人腹至死，食者皆棄之。獨江陰人飽啖無難色，問之無它法，在熟煮而已。世傳荻筍、蒿芽、菘菜可去毒，故庖者先鋪菜釜底、次鋪肝、次鋪肉、復以菜芼其上，和薑桂五味熟烹之。」（香港：迪志文化出版公司，2007 年《文淵閣四庫全書電子版》），頁 25～26。

〔註 15〕引自〔宋〕胡仔：《苕溪漁隱叢話・後集》（臺北：長安出版社，1978 年 12 月），卷 7，頁 44～45。

按：胡仔引文原作《遯齋閒覽》云，然文末胡仔論曰：「東坡〈四月十三日初食荔枝詩〉注云：『嘗謂荔枝厚味高格兩絕，果中無比，惟江珧柱、河豚魚近之耳。』……此可謂善於比類者。若魏文帝、庾信方之蒲萄，乃至謬耳。《藝苑雌黃》殊無鑒裁，遂言東坡比類，僅與魏文帝、庾信同科。若言閩、廣荔枝高下不同則可，若言東坡不善比類，則不可也。」原說《遯齋閒覽》，又說《藝苑雌黃》，前後矛盾。又依據洪邁《容齋隨筆》論〈嚴有翼詆坡公〉云：「嚴有翼所著《藝苑雌黃》，該洽有識，蓋近世博雅之士也。然其立說頗務譏詆東坡公……〈荔枝篇〉中，謂四月食荔枝詩，愛其體物之工，而坡未嘗到閩中，不識眞荔枝，是特火山爾。」洪邁所引，大抵與胡仔引文相近，因此，推斷批評東坡者，係《藝苑雌黃》也，故本論文改之。

〔宋〕胡仔：《苕溪漁隱叢話・後集》，卷 7，頁 45。

〔宋〕洪邁：《容齋隨筆・四筆》（香港：迪志文化出版公司，2007 年《文淵閣四庫全書電子版》），卷 16，頁 11～12。

堂，祠故相陳文惠公。堂下有公手植荔支一株，郡人謂之將軍樹。今歲大熟，嘗啖之餘，下逮吏卒。其高不可致者，縱猿取之。」〔註16〕將軍荔枝，以「大」爲特色，鄭熊《廣中荔枝譜》記錄大將軍荔枝、小將軍荔枝，云：「其樹、葉俱大，小亦然。」〔註17〕《廣東新語》載：「將軍荔最大，核亦大，然肉多不覺。」〔註18〕又如：蘇軾〈與循守周文之〉二首之一云：「今歲荔子不熟，土產早者，既酸且少，而增城晚者不至，方有空寓嶺表之歎。忽信使至，坐有五客，人食百枚，飽外又以歸遺，皆云其香如陳家紫，但差小耳。二廣未有此，異哉！」〔註19〕增城荔枝，屬上等品種，方以智《通雅》載：「興化十八娘、增城黑葉，皆核小，肉滿如水晶而香，成都所無。」〔註20〕凡此，皆明蘇軾絕非不識眞荔枝者。至於比類失當，李綱（1083～1140，邵武（今福建）人）同樣不認同蘇軾將荔枝比爲海味，〈荔枝後賦并序〉云：

> 彼河豚與瑤柱，在海物而推美，厥臭爲腥，厥狀爲詭，藉薑桂之餘滋，薦樽罍之芳旨，快一嚼而稱珍，非鼎俎之正味，何足以得荔枝之髣髴也？〔註21〕

關於蘇軾、李綱不同的審美主張，陳素貞闡明形成差異之原因，云：「李綱站在物種客觀知識的角度，甚至是連烹佐吃食的方式，來看荔枝與河豚、瑤柱，所得結果，自然皆異。而蘇、李二人對荔枝與江珧柱的截然思維，前者以味不以形，後者執著於海陸形味之異，可以說

〔註16〕〔宋〕蘇軾著，〔清〕馮應榴輯注，黃任軻、朱懷春校點：《蘇軾詩集合注》，卷40，頁2065～2066。

〔註17〕〔南宋〕吳曾：《能改齋漫錄》，卷15，頁29。

〔註18〕〔清〕屈大均：《廣東新語》（北京：中華書局，19854年4月），卷25〈木語‧荔枝〉，頁623。

〔註19〕〔宋〕蘇軾：《蘇東坡全集》（北京：中國書店，1986年6月），續集，卷7，頁214。

〔註20〕〔明〕方以智：《通雅》（香港：迪志文化出版公司，2007年《文淵閣四庫全書電子版》），卷43，頁25。

〔註21〕曾棗莊、劉琳主編：《全宋文》（上海：上海辭書出版社，2006年8月），冊169，卷3682，頁25。

直是另一場莊、惠的濠梁之辨！」〔註22〕此一見解，可上溯自楊萬里闡述「江西宗派」之命名定義，〈江西宗派詩序〉云：

> 江西宗派詩者，詩江西也，人非皆江西也。人非皆江西，而詩曰江西者何？繫之也。繫之者何？以味不以形也。東坡云：「江瑤柱似荔子」，又云：「杜詩似太史公書」，不惟當時聞者嘸然，陽應曰諾而已，今猶嘸然也。非嘸然者之罪也，捨風味而論形似，故應嘸然也，形焉而已矣。〔註23〕

江西宗派「源流皆出豫章」，〔註24〕黃庭堅藉由拗硬造句、化用典故等技法運用，形成奇硬、瘦健、樸拙、老成的藝術風格，以契合清高孤介、反流俗、尚氣節的精神境界，達到詩歌藝術風格與精神境界互為表裡；〔註25〕然詩歌作品若停留於仿效技巧形式，失去詩味，此類作品亦無法歸屬於江西宗派，亦即楊萬里強調「以味不以形」者，「形似」並非首要條件。同理，又見蘇軾〈荔枝似江瑤柱說〉，云：

> 僕嘗問「荔枝何所似？」或曰：「似龍眼」，坐客皆笑其陋，荔枝實無所似也。僕曰：「荔枝似江瑤柱。」應者皆憮然。僕亦不辯。昨日見畢仲游，僕問：「杜甫似何人？」仲游云：「似司馬遷。」僕喜而不答，蓋與曩言會也。〔註26〕

司馬遷以史傳散文著名，《漢書・司馬遷傳》贊曰：「自劉向、揚雄博極群書，皆稱遷有良史之才，服其善序事理，辨而不華，質而不俚；

〔註22〕陳素貞：《北宋文人的飲食書寫——以詩歌為例的考察》（臺北：大安出版社，2007年6月），頁625。

〔註23〕〔南宋〕楊萬里：《誠齋集》（香港：迪志文化出版公司，2007年《文淵閣四庫全書電子版》），卷80，頁12～13。

〔註24〕趙彥衛載：「呂居仁作〈江西詩社宗派圖〉，其略云：『古文衰於漢末，先秦古書存者為學士大夫剽竊所資；五言之妙，與《三百篇》、《離騷》爭烈可也。自李、杜之出，後莫能及……國朝文物大備，穆伯長、尹師魯始為古文，成於歐陽氏。歌詩至豫章始大出而力振之，後學者同作並和，盡發千古之秘，亡餘蘊矣。』錄其名字，曰：『江西宗派』，其源流皆出豫章也。」〔宋〕趙彥衛撰，傅根清點校：《雲麓漫鈔》（北京：中華書局，1996年8月），卷14，頁244。

〔註25〕黃寶華：《黃庭堅評傳》（南京：南京大學出版社，1998年12月），頁282～283。

〔註26〕〔宋〕蘇軾著，孔凡禮點校：《蘇軾文集》，卷73，頁2363。

其文直，其事核；不虛美，不隱惡，故謂之實錄」；〔註 27〕杜甫集律詩、古詩之大成，孟棨《本事詩・高逸》評曰：「杜逢祿山之難，流離隴蜀，畢陳於詩，推見至隱，殆無遺事，故當時號為『詩史』」，〔註 28〕可知司馬遷、杜甫即使各自擅長不同的文學體裁，仍有其共通處，亦即秉持求眞、切實的寫作態度。反觀「荔枝似龍眼」之所以令賓客感到可笑，或出於個人口感喜好，具高下之別；「荔枝似江瑤柱」之所以令賓客迷惑不解，乃因眾人受限於固定的思考框架，殊不知蘇軾將荔枝比之海味，跳脫常見果物之間的相互比擬、比較，既免於俗套，又反常合道，於各家眾多荔枝作品中，顯露新意。再者，荔枝、江瑤柱、河豚，皆肉白鮮美，無須繁複食材搭配，即顯現絕佳風味，卻包覆於奇特的外表之內，如：荔枝果殼表面具有瘤狀凸起物，江瑤柱外殼堅硬無比，更遑論河豚外形，因此，可知蘇軾以「高格」形容荔枝，不僅代表味美，同時表達此味含蓄而不外放，單純而不平凡。

蘇軾〈四月十一日初食荔支〉對於形、味的描寫，著實影響部分荔枝詞的寫作，如：王以寧（約 1090～約 1146，湘潭（今屬湖南）人）〈滿庭芳〉上片云：「山聳方壺，潮通碧海，江東自昔名家。玉眞仙子，瑲佩粲朝霞。一種天香勝味，笑楊梅、不數枇杷。難模寫，牟尼妙質，光透紫丹砂。」（2-1379）明顯承自蘇軾詩，融入比喻、比較，且荔枝香味不凡、楊梅可笑、以及不論枇杷（盧橘）諸句，語意直白，清楚呈現審美等次。又如：趙以夫（1189～1256，長樂（今屬福建）人），選用〈荔枝香近〉詞牌，詞題云：「樂府有〈荔枝香〉調，似因物命題而亡其詞，輒為補賦。」〈荔枝香近〉又名〈荔枝香〉，〔註 29〕檢索網路展書讀電子資料庫，共得 13 首宋詞，或詠春景，如：

〔註 27〕〔漢〕班固撰，〔唐〕顏師古注，楊家駱主編：《新校本漢書并附編二種》（臺北：鼎文書局，1979 年 2 月），頁 2738。

〔註 28〕〔唐〕孟棨：《本事詩》（香港：迪志文化出版公司，2007 年《文淵閣四庫全書電子版》），頁 17。

〔註 29〕〔清〕陳廷敬主編：《康熙詞譜》（長沙：岳麓書社，2000 年 10 月），周邦彥（照水殘紅零亂）；或敘豔情，如：柳永（甚處尋芳賞翠）；或記七夕，如：吳文英（睡醒時聞），〔註 30〕換言之，趙以夫以爲此詞「似因物命題而亡其詞」，進而「輒爲補賦」，使得此闋詞別具意義，成爲宋詞〈荔枝香近〉中唯一以荔枝爲主題，切合詞牌名與詞篇內容。本詞上片仿效蘇軾由形寫神，下片則以味爲主，詞云：

> 翡翠叢中，萬點星球小。怪得鼻觀香清，涼館薰風透。冰盤快剝輕紅，滑凝水晶皺。風姿、姑射仙人正年少。　　紅塵一騎，曾博妃子笑。休比葡萄，也盡壓江瑤倒。詩情放逸，更判瓊漿和月釂。細度冰霜新調。（4-3405）

逐一鋪寫荔枝外形之後，作者化用《莊子・逍遙遊》云：「藐姑射之山，有神人居焉，肌膚若冰雪，綽約若處子。」〔註 31〕比擬荔枝如同姑射仙人，儀態優美，風姿動人。繼之，化用杜牧〈過華清宮絕句〉，以明荔枝貴爲進貢佳果，又引用庾信、蘇軾之說，前者以爲荔枝似葡萄，趙彥衛《雲麓漫鈔》載：「庾信謂魏使尉瑾曰：『昔在鄴都，食蒲萄殊美。』陳昭曰：『作何狀？』徐君房曰：『有類軟棗。』信曰：『君殊不善體物，何不言似生荔枝？』」〔註 32〕後者品評荔枝乃果中無比，

卷 18，頁 520。

〔註 30〕13 首如下：柳永〈荔枝香〉（首句：甚處尋芳賞翠）（1-34）；周邦彥〈荔枝香近・春景〉二首之一（首句：照水殘紅零亂）（2-768）；周邦彥〈荔枝香近・春景〉二首之二（首句：夜來寒侵酒席）（2-769）；袁去華〈荔枝香近〉（首句：曉來丹楓過雨）（3-1940）；方千里〈荔枝香〉（首句：勝日登臨幽趣）（4-3186）；方千里〈荔枝香〉（首句：小園花稍雨歇）（4-3186）；趙以夫〈荔枝香近・樂府有〈荔枝香〉調，似因物命題而亡其詞，輒爲補賦。〉（首句：翡翠叢中）（4-3405）；吳文英〈荔枝香近・送人遊南徐〉（首句：錦帶吳鉤）（4-3665）；吳文英〈荔枝香近・七夕〉（首句：睡醒時聞）（4-3665）；楊澤民〈荔枝香〉（首句：瞰水自多家處）（4-3802）；楊澤民〈荔枝香・未論離亭話別〉（4-3802）；陳允平〈荔枝香近〉（首句：杜宇聲聲頻晚）（5-3945）；陳允平〈荔枝香近〉（首句：臉霞香鎖粉薄）（5-3945）。

〔註 31〕〔晉〕郭象：《莊子注》（香港：迪志文化出版公司，2007 年《文淵閣四庫全書電子版》），卷 1，頁 7。

〔註 32〕〔宋〕趙彥衛撰，傅根清點校：《雲麓漫鈔》，卷 5，頁 87。

唯有海鮮江瑤柱、河豚魚足以相匹，趙以夫進而以爲葡萄根本不及荔枝美味，荔枝又更勝江瑤柱；最終，詞人譬喻妥貼，實際道出荔枝口感，圓潤荔枝猶如皎皎明月，將這明月般荔枝入口，頓時汁液漫衍，彷彿霜降冰融，清涼消暑。康與之（生卒不詳，滑州（今河南滑縣）人）同樣讚嘆荔枝味美，〈西江月〉云：

> 名與牡丹聯譜，南珍獨比江瑤。閩山入貢冠前朝。露葉風枝裊裊。　　香玉滿苞仙液，縐紅圓感鮫綃。華清宮殿蜀山遙。一騎紅塵失笑。（2-1688）

白居易〈歎魯〉二首之二云：「荔枝非名花，牡丹無甘實。」〔註 33〕後世蔡襄撰《荔枝譜》致力宣傳荔枝之美，歐陽修予以肯定，〈書荔支譜後〉云：「余少遊洛陽，花之盛處也，因爲牡丹作記；君謨，閩人也，固能識荔枝而譜之。因念昔人嘗有感於二物，而吾二人者適各得其一之詳，故聊書其所以然，而以附君謨譜之末。」〔註 34〕大自然巧妙安排牡丹、荔枝各擅其美，即使無法一物兼有二美，尙有知音者爲之作記、撰譜，使其名揚天下，並列第一；其次，蘇軾「荔枝似江瑤柱」一說，創新荔枝比擬的寫作侷限，亦獲得詞人呼應，稱讚「獨比江瑤」。下片翻轉杜牧詩句，詞人云：「華清宮殿蜀山遙。一騎紅塵失笑。」乃因時至宋代「閩山入貢冠前朝」，不僅深得上位者歡心，福建荔枝經蔡襄大力宣傳，引領社會飲食風尙，尤勝四川荔枝，假使貴妃生於宋代，同樣會爲福建新鮮荔枝變心，慨嘆距離遙遠，未能親嚐。

再者，趙長卿（生卒不詳，南渡後居南豐（今屬江西））亦運用比喻、比較手法，與蘇軾異曲同工，〈醉蓬萊・新荔枝〉云：

> 正火山槐夏，黛葉緗枝，荔子新摘。千里馳驅，薦仙源佳

〔註 33〕清聖祖御定：《全唐詩》（北京：中華書局，1960 年 4 月），冊 13，卷 425，頁 4688。

〔註 34〕〔宋〕歐陽修撰，楊家駱編：《歐陽修全集》，卷 23《居士外集・雜題跋》（臺北：世界書局，1991 年 10 月），頁 538。

> 席。浪〔註35〕比龍睛，未輸崖蜜，燦爛然紅摘。滿貯雕盤，纖纖素手，丹苞新擘。　　梨栗粗疏，帶酸橘柚，凡品多般，總羞標格。何似濃香，洗煩襟仙液。爲愛眞妃，再三珍重，價傾城傾國。玉骨冰肌，風流醞藉，直宜消得。（3-2310）

以「形」而言，「火山」由品種名稱轉爲形容用語，上片以「火山」形容滿山丹荔結實，猶如火焰燃燒，可見荔枝盛產季節已經到來。至於荔枝「味」，上片「龍睛」，係指「楊梅」，郭祥正〈和楊公濟錢塘西湖百題·楊梅石門〉云：「顆顆龍睛赤，深深映石門。」〔註36〕《本草綱目》載楊梅生長型態：「樹葉如龍眼及紫瑞香，冬月不凋。二月開花，結實形如楮實子，五月熟，有紅、白、紫三種，紅勝於白，紫勝於紅，顆大而核細。」〔註37〕對照上述荔枝自然特徵，二者頗有相似之處，因此，荔枝、楊梅之間的比擬、比較，亦頗爲常見，如：陶弼〈食楊梅〉云：「嶺北土寒無荔子，人言形味似楊梅。」〔註38〕張端義《貴耳集》載：「閩士赴科，吳人赴調，各以鄉產自誇。閩曰：『荔支』，吳曰：『楊梅』，有題壁曰：『閩鄉玉女含冰雪，吳郡星郎駕火雲。』」〔註39〕至於詞人「浪比龍睛」，稱賞荔枝勝於楊梅。其次，「崖蜜」，或稱「石蜜」，單就字面表面意思而言，係指崖石間的野生蜂蜜，然詞人並非以野生蜂蜜與荔枝相比，王楙考證「崖蜜」如下：

> 東坡〈橄欖〉詩曰：「待得微甘回齒頰，已輸崖蜜十分甜。」……僕嘗考之，石蜜有數種，《本草》謂崖石間蜂蜜爲石蜜，必有所謂乳餳爲石蜜，《廣志》謂蔗汁爲石蜜，其

〔註35〕浪，表示否定，相當於莫。李商隱〈回中牡丹爲雨所敗〉二首之二：「浪笑榴花不及春，先期零落更愁人。」清聖祖御定：《全唐詩》（北京：中華書局，1960年4月），冊16，卷541，頁6251。

〔註36〕北京大學古文獻研究所編：《全宋詩》（北京：北京大學出版社，1998年12月），冊13，卷778，頁9012。

〔註37〕〔明〕李時珍：《本草綱目》，卷30〈果之二〉，頁1029。

〔註38〕北京大學古文獻研究所編：《全宋詩》，冊8，卷406，頁4983。

〔註39〕〔宋〕張端義：《貴耳集》（臺北，藝文印書館，1966年），卷中，頁37。

不一如此。崖石一義，又安知古人不以櫻桃爲石蜜乎？觀魏文帝詔曰：「南方有龍眼、荔枝，不比西園（國）蒲萄、石蜜」，以龍眼荔枝相對而言，此正櫻桃耳，豈錫蜜之謂邪？坡詩所言，當以此爲證。〔註 40〕

王楙推論蘇軾〈橄欖〉詩中所謂「崖蜜」，源自魏文帝曹丕以崖蜜代指「櫻桃」，〈與群臣詔〉云：「南方龍眼、荔枝，寧比西國蒲陶、石蜜乎？酢且不如中國。」〔註 41〕此說備受批評，張九齡以爲「古人之深失」、〔註 42〕蔡襄以爲「世譏其繆論」，〔註 43〕趙長卿則以「未輸崖蜜」替荔枝反駁。上片列舉龍睛、崖蜜，或基於生長型態與荔枝相似、抑或相關詩文記載，進而有所比較，詞人即使有所取捨，卻未具體明言口感上的區別；下片列舉梨、栗、橘、柚，則不在意果物外貌的同異，且直接道出口感之間的差別。「梨粟粗疏，帶酸橘柚，凡品多般，總羞標格。」咀嚼荔枝果肉彷彿入口即化，有別於粗梨、或是硬栗，且荔枝甜度勝過令人齒牙發酸的橘、柚，詞人甚至藉由口感分別，引申荔枝「標格」獨具，超越凡俗，此言與蘇軾「格高」之說，皆賦予荔枝極爲特殊的味覺詮釋。

宋詞的荔枝書寫，不僅受蘇軾影響，上述康與之云：「名與牡丹聯譜」、「閩山入貢冠前朝」，足見蔡襄《荔枝譜》的傳播作用，且蔡襄品評加工荔枝絕非正味，於宋詞中亦獲得迴響，如：鄭域（1152～1173，三山（今福建福州）人）〈念奴嬌〉云：

素肌瑩淨，隔鮫綃貼襯，猩紅妝束。火傘飛空鎔不透，一

〔註 40〕〔宋〕王楙撰，王文錦點校：《野客叢書》（北京：中華書局，2007 年 4 月），卷 17，頁 191。

〔註 41〕〔曹魏〕曹丕：《魏文帝集》，卷 3〈與群臣詔〉之一，見〔明〕張燮撰：《七十二家集》（上海：上海古籍出版社，2002 年 3 月《續修四庫全書》本），冊 1583，頁 656。

〔註 42〕張九齡〈荔枝賦并序〉，見周紹良主編：《全唐文新編》（長春：吉林文史出版社，2000 年 12 月），卷 283，頁 3210。

〔註 43〕〔宋〕蔡襄：《端明集》（香港：迪志文化出版公司，2007 年《文淵閣四庫全書電子版》），卷 35《荔枝譜・第一》，頁 6。

塊玲瓏冰玉。破暑當筵，褪衣剝帶，微露眞珠肉。中心些子，向人何大焦縮。　　應恨舊日楊妃，塵埃走遍，向南閩西蜀。困入筠籠消黯攬，香色精神愁蹙。賴有君謨，爲傳家譜，不棄青黃綠。到頭甜口，是人都要圜熟。(4-2959)

荔枝內層果肉淨白，外層包覆薄膜與鮮紅果殼，在這火傘高張的炎炎夏日，玲瓏冰玉令人垂涎欲滴，而焦縮的細小果核隱藏於眞珠果肉之內，換言之，口中荔枝，自是肉多、核小的荔枝佳品。大飽口福之際，詞人不禁替荔枝抱屈，雖得貴妃喜愛，卻必須歷經晝夜奔騰，長途跋涉，始能上貢，色、香、味不免損減，不如現採現吃，西蜀如此，況且南閩，據《影燈記》載玄宗於正月十五，設臨光宴，灑閩江錦荔枝千萬顆，依其設宴時間，自可推知此爲荔枝乾，而非生荔枝；〔註44〕所幸蔡襄撰寫《荔枝譜》，於產地實際考察，記載種植變化、論美述史、評定等第，使世人明瞭福建新鮮、原味荔枝方爲眞荔枝，陳紫荔枝尤爲天下第一，「其實廣上而圓下，大可徑寸有五分，香氣清遠，色澤鮮紫，殼薄而平，瓤厚而瑩，膜如桃花紅，核如丁香母。剝之凝如水精，食之消如絳雪，其味之至，不可得而狀也……過甘與淡，失味之中，唯陳紫之於色、香、味自拔其類，此所以爲天下第一也。」〔註45〕，因此，天然香甜、圓潤玉瑩的新鮮荔枝，成爲食用首選。王以寧〈滿庭芳〉下片亦云：「咨嗟。如此輩，不知何爲，留滯天涯。料甘心遠引，無意紛華。一任姚黃魏紫，供吟賞、銀燭籠紗。〔註46〕

〔註44〕撰者未詳：《影燈記》載：「正月十五夜，玄宗於常春殿張臨光宴。白鷺轉花、黃龍吐水、金鳧、銀燕、浮光洞、攢星閣、皆燈也。奏〈月分光曲〉，又撒閩江錦荔支千萬顆，令宮人爭拾，多者賞以紅圈帔、綠暈衫。」見〔唐〕馮贄：《雲仙雜記》(香港：迪志文化出版公司，2007年《文淵閣四庫全書電子版》)，卷2，頁5。
按：〔元〕王禎：《王氏農書》載：「曬荔法，採下即用竹籬晾曬，經數日色變，核乾，用火焙之，以核十分乾硬爲度，收藏用竹籠箬葉裹之，可以致遠。成朵曬乾者，名爲荔錦。」(北京：中華書局，1985年)，卷9，頁16。

〔註45〕〔宋〕蔡襄：《端明集》，卷35《荔枝譜・第二》，頁8。

〔註46〕「銀燭」者，當指《影燈記》所載正月十五夜設臨光宴一事。「籠紗」

南游士，日餐千顆，不願九霞車。」（2-1379）受限於保鮮期短暫，南方新鮮荔枝不利於長途運送，加工荔枝反而最適宜遠貢北方朝廷，然皇宮貴族視之貴重的荔枝乾，在詞人口中，不如日餐千顆新鮮原味荔枝。外紅內白的鮮明色彩，正是勾引味蕾的視覺焦點，且果肉白似冰，食之若能同樣清涼如冰，由視覺化爲味覺，豈不暢快至極，張元幹（1091～1160／1161，永福（今福建永泰）人）〈採桑子・奉和秦楚材史君荔枝詞〉〔註 47〕云：「華堂清暑榕陰重，夢裡江寒。火齊星繁。興在冰壺玉井欄。　風枝露葉誰新採，欲飽防慳。遺恨空槃。留取香紅滿地看。」（2-1429）依據明・宋珏《荔枝譜》列「食荔清福」三十三事，其中一項即爲「乳泉浸」，〔註 48〕清・屈大鈞《廣東

者，當是出自「碧紗籠」典故，《唐摭言》云：「王播少孤貧，嘗客揚州惠昭寺木蘭院，隨僧齋飡。諸僧厭怠，播至，已飯矣。後二紀，播自重位出鎮是邦，因訪舊遊，向之題已皆碧紗幕其上。播繼以二絕句曰：『二十年前此院遊，木蘭花發院新修。而今再到經行處，樹老無花僧白頭。上堂已了各西東，慚愧闍黎飯後鐘。二十年來塵撲面，如今始得碧紗籠。』」王播詩因作者地位改變而備受重視，詞人藉以表達荔枝乾因爲進貢而身價不凡。〔五代〕王定保：《唐摭言》（臺北：世界書局，1967 年 5 月），卷 7〈起自寒苦〉，頁 73。

〔註 47〕此闋詞作於紹興四年（1134）。王兆鵬云：「秦梓（字楚材，將寧人，秦檜之兄）本年春二月壬寅，以直秘閣提點福建刑獄公事，到福州任後，蘆川（張元幹，字仲宗，號蘆川）與遊，並有詞唱和。蘆川本集卷七〈採桑子・奉和秦楚材使君荔枝詞〉即本年夏與秦梓唱和之作，蓋詞有「清暑榕蔭」云云。榕樹，乃福州特產。」王兆鵬、王可喜、方星移：《兩宋詞人叢考》（南京：鳳凰出版社，2007 年 5 月），《張元幹年譜》，頁 389。

按：王兆鵬云：「《張元幹年譜》原由南京出版社 1988 年出版過單行本……十餘年來，特別是著手撰寫《兩宋詞人叢考》以來，又陸續發現了不少新的材料，於是趁機將《張元幹年譜》修訂一過……特別是張元幹的卒年，將原定的紹興三十一年（1161）重訂爲紹興三十年（1160）。」頁 461。

又，《全宋詞》作「史君」，《兩宋詞人叢考》作「使君」，皆指對於州郡長官的尊稱，史、使相通。《漢語大詞典》網路電子版 http://www.zdic.net/。

〔註 48〕彭世獎：《歷代荔枝譜校注》（北京：中國農業出版社，2007 年 10 月），〔明〕宋珏《荔枝譜・福業第一》，頁 195。

新語》載食荔法，云：

> 當摘時宿之井中，沃以寒泉，火氣既去，金液斯純，以正陽精蕊，而配以正陰津液，水火既濟，斯爲神仙之食。予詩云：「露井寒泉百尺深，摘來經宿井中沉。日精化作月華冷，多食令人補太陰。」火則寒之，水則熱之，此食荔枝之法也。〔註49〕

且不論陰陽之說，利用冷冽泉水冰鎮荔枝，既能達到食物保鮮之效用，同時增添沁涼口感，暑意全消，可謂一舉兩得，與「浮甘瓜於清泉，沉朱李於寒水」〔註50〕如出一轍，無怪乎荔枝宴上盤底朝空，顯現此一食用方式，廣受眾人喜愛。其次，荔枝詞與《荔枝譜》可以相互參照，以無名氏〈滿庭芳〉爲例，上片彷彿攝影師般運用廣角入鏡與特寫鏡頭，詞云：「青幄高張，瓊枝巧綴，萬顆香染紅殷。絳羅衣潤，疑是火然山。白玉釵頭試簪，黃金帶、奇巧工鑽。題評處，仙家異種，分付在人間。」〔註51〕（5-4651）眼前荔枝樹葉茂盛濃密、結實纍纍，被以大紅果色，正是成熟紅潤之際，置身此境，猶如火光焜燿，火焰燃山；果肉晶瑩，垂掛枝條，猶如佳人髮釵，綴以珍珠，對照蔡襄《荔枝譜》記載「釵頭」品種，說道：「顆紅而小，可間婦人女子簪翹之側，故特貴之。」〔註52〕可以想見詞人描寫的荔枝，同樣小巧可愛。

綜上所述，關於荔枝詞的審美品味，以寫作技巧而言，蘇軾荔枝詩、詞，運用擬物爲人，形塑荔枝美人的形象，以及提出荔枝似江瑤柱、河豚之說，顛覆果物相互比類的傳統印象，影響詞人多有所承，或賦予荔枝典雅脫俗的佳人樣貌，抑或援引歷來比喻、比較之說，進而表達個人觀點。再者，詞篇針對新鮮與加工荔枝有所評論，反映蔡

〔註49〕〔清〕屈大均：《廣東新語》，卷25〈木語・荔枝〉，頁622。

〔註50〕〔南朝梁〕蕭統編，〔唐〕李善注：《文選》（臺北：華正書局，2000年10月），卷42曹丕〈與朝歌令吳質書〉，頁591。

〔註51〕本闋詞，《廣群芳譜》題柳永作。〔清〕汪灝等撰：《廣群芳譜》，卷63〈果譜・荔支四〉，頁3501。

〔註52〕〔宋〕蔡襄：《端明集》，卷35《荔枝譜・第七》，頁14。

襄《荔枝譜》具審美指標作用。

第二節　歷史回顧，君樂民苦

荔枝，除形味絕美之外，與之相關的進貢歷史，往往亦成爲文人賦詠荔枝的焦點。上溯漢高祖，荔枝即爲進貢佳果，劉歆《西京雜記》載：「尉陀獻高帝鮫魚、荔枝，帝報以蒲桃錦四匹。」〔註 53〕漢武帝更不顧荔枝生長條件，妄想將其移植北方，以顯帝王尊榮，坐擁天下珍奇花果，盡在眼前，《三輔黃圖》載：

> 扶荔宮，在上林苑中。漢武帝元鼎六年（西元前 111），破南越，起扶荔宮，以植所得奇草異木……荔枝自交趾移植百株於庭，無一生者，連年猶移植不息。後數歲，偶一株稍茂，終無華實，帝亦珍惜之，一旦萎死，守吏坐誅者數十人，遂不復蒔矣。其實則歲貢焉，郵傳者疲斃於道，極爲生民之患。〔註 54〕

移植無法成功，歲貢仍爲常制，且帝王爲滿足一己之私，將荔枝視爲珍寶，卻視人命爲草菅，豈不昏昧；相較漢武帝，東漢和帝不求口腹之欲，廢除貢荔，范曄《後漢書》載：

> 舊南海獻龍眼、荔支，十里一置，五里一候（或作堠字），奔騰阻險，死者繼路。時臨武長汝南唐羌，縣接南海，乃上書陳狀。帝下詔曰：「遠國珍羞，本以薦奉宗廟。苟有傷害，豈愛民之本。其勑太官勿復受獻。」由是遂省焉。〔註 55〕

此段記載，唐·李賢等注並引三國吳·謝承《後漢書》，補足唐羌進

〔註 53〕〔漢〕劉歆：《西京雜記》（北京：中華書局，1991 年），卷上，頁 13。

〔註 54〕撰者未詳，〔清〕畢沅校正：《三輔黃圖附補遺》（北京：中華書局，1985 年），卷 3，頁 25～26。

〔註 55〕〔南朝宋〕范曄撰，〔唐〕李賢等注，〔晉〕司馬彪補志，楊家駱編：《新校本後漢書并附編十三種·孝和孝殤帝紀》（臺北：鼎文書局，1978 年 11 月），卷 4，頁 194。

諫之語，謝承書曰：「道經臨武，羌乃上書諫曰：『臣聞上不以滋味爲德，下不以貢膳爲功，故天子食太牢爲尊，不以果實爲珍。伏見交阯七郡獻生龍眼等，鳥驚風發。南州土地，惡蟲猛獸不絕於路，至於觸犯死亡之害。死者不可復生，來者猶可救也。此二物升殿，未必延年益壽。』帝從之。」〔註56〕道經險阻，人馬疲斃，犧牲生命，只爲上貢荔枝，所幸臣子敢言直諫，君王以民爲本，停止獻荔之舉。

時至唐代，貢荔依舊，最有名者，莫過於楊貴妃喜食荔枝，貪圖飲食之樂，謝枋得《唐詩絕句選》註杜牧〈過華清宮〉云：「明皇天寶間，涪州貢荔枝，到長安色香不變，貴妃乃喜。州縣以郵傳疾走稱上意，人馬僵斃，相望於道。」〔註57〕貴妃食荔，百姓受苦。至於宋代，仍爲慣例，歷史卻也巧合地重複上演，仁宗愛民節儉，《二程外書》載：「一日思生荔枝，有司言已供盡，近侍曰：『市有鬻者，請買之。』上曰：『不可。令買之，來歲必增上供之數，流禍百姓無窮。』」〔註58〕可惜此風未能有所承，宋徽宗既不知以祖宗爲榜樣，更遑論以漢、唐爲鑑，《淳熙三山志》載：「荔支乾，大中祥符二年（1009），歲貢六萬顆……崇寧四年（1105），增一萬三千顆，大觀元年（1107），又增三千，政和（1111～1117）增貢一萬，宣和（1119～1125）於祥符數外，進八萬三千四百。」〔註59〕甚至「變相」實踐荔枝移植，《淳熙三山志》載：「宣和間，以小株結實者置瓦器中，航海至闕下，移植宣和殿。」〔註60〕宋徽宗〈宣和殿移植荔枝〉云：「密移造化出閩山，禁籞新栽荔子丹，山液乍凝仙掌露，絳苞初結水晶

〔註56〕同上註，頁194。

〔註57〕〔南宋〕謝枋得註，趙蕃昌、韓淲仲選，〔日〕森大來校：《唐詩絕句選》（臺北：廣文書局，1970年10月），卷3，頁42。

〔註58〕〔南宋〕程顥、程頤撰，朱熹編：《程氏外書》（香港：迪志文化出版公司，2007年《文淵閣四庫全書電子版》），卷12，頁28～29。

〔註59〕〔宋〕梁克家等撰：《淳熙三山志》，卷39，閩刻珍本叢刊編委會編：《閩刻珍本叢刊》：（廈門：鷺江出版社，2009年12月），冊27，頁173～174。

〔註60〕同上註，頁174。

丸。酒酣國豔非朱粉，風泛天香轉蕙蘭。何必紅塵飛一騎，芬芳數本座中看。」〔註 61〕荔枝終究無法於北方落地生根，透過預先裁剪，移至瓦器，形成類似盆栽小樹造型，再運至宮殿，恰是成熟結實之際，既可食用，亦彷彿置身南方荔枝樹下；宋徽宗沾沾自喜，頗爲自傲，官員無所不用其極，投其所好，爲的就是一口荔，與漢武帝、唐玄宗何異，因此，反映於文學作品，唐宋荔枝進貢，遂引發文人有所思。

綜觀杜甫、杜牧、蘇軾詩句批判荔枝進貢，古今學者多有闡述，如：杜甫〈病橘〉後四句云：「憶昔南海使，奔騰獻荔枝。百馬死山谷，到今耆舊悲。」〔註 62〕仇兆鰲注云：「〈病橘〉，傷貢獻之勞民也。首敘橘病堪憐……病橘不供，適當減膳之時，疑是天意使然，但恐責有司而疲民力，故引獻荔事爲證，節節推開，意多曲折。」〔註 63〕浦起龍《讀杜心解》云：「『憶昔』以下，因前文於貢獻之事，究未顯言，特以往事借影，含吐入妙。」〔註 64〕借古諷今，期盼爲政者能心生悲憫；〈解悶〉後四首，針對玄宗、貴妃而發，「先帝貴妃今寂寞，荔枝還復入長安。」、「京中舊見無顏色，紅顆酸甜只自知。」、「可憐先不異枝蔓，此物娟娟長遠生。」、「雲壑布衣鮐背死，勞人害馬翠眉須。」〔註 65〕諸句，仇兆鰲以爲杜甫嘆舊貢之未除、譏遠貢之失眞、譏異味

〔註 61〕北京大學古文獻研究所編：《全宋詩》（北京：北京大學出版社，1998 年 12 月），冊 26，卷 1495，頁 17072。

〔註 62〕杜甫〈病橘〉原詩云：「群橘少生意，雖多亦奚爲。惜哉結實小，酸澀如棠梨。剖之盡蠹蝕，采掇爽所宜。紛然不適口，豈只存其皮。蕭蕭半死葉，未忍別故枝。玄冬霜雪積，況乃回風吹。嘗聞蓬萊殿，羅列瀟湘姿。此物歲不稔，玉食失光輝。寇盜尚憑陵，當君減膳時。汝病是天意，吾愁罪有司。憶昔南海使，奔騰獻荔支。百馬死山谷，到今耆舊悲。」〔清〕仇兆鰲注：《杜少陵集詳注》（北京：北京圖書館出版社，1999 年 4 月），卷 10，頁 562～563。

〔註 63〕同上註，卷 10，頁 562～563。

〔註 64〕〔清〕浦起龍：《讀杜心解》（臺北：大通書局，1974 年 10 月），卷 1 之 3，頁 92。

〔註 65〕〈解悶〉十二首之九云：「先帝貴妃今寂寞，荔枝還復入長安。炎方

之惑人、末首總結致亂之由，「獨於一荔，乃勞人害馬，以給翠眉之須。噫！遠德而好色，此所以成天寶之亂歟！」〔註 66〕遠德而好色，指明詩心，眞可謂鞭辟入裡。食荔之樂透顯貢荔之悲，君王憑藉天子獨大，肆意妄爲，毫無節制，奴役百姓，換言之，當爲國家興亡負起最大責任者，又豈是後宮妃子，杜甫以荔論政，導引荔枝文學作品開展深層的創作思考，杜牧〈過華清宮絕句〉三首之一云：「長安回望繡成堆，山頂千門次第開。一騎紅塵妃子笑，無人知是荔枝來。」〔註 67〕胡可先以爲「妃子笑」三字寓意精深，除了字面以「笑」對比一騎紅塵，人馬僵斃，更令人聯想以「笑」對比周幽王爲博妃子一笑，點燃烽火，最終導致國破家亡，唐玄宗亦如是。〔註 68〕此外，《遯齋閒覽》以爲杜牧詩膾炙人口，然玄宗未嘗於夏日至驪山，換言之，「詞意雖美，而失事實」，〔註 69〕相關探討，陳寅恪亦有論及，見第三章第二節〈譜錄著作與飲食主張〉；余曉容〈楊貴妃能吃上新鮮荔枝〉，則著眼於食物保鮮技術，探討「無人知是荔枝來」之由，與之相關者，又見劉小成〈楊貴妃能不能吃上新鮮荔枝〉、聶作平〈追尋楊貴妃的荔枝之謎〉，〔註 70〕凡此，顯現研究角度之多元，同以杜牧詩爲分析

每續朱櫻獻，玉座應悲白露團。」
〈解悶〉十二首之十云：「憶過瀘戎摘荔枝，青楓隱逸石逶迤。京中舊見無顏色，紅顆酸甜只自知。」
〈解悶〉十二首之十一云：「翠瓜碧李沉玉甃，赤梨葡萄寒露成。可憐先不異枝蔓，此物娟娟長遠生」
〈解悶〉十二首之十二云：「側生野岸及江蒲，不熟丹宮滿玉壺。雲壑布衣鮐背死，勞人害馬翠眉須。」〔清〕仇兆鰲注：《杜少陵集詳注》，卷 17，頁 909～910。

〔註 66〕同上註，卷 17，頁 909～910。

〔註 67〕清聖祖御定：《全唐詩》（北京：中華書局，1960 年 4 月），冊 16，卷 521，頁 5954。

〔註 68〕胡可先：《杜甫詩學引論》（合肥：安徽大學出版社，2003 年 3 月），〈杜甫詠荔枝詩探幽——兼論古代詠物詩的政治內涵〉，頁 310。

〔註 69〕引自〔元〕陶宗儀：《說郛》（香港：迪志文化出版公司，2007 年《文淵閣四庫全書電子版》），卷 25，頁 2。

〔註 70〕余曉容：〈楊貴妃能吃上新鮮荔枝〉，《語文教學之友》第 12 期（2010

對象，或論詩篇主旨、或驗證歷史、或論自然現實，然回歸至詩人的寫作態度，可以肯定必然欲藉此諷諭時政。

蘇軾〈荔支嘆〉〔註 71〕更是千古名篇，「我願天公憐赤子，莫生尤物爲瘡痏。雨順風調百穀登，民不饑寒爲上瑞。」表達仁民愛物的關懷，全詩以漢唐貢荔爲引，直斥當朝貢茶、貢花，擲地有聲，鏗鏘有力，汪師韓《蘇詩選評箋釋》云：「『君不見』一段，百端交集，一篇之奇橫在此。詩本爲荔枝發嘆，忽說到茶，又說到牡丹，其胸中鬱勃，有不可以已而言，斯至言至文也。」〔註 72〕劉昭明〈引物連類、直斥本朝昏君佞臣——蘇軾〈荔支歎〉的譏刺、典範與創意〉以爲由古入今，巧妙地將譏刺對象由漢唐帝王權貴，轉爲本朝昏君、佞臣，這正是蘇軾的創意與巧思，也是該詩要旨。〔註 73〕其次，劉昭明分析

年），頁 33。

劉小成：〈楊貴妃能不能吃上新鮮荔枝〉，《語文教學之友》第 2 期（2010 年），頁 35。

聶作平：〈追尋楊貴妃的荔枝之謎〉，《章回小說・楊貴妃秘史》第 5 期（2009 年），頁 23～26。

〔註 71〕蘇軾〈荔支嘆〉云：「十里一置飛塵灰，五里一堠兵火催。顛阬僕殺相枕藉，知是荔支龍眼來。飛車跨山鶻橫海，風枝露葉如新採。宮中美人一破顏，驚塵濺血流千載。永元荔支來交州，天寶歲貢取之涪。至今欲食林甫肉，無人舉觴酹伯游。（蘇軾自注：「漢永元中，交州進荔支、龍眼，十里一置，五里一堠，奔騰死亡，罹猛獸毒蟲之害者無數。唐羌，字伯游，爲臨武長，上書言狀，和帝罷之。唐天寶中，蓋取涪州荔支，自子午谷路進入。」）我願天公憐赤子，莫生尤物爲瘡痏。雨順風調百穀登，民不饑寒爲上瑞。君不見武夷溪邊粟粒芽，前丁後蔡相籠加。（蘇軾自注：「大小龍茶，始於丁晉公，而成於蔡君謨。歐陽永叔聞君謨進小龍團，驚嘆曰：『君謨士人也，何至作此事！』」）爭新買寵各出意，今年鬥品充官茶。（蘇軾自注：「今年閩中監司乞進鬥茶，許之。」吾君所乏豈此物？致養口體何陋耶！洛陽相君忠孝家，可憐亦進姚黃花。（蘇軾自注）：「洛陽貢花自錢惟演始。」

〔宋〕蘇軾著，〔清〕馮應榴輯注，黃任軻、朱懷春校點：《蘇軾詩集合注》，卷 39，頁 2029～2030。

〔註 72〕〔清〕汪師韓：《蘇詩選評箋釋》，卷 6，見曾棗莊：《蘇軾詩彙評》（成都：四川文藝出版社，2000 年 1 月），頁 1683。

〔註 73〕劉昭明：〈引物連類、直斥本朝昏君佞臣——蘇軾〈荔支歎〉的譏刺、

杜牧詩，譏刺玄宗與貴妃窮奢縱欲，固然有理，然譏刺之對象畢竟早已不在人世，相較而言，蘇軾斥責宋哲宗驕奢養欲，身爲一國之君只求致養口體，只知道追求物質的享受，只求滿足自己的口腹之慾，風行草偃，上有所好，下必從之，只要帝王不嗜名茶、不貪圖物質享受，官吏就不會貢茶諂佞，因此，敢於奉諫當朝皇上，蘇軾之膽識勇氣令人動容；〔註 74〕王水照《蘇軾研究》同樣分析杜牧、蘇軾詩，則就其文學藝術而論，云：「一個說『無人知』，詞意含蘊；一個直寫『知』，渲染出一幅塵土飛揚、死者滿途的慘象。蘇軾接著又說『宮中美人一破顏，驚塵濺血流千載』，也比杜詩的妃子笑寫得筆酣墨飽，對比鮮明。這種藝術上的不同，來源於蘇軾政治憤激的強烈。」〔註 75〕綜觀杜甫、杜牧、蘇軾，皆反對君王貪圖口腹滿足，爲求一己之樂，苛政擾民，主張以古爲鑑，爲政以德，寡欲爲上，深化荔枝詠物意涵，結合飲食、歷史、政治，言辭懇切，或委婉含蓄，或秉筆直書，故能成

典範與創意〉，《文與哲》第 9 期（2006 年 12 月），頁 265。

按：劉昭明分析蘇軾詩，云：「關涉史實有漢唐之貢荔，宋朝之貢茶、貢花；關涉歲貢物品有異果、佳茶、名花，包括荔枝、龍眼、小龍團、大龍團、鬥茶瑞雲龍、牡丹姚黃；關涉人物有帝王、權貴、奸相、名宦，包括東漢和帝劉肇、唐玄宗李隆基、楊玉環、李林甫、唐羌、丁謂、蔡襄、吳越王錢俶、錢惟演。」其中，「蔡襄」最受爭議，羅大經《鶴林玉露》云：「茶之爲物，滌昏雪滯，於務學勤政，未必無助，與其進荔枝、桃花者不同，然充類至義，則亦宦官、宮妾之愛君也。忠惠直道高名，與范、歐相亞，而進茶一事，乃儕晉公，君子之舉措，可不謹哉！」劉昭明以爲此言尚且中肯，既肯定蔡襄之品德操守，亦不否認貢茶一事，實爲蔡襄處事之瑕疵，係宮妾愛君之意，因而遭到蘇軾譏刺。

相關闡述，見劉昭明：〈引物連類、直斥本朝昏君佞臣——蘇軾〈荔支歎〉的譏刺、典範與創意〉，頁 285～286、322～323。

〔南宋〕羅大經：《鶴林玉露》，甲編卷 3，上海古籍出版社編：《宋元筆記小說大觀》（上海：上海古籍出版社，2001 年 12 月），冊 5，頁 5189。

〔註 74〕同上註，頁 301～302、307。

〔註 75〕王水照：《蘇軾研究》（石家莊：河北教育出版社，1999 年 5 月），頁 140。

爲不朽之篇章。

在荔枝詞方面，關於歷史回顧，上述趙以夫〈荔枝香近・樂府有〈荔枝香〉調，似因物命題而亡其詞，輒爲補賦。〉云：「紅塵一騎，曾博妃子笑。」康與之〈西江月〉云：「華清宮殿蜀山遙。一騎紅塵失笑。」鄭域〈念奴嬌〉云：「應恨舊日楊妃，塵埃走遍，向南閩西蜀。困入筠籠消黯攬，香色精神愁鬖。」無論直接化用杜牧詩句，抑或翻轉語意，又或替荔枝代言心聲，即使皆述及唐代荔枝進貢的這段歷史，詞人下筆主要出於「審美品味」的態度，藉以表達荔枝貴爲進貢佳果，凸顯特殊不凡，以及比較各地荔枝、新鮮與加工荔枝，未見任何諷諭批判。其次，直述宮廷歡娛者，如：無名氏〈滿庭芳〉下片詞云：「年年，輸帝里，歡呼內監，妝點金柈。況曾得真妃，笑臉頻看。炎嶺當時奏曲，風流命、樂府名傳。憑誰道、移歸禁苑，長使近天顏。」（5-4651）貴妃喜愛荔枝，地方進貢朝廷，以博貴妃歡心，且荔枝獨具「主題曲」，樂史《楊太眞外傳》載：「天寶十四年六月一日，上幸華清宮，乃貴妃生日，上命小部音聲，小部者梨園法部所置，凡三十人，皆十五以下。於長生殿奏新曲，未有名，會南海進荔枝，因以曲名〈荔枝香〉，左右歡呼，聲動山谷。」〔註76〕貴妃生日宴會，樂工演奏新曲，恰逢南方進貢荔枝，使得荔枝不僅具有味覺美、視覺美，更成爲以自己命題的樂曲；《碧雞漫志》引張君房《脞說》云：「太眞妃好食荔枝，每歲忠州（今四川忠縣）置急遞上進，五日至都。天寶四年（745）夏，荔枝滋甚，比開籠時，香滿一室。供奉李龜年撰此曲進之，宣賜甚厚。」〔註77〕若依此說，則更凸顯〈荔枝香〉的獨

〔註76〕〔宋〕樂史：《楊太眞外傳》（北京：中華書局，1991年），卷下，頁10。

〔註77〕〔南宋〕王灼：《碧雞漫志》，卷4，唐圭璋：《詞話叢編》（臺北：新文豐出版公司，1988年2月），冊1，頁109。
按：關於忠州進貢荔枝，胡仔云：「蓋涪忠二州，俱爲巴蜀之地，境土相接。白居易嘗刺忠州，以其地多產荔枝，形於篇什，又圖而序之。余意君房《脞說》，因此遂言忠州也。」《苕溪漁隱叢話・後集》，

特性，專爲荔枝而作。總之，〈荔枝香〉此後成爲詞調之一，倚聲塡詞，廣爲流傳。〔註78〕可惜荔枝屬於南方果物，不耐北方氣候，詞人猜想貴妃期待荔枝進貢，恐怕更希望荔枝能夠移植帝王園林，與玄宗相偕於荔枝樹下直接摘取荔枝，立即享用。又如：上述趙長卿〈醉蓬萊·新荔枝〉比較荔枝、楊梅、櫻桃，予以審美品評，又對比梨、栗、橘、柚，敘述具體滋味差異，進而由品味、滋味延伸至歷史回味，說道：「爲愛眞妃，再三珍重，價傾城傾國。玉骨冰肌，風流醞藉，直宜消得。」楊貴妃是唐玄宗最愛，荔枝爲貴妃所愛，詞人寫來，語意深情，同樣未見任何歷史批評。至於魏了翁（1178～1237，蒲江（今四川蒲江）人）〈臨江仙·約李彭州垕兄弟看荔丹有賦〉更是一絕，詞云：「雙荔堂前呼大撇，蚪枝看取垂垂。帝憐塵土著冰姿。故教凍雨過，浴出萬紅衣。　　綠幄頳圓高下處，中含玉色清夷。涴人應笑太眞肥。破除千古恨，須待謫仙詩。」（4-3054）上片化用楊萬里〈荔枝歌〉云：「北風一夜動地惡，盡吹北冰作南雹。飛來嶺外荔枝梢，絳衣朱裳紅錦包。三危露珠凍寒泚，火傘燒林不成水。北人藏冰天奪之，卻與南人銷暑氣。」〔註79〕北方冰雪，化作南方荔枝雪白果肉，北人辛苦藏冰，反而讓南人坐享食荔解暑，詞人不僅借用楊萬里詩句之奇特想像，又刻意恭維此乃「帝憐」所致，蓋因斬冰、藏冰、冷藏、供給冰塊等，係官方執掌。〔註80〕下片更著力創意想像，以「環肥燕

卷7，頁46。

〔註78〕〔南宋〕王灼：《碧雞漫志》云：「今歇指、大石兩調皆有近拍，不知何者爲本曲。」同上註，頁109。

〔註79〕北京大學古文獻研究所編：《全宋詩》，冊42，卷2292，頁26318。

〔註80〕早於周代，已設有凌人專管冰政，《周禮·天官冢宰下》：「淩人，掌冰。正歲十有二月，令斬冰，三其淩。春始治鑑，凡外內饔之膳羞，鑑焉，凡酒、漿之酒醴，亦如之。祭祀，共冰鑑；賓客，共冰；大喪，共夷槃冰。夏頒冰，掌事，秋刷。」〔漢〕鄭玄注：《周禮》（臺北：臺灣商務印書館，1975年6月），卷2，頁24～25。

〔南宋〕吳自牧《夢粱錄》，卷4〈六月〉載：「六月季夏，正當三伏炎暑之時，內殿朝參之際，命翰林司供給冰雪，賜禁衛殿直觀從，以解暑氣。」〔宋〕孟元老等著，中華書局上海編輯所編輯：《東京

瘦」開展之，調侃楊貴妃身材豐腴，不該繼續貪食荔枝，否則同爲歷史美人之一的浣紗西施，〔註 81〕見之必然嘲笑「太眞肥」，所幸謫仙李白將其比爲「可憐飛燕倚新妝」，〔註 82〕替貴妃美言不少。

以上詞篇，詞人引貴妃食荔之事，不過將之視爲宮廷飲食的著名記載，大抵皆偏向取其「樂」。反觀李綱（1083～1140，邵武（今福建邵武）人）〈減字木蘭花・荔枝〉二首，云：

> 華清賜浴。寶甃溫泉澆膩玉。笑靨開時。一騎紅塵獻荔枝。　　明珠乍剖。自擘輕紅香滿手。錦襪羅囊。猶瘞當年驛路旁。
>
> 仙姝麗絕。被服紅綃膚玉雪。火齊堆盤。常得楊妃帶笑看。　　勞生重馬。遠貢長爲千古話。林下甘芳。卻準幽人饜飫嘗。(2-1173)

宋徽宗宣和元年（1119）六月，京師大水，李綱上〈論水災事乞對奏狀〉，云：「夫變異不虛發，必有感兆之因；災害未易禦，必有消弭之策。《周官》於國危則有大詢之禮，祖宗每遇災變亦降詔求言。臣愚伏望陛下斷自淵衷，特詔在廷之臣各具所見所聞，擇其可采者非時賜對，特加驅策，施行其說。」〔註 83〕希求皇上廣採建言，以明水災之因，豈料竟觸犯天顏，謫監南劍州沙縣稅務（今福建沙縣），至宣和二年（1120）十月北歸，是年撰〈畫荔枝圖〉、〈荔枝賦〉，〔註 84〕荔枝詞理應於同時。此二首荔枝詞，不同於單取貴妃飲食之樂，而是「哀

夢華錄外四種》（北京：中華書局，1962 年 5 月），頁 159。

〔註 81〕〔唐〕宋之問〈浣紗篇贈陸上人〉云：「越女顏如花，越王聞浣紗。國微不自寵，獻作吳宮娃。」清聖祖御定：《全唐詩》，冊 2，卷 51，頁 620。

〔註 82〕李白〈清平調〉三首之二云：「一枝穠豔露凝香，雲雨巫山枉斷腸。借問漢宮誰得似，可憐飛燕倚新妝。」同上註，冊 5，卷 164，頁 1703。

〔註 83〕曾棗莊、劉琳主編：《全宋文》，冊 169，卷 3688，頁 114。
編年，見趙效宣：《宋李天紀先生綱年譜》（臺北：臺灣商務印書館，1980 年 6 月），頁 19～33。

〔註 84〕編年，同上註，頁 37。

樂並存」，且架構安排一致，上片述及妃子笑，下片則爲之慨嘆。二首之一，貴妃喜食荔枝，盡享君王寵愛，然轉眼成空，由樂轉悲，馬嵬驛上香消玉殞，徒留羅襪，即使香囊仍在，玄宗再也無法重回過往歡樂，〔註85〕況且如今早已改朝換代，因此，食荔枝，思貴妃，詞人不禁感嘆繁華落盡，過眼雲煙；貴妃下場淒涼，固然可嘆，然詞人亦不掩飾以樂害民，現實殘忍，荔枝詞之二轉而爲人民悲嘆，寫道貴妃食荔，不顧貢荔痛苦，因而備受譴責，對照自己身處荔枝果樹下，無須勞民傷財，隨摘隨食，飽足暢快。字面如此，然詞人之所以能夠至荔枝產地，係因受罰貶謫，因此，雖能大快朵頤，何嘗不是苦中作樂。總之，李綱荔枝詞，與杜牧、杜甫、蘇軾筆法相同，放大寫作視域，既言飲食，並論歷史、社會。

再者，歐陽修（1007～1072，廬陵（今江西吉安）人）〔註86〕〈浪淘沙〉更是感懷沉重，詞云：

〔註85〕〔唐〕李肇：《唐國史補》載：「玄宗幸蜀，至馬嵬驛，命高力士縊貴妃於佛堂前梨樹下。馬嵬店媼收得錦靿一隻，相傳過客每一借翫，必須百錢，前後獲利極多，媼因至富。」（香港：迪志文化出版公司，2007年《文淵閣四庫全書電子版》），卷上，頁6。

《舊唐書・楊貴妃傳》載：「上皇自蜀還，令中使祭奠，詔令改葬。禮部侍郎李揆曰：『龍武將士誅國忠，以其負國兆亂。今改葬故妃，恐將士疑懼，葬禮未可行。』乃止。上皇密令中使改葬於他所。初瘞時以紫褥裹之，肌膚已壞，而香囊仍在。內官以獻，上皇視之悽惋，乃令圖其形於別殿，朝夕視之。」〔後晉〕劉昫等撰，楊家駱主編：《新校本舊唐書附索引》（臺北：鼎文書局，1979年2月），卷51，頁2181。

〔註86〕黃文吉云：「歐陽修的籍貫雖自署廬陵，其實是吉州永豐（今江西永豐）人。歐陽修在熙寧二年（1069）撰寫〈歐陽氏譜圖序〉曾云：『今譜雖著廬陵，而實爲吉州永豐人也。』歐陽修之所以自署廬陵，其原因約有兩種：一，廬陵縣是他的祖籍，故以祖籍爲籍貫。二、廬陵是郡名，並不特指廬陵縣。」

黃文吉：《北宋十大家研究》（臺北：文史哲出版社，1996年3月），頁64。

〔宋〕歐陽修撰，楊家駱編：《歐陽修全集》（臺北：世界書局，1991年10月），《居士外集》，卷21，頁511。

五嶺麥秋殘，荔子初丹。絳紗囊裏水晶丸。可惜天教生處遠，不近長安。　　事憶開元，妃子偏憐。一從魂散馬嵬關，只有紅塵無驛使，滿眼驪山。（1-179）

五嶺，係越城、都龐、萌渚、騎田、大庾五嶺的總稱，屬湖南、江西、廣東、廣西的交界邊境，〔註87〕對照歐陽修仕宦生涯，幾番外任，或遭受貶謫，或自請外放，曾至湖北、安徽、山東，並未到過過嶺南，〔註88〕然無礙於詞人書寫，乃因整首詞以議論爲主，以形味爲次，且歐陽修等撰《新唐書》，記載荔枝進貢，云：「帝幸驪山，楊貴妃生日，命小部張樂長生殿，因奏新曲，未有名，會南方進荔枝，因名曰〈荔枝香〉。」〔註89〕本闋詞或因此而發。上片前三句，敘述孟夏麥秋，大自然換上荔枝登場，絳紗囊、水晶丸，即荔子結實的鮮明特徵；隨之語意轉折，由史切入，看似嘆息南方荔枝，不近長安，美味不易得，實爲下片之伏筆。正因荔枝產於南方，反而使其更加誘人，因遠而稀奇，因遠而珍貴，詞人遂引出唐代貢荔與馬嵬驛兵變，換言之，表面嘆荔，實則慨嘆玄宗沉迷聲色，荒廢朝政，貢荔即爲政失德的例證之

〔註87〕戴均良等編：《中國古今地名大詞典》（上海：上海辭書出版社，2005年7月），頁399。

〔註88〕景祐三年（1036），「范仲淹言事忤宰相，落職，知饒州。公切責高若訥，若訥以其書聞。」降爲峽州夷陵令，（今屬湖北），四年（1037），移光化軍乾德令（今屬湖北）；慶曆五年（1045），慶曆新政失敗，力爲新政主持者范仲淹、韓琦、杜衍等申辯，「公上書辨之，小人素已憾公，會公孤甥張氏犯法，諫官錢明逸因以財產事及公。」貶知滁州（今屬安徽），居兩年，再徙揚州（今屬江蘇）、潁州（今屬安徽）；治平四年（1067），「御史彭思永、蔣知奇，以飛語污公，上察其誣，斥之。公力求去。」除觀文殿學士，轉刑部尚書，知亳州（今屬安徽）；熙寧元年（1068），徙知青州（今屬山東），熙寧三年（1070）再徙蔡州（今屬湖北），熙寧四年（1071）歸潁。

吳熊和主編：《唐宋詞彙評・兩宋卷》（杭州：浙江教育出版社，2004年12月），冊1，頁191。

〔南宋〕胡柯：《廬陵歐陽文忠公年譜》，〔宋〕歐陽修撰，楊家駱編：《歐陽修全集》，頁4～21。

〔註89〕〔宋〕歐陽修、宋祁等撰，楊家駱主編：《新校本新唐書附索引・禮樂志》（臺北：鼎文書局，1979年2月），卷22，頁476。

一，馬嵬驛兵變成爲失去民心的必然結果，貴妃自縊則爲玄宗難以自保的犧牲品；詞篇最後以景結情，今昔對照，有無相對，渲染無限惆悵，爲政者豈能不自省。關於歐陽修荔枝詞，林賓王《荔子雜志》評云：「詩餘荔子之詠，作者既少，遂無擅長。獨歐陽公〈浪淘沙〉一首，稍存感慨悲涼耳。」〔註 90〕經筆者統計，就宋代飲食詠物詞而言，詠荔枝者其實高居第一，然而相較於全宋詞多達 3 千餘首詠物詞，〔註 91〕自是比例甚低，詞篇甚少。至於林氏高舉歐陽修荔枝詞，爲詠荔詞中唯一可觀者，具感慨悲涼之意；筆者以爲此闋詞確實悲涼有之，且相較於上述李綱詞，更是沉鬱，然其他詠荔詞未必全爲泛泛之作，在於詞篇著重的焦點不同，因人而異，換言之，假使因爲詞人並未述及荔枝進貢，則視其作品毫無意義，如此評斷，亦非允當。但不可否認的是，詠物作品本有高低之別，託物抒懷、言志，更能加深作品內涵，予人多重體會，勝過純粹寫物。

相較於眾人知曉的漢、唐進貢荔枝，蘇軾〈減字木蘭花・西湖食荔支〉對於荔枝進貢的演變，述及罕見的隋朝，云：

> 閩溪珍獻。過海雲帆來似箭。玉座金盤。不貢奇葩四百年。　　輕紅釀白。雅稱佳人纖手擘。骨細肌香。恰是當年十八娘。（1-402）

鄒同慶、王宗堂《蘇軾詞編年校註》點明此詞上片具「詠史」之意，

〔註 90〕林賓王《荔子雜志》，原書已沒，此則記載，見馮金伯《詞苑萃編》，註：「林賓王」，以及張宗橚《詞林紀事》，註：「《荔子雜志》」，故兩者合之。

〔清〕馮金伯：《詞苑萃編》，卷 23，唐圭璋編：《詞話叢編》，冊 3，頁 3675。

〔清〕張宗橚：《詞林紀事》（臺北：鼎文書局，1971 年 3 月），頁 96。

〔註 91〕據許伯卿統計，宋代詠物詞計 3,011 首，以詠植物者居冠，達 2,419 首；詠植物詞中，又以詠花詞最多，計 2,189 首，果物類居次，計 101 首，詳細細目並未列出。至於飲食類，許伯卿取材於茶、湯、酒等，計 107 首。許伯卿：《宋詞題材研究》（北京：中華書局，2007 年 12 月），頁 120。

〔註 92〕首句，「閩溪珍獻」，註云：「隋煬帝《海山記》：『大業中，閩地貢五種荔枝。』」〔註 93〕然此句理應標點有誤，乃因《海山記》非隋煬帝所著。北京中華書局出版《叢書集成初編》以明・吳琯《古今逸史》爲本，名爲《煬帝海山記》，未著撰者，首句云：「隋煬帝生時，有紅光燭天，里中牛馬皆鳴。」〔註 94〕屬旁觀者的紀錄角度，換言之，假使隋煬帝自撰此書，豈會自稱隋煬帝；宋・劉斧《青瑣高議》，後集卷五題爲《隋煬帝海山記》，同樣未見撰者，然正文之前有序，說明寫作動機，云：「余家世好蓄古書器，惟煬帝事詳備，皆他書不載之文。乃編以成記，傳諸好事者，使聞其所未聞故也。」〔註 95〕凡此，皆可明《海山記》非隋煬帝所撰。再者，郭紹林〈《海山記》著作朝代及相關問題辨證——兼駁隋煬帝洛陽西苑牡丹說〉，〔註 96〕闡述明・陶宗儀《說郛》百卷本標記「唐・闕名」，實屬後人擅意添加，其持論包括作者不避唐朝帝王名諱、描述隋煬帝塡詞八首，調寄〈望江南〉，且爲雙調，明顯與詞學發展不符等，可知成書當晚於唐代。其次，《海山記》多有穿鑿附會，如：敘述隋煬帝（楊廣）生於仁壽二年（602）」、〔註 97〕隋文帝（楊堅）於病中謂大臣楊

〔註 92〕鄒同慶、王宗堂：《蘇軾詞編年校註》，頁 758。

〔註 93〕同上註，頁 758。

〔註 94〕未著撰者：《煬帝海山記》（北京：中華書局，1991 年），頁 1。

〔註 95〕〔宋〕劉斧：《青瑣高議》（臺北：河洛圖書出版社，1977 年 4 月），後集卷 5《隋煬帝海山記》，頁 133。

〔註 96〕郭紹林：〈《海山記》著作朝代及相關問題辯證——兼駁隋煬帝洛陽西苑牡丹說〉，原載於《洛陽師專學報》第 1 期（1998 年），頁 57～62。後於 1999 年修改，發表於讀書網：http://big5.dushu.com/showbook/101704/1057194.html。

〔註 97〕《隋煬帝海山記》，見〔宋〕劉斧：《青瑣高議》，後集卷 5，頁 133。按：《隋書・煬帝紀》載：「二年（義寧二年，618）三月，右屯衛將軍宇文化及，武賁郎將司馬德戡、元禮，監門直閣裴虔通……以驍果作亂，入犯宮闈。上崩于溫室，時年五十。蕭后令宮人撤牀簀爲棺以埋之。」因此，可推論隋煬帝生於北周武帝天和四年（569），而非隋文帝仁壽二年（602）。〔唐〕魏徵等撰，楊家駱主編：《新校本隋書附索引》（臺北：鼎文書局，1987 年 5 月），卷 4，頁 93。

素曰：「吾若不諱，汝立吾兒勇（楊廣兄）是爲帝。汝背吾言，吾去世亦殺汝。」〔註 98〕皆與史實不符。其三，郭紹林分別同異，《青瑣高議》本較《說郛》本多出長達 322 字的段落，詳列各地進貢物品的細目，摘錄如下：

> 帝自素死，益無憚，乃闢地周二百里爲西苑，役民力常百萬。內爲十六院，聚土石爲山，鑿爲五湖四海。詔天下境內所有鳥獸草木，驛至京師。銅臺進梨十六種……陳留進十色桃……青州進十色棗……南留進五色櫻桃……酸棗進十色李……閩中進五色荔枝：綠荔枝、紫紋荔枝、赭色荔枝、丁香荔枝、淺黃荔枝……天下共進花卉、草木、魚蟲，莫知其數，此不具載。〔註 99〕

此段各地進獻果物的記錄，郭紹林以爲可以補足《海山記》段落架構的流暢性，〔註 100〕本論文則著重考辨此段敘述的眞僞，進而明白閩地於隋代進貢荔枝的可能性。

依據宋・司馬光《資治通鑑》載隋煬帝大業元年（605）三月建東京、顯仁宮，〔註 101〕同年「五月築西苑」，如下：

〔註 98〕同上註，頁 133。
按：《隋書・楊素傳》載：「及上不豫，素與兵部尚書柳述、黃門侍郎元巖等入閤侍疾。時皇太子入居大寶殿，慮上有不諱，須預防擬，乃手自爲書，封出問素，素錄出事狀以報太子。宮人誤送上所，上覽而大恚。所寵陳貴人，又言太子無禮。上遂發怒，欲召庶人勇。太子謀之於素，素矯詔追東宮兵士帖上臺宿衛，門禁出入，並取宇文述、郭衍節度，又令張衡侍疾。上以此日崩，由是頗有異論。」隋文帝臥病在床，方知楊素與太子楊廣沆瀣一氣，又發生妃子險被楊廣玷污之事，文帝欲命已被罷黜的楊勇入宮，卻被楊素阻攔，俄而駕崩。〔唐〕魏徵等撰，楊家駱主編：《新校本隋書附索引・楊素傳》，卷 48，頁 1288。

〔註 99〕《隋煬帝海山記》，見〔宋〕劉斧：《青瑣高議》，後集卷 5，頁 134～137。

〔註 100〕郭紹林云：「《海山記》下文說：『一日，明霞院美人楊夫人喜報帝曰：「酸棗邑所進玉李，一夕忽長，清陰數畝。」』有了上文酸棗進玉李張本，這裡才不至於文勢突兀。」http://big5.dushu.com/showbook/101704/1057194.html。

〔註 101〕《資治通鑑・隋紀四》載：「三月，丁未，詔楊素與納言楊達、將五月，築西苑，周二百里，其內爲海，周十餘里，爲方丈、蓬萊、瀛洲諸山，高出水百餘尺，臺觀宮殿，羅絡山上，向背如神。北有龍鱗渠，縈紆注海內，緣渠作十六院，門皆臨渠，每院以四品夫人主之，堂殿樓觀，窮極華麗。宮樹秋冬凋落，則剪彩爲華葉，綴於枝條，色渝則易以新者，常如陽春。沼內亦剪彩爲荷芰菱芡，乘輿遊幸，則去冰而布之。十六院競以殽羞精麗相高，求市恩寵。上好以月夜從宮女數千騎遊西苑，作清夜遊曲，於馬上奏之。〔註 102〕

造假山、匯流渠、擁美人，甚至刻意營造四季如春，煬帝無不極盡享樂之能事。此段所記，出於唐・杜寶《大業雜記》，原文詳列十六院各院名稱，包括延光院、明彩院、含香院等，以及各個觀、臺、亭等名；除剪彩造假花，亦有「楊柳修竹」、「名花美草」；除清夜踏月，亦可「泛輕舟畫舸，習採菱之歌」、「或昇飛橋閣道，奏春遊之曲」，〔註 103〕袁剛評云：「《通鑑》所據，乃《大業雜記》等小說，似乎三月築顯仁宮之外，又於五月修西苑，其實西苑與顯仁宮是一回事。」〔註 104〕高敏以爲司馬光部分敘述，捨棄《隋書》、《元和郡縣圖志》等資料，而採用《大業雜記》此類「野史」，用意在於藉以貶斥煬帝。〔註 105〕考之《資治通鑑・隋紀四》，首次出現西苑一詞，見於大

作大匠宇文愷營建東京……敕宇文愷與內史舍人封德彝等營顯仁宮。南接皁澗，北跨洛濱。發大江之南、五嶺以北奇材異石，輸之洛陽，又求海內嘉木異草，珍禽奇獸，以實園苑。」〔宋〕司馬光撰，〔元〕胡三省注：《資治通鑑》（臺北：金川出版社，1979 年 1 月），卷 180，頁 5617～5618。

〔註 102〕〔宋〕司馬光撰，〔元〕胡三省注：《資治通鑑・隋紀四》，卷 180，頁 5620。

〔註 103〕〔唐〕杜寶撰，辛德勇：《大業雜記輯校》（西安：三秦出版社，2006 年 6 月），頁 14～15。

〔註 104〕袁剛：《隋煬帝傳》（臺北：臺灣商務印書館，2005 年 5 月），頁 244。

〔註 105〕高敏：〈關於隋煬帝遷都洛陽的原因〉，引自《魏晉隋唐史論集》（北京：中國社會科學院，1983 年），第 2 輯，頁 257。
按：高敏以爲《隋書》記載煬帝下詔遷都洛陽，係出於審愼考量，

業元年「三月」辛亥開鑿通濟渠，敘述「自西苑引穀、洛水達於河。」〔註106〕卻又於同年「五月」記載「築西苑，周二百里」，前後文意豈不矛盾；因此，西苑當如袁剛所論，係指顯仁宮內的西面苑囿，而非又於大業元年五月另外獨立興建西苑，亦即《隋書・食貨志》載：「皁澗營顯仁宮，苑囿連接，北至新安，南及飛山，西至澠池，周圍數百里。課天下諸州，各貢草木花果，奇禽異獸於其中。開渠，引穀、洛水，自苑西入，而東注於洛。又自板渚引河，達於淮海，謂之御河。」〔註107〕綜上所述，可以推知《海山記》所述建西苑、造十六院，當是參考《大業雜記》抑或《資治通鑑》而來，未必可信，且無論大業元年（605）三月，或五月，皆尚未開鑿江南運河，福建新鮮荔枝不可能於短暫的品味期限之內，運抵北方，即使大業六年（610）建江南運河，南方物資欲運抵北方洛陽、長安，仍多有困難，〔註108〕尤其新鮮荔枝極易腐壞，不耐長時間搬運，況且唐代仍倚賴快馬飛遞四川荔枝。總之，《海山記》載閩地進貢五色新鮮荔枝，當屬作者想像、杜撰，屬穿鑿附會之說。至於蘇軾詞，上片先是假託隋代福建荔枝「過海雲帆來似箭」，又述及福建荔枝「不貢奇葩四百年」，乃因四川荔枝方爲唐代王室所愛；下片「輕紅釀白。雅稱佳人纖手擘。骨細肌香。恰是當年十八娘。」時至宋代，蘇軾得意口中火山荔枝，不輸「當年十八娘」，凸顯嶺南荔枝之不凡。當下身處荔枝產地，無須依賴長途跋涉，立即可以食用，即使社會品評早熟的火山品種頗爲遜色，蘇軾仍不受影響，或受限於自身飲食經驗，或隱然諷刺荔枝進貢，勞役

《資治通鑑》反而隻字不提，僅引用《大業雜記》敘述煬帝相信術人所謂「陛下木命，雍州爲破木之衝，不可久居。」遂決定遷都，如此完全貶低煬帝的爲政能力。

〔註106〕〔宋〕司馬光撰，〔元〕胡三省注：《資治通鑑・隋紀四》，卷180，頁5618。

〔註107〕〔唐〕魏徵等撰，楊家駱主編：《新校本隋書附索引》，卷24，頁686。

〔註108〕關於運河開鑿相關論述，參見本論文第三章之第一節〈運輸網絡與飲食流通〉。

人民，以圖一己飲食之樂，扣合上片追溯荔枝進貢史之用意。其次，依據詞意，福建荔枝於隋代進貢，卻於唐代不再進貢，如今蘇軾又以爲嶺南荔枝未輸福建，如此布局，或反映口味喜愛，自在人心，不必刻意追隨風潮、標榜流行，否則將成爲上位者侈心大開的藉口。一首小令，貫串隋、唐、宋三代，以及福建、四川、嶺南三地荔枝，可謂用筆精鍊，語簡意深。

綜上所述，首先就漢、唐、宋荔枝進貢而論，顯現仁君、昏君決策之差異，進而列舉唐宋著名荔枝詩篇，以杜甫、杜牧、蘇軾爲例；繼之，分析宋代荔枝詞，以明詩詞之異同。整體而言，荔枝詞中的歷史回顧，隨著詞人寫作態度的不同，反映於詞篇亦有所別，如：鄭域、康與之，係就審美品味的角度下筆；趙長卿、魏了翁，側重貴妃食荔之樂；歐陽修、蘇軾、李綱，著重貢荔之悲，由點及面，由飲食論及政治、歷史，然縱使具有批判意識，下筆仍相對隱微，不如〈荔支嘆〉之激昂憤慨。

第三節　人生經歷，滋味在心

關於「人生經歷」，著重於探析詞篇與詞人寫作背景之關係。上述李綱〈減字木蘭花・荔枝〉，詞人置身於荔枝果林，當下享用，隨手可取，反襯貴妃食荔，耗費民力，百姓苦不堪言，然詞人之所以能夠至荔枝產地，係因受罰貶謫；對於詞人而言，這何嘗不是一種諷刺，因爲「貶謫」，反而促使品嚐在地新鮮荔枝的機會，飲食詞篇遂成爲了解詞人宦遊他鄉的生活記錄。與李綱具有相同飲食經驗者，又如：黃庭堅（1045～1105，分寧（今江西修水）人），同爲「苦中作樂」。

四川荔枝，普遍不被宋人喜愛，蔡襄評定福建荔枝，方爲「眞荔枝」，云：「九齡、居易雖見新實，驗今之廣南州郡與夔梓之間所出，大率早熟，肌肉薄而味甘酸，其精好者僅比東閩之下等，是二人者亦未始遇夫眞荔枝者也。」〔註109〕曾鞏〈荔枝〉四首之四云：「解笑詩人誇博物，只知紅顆味酸甜。」自注寫道：「白樂天詠荔枝詩云：『津液甘酸如醴酪』，杜工部詩云：『紅顆酸甜只自知』。此皆知巴蜀荔枝而已，不知閩越荔枝不酸也。」〔註110〕黃庭堅〈與王觀復書〉，則提出不同的看法：

> 今年戎州（今四川宜賓）荔枝盛登，一種柘枝頭出於過臘平，大如雞卵，味極美，每斤才八錢。日飫此品，凡一月，此行又似不虛來。恨公不同此味，又念公無罪耳，一笑一笑。〔註111〕

此封書信，反映了幾個訊息，其一，黃庭堅此時身處戎州；其二，黃庭堅非常滿意戎州荔枝，味美價廉，幾乎每日食之，甚至以爲「不虛此行」；其三，王觀復〔註112〕未能與之共享此味，黃庭堅感到相當可惜，然「念公無罪」一句，點明黃庭堅係因「有罪」方至此地。換言之，若非獲罪貶謫，又怎能親嚐戎州在地新鮮荔枝，「此行又似不虛來」不免頗有自嘲之意。考之黃庭堅仕宦，自宋哲宗元祐元年（1086），奉命撰寫《神宗實錄》，從此展開波折不斷的宦旅生涯。〔註113〕首先，元祐二年（1087），蘇軾除翰林學士，舉薦黃庭堅自代，趙挺之以「輕薄無行，少有其比」詆毀黃庭堅；〔註114〕元祐三

〔註109〕〔宋〕蔡襄：《端明集》，卷35《荔枝譜・第一》，頁7。

〔註110〕北京大學古文獻研究所編：《全宋詩》（，冊8，卷461，頁5601。

〔註111〕曾棗莊、劉琳主編：《全宋文》，冊104，卷2281，頁299。

〔註112〕任淵等注云：「王蕃，字觀復，沂公（王曾）之裔。官閬中（今四川閬中）時，多以書尺至戎州，從山谷問學。」〔宋〕黃庭堅著，〔宋〕任淵、史容、史季溫注，黃寶華點校：《山谷詩集注》（上海：上海古籍出版社，2003年12月），目錄頁30。

〔註113〕〔南宋〕黃㽦：《黃山谷年譜》載：「元祐元年十月丙戌，除神宗實錄院檢討官、集賢校理。」（臺北：學海出版社，1979年10月），頁209。

〔註114〕編年，鄭永曉：《黃庭堅年譜新編》載：「元祐二年十一月，蘇軾上〈舉黃庭堅自代狀〉。十二月二十八日，趙挺之彈劾蘇軾，並兼及山谷。」（北京：社會科學文獻出版社，1997年8月），頁189～190。引文，〔宋〕李燾：《續資治通鑑長編》載：「監察御史趙挺之奏蘇

年（1088），詔黃庭堅爲著作郎，趙挺之同樣以「操行邪穢，罪惡尤大」爲由，致使黃庭堅職務仍爲著作佐郎；〔註 115〕元祐六年（1091），黃庭堅與趙彥若、范祖禹等完成編纂《神宗實錄》，本因修史有功詔爲起居舍人，卻遭中書舍人韓川以「輕翾浮豔，素無士行，邪穢之跡，狼籍道路」誣蔑人格，未能升官，僅維持原職。〔註 116〕紹聖元年（1094），新黨掌權，《神宗實錄》成爲攻詰誣陷的最佳藉口，《宋史・黃庭堅傳》記載：

> 章惇、蔡卞與其黨論實錄多誣，俾前史官分居畿邑以待問，摘千餘條示之，謂爲無驗證。既而院吏考閱，悉有據依，所餘才三十二事。庭堅書「用鐵龍爪治河，有同兒戲」。至是首問焉。對曰：「庭堅時官北都，嘗親見之，眞兒戲耳。」凡有問，皆直辭以對，聞者壯之。貶涪州（今四川涪陵）別駕，黔州（今四川彭水）安置，言者猶以處善地爲翫法。〔註 117〕

軾專務引納輕薄虛誕，有如市井俳優之人以在門下，取其浮淺之甚者，力加論薦。前日十科，乃薦王鞏，其舉自代，乃薦黃庭堅。二人輕薄無行，少有其比。」（香港：迪志文化出版公司，2007 年《文淵閣四庫全書電子版》），卷 407，頁 28。

〔註 115〕編年，〔南宋〕黃㽦：《黃山谷年譜》載：「元祐三年五月，詔新除著作郎黃庭堅依舊著作佐郎，以御史趙挺之之論，故有是命。」頁 253～254。
引文，〔宋〕李燾：《續資治通鑑長編》載：「詔新除著作郎黃庭堅依歸舊著作佐郎。以御史趙挺之論其質性姦回，操行邪穢，罪惡尤大，故有是命。」卷 411，頁 7。

〔註 116〕編年，鄭永曉：《黃庭堅年譜新編》載「元祐六年三月十四日，因修史有功詔爲起居舍人，以韓川有言仍爲著作佐郎。」頁 237。
引文，〔宋〕李燾：《續資治通鑑長編》載：「中書舍人韓川言：『新除黃庭堅爲起居舍人，伏以左右史職清地峻，次補侍從，而黃庭堅所爲輕翾浮豔，素無士行，邪穢之跡，狼籍道路。』封還除命。呂大防必欲用黃庭堅，請再下，太皇太后曰：『恐再繳，不如只依例改官。』乃詔庭堅行著作佐郎。」卷 456，頁 18。

〔註 117〕〔元〕脱脱等撰，楊家駱主編：《新校本宋史并附編三種》（臺北：鼎文書局，1978 年 9 月），卷 444，頁 13110。
編年，〔南宋〕黃㽦：《黃山谷年譜》，頁 303～304。鄭永曉：《黃庭面對審問構陷，黃庭堅毫不畏懼，更是坦然接受貶謫處置，佚名〈豫章先生傳〉亦云：「紹聖初，議者言《神宗實錄》多誣失實，召至陳留問狀，三問皆以實對。責授涪州別駕，黔州安置。命下，左右或泣，公色自若，投牀大鼾，即日上道。君子是以知公不以得喪休戚芥蔕其中也。」〔註 118〕足見黃庭堅泰然自若，不計得失。紹聖二年（1095）正月，始赴貶所，兄長一路相伴，途經鬼門關，尚云：「自此以往更不理會在生日月」自娛；〔註 119〕四月至黔州，隨遇而安，以「黔中老農」自居；〔註 120〕紹聖四年（1097），表兄張向提舉夔州路常平，乞避親嫌，十二月詔移戎州安置，「庭堅泊然，不以遷謫介意」，紹聖五年（1098，六月改元元符）三月，離黔州，六月抵戎州，寓居南寺，作槁木庵、死灰寮，後僦居城南，名任運堂；〔註 121〕元符三年（1100）宋徽宗即位，政黨權力再次移轉，五月復宣義郎，監

堅年譜新編》，頁 258～263。

〔註 118〕龍榆生：《豫章黃先生詞校注．豫章黃先生詞參考資料輯》（臺北：世界書局，1967 年 5 月），頁 86。

龍榆生按云：「右〈豫章先生傳〉，錄自明嘉靖間寧州祠堂本宋黃罃編《山谷全集》。譌文脱字，以百納本《宋史》卷四百四十四〈文苑列傳〉六，及清乾隆間分寧緝香堂重刊《黃文節全書》參互校定……當爲山谷最早之傳記。」頁 88～89。

〔註 119〕黃庭堅〈書自書楞嚴經後〉云：「紹聖初得罪竄棄黔中，度巫峽鬼門關，或題關頭曰：『自此以往，更不理會在生日月。』某顧伯氏元明而笑，元明蓋愀如也。」曾棗莊、劉琳主編：《全宋文》，冊 104，卷 2318，頁 56。

編年，〔南宋〕黃罃：《黃山谷年譜》，頁 308～310。鄭永曉：《黃庭堅年譜新編》，頁 272～275。

〔註 120〕黃庭堅〈與宜春朱和叔書〉云：「某待罪於此，謝病杜門，粗營數口衣食，使不至寒饑，買地畦菜，已爲黔中老農耳。」曾棗莊、劉琳主編：《全宋文》，冊 105，卷 2285，頁 4。

編年，〔南宋〕黃罃：《黃山谷年譜》，頁 310。鄭永曉：《黃庭堅年譜新編》，頁 276。

〔註 121〕編年，〔南宋〕黃罃：《黃山谷年譜》，頁 323～325。鄭永曉：《黃庭堅年譜新編》，頁 289～299。

引文，〔元〕脱脱等撰，楊家駱主編：《新校本宋史并附編三種》，卷 444，頁 13110。

鄂州（今湖北武昌）在城鹽稅，因江漲未能下峽，十月，復奉議郎，簽書寧國軍（今安徽宣城）節度判官，十二月離戎州。〔註 122〕總之，紹聖二年（1095）至元符三年（1100），貶至黔、戎，期間寫作不少荔枝詩詞，抑或述及食荔的書簡，如：〈定風波・荔枝〉二首、〈望遠行・勾尉有所眄，爲太守所猜。兼此生有所愛，住馬湖。馬湖出丁香核荔枝，常以遺生。故戲及之〉、〈次韻任道食荔支有感〉三首、〈廖致平送綠荔支，爲戎州第一。王公權家荔支綠酒，亦爲戎州第一〉、〈與王觀復書〉等。

關於〈定風波・荔枝〉二首，龍榆生《山谷先生年譜簡編》於元符二年（1099）標目下，注明〈南鄉子・今年重九，知命已向成都，感之復次前韻〉爲本年作，至於〈定風波・荔枝〉二首及其餘諸首「當皆先生在戎州時所作」，〔註 123〕鄭永曉《黃庭堅年譜新編》、以及馬興榮、祝振玉《山谷詞校注》則編於元符三年（1100）。〔註 124〕詞云：

> 晚歲監州聞荔枝。赤英垂墜壓闌枝。萬里來逢芳意歇。愁絕。滿盤空憶去年時。　　澗草山花光照坐。春過。等閑桃李又纍纍。辜負寒泉浸紅皺。消瘦。有人花病損香肌。
>
> 準擬階前摘荔枝。今年歇盡去年枝。莫是春光廝料理。無

〔註 122〕黃庭堅〈戎州辭免恩命奏狀〉云：「臣昨於元符三年五月，蒙恩自謫授涪州別駕，戎州安置，復宣義郎，監鄂州在城鹽稅，并還所奪勳賜。以江水汎漲，不可下峽。至十月，又準告復臣奉議郎，簽書寧國軍節度判官廳公事。臣以久客瘴地，抱疾累歲，年衰病侵，加以去年弟妹凋喪，幾至無生，十二月方得發戎州貶所。」曾棗莊、劉琳主編：《全宋文》，冊 104，卷 2280，頁 274。

〔南宋〕黃㽦：《黃山谷年譜》，頁 339～343。鄭永曉：《黃庭堅年譜新編》，頁 319～328。

〔宋〕黃庭堅著，〔宋〕任淵、史容、史季溫注，黃寶華點校：《山谷詩集注》，目錄頁 28。

〔註 123〕龍榆生：《豫章黃先生詞校注・山谷先生年譜簡編》，頁 98。

〔註 124〕鄭永曉：《黃庭堅年譜新編》，頁 337。

馬興榮、祝振玉：《山谷詞校注》（上海：上海古籍出版社。2011 年 3 月），頁 92。

比。譬如痎瘧有休時。　　碧甃朱闌情不淺。何晚。來年枝上報纍纍。雨後園林坐清影。蘇醒。紅裳剝盡看香肌。（1-502）

龍榆生並未說明編年依據。鄭永曉引用任淵繫年黃庭堅〈次韻任道食荔支有感〉，云：「山谷有〈戎州鎖水磨崖留題〉云：『元符三年五月戊寅，太守劉廣之率賓僚來賞鎖江荔支』……此詩當同時所作，詩有『六年惆悵』之句，蓋自紹聖二年巳亥入蜀至元符三年庚辰，凡六見荔支。」〔註 125〕依此，鄭永曉以爲即使「六見荔支」，「但確切可考者畢竟只有本年，故繫於本年較爲妥當。」〔註 126〕換言之，由於無法判定龍榆生繫年是否有誤，也只能依附任說。以任說而言，〈次韻任道食荔支有感〉編於元符三年，係因詩云：「六年惆悵荔支紅」，故對照詞人貶謫四川，進而可得寫作時間，且因〈戎州鎖水磨崖留題〉明確記錄賞荔日期，亦可作爲判斷荔枝詩寫作時間的佐證。進而思考的是，假使荔枝詩詞的寫作時間相同，相關荔枝描述理應相似，〈次韻任道食荔支有感〉三首如下：

一錢不直程衛尉，萬事稱好司馬公。白髮永無懷橘日，六年惆悵荔支紅。

今年荔子熟南風，莫愁留滯太史公。五月照江鴨頭綠，六月連山柘枝紅。

舞女荔支熟雖晚，臨江照影自惱公。天與蹙羅裝寶髻，更挼猩血染殷紅。〔註 127〕

〔註 125〕〔宋〕黃庭堅著，〔宋〕任淵、史容、史季溫注，黃寶華點校：《山谷詩集注》，目錄頁 28。
〈戎州鎖水磨崖留題〉，曾棗莊、劉琳主編：《全宋文》，冊 107，卷 2326，頁 230。
按：「任道」，係李任道，黃庭堅〈與王觀復書〉云：「李仔任道，本梓人，而寓江津二十餘年，其人言行有物，參道得其要，老成人也。」曾棗莊、劉琳主編：《全宋文》，冊 104，卷 2281，頁 298。

〔註 126〕鄭永曉：《黃庭堅年譜新編》，頁 338。

〔註 127〕〔宋〕黃庭堅著，〔宋〕任淵、史容、史季溫注，黃寶華點校：《山谷詩集注》，卷 13，頁 331～332。

眼前荔枝成熟結實，山野景色隨之炫耀奪目，荔枝紅似火，江水碧如玉，紅綠相配，好一幅色彩鮮明的風景畫，且「柘枝」不僅是荔枝品種名，也是舞曲名，〔註128〕因此，詞人聯想柘枝荔枝猶如妝扮豔麗、儀態曼妙的紅衣舞女，臨江照影，惹人憐愛。景色迷人，荔枝味美，卻也勾動詞人內心憂愁，父母早已離世，〔註129〕六年貶謫，更是離鄉在外。〈次韻任道食荔支有感〉描述荔枝果實累累，引人入勝，與上述〈與王觀復書〉之三所述「今年戎州荔子盛登」相應；然而〈定風波・荔枝〉述及荔枝「歇枝」，詞人原先打算盡情摘取荔枝，無奈今年果樹歇枝，僅能透過回憶去年荔枝滿盤，與期待明年荔枝結實滿滿，想像某日雨後，篩落清朗光影，午後小憩醒來，趁此悠閒時光，品嚐荔枝，無論享用荔枝本身甘潤多汁的原始口感，抑或「寒泉浸紅皺」、「碧甃朱闌」的冰涼透心。詩、詞描寫荔枝生長，一盛一衰，明顯不同，若斷定寫於同時，似乎不合常理。至於馬興榮、祝振玉，以黃庭堅於元符三年五月監鄂州在城鹽稅，故「詞中首句『晚歲監州』當指此。」〔註130〕此說未必允當。依據馬端臨《文獻通考・職官考》云：「藝祖之設通判，本欲懲五季藩鎮專擅之弊，而以儒臣臨制之，號稱『監州』。」〔註131〕監州，亦即通判之別稱；楊志玖《宋代官制講座》闡述宋代官制，在地方官方面，在路以下次級的府、州、軍、監，由朝廷委派京朝官管理州郡事，稱「權知某州軍州事」，表示全權管理一州之軍、民之政；知州之外，又設有「通判州軍事」，簡稱

〔註128〕章孝標〈柘枝〉云：「柘枝初出鼓聲招，花鈿羅衫聳細腰。移步錦靴空綽約，迎風繡帽動飄颻。亞身踏節鸞形轉，背面羞人鳳影嬌。只恐相公看未足，便隨風雨上青霄。」清聖祖御定：《全唐詩》（北京：中華書局，1960年4月），冊15，卷506，頁5755。

〔註129〕據鄭永曉考訂：「仁宗嘉祐三年（1058），父黃庶疑逝世於本年……哲宗元祐三年（1091），母親李氏病逝，哀痛不已。」鄭永曉：《黃庭堅年譜新編》，頁8、243。

〔註130〕馬興榮、祝振玉：《山谷詞校注》，頁92。

〔註131〕〔元〕馬端臨：《文獻通考・職官十七》（北京：中華書局，1986年9月），卷63，頁570。

「通判」，與知州同領州事，各州公文，知州須與通判一起簽押，方能生效，即使知州不法，通判也可奏告朝廷；各州還設有各種幕職官和監當官，幕職官有節度掌書記、觀察支使、判官、推官等，負責協助本州長官治理郡政，總管各案公文，監當官是各州主管倉場庫務等經濟機構的官員，負責徵收茶鹽酒稅、礦冶、造船、倉庫出納等事物，名目極多，隨事置官，如：監黃州市舶庫等。〔註 132〕綜合二者說法，可知「監州」並非「監鄂州在城鹽稅」之省稱，「監鄂州在城鹽稅」屬監當官，與「監州」不同。且據錢大昕《潛研堂文集・三答袁簡齋書》云：「通判，在宋初雖有『監州』之諺，然其權力仍出知州之下……東坡通判杭州，寄子由詩有『餘杭別駕無功勞』之句，則『通判』之稱『別駕』，宋時已然。」〔註 133〕換言之，通判別稱監州、別駕，因此，「晚歲監州」句，當指「涪州別駕」，並處以「安置」〔註 134〕限制行動，除去權力。

除戎州安置之外，〈定風波・荔枝〉寫作時間理應可上推至居於黔州。黃庭堅貶於黔、戎期間，雖爲有罪之身，尚有與之交遊者，其中，「黃庭堅謫涪，獻可遇之甚厚」，〔註 135〕黃庭堅與王獻可互有書

〔註 132〕楊志玖：《宋代官制講座》（臺北：萬卷樓圖書公司，1997 年 4 月），頁 320～321。

〔註 133〕〔清〕錢大昕：《潛研堂文集》（臺北：臺灣商務印書館，1965 年 8 月），卷 34，頁 332。
按：「餘杭別駕無功勞」，語出蘇軾〈戲子由〉。〔宋〕蘇軾著，〔清〕馮應榴輯注，黃任軻、朱懷春校點：《蘇軾詩集合注》，卷 7，頁 297。

〔註 134〕〔南宋〕趙升：《朝野類要》載：「『居住』：被責者，凡云送甚州居住，則輕於安置。『安置』：安置之責，若又重，則羈管、編管。」（香港：迪志文化出版公司，2007 年《文淵閣四庫全書電子版》），卷 5，頁 2。

〔註 135〕王獻可，字補之，〔清〕陸心源：《宋史翼》載：「元祐七年累官知麟州、西作坊使。坐不稟帥司節制，擅統兵將擊夏賊，追一官，勒停。尋起爲英州刺史，知瀘州。元符元年遷左騏驥使，權發遣梓夔路鈐轄，管勾瀘南沿邊安撫使公事。黃庭堅謫涪，獻可遇之甚厚。」（北京：中華書局，1991 年 12 月），卷 7，頁 75。

信，往來密切，多達 40 餘篇，或關懷慰問，如：〈答瀘州安撫王補之〉云：「謫官寒冷，人皆掉臂而不顧，乃蒙遣使賜書存問，勤勤悃悃，恩意千萬，感激無以爲喻。俸餘爲賜甚惠厚，頗助衣食之源。」〔註 136〕或推舉人才，如：「宋詵者，舊在北都嘗與不肖經席，不見甚久，意其可教，想於左右有夤緣，乃得備使令耳。劉公敏蒙掛齒牙，幸甚幸甚。鄭宣到黔中，獨以不賄，誠終此節，官職當稱其姿相也。既不賄，又不生梗，想可備驅策。」〔註 137〕或論茶、論荔，如：「寄餘甘、荔子，極荷遠意之重。甘雖微損，到黔中分諸僚，皆尚有味，有數子未嘗識其生者，甚以爲珍也。荔子雖肉薄，甘味亦勝黔中。細事慁高明，辱垂意周旋，曷勝感愧。雙井今年似火齊太熟，味甚厚，謾分上，來遠不能多也。磑之法，皆擇去茶花即小黃葉，以微潤布巾搣去白毛，略焙之乃磑，其出磑如麵如雪乃佳耳。大率建溪湯欲極滾，雙井則用才沸湯，治擇如法，則不復色青味澀。」〔註 138〕分享、討論飲食，短暫忘卻貶謫愁苦，又見〈與王補之安撫簡〉說道：「去年黔中荔子差勝前年，但不可作臘。」〔註 139〕正與〈定風波・荔枝〉云：「晚歲監州聞荔枝。赤英垂墜壓闌枝。萬里來逢芳意歇。愁絕。滿盤空憶去年時。」、「準擬階前摘荔枝。今年歇盡去年枝。莫是春光廝料理。無比。譬如痎瘧有休時。」語意相符；對照黃庭堅於紹聖二年（1095）四月至黔，五年（1098）三月離黔，以及「今年實者，明年歇枝」〔註 140〕的豐歉收現象，因此，推論書簡述及荔枝生長去年

〔註 136〕曾棗莊、劉琳主編：《全宋文》，冊 105，卷 2293，頁 231。
按：往來書信，或名〈答瀘州安撫王補之〉、或名〈與王瀘州書〉、或名〈與王補之安撫簡〉、或名〈答瀘帥王補之〉，凡題名相同者，不再重複標明。

〔註 137〕曾棗莊、劉琳主編：《全宋文》，冊 105，卷 2293，頁 235。

〔註 138〕同上註，頁 235～236。

〔註 139〕同上註，冊 106，卷 2300，頁 11。

〔註 140〕〔宋〕蔡襄：《端明集》，卷 35《荔枝譜・第五》，頁 10。
按：關於「歇枝」，見本論文第三章之第二節〈譜錄著作與飲食主張〉相關探討。

勝於前年，前年係指紹聖二年，初至黔州，亦即詞篇所謂「萬里來逢芳意歇」，輔之去年滿盤，今年歇枝的詞句描述，故判斷〈定風波・荔枝〉作於紹聖四年（1097）。

正因爲黃庭堅實際在地生活，得以了解荔枝生長情況。至於〈望遠行・勾尉有所昵，爲太守所猜。兼此生有所愛，住馬湖。馬湖出丁香核荔枝，常以遺生。故戲及之〉寫於元符二年（1099），〔註 141〕掌握荔枝自然特徵，以物喻人，使得丁香荔枝詞兼具娛樂性質，展現詼諧趣味。「勾尉」者，係僰道縣尉勾中嵩；〔註 142〕「太守」，係戎州太守彭道微；〔註 143〕「馬湖」，盛產荔枝。〔註 144〕詞云：

> 自見來，虛過卻、好時好日。這訑尿粘膩得處煞是律。據眼前言定，也有十分七八。冤我無心除告佛。　　管人閑底，且放我快活㖿。便索些別茶祇待，又怎不遇偎花映月。且與一班半點，只怕你沒丁香核。（1-525）

蔡襄《荔枝譜》云：「丁香荔枝，核如小丁香，樹病或有之，亦謂之

〔註 141〕編年，龍榆生：《豫章黃先生詞校注・山谷先生年譜簡編》，頁 98。

〔註 142〕黃庭堅〈答僰道尉〉，自注：「尉，勾中嵩。」曾棗莊、劉琳主編：《全宋文》，冊 104，卷 2283，頁 337。
按：僰道縣，屬戎州。初，漢武帝立犍爲郡，至梁置戎州，以鎮撫戎夷，此後或廢郡存州，或改州爲郡，至宋，領僰道、宜賓、南溪三縣。
〔宋〕樂史：《太平寰宇記》（臺北：文海出版社，1963 年 12 月），卷 79，頁 605。

〔註 143〕黃庭堅〈與姪樸書〉云：「初到戎，彭道微作守，甚有親親之意。道微既去，劉滋崇儀作守」
〔宋〕黃庭堅著，〔宋〕任淵、史容、史季溫注，黃寶華點校：《山谷詩集注》，目錄頁 28。
按：黃庭堅〈與姪樸書〉，但見任淵等注〈次韻任道食荔支有感三首〉，未見《全宋文》。

〔註 144〕〔南宋〕范成大：《吳船錄》載：「山谷謫居時，屢有鎖江亭詩，今江上舊基，別作新亭，頗如法。鎖江者，舊戎州在對江平坡之上，與夷蠻雜處。馬湖江自夷中出，合大江。夷自馬湖舟行，必過舊州下，故聯鎖於江口，以防其出沒。今徙州治於南岸，而鎖江之名猶存，猶置鎖中流，但攔稅而已……兩岸多荔子林。」（北京：中華書局，1985 年），卷下，頁 17。

檽核，皆小實也。」〔註 145〕果核細小爲其品種特色，黃庭堅發揮奇特聯想，上片以荔枝汁液甜膩黏手，形容勾尉與愛侶如膠似漆，不捨分離，下片描繪情侶爭吵鬥嘴，擔心另一半「沒丁香核」，亦即以荔枝果核借指感情付出有心與否，甚至隱含取笑勾尉與太守之間的輕視、猜疑，彷彿懷疑對方未能付出眞心，更不及丁香荔枝的細小果核。整闋詞構思新奇，藉由荔枝特色、戲謔筆法，明寫勾尉與佳人親暱、暗指勾尉與太守不和，然而語詞過於俚俗，備受批評，李調元《雨村詞話》以爲詑尿、㖮等字，屬當時坊曲優伶之言，俗褻至極，〔註 146〕謝章鋌《賭棋山莊詞話》亦云：「詞之原出古樂府，樂府多雜俗諺，如豨妃淪滓之類，塡詞者效之而每放愈下，稍近鄙褻。又以其道之通於曲也，因而則個、甚麼、呆坐、快活等字，無不闌入，而詞品壞矣。推波助瀾，山谷無乃罪過，此白石所以以雅字爲宗旨。」〔註 147〕除了受到民間文學影響，或許也出於黃庭堅本身個性使然，如：本闋詞以捉弄勾尉與太守爲樂，言語顯得較不莊重，又如：上述視黃庭堅猶如仇敵的趙挺之，亦曾被嘲笑，王明清《揮麈後錄》引陸游云：

> 趙正夫丞相，元祐中，與黃太史魯直俱在館閣，魯直以其魯人，意常輕之。每庖吏來問食次，正夫必曰：「來日吃蒸餅」。一日聚飯行令，魯直云：「欲五字從首至尾各一字，復合成一字。」正夫沈吟良久，曰：「禾女委鬼魏」。魯直應聲曰：「來力勑正整」，叶正夫之音，闔座大笑。正夫又嘗曰：「鄉中最重潤筆，每一誌文成，則太平車中載以贈之。」魯直曰：「想俱是蘿蔔與瓜虀爾。」正夫銜之切骨。其後排擠不遺餘力，卒致宜州之貶。一時戲劇，貽禍如此，可不戒哉。〔註 148〕

〔註 145〕〔宋〕蔡襄：《端明集》，卷 35《荔枝譜・第七》，頁 14。

〔註 146〕〔清〕李調元：《雨村詞話》，卷 1，唐圭璋編：《詞話叢編》，冊 2，頁 1401。

〔註 147〕〔清〕謝章鋌《賭棋山莊詞話》，卷 3，唐圭璋編：《詞話叢編》，冊 4，頁 3351。

〔註 148〕〔南宋〕王明清：《揮麈後錄》（香港：迪志文化出版公司，2007 年開個玩笑，無傷大雅，殊不知趙挺之因此記恨在心，伺機報復。由於黃庭堅不拘小節，自是不避諱俗語、豔語，丁香荔枝詞即爲例證，屬於遊戲之作。

黃庭堅荔枝詞共有 4 首，〈浪淘沙・荔枝〉寫作時間最晚，情感表達亦有所不同。詞云：

> 憶昔謫巴蠻。荔子親攀。冰肌照映柘枝冠。日擘輕紅三百顆，一味甘寒。　　重入鬼門關。也似人間。一雙和葉插雲鬟。賴得清湘燕玉面，同倚闌干。（1-521）

紹聖二年（1095）正月赴黔州，途經鬼門關，面對不可知的未來，貶謫蠻夷之地，黃庭堅選擇灑脫看淡；元符三年（1100）十二月離開戎州，建中靖國元年（1101）三月，至峽州（今湖北宜昌），再次經過鬼門關，〔註 149〕觸景情生，回憶往昔，「荔枝」即爲其一。味蕾的記憶，帶引懷念昔日生活單純，即使遭受貶謫，反而得以脫離權力鬥爭，徜徉自然山水，太守劉廣之率賓僚共賞鎖江荔枝，即爲例證，與王補之、王觀復互通書簡，也述及荔枝食用、生長；換言之，黃庭堅對於荔枝的喜愛，導因於環境氛圍，因爲景色風光宜人、友朋暢談言歡，化解了貶謫異地的苦楚，荔枝自是可口美味，因此，黃庭堅思念的不只是美味，更是人情味。

人情味令人懷念，家鄉味更是令人魂縈夢牽。張元幹（1091～1160／1161，永福（今福建永泰）人）〈訴衷情・兒時不知有荔子，自呼爲紅蕊。父母賞其名新，昔所未聞，殊盡形似之美。久欲記之而因循。比與諸公和長短句，故及之以〈訴衷情〉。蓋里中推星毬紅、鶴頂紅，皆佳品。海舶便風，數日可到〉云：

《文淵閣四庫全書電子版》)，卷 6，頁 13。

〔註 149〕黃庭堅〈書自書楞嚴經後〉云：「紹聖初得罪竄黔中，度巫峽鬼門關，或題關頭曰：『自此以往更不理會在生日月。』某顧伯氏元明而笑，元明蓋愀如也。建中靖國元年三月下鬼門關，因戲題云：『人言生如鬼門關，更不理爲在生日。雖從乙酉到庚辰，老夫明年五十七。』」曾棗莊、劉琳主編：《全宋文》，冊 104，卷 2280，頁 274～275。

兒時初未識方紅。學語問西東。對客呼爲紅蕊，此興已偏濃。　　嗟白首，抗塵容。費牢籠。星毬何在，鶴頂長丹，誰寄南風。(2-1429)

依據王兆鵬《張元幹年譜》，詞人於紹興元年（1131）年初挂冠求去，年底回到家鄉，不再出仕，時年僅四十一歲，王兆鵬析其毅然決定歸隱之因，其一，張元幹〈建炎感事〉云：「翠輿欲東巡，蹈海計愈切。詔下散百司，恩許保妻妾。瞻彼廉陛尊，孰與壯班列。肉食知謀身，未省肯死節。」〔註 150〕南渡以來，高宗毫無作爲，甚而入海逃亡，群臣又多貪圖苟安，因而對當時朝廷失望已甚；其二，〈建炎感事〉云：「作意海邊來，初非事干謁。責我賣屋金，流言尚爲孽。汪公德甚大，遊說情激烈。力救歸裝貧，一洗肝肺熱。如公趨急難，正似古豪俠。行藏道甚明，親養志先決。去矣茅三間，無問衣百結。」〔註 151〕建炎三年（1129），遭流言誣謗，當中詳情已不可考，所幸汪藻力救得免，正因爲一番赤誠，卻落得如此下場，心有餘悸，憂讒畏譏，更堅定退隱之心，遂不再追隨行在逃命，舉家避難吳興（今浙江湖州），紹興元年（1131）年底，返抵家鄉。〔註 152〕〈訴衷情〉詞序云：「蓋里中推星毬紅、鶴頂紅，皆佳品。海舶便風，數日可到」當是居於沿海一帶，臨近福建，以及詞句云：「嗟白首，抗塵容，費牢籠。」頗有厭倦官場之意，因此，此闋詞理應作於建炎三年至紹興元年之間，心生歸隱之際。上片回憶兒時，無論「方紅」、抑或詞題所謂「星毬紅」、「鶴頂紅」，皆屬福建荔枝品種，依據蔡襄《荔枝譜》載：「方家紅，可徑二寸，色味俱美，言荔枝之大者皆莫敢擬。歲生一二百顆，人罕得之。方氏子名蓁，今爲大理寺丞。」〔註 153〕此類以出產者姓氏或地點，配合果實特色的命名方式，又如：陳紫、藍家

〔註 150〕北京大學古文獻研究所編：《全宋詩》，冊 31，卷 1784，頁 19895。
〔註 151〕同上註，頁 19895。
〔註 152〕編年，王兆鵬、王可喜、方星移：《兩宋詞人叢考・張元幹年譜》，頁 366～368、382～383。
〔註 153〕〔宋〕蔡襄：《端明集》，卷 35《荔枝譜・第七》，頁 11。

紅、法石白等，〔註 154〕猶如代表各家商標，凸顯「僅此一家，別無分號」。相較於取名「方家紅」代表方氏種植的荔枝品種，「星毬紅」理應代表此類荔枝具有類似圓形物體的外形，翻查明代徐𤊹《荔枝譜》，注明其形體外貌，云：「扁者如橘，圓者如雞子」，〔註 155〕同理類推，即使未見宋、明、清荔枝譜記錄「鶴頂紅」，亦可參考以動物生理特徵爲命名的荔枝品種，如：虎皮荔枝「紅色絕大，繞腹有青紋，正類虎斑」；〔註 156〕牛心荔枝「長二寸餘，皮厚肉澀」，〔註 157〕可以想見「鶴頂紅」當指以果色豔紅最爲凸出，猶如丹頂鶴上的火紅肉冠。至於張元幹幼時將荔枝稱爲「紅蕊」，小小年紀已經懂得觀察果物特色，不僅指明荔枝果色，亦留意果實叢聚，猶如花蕊簇集；詞人藉由回憶往事，表達對於家鄉的思念，而助長思鄉之情的因素，來自於承受失望與挫折。另一首〈漁父家風〉云：

> 八年不見荔枝紅。腸斷故園東。風枝露葉新採，悵望冷香濃。　　冰透骨，玉開容。想筠籠。今宵歸去，滿頰天漿，更御泠風。(2-1427)

紹興元年（1131）之前，張元幹曾幾度短暫返鄉，又離鄉，包括政和五年（1115）起，出仕澶淵（今河南濮陽），官職不詳，至宣和元年（1119），又「獲緣職事」，亦未詳職名，三月離京赴閩，返鄉掃墓，六月至永福，十一月離鄉；宣和三年（1121），因方臘起義，張元幹

〔註 154〕陳紫，曾鞏云：「陳紫，出興化軍秘書省著作佐郎陳琦家，於品爲第一。」
藍家紅，蔡襄云：「泉州爲第一。藍氏兄弟，圭爲太常博士，丞爲尚書都官員外郎。」
法石白，蔡襄云：「出泉州法石院，色青白，其大次於藍家紅。」
〔宋〕曾鞏：《元豐類稿》（臺北：世界書局，1963 年 11 月），卷 35，頁 2。
〔宋〕蔡襄：《端明集》，卷 35《荔枝譜・第七》，頁 12。

〔註 155〕彭世獎校注：《歷代荔枝譜校注》，〔明〕徐𤊹《荔枝譜》，卷 1，頁 34。

〔註 156〕〔宋〕蔡襄：《端明集》，卷 35《荔枝譜・第七》，頁 12。

〔註 157〕同上註，頁 13。

回鄉避亂，宣和四年（1122）在京；宣和五年（1123）冬，回閩，宣和六年（1124）春，離閩北返，途中訪李綱於梁溪（今江蘇無錫）、夏四月訪楊時、汪藻於毗陵（今江蘇常州），訪蘇庠於丹陽（今江蘇鎮江），中秋又訪翁挺，九月訪王以寧於眞州（今江蘇儀徵），十月訪劉安世於宋城（今河南商丘），年底回到汴京。〔註 158〕此後，歷經仕宦波折，於紹興元年（1131）年底回到故鄉，對照詞云：「八年不見荔枝紅」，可知此詞作於紹興二年（1132）夏。離鄉多年，終於返鄉，一嚐家鄉荔枝，然如今國土分裂，滿腔熱血亦未受君王賞識，「悵望冷香濃」一句，可以想見當下心情之複雜；出處進退，既已決定，唯有隨遇而安，方能排解心中滿腹惆悵，下片說道：「今宵歸去，滿頰天漿，更御泠風。」可知詞人內心不再動搖，選擇落葉歸根。

再者，韓元吉（1118～1187，雍丘（今屬河南）人）化用典故，使得荔枝詞亦反映自身居處，〈醉落魄〉云：

> 霓裳弄月。冰肌不受人間熱。分明密露枝枝結。碧樹珊瑚，容易與君折。　　玉環舊事誰能說。迢迢驛路香風徹。故人莫恨東南別。不寄梅花，千里寄紅雪。(2-1814)

南朝宋・盛弘之《荊州記》：「陸凱與范曄相善，自江南寄梅花一枝，詣長安與曄。並贈花詩曰：『折花逢驛使，寄與隴頭人。江南無所有，聊贈一枝春。』」〔註 159〕陸凱與范曄交好，折梅寄贈，不僅告知江南

〔註 158〕王兆鵬、王可喜、方星移：《兩宋詞人叢考・張元幹年譜》，頁 322～328、331～332、336～341。

〔註 159〕引自〔宋〕李昉等撰：《太平御覽》（上海：上海書店，1985 年 12 月），卷 970，頁 3。
按：關於陸凱〈贈范曄詩〉，唐汝諤《古詩解》提出疑惑，云：「曄爲江南人，陸凱字智君，代北（今屬山西省恆山、及河北省小五臺山以北地區）人，當是范寄陸耳。凱在長安，安得梅花寄曄乎？」曹道衡對此，又予以辨明，得范曄生於晉安帝隆安二年（398），卒於元嘉二十二年（445）；至於陸凱是否爲北魏陸俟之孫，尚無法確定，可考的是，陸俟生於晉孝武帝太元十七年，即北魏道武帝登國八年（392），卒於北魏文成帝太安四年（458），換言之，范曄與陸俟當爲同輩，范曄與陸凱友善之說，不可能成立。

已是冬盡春來，亦隱含思念之情；韓元吉沿用原意，並因時序不同與地區特色，改以荔枝紅雪取代梅雪皚皚，同樣情深意重。又依據清·陸心源《宋史翼·韓元吉傳》，以及童向飛〈韓元吉仕歷繫年考辨——兼補《宋史翼》〉，對照一生仕歷與詞句「故人莫恨東南別」，推論此闋詞或作於紹興二十八年（1158）至二十九年（1159），知建安縣（今福建建甌），抑或作於淳熙二年（1175）知建寧府（今福建建甌），〔註 160〕確切寫作時間雖未能斷定，可以肯定的是，寫作地點當於荔枝產地之一，亦即南方福建。在猩紅果色之外，綠荔枝有別於常見果色，令人驚奇，丘崈（1135～1209，江陰（今屬江蘇）人）〈鷓鴣天·綠荔枝〉云：

> 玳瑁筵中見綠珠。淡然高韻勝施朱。揉藍霧縠薔薇淺，半露冰肌玉不如。　　餐秀色，味膚腴。輕紅端合與爲奴。只愁宴罷翻成恨，贏得偏憐不似初。（3-2256）

果色非比尋常，故引人目光，然而飲食終究並非「目食」，因此，詞人不禁替綠荔枝憂心，味覺口感是否能與視覺色彩同樣受到眾人讚嘆。關於綠荔枝，蔡襄《荔枝譜》評比閩地荔枝十二等第，云：「江綠，大較類陳紫而差大，獨香薄而味少淡，故以次之。」〔註 161〕江綠居第二，僅次陳紫，明·徐𤊹《荔枝譜》則說道：「江家綠，皮綠

〔明〕唐汝諤：《古詩解》（臺南：莊嚴文化公司，1997 年 6 月《四庫全書存目叢書》本），冊 370，頁 642。
曹道衡：《中古文學史論文集》（臺北：洪葉文化事業公司，1996 年 10 月），〈陸凱〈贈范曄詩〉志疑〉，頁 633～636。

〔註 160〕〔清〕陸心源：《宋史翼》載：「紹興二十八年知建安縣……淳熙元年以待制知婺州……明年移知建安府。」卷 14，頁 5。
童向飛：〈韓元吉仕歷繫年考辨——兼補《宋史翼》〉云：「紹興二十八年戊寅，知建安縣。紹興二十九年己卯，在知建安縣任，八月，詔令任滿日赴行在……淳熙元年甲午知婺州。十二月三日，詔知建寧府。淳熙二年乙未知建寧府。（童向飛以爲『建安府』有誤，當爲建寧府，治所在建安縣）閏九月，詔起軍轉官，爲朝奉大夫。淳熙三年丙申，正月，詔赴行在。」《南京化工大學學報（哲學社會科學版）》，第 2 期（2000 年），頁 78、80。

〔註 161〕〔宋〕蔡襄：《端明集》，卷 35《荔枝譜·第七》，頁 11。

刺紅，大如雞子，味極清美。」〔註 162〕具體寫出江綠外形。黃庭堅〈廖致平送綠荔支，爲戎州第一。王公權家荔支綠酒，亦爲戎州第一〉，詩題即直接表明戎州綠荔枝，堪稱第一，詩云：「王公權家荔支綠，廖致平家綠荔支。試傾一杯重碧色，快剝千顆輕紅肌。撥醅蒲萄未足數，堆盤馬乳不同時。誰能同此勝絕味？唯有老杜東樓詩。」〔註 163〕以「綠荔枝」佐「荔枝綠酒」，絕妙有趣，詩末藉由杜甫〈宴戎州楊使君東樓〉云：「重碧拈春酒，輕紅擘荔枝。」〔註 164〕達到詩篇首尾呼應、古今映帶之效果。必須一提的是，「荔枝綠酒」並非以荔枝釀酒，又見黃庭堅〈荔支綠頌（爲王公權作）〉，云「王墻東之美酒，得妙用於六物。三危露以爲味，荔支綠以爲色。」〔註 165〕《中國茶酒辭典》云：「據考證，釀製荔枝綠的六物爲：高粱、大米、糯米、玉米、小麥、蕎麥，比今五糧液多了一種蕎麥。」〔註 166〕《中國茶酒文化史》亦云：「從當地出土眾多漢代銅質和陶質酒器來看，表明這一帶至遲在漢代釀酒和飲酒就頗爲興盛。至唐代以後，不但飲酒更勝，製酒也愈精。代宗時，詩聖杜甫〈宴戎州楊使君東樓〉詩中，將當地一種深綠色的美酒，定名爲『重碧春酒』。北宋詩人黃庭堅曾在戎州寓居三年，且詩文讚爲戎州第一的『荔枝綠』，則是在「重碧春」的基礎上釀製的。」〔註 167〕換言之，今日四川五糧液，

〔註 162〕彭世獎：《歷代荔枝譜校注》，〔明〕徐𤊹《荔枝譜》，卷 1，頁 35。

〔註 163〕〔宋〕黃庭堅著，〔宋〕任淵、史容、史季溫注，黃寶華點校：《山谷詩集注》，卷 13，頁 332。

〔註 164〕〔清〕仇兆鰲注：《杜少陵集詳注》，卷 14，頁 755。

〔註 165〕曾棗莊、劉琳主編：《全宋文》，冊 107，卷 2331，頁 347。

〔註 166〕張哲永、陳金林、顧炳權：《中國茶酒辭典》（長沙：湖南出版社，1991 年 12 月），頁 201。

〔註 167〕沈漢、朱自振：《中國茶酒文化史》（臺北：文津出版社，1995 年 12 月），頁 274。
按：本論文之所以特別補充說明「荔枝綠酒」非荔枝釀酒，係因李英華以爲黃庭堅詩「詠綠荔枝以及荔枝所釀的荔枝綠酒。」故引用相關資料予以辨明。李英華：〈白髮永無懷橘日，六年惆悵荔支紅——漫談黃庭堅詩中的荔枝〉，《國文天地》，第 17 卷第 9 期（2002

源於唐代「重碧春」、宋代「荔枝綠」，係以雜糧製酒，詩人以顏色形之，而非指水果釀酒，同時更可明白何以黃庭堅特別以爲唯有老杜，了解此中絕味。在福建、四川之外，廣東「挂綠」較爲晚出，同樣珍貴，頗負盛名，清・陳鼎《荔枝譜》評比廣東荔枝，云：「以挂綠爲第一品，實碩大，味甘香，核細如豌豆，其殼上赤如丹，下綠如澄波，故名『挂綠』。」〔註 168〕凡此，皆可證綠荔枝不僅顏色出奇，口味亦不差矣。

以宋代而言，綠荔枝堪稱形味殊絕，詞人亦稱讚「淡然高韻勝施朱」、「輕紅端合與爲奴」，然詞末反而以「只愁宴罷翻成恨，贏得偏憐不似初。」作結，顯得信心全無，值得一探弦外之音。考之丘崈仕宦，起初深受宰輔青睞，《宋史・丘崈傳》載：「隆興元年（1163）進士，爲建康府（今江蘇南京）觀察推官。丞相虞允文奇其才，奏除國子博士。孝宗諭允文舉自代者，允文首薦崈。有旨賜對，遂言：『恢復之志不可忘，恢復之事未易舉，宜甄拔實才，責以內治，遵養十年，乃可議北向。』」〔註 169〕既非主和派，亦反對一味求戰，考量周全，忠心爲國。具體作爲，對內，如：出任秀州華亭縣（今上海松江），修築海堰，恢復良田；〔註 170〕對外，如：韓侂胄倡議北伐，以利誘之，丘崈斷然拒絕，主張不宜輕舉。〔註 171〕然一生宦途，歷經幾番

年 2 月），頁 63。

〔註 168〕彭世獎：《歷代荔枝譜校注》，〔清〕陳鼎《荔枝譜》，頁 474。

〔註 169〕〔元〕脫脫等撰，楊家駱主編：《新校本宋史并附編三種》（臺北：鼎文書局，1978 年 9 月），卷 398，頁 12109～12110。

〔註 170〕《宋史・丘崈傳》載：「遷太常博士，出知秀州華亭縣。捍海堰廢且百年，鹹潮歲大入，壞並海田，蘇、湖皆被其害。崈至海口，訪遺址已淪沒，乃奏創築，三月堰成，三州舄鹵復爲良田。」同上註，頁 12110。

〔註 171〕《宋史・丘崈傳》載：「既入奏，韓侂胄招以見，出奏疏幾二千言示崈，蓋北伐議也，知崈平日主復雔，冀可與共功名。崈曰：「『中原淪陷且百年，在我固不可一日而忘也，然兵凶戰危，若首倡非常之舉，兵交勝負未可知，則首事之禍，其誰任之？此必有誇誕貪進之人，攘臂以僥倖萬一，宜亟斥絕，不然必誤國矣。』」同上註，

波折，其一，孝宗遣范成大使金，祈請陵寢，丘崈以爲此舉無益，遂觸怒聖上；〔註 172〕其二，奉命接待金國賀生辰使，與樞密王抃有所衝突，被劾不禮金使，奉祀；〔註 173〕其三，光宗即位（1190），擢四川安撫制置使兼知成都府，革吳挺世將之患。寧宗即位（1195），赴召，又因中丞謝深甫論罷之。閒居十年，嘉泰三年（1203）復職知慶元府（今浙江寧波）；〔註 174〕其四，進端明殿學士、仕讀，尋拜簽書樞密院，督視江淮軍馬，因忤韓侂冑，被罷。〔註 175〕對照上述綠荔

頁 12111。

〔註 172〕《宋史・丘崈傳》載：「時方遣范成大使金，祈請陵寢。崈言：『泛使亟遣，無益大計，徒以驕敵。』孝宗不樂，曰：『卿家墳墓爲人所據，亦須理索否？』崈對曰：『臣但能訴之，不能請之。』孝宗怒，崈退待罪，孝宗察其忠，不譴也。」同上註，頁 12109～12110。

〔註 173〕《宋史・丘崈傳》載：「先是，王抃爲樞密，崈不少下之。方迓客時，抃排定程頓奏，上降付接伴，令沿途遵執。崈具奏，謂『不可以此啓敵疑心』，不奉詔。抃憾之，訾崈不禮金使，予祠。」同上註，頁 12110。

〔註 174〕《宋史・丘崈傳》載：「光宗即位，召對，除太常少卿兼權工部侍郎，進户部侍郎，擢煥章閣直學士、四川安撫制置使兼知成都府。崈素以吳氏世掌兵爲慮，陛辭，奏曰：「『臣入蜀後，吳挺脱至死亡，兵權不可復付其子。臣請得便宜撫定諸軍，以俟朝命。』挺死，崈即奏『乞還他將代之，仍置副帥，別差興州守臣，併利州西路帥司歸興元，以殺其權。挺長子曦勿令奔喪，起復知和州，屬總領楊輔就近節制諸軍，檄利路提刑楊虞仲往攝興州。』朝廷命張詔代挺，以李仁廣副之，遂革世將之患。其後郭杲繼詔復兼利西路安撫。杲死，韓侂冑復以兵權付曦，曦叛，識者乃服崈先見進煥章閣直學士。寧宗即位，赴召，以中丞謝深甫論罷之。居數年，復職知慶元府。」同上註，頁 12110～12111。

〔南宋〕徐自明：《宋宰輔編年錄》載：「後公赴召行在，而以中丞疏，竟免歸。自此閑居十年，嘉泰辛亥差知慶元府，年已六十有九。」（香港：迪志文化出版公司，2007 年《文淵閣四庫全書電子版》），卷 20，頁 46。

〔註 175〕《宋史・丘崈傳》載：「進端明殿學士、侍讀，尋拜簽書樞密院，督視江、淮軍馬。有自北來者韓元靖，自謂琦五世孫，崈詰所以來之故，元靖言：『兩國交兵，北朝皆謂出韓太師意，今相州宗族墳墓皆不可保，故來依太師爾。』崈使畢其説，始露講解意。崈遣人護送北歸，俾扣其實。其回也，得金行省幅紙，崈以聞于朝，遂

枝詞，末兩句或出於移情投射，既嘆物，亦自嘆，即使獲得賞識、即使滿懷抱負、即使卓有政績，然官場無情，直言取禍，無人能保證仕途順遂，猶如綠荔枝形色雖受人矚目，然入口之後，眾人接受程度不一，或褒或貶，由不得已，因此，「只愁宴罷翻成恨，贏得偏憐不似初。」亦可說是言在此而意在彼，別有寄託。

綜觀以上詞篇，隨著詞人展轉各地，人生經歷各有不同，影響所及，除了賞荔、食荔，記錄實際生活，荔枝不僅是一種美味水果，詞人流露的情感或懷念異鄉、或思念家鄉、或想念遠方朋友、或感嘆宦海浮沉，描寫的方式或平鋪直述、或隱微曲折、或變化典故。總之，各首荔枝詞分別具有獨特性，而獨特性的建立，來自於作者的人生經歷。

第四節　飲食男女，食色性也

《孟子．告子上》告子云：「食、色，性也。」〔註 176〕《禮記．禮運》云：「飲食男女，人之大欲存焉。」〔註 177〕表現於文學之中，以食物譬喻身體部位，甚而隱含情色想像，亦成爲慣用的寫作手法，以臉部爲例，孟棨《本事詩．事感》載：「白尚書姬人樊素，善歌；妓人小蠻，善舞。嘗爲詩曰：『櫻桃樊素口，楊柳小蠻腰』。」〔註 178〕「櫻桃」遂常見藉以形容女子小口紅唇，如：呂渭老（生卒

遣王文采持書幣以行。文采還，金帥答書辭順，宻復以聞，遂遣陳璧充小使。璧回，具言：『金人詰使介，既欲和矣，何爲出兵眞州以襲我？然仍露和意也。』宻白廟堂，請自朝廷移書續前議，又謂彼既指侂胄爲元謀，若移書，宜斃免係銜。侂胄大怒，罷宻，以知樞密院事張巖代之。既以臺論，提舉洞霄宮，落職。」同上註，頁 12112。

〔註 176〕〔戰國〕孟軻撰：《孟子》（臺北：臺灣商務印書館，1975 年 6 月），卷 11，頁 89。

〔註 177〕〔漢〕戴聖撰，〔漢〕鄭玄注，〔唐〕孔穎達等疏：《禮記注疏》（臺北：新文豐出版社，2011 年 6 月），卷 22，頁 1072。

〔註 178〕〔唐〕孟棨：《本事詩》，頁 13。

不詳，嘉興（今屬浙江）人）〈浣溪沙〉云：「微綻櫻桃一顆紅。斷腸聲裡唱玲瓏。」（2-1464），史浩（1106～1145，鄞縣（今浙江寧波）人）〈青玉案・爲戴昌言歌姬作〉云：「雪中把酒，美人頻爲，淺破櫻桃顆。」（2-1638）又如；黃庭堅〈醉蓬萊〉云：「荔頰紅深，麝臍香滿，醉舞裀歌袂。」（1-500）以荔枝鮮紅飽滿以喻美人臉頰紅潤，相當獨特，有別於普遍以花色作喻，如：桃腮、芙蓉腮。〔註 179〕其次，以手部而言，韓偓〈詠手〉云：「腕白膚紅玉筍芽，調琴抽線露尖斜。」〔註 180〕白居易〈箏〉云：「雙眸剪秋水，十指剝春蔥。」〔註 181〕「筍」、「蔥」用以形容女子纖纖手指，亦見於宋詞，如：晁端禮（1046～1113，巨野（今屬山東）人）〈綠頭鴨〉云：「玉筍輕攏，龍香細抹，鳳凰飛出四條絃。」（1-540）毛滂（1060～約 1124 後，江山（今屬浙江）人）〈惠山夜月贈鼓琴者，時作流水弄〉云：「碧崖流水。流入春蔥指。」（2-885）由手指延伸至手臂，則改以「蓮藕」形容之，蘇軾〈菩薩蠻・回文。夏閨怨〉云：「手紅冰腕藕，藕腕冰紅手。」（1-393）汪晫（1162～1237，績溪（今屬安徽）人）〈水調歌頭・次韻荷淨亭小集〉云：「佳人雪藕，更調冰水賽寒漿。」（4-2942）凡此，反映文學描寫往往取材日常蔬果，以譬喻女性身體。

陳益源〈食慾與色慾——明清豔情小說裡的飲食男女〉以爲明清豔情小說「習慣『把人體當食物』，充分展現出一片『暗藏玄機的飲食天地』，並且『視男女如飲食』，盡情勾繪出一個『暴飲暴食的慾望世界』」，〔註 182〕上述詩詞何嘗不是「把人體當食物」。至於「視男女

〔註 179〕張孝祥（1132～1169／1132～1170，烏江（今安徽和縣）人）〈楊柳枝〉云：「杏臉桃腮不傅粉，貌相宜。」（3-2225）
白居易〈簡簡吟〉云：「蘇家小女名簡簡，芙蓉花腮柳葉眼。」清聖祖御定：《全唐詩》，冊 13，卷 435，頁 4822。

〔註 180〕清聖祖御定：《全唐詩》冊 20，卷 683，頁 7835。

〔註 181〕同上註，冊 14，卷 434，頁 5135。

〔註 182〕焦桐、林永福主編：《趕赴繁花盛放的饗宴——飲食文學國際研討

如飲食」，宋詞亦有之，如：吳文英（生卒各家說法不一，四明（今浙江寧波）人）〈齊天樂〉云：「素骨凝冰，柔葱蘸雪，猶憶分瓜深意。」（4-3659）吳蓓《夢窗詞彙校箋釋集評》闡釋「分瓜」，情境當如周邦彥〈少年遊〉云：「并刀如水，吳鹽勝雪，纖手破新橙。」（2-781），並且分瓜尚有女子瓜字初分之意，以及女子初夜之歸屬，因此，「分瓜深意」或因纖手分瓜之情境進而聯想與女子之初會，故曰「猶憶」，亦和「深意」二字，〔註 183〕換言之，吳文英分瓜一句，兼具實際飲宴描寫，以及隱涉男女歡合。又如：張俞《驪山記》載：「一日，貴妃浴出，對鏡勻面，裙腰褪，微露一乳，帝以指捫弄曰：『吾有句，汝可對否？』乃指妃乳，言曰：『軟溫新剝雞頭肉』妃未果對。」〔註 184〕李石（1108～1181，漳浦（今屬福建）人）〈擣練子〉云：「清暑殿，藕風涼。鷄頭擘破誤君王。」（2-1686）「雞頭」，揚雄《方言》載：「徐青淮泗謂之『芡子』，南楚江湘謂之『雞頭』，或謂之『鴈頭』，或謂之『烏頭』。」〔註 185〕李時珍《本草綱目》載：「芡莖三月生，葉貼水，大於荷葉……五六月生紫花，花開向日結苞，外有青刺，如蝟刺及栗毬之形。花在苞頂，亦如雞喙及蝟喙。

會論文集》（臺北：時報文化出版公司，1999 年 12 月），頁 250。

〔註 183〕〔宋〕吳文英著，吳蓓箋校：《夢窗詞彙校箋釋集評》（杭州：浙江古籍出版社，2007 年 9 月），頁 180。

按：「破瓜」，又可代稱年紀，或指 16 歲，孫綽〈情人碧玉歌〉云：「碧玉破瓜時，郎爲情顛倒。」〔明〕張溥：《漢魏六朝百三名家集》，頁 2437。

或指 64 歲，楊億《楊文公談苑》載：「呂洞賓者，多遊人間，頗有見之者……張洎家居，忽外有一隱士通謁，乃洞賓名姓，洎倒屣見之……索紙筆，八分書七言四韻詞一章，留與洎，頗言將佐鼎席之意。其末句云：『功成當在破瓜年』，俗以破瓜字爲二八，洎年六十四卒，乃其讖也。」上海古籍出版社編：《宋元筆記小說大觀》，冊 1，頁 528。

〔註 184〕〔宋〕張俞《驪山記》，引自〔宋〕劉斧：《青瑣高議》，前集卷 6，頁 56。

〔註 185〕〔漢〕揚雄撰，〔晉〕郭璞注：《方言》（北京：中華書局，1985 年），卷 3，頁 26。

撥開，內有斑駁軟肉裹子，纍纍如珠璣，殼內白米，狀如魚目。」〔註186〕芡之花苞結果，形似雞頭，「芡實」即其種子，亦稱雞頭、雞頭米。唐玄宗以雞頭喻女子乳房，李石則批評玄宗沈溺男女情事，荒廢國事。

再者，周紫芝（1082～1155，宣城（今屬安徽）人）以雙荔枝爲題，調寄〈西江月〉，描寫如下：

> 連理枝頭並蒂，同心帶上雙垂。背燈偷贈語低低。一點濃情先寄。　　翡翠釵頭摘處，鴛鴦枕上醒時。酸甜紅顆阿誰知。別是人間滋味。（2-1137）

雙荔枝，以單一蒂頭卻同時相連兩個荔枝，有別於單一蒂頭連接單一荔枝，全由自然造成，非人爲所致，蘇軾〈南鄉子・雙荔支〉云：「天與化工知。賜得衣裳總是緋。每向華堂深處見，憐伊。兩個心腸一片兒。　　自小便相隨，綺席歌筵不暫離。苦恨人人分拆破，東西。怎得成雙似舊時。」（1-375）描述外形特色，可謂具體鮮明；有別於單純詠物的書寫角度，周紫芝寫來多有豔情，對照無名氏〈樓心月〉云：「新著生紅小舞衣。案前磨墨誤淋灕。含嗔逗晚不梳洗，背面牙床喫荔支。」（5-4655）顯然「食荔」已非水果食用的表面意義。蔡珠兒《南方絳雪》針對荔枝與美人，有所探討，云：「荔枝的意象與冰肌玉膚糾纏黏連，活色生香，遂成爲男性文人的慾望之物，香豔之例隨手可拾，連蘇東坡亦不能免俗，以『海上仙人絳羅襦，紅紗中單白玉膚』來狀寫荔枝形貌，另一闋詞則更媚麗：『輕紅釀白。雅稱佳人纖手擘。骨細肌香。恰是當年十八娘。』」〔註187〕荔枝果色透白與女性肌膚相襯，係虛構幻化爲美人的主要因素，假使又隱含情色語意，撥殼食荔自然「別是人間滋味」，然而蔡珠兒引用的兩首荔枝詩，相較於周紫芝、無名氏所作，蘇軾僅只於將荔枝擬爲佳人，實與香豔情色

〔註186〕〔明〕李時珍：《本草綱目》（臺北：鼎文書局，1973年9月），卷33〈果之五〉，頁1088。

〔註187〕蔡珠兒：《南方絳雪》（臺北：聯合文學出版社，2002年9月），頁99～100。

無涉。

綜上所述，歷來男性文人往往將女性身體某部位視爲食物，因此，描述男女交媾也就脫離不了運用飲食雙關，隱晦而不道破。周紫芝、無名氏兩首荔枝詞，在宋詞的荔枝書寫中，頗爲特殊，既不審美，亦不論史，也未顯現與個人仕途之關係，而是著墨於情慾，開展題詠荔枝的另類主題。

小　結

關於宋詞的飲食書寫，就詠果物詞而言，尤以荔枝詞最多，故專章探討之，並依據詞篇表達，進而分爲審美品味、歷史回顧、人生經歷、飲食男女四方面。

關於審美品味，詞人以爲荔枝味美，非他果所能及，且此「味」係指天然原味，而非人爲加工品，正與蔡襄《荔枝譜》所論相應；且蘇軾〈四月十一日初食荔枝〉詩，評比楊梅、盧橘、荔枝，並將荔枝擬爲絳衣仙子，尤其影響宋詞荔枝書寫，亦常見運用比較、比喻，以及荔枝似江瑤柱、河豚之說，詞人亦有所承。其次，荔枝進貢歷史，亦屬荔枝詞著墨的焦點，或出於審美角度，表達荔枝貴爲進貢佳果，凸顯特殊不凡；或描述宮廷歡娛，貴妃食荔，飲宴享樂；或著重貢荔之悲，歐陽修、蘇軾、李綱，由點及面，由飲食論及政治、歷史，然縱使具有批判意識，下筆仍相對隱微，不如〈荔支嘆〉之激昂憤慨。

再者，由於不同的人生經歷，荔枝之於詞人，不僅是一種美味，更是萬般滋味在心頭，如：黃庭堅貶謫四川，反而因此獲得品嚐在新鮮荔枝的機會，了解荔枝自然生長，因此，荔枝詞篇遂成爲詞人宦遊他鄉的生活記錄，甚至在離開四川之後，觸發詞人思念美味、人情味；相對於黃庭堅懷念異鄉，張元幹則是藉由描寫荔枝，思念家鄉味，而此番思鄉之情，實來自仕途受挫所致；至於韓元吉抒發想念遠方朋友、丘崈感嘆宦海浮沉，皆與其仕宦生平相應。至於周紫芝、無名氏的荔枝詞，「視男女如飲食」，開展題詠荔枝的情色主題，頗爲特殊。

第五章　宋詞飲食書寫（二）——春夏果物

本章以春夏果物爲主，依詞篇寫作數量多寡爲序，探討楊梅、櫻桃、梅子、甜瓜、桃子。在闡析詞篇內容的同時，並以文、史、本草、筆記、期刊、專書等古今文獻爲據，論述果物之自然生長特徵、社會食用現象，並與詞篇相互對照，以明承與變。其次，章節標題的訂定，以普遍反映於詞篇之共通特色爲主，顯然偏向於具體食用；然而果物書寫不限於此，又因個人遭遇、時代環境等影響，投射個人情志，換言之，詠物寄託同屬本文探究之重點。

第一節　楊梅粟粒，生食釀酒

關於楊梅的生長特性，《本草圖經》載：「生江南、嶺南。其木若荔枝，而葉細陰厚；其實生青熟紅，肉在核上，無皮殼。南方淹藏以爲果，寄至北方甚多。」〔註1〕《本草綱目》載：「樹葉如龍眼及紫瑞香，冬月不凋。二月開花，結實形如楮實子，五月熟，有紅、白、紫三種，紅勝於白，紫勝於紅，顆大而核細。鹽藏、蜜漬、糖收皆佳。」

〔註1〕〔宋〕蘇頌撰，尚志鈞輯校：《本草圖經》（合肥：安徽科學技術出版社，1994年5月），卷16〈果部〉，頁541。

〔註2〕楊梅可生食、可加工，無果皮、無外殼，生青熟紅，亦有白、紫二色，屬南方果物，且《能改齋漫錄》云：「越州（今浙江紹興）楊梅最佳，土人謂之楞梅。」〔註3〕《廣群芳譜》亦云：「會稽產者，爲天下冠。」〔註4〕顯現浙江紹興楊梅品質最佳，堪稱天下第一。

蔡鎮楚《中國美食詩話》分析唐詩僅單句述及楊梅，相對於宋詞，則有5首以楊梅爲主體的詠物詞；〔註5〕筆者檢索翻閱《全宋詞》，可知除王觀、周紫芝、韓淲、沈瀛、吳文英，於詞題標明詠楊梅、受贈楊梅之外，尚有陳舜翁（生卒不詳）〈南柯子〉，詞篇內容亦與楊梅相關，詞云：

> 德祖家珍熟，錢塘五月中。碧梧桐蓋翠筠籠。傾向水晶盤內、鬥嘗空。　　絳粟成團小，清甜笑蜜濃。微酸猶解慘人容。最是玉纖拈處、染輕紅。(4-3827)

《世說新語・言語》載：「梁國楊氏子，九歲，甚聰慧。孔君平詣其父，父不在，乃呼兒出。爲設果，果有楊梅，孔指以示兒曰：『此是君家果。』兒應聲答曰：『未聞孔雀是夫子家禽。』」〔註6〕《啓顏錄》則改作晉人楊修，〔註7〕又或以爲楊德祖，凡此，余嘉錫《世說新語箋疏》予以辯證。〔註8〕本闋詞，首句化用「楊家果」典故，次句點

〔註2〕〔明〕李時珍：《本草綱目》，卷30〈果之二〉，頁1029。

〔註3〕〔南宋〕吳曾：《能改齋漫錄》，卷15，頁7。

〔註4〕〔清〕汪灝等撰：《廣群芳譜》，卷56〈果譜・楊梅〉，頁3599。

〔註5〕蔡鎮楚：《中國美食詩話》（長沙：湖南師範大學出版社，2007年12月），頁112、185。

〔註6〕〔南朝宋〕劉義慶撰，〔南朝梁〕劉峻注：《世說新語》（臺北：臺灣中華書局，1992年1月），卷上之上，頁19。

〔註7〕〔隋〕侯白：《啓顏錄》載：「晉楊修九歲。甚聰慧。孔君平詣其父，不在，楊修時爲君平設。有果楊梅，君平以示修，『此實君家果』，應聲答曰：『未聞孔雀是夫子家禽也。』」引自〔宋〕李昉等編：《太平廣記》（臺北：古新書局，1976年1月），卷245，頁507。

〔註8〕余嘉錫：《世說新語箋疏》云：「楊德祖非晉人，晉亦不聞別有楊修，《啓顏錄》誤也。敦煌本《殘類書》曰：「楊德祖少時與孔融對食梅。融戲曰：『此君家果。』祖曰：『孔雀豈夫子家禽？』」與諸書又不同。皆一事而傳聞異辭。」（臺北：王記書坊，1984年10月），卷2，頁

明產地、產季，因此，即使未見詞題標明詠物對象，讀者則已了然於心，且反映典故的傳播效應。再者，楊梅果實表面佈滿細小的顆粒狀體，爲其鮮明特色，詞人以「絳粟」二字形容，頗爲貼切，同時刻意搭配紅色水晶盤，仿效東漢明帝與群臣食櫻之樂，呈現盤、果同色的視覺效果，憑添飲食雅趣；楊梅入口，令人眉開眼笑之際，不免有時眉頭微蹙，「甜而帶酸」正是楊梅口感之「奇」；〔註9〕末兩句，詞人留意果實汁液顏色，以纖纖玉指染輕紅，爲這場楊梅饗宴留下一抹紅色印記。

整體而言，宋詞描寫楊梅，正如陳舜翁詞，著墨於命名、產地、外形、口感，又如：韓淲（1159～1224，上饒（今屬江西）人）〈攤破浣溪沙・楊梅〉云：「生與眞妃姓氏同。家隨西子苧蘿東。」（4-2915）楊梅之「楊」，令詞人聯想唐朝美人「楊」貴妃，不再襲用楊家果之典，別有新意；其次，楊梅產地，尤以浙江聞名，而浙江美人，同樣出色，趙曄《吳越春秋》載越王句踐獻苧蘿山鬻薪之女西施、鄭旦，〔註10〕又以西施最爲人所熟知，因而藉歷史美人襯托楊梅物美，遠近聞名。有別於韓淲詞，周紫芝〈阮郎歸・西湖摘楊梅作〉上片云：「西湖山下水潺潺。滿山風雨寒。枝頭紅日曉斕斑。越梅催曉丹。」（2-1139）即景描繪，運筆重實，且依據陳淏子《秘傳花鏡》載：「每遇雨，肥

105。

按：〔三國魏〕魚豢：《魏略輯本・楊修傳》載：「楊修，字德祖，太尉彪子也。謙恭才博。建安中，舉孝廉，除郎中，丞相請署倉曹屬主簿。」楊家駱編：《三國志附編》（臺北：鼎文書局，1979年5月），卷4，頁18。

〔註9〕〔南宋〕方岳〈次韻楊梅〉云：「眾口但便甜似蜜，寧知奇處是微酸。」北京大學古文獻研究所編：《全宋詩》，冊61，卷3193，頁38283。

〔註10〕〔漢〕趙曄：《吳越春秋》載：「越王謂大夫種曰：『孤聞吳王淫而好色，惑亂沉湎，不領政事，因此而謀，可乎？』種曰：『可破。夫吳王淫而好色，宰嚭佞以曳心，往獻美女，其必受之。惟王選擇美女二人而進之。』越王曰：『善。』乃使相者國中得苧蘿山鬻薪之女，曰西施、鄭旦。」（北京：中華書局，1985年），卷5〈句踐陰謀外傳〉，頁187。

水滲下，則結實必大而甜。」〔註11〕對照詞篇，即可了解浙江楊梅出眾之因，正是自然環境適宜。至於食用，楊梅不僅可生食、製成蜜餞，亦可釀酒，東方朔〈林邑記〉云：「青時極酸，既紅，味如崖蜜，以醞酒，號『梅香酎』。」〔註12〕沈瀛（1135～？，吳興（今浙江湖州）人〈減字木蘭花・楊梅〉下片即云：「甜漿釀酒。紫氣結成千日壽。不奈人何。化作飛星處處多。」（3-2147）楊梅粟粒，在詞人眼中看來，化成繁星點點，挑選上等紫色楊梅，釀成美酒，作爲賀禮，壽星想必歡喜笑納。再者，入口之後的品評，上述荔枝詞，王以寧以爲荔枝具「天香勝味」，楊梅、枇杷根本無法與之並列，趙長卿亦以「浪比龍睛」，表達荔枝、楊梅高下之別；相反地，王觀（約1032～？，如皋（今屬江蘇）人）〈浪淘沙・楊梅〉爲楊梅表達不平之聲，下片云：「味勝玉漿寒。只被宜酸。莫將荔子一般看。色淡香消僝僽損，才到長安。」（1-337）甜中帶酸，本爲楊梅之口感特色，雖未獲得貴妃喜愛，至少留得原色原味，免去進貢折騰。

上述楊梅詞，物我之間，仍保持相當距離，相較於吳文英〈浪淘沙・有得越中故人贈楊梅者，爲賦贈〉，託物抒情，情感深厚，詞云：

> 綠樹越溪灣。過雨雲殷。西陵人去暮潮還。鉛淚結成紅粟顆，封寄長安。　　別味帶生酸。愁憶眉山。小樓燈外楝花寒。衫袖醉痕花唾在，猶染微丹。（4-3714）

「西陵」，屬今日杭州市蕭山區西興鎮。西陵人去，寄贈紹興楊梅，而作者亦即受贈者，以「長安」代指當時居於首都臨安。李賀〈金銅仙人辭漢歌〉序云：「魏明帝青龍元年八月，詔宮官牽車西取漢孝武捧露盤仙人，欲立置前殿。宮官既拆盤，仙人臨載，乃潸然淚下。」詩云：「空將漢月出宮門，憶君清淚如鉛水。」〔註13〕陳廷焯或受李

〔註11〕〔清〕陳淏子：《秘傳花鏡》（上海：上海古籍出版社，2002年3月《續修四庫全書》本），冊1117，卷3，頁301。

〔註12〕引自〔晉〕嵇含：《南方草木狀》（臺北：臺灣商務印書館，1965年12月），卷下，頁12。

〔註13〕清聖祖御定：《全唐詩》，冊12，卷391，頁4403。

賀詩影響，遂疑惑此闋詞「哀怨沈著，其有感於南渡耶？」〔註 14〕對照詞題與詞篇內容，「故人」當指昔日交往的歌妓，由於離別想念，鬱悶心傷，因而落下鉛淚，且晶瑩淚珠滑過女子臉龐，故「鉛」字或可釋作傅面之白粉。其次，上片以贈與者爲主角、側重楊梅之「形」，《麗情集》載：「灼灼，錦城官中奴。御史裴質與之善。裴召還，灼灼以軟綃聚紅淚爲寄。」〔註 15〕詞人化用紅淚典故，敘寫佳人垂淚，結成紅粟顆，因此，顆顆楊梅，代表無限思念；下片轉而以接受者爲焦點、強調楊梅之「味」，嚼食甜中帶酸的楊梅，猶如回憶這段感情的甜蜜相處，與分離酸楚，自是別有滋味。綜合而論，此闋詞理應與國土割裂無關，止於男女情感，藉楊梅之形、味，表達相思與回憶。

綜觀宋代詠楊梅詞，具體呈現果物特點，包括色、形、味、產地，凸顯楊梅足以作爲越州果物代表，當屬區域美食，猶如福建荔枝；其次，楊家果之典故，構成名稱特色，亦爲詞人所運用，抑或就「楊」字有所聯想。在刻畫寫物之外，吳文英之楊梅書寫，則是因物生情，藉物抒懷，楊梅紅顆對於詞人自身而言，也就別有意義。

第二節　食櫻拌酪，別有風味

櫻桃，以命名而言，本指鶯鳥所含食者，或稱「含桃」，〔註 16〕因此，白居易以朱櫻形、色的視覺特點，切合美人紅唇小口，兼取含桃鶯鳥，鳴聲婉轉，以喻家妓歌聲美妙，「櫻桃樊素口」遂成名句，

〔註 14〕〔清〕陳廷焯：《詞則》（上海：上海古籍出版社，1984 年 5 月），下冊《別調集》，卷 2，頁 628。

〔註 15〕〔宋〕張君房：《麗情集》，新興書局編：《筆記小說大觀》（臺北：新興書局，1984 年 6 月），第 5 編，第 3 冊，頁 1645。

〔註 16〕〔漢〕高誘註《呂氏春秋》「羞以含桃」句，云：「鸎鳥所含食，故言『含桃』。」〔秦〕呂不韋撰，〔漢〕高誘註：《呂氏春秋》（香港：迪志文化出版公司，2007 年《文淵閣四庫全書電子版》），卷 5，頁 2。

〔註 17〕可謂極具巧思。再者，《呂氏春秋・仲夏季》云：「是月也，天子乃以雛嘗黍，羞以含桃，先薦寢廟。」〔註 18〕《史記・孫叔通傳》云：「孝惠帝曾春出游離宮，叔孫生曰：『古者有春嘗果，方今櫻桃熟，可獻，願陛下出，因取櫻桃獻宗廟。』上迺許之。諸果獻由此興。」〔註 19〕櫻桃薦新，進獻宗廟，果物地位因而非比尋常，轉而對下，同時成爲上位者贈與臣子的賞賜，《拾遺錄》載：「漢明帝於月夜讌賜群臣櫻桃，盛之以赤瑛盤，群臣視之，月下以爲空盤，帝笑之。」〔註 20〕《舊唐書・中宗本紀》載：「夏四月丁亥，上遊櫻桃園，引中書門下五品以上諸司長官學士等入芳林園嘗櫻桃，便令馬上口摘，置酒爲樂。」〔註 21〕君臣食櫻，氣氛歡樂，赤瑛空盤，令人莞爾。

除直接食用外，更流行搭配乳酪，自魏晉起，由宮廷普及民間，由北方傳入南方，成爲跨時代、跨地域的飲食風尚，相關文獻如下：

> 鍾繇〈謝曹公書〉云：「屬賜甘酪及櫻桃。」〔註 22〕
>
> 王定保《唐摭言》云：「新進士尤重櫻桃宴。乾符四年，永寧劉公第二子覃及第……會時及薦新狀元，方議醵率，覃潛遣人厚以金帛預購數十石矣。於是獨置是宴，大會公卿。時京國櫻桃初出，雖貴達未適口，而覃山積鋪席，復和以糖酪者，人享蠻榼一小盎，亦不啻數升，以至參御輩，靡

〔註 17〕〔唐〕孟棨：《本事詩》，頁 13。

〔註 18〕〔秦〕呂不韋撰，〔漢〕高誘註：《呂氏春秋》（香港：迪志文化出版公司，2007 年《文淵閣四庫全書電子版》），卷 5，頁 2。

〔註 19〕〔漢〕司馬遷撰，〔劉宋〕裴駰集解，〔唐〕司馬貞索隱，〔唐〕張守節正義，楊家駱編：《新校本史記三家注并附編二種》（臺北：鼎文書局，1979 年 2 月），卷 99，頁 2726。

〔註 20〕〔晉〕王嘉：《拾遺錄》，引自〔宋〕李昉等撰：《太平御覽》（臺北：上海書店，1985 年 12 月），卷 969，頁 6。

〔註 21〕〔後晉〕劉昫等撰，楊家駱主編：《新校本舊唐書附索引》（臺北：鼎文書局，1979 年 2 月），卷 7，頁 149。

〔註 22〕〔清〕嚴可均輯：《全上古三代秦漢三國六朝文》（北京：中華書局，1958 年 12 月），卷 24，頁 1185。

不霑足。」〔註23〕

梅堯臣〈朱櫻〉云：「味兼羊酪美，食厭楚梅酸。」〔註24〕

陸游〈初夏〉云：「槐柳成陰雨洗塵，櫻桃乳酪併嘗新。」〔註25〕

曹魏・鍾繇視櫻桃、甘酪爲帝王賜予的恩寵，特書感謝；唐・劉覃慶祝及第，由於財力充裕，遂獨自設宴，款待賓客，大量供應櫻桃、糖酪，滿足眾人口腹之欲，即使所費不貲，亦不在意；時至宋代，「食櫻拌酪」〔註26〕未必限定特殊地位、身份，乃因種植普遍，又鄰近城都，《本草圖經》載：「今處處有之，而洛中、南都（今河南南陽）者最勝。」〔註27〕只要新鮮當令，市集無不搶鮮販售，任何人皆可購買，如：《東京夢華錄》載佛誕日，開封居民「初嚐青杏，乍薦櫻桃，時得佳賓，觥酌交作。」；《夢粱錄》載杭州城內的分茶酒店備有四時果子，包含櫻桃。〔註28〕乳酪亦如是，汴京州橋旁有「乳酪張家」，且由於偏安江南，北方人的飲食習慣亦隨之帶入南方，杭州城內的分茶酒店亦出售乳酪，〔註29〕因此，無論北宋梅堯臣、南宋陸游欲品嚐櫻桃、乳酪，皆非難事。其次，必須釐清的是，櫻桃拌「乳酪」，與現

〔註23〕〔五代〕王定保：《唐摭言》，卷3〈慈恩寺題名遊賞賦詠雜記〉，頁38～39。

〔註24〕北京大學古文獻研究所編：《全宋詩》，冊5，卷246，頁2858。

〔註25〕〔南宋〕陸游撰，錢仲聯校注：《劍南詩稿校注》（上海：上海古籍出版社，1985年9月），卷32，頁2147。

〔註26〕「拌」字，引自〔宋〕朱翌云：《猗覺寮雜記》云「北人以乳酪拌櫻桃食之。」卷下，頁51。

〔註27〕〔宋〕蘇頌撰，尚志鈞輯校：《本草圖經》，卷16〈果部〉，頁538。

〔註28〕〔宋〕孟元老：《東京夢華錄》，卷8〈四月八日〉，〔宋〕孟元老等著，中華書局上海編輯所編輯：《東京夢華錄外四種》，頁47。
〔南宋〕吳自牧：《夢粱錄》，卷16〈分茶酒店〉，〔宋〕孟元老等著，中華書局上海編輯所編輯：《東京夢華錄外四種》，頁266。

〔註29〕〔宋〕孟元老：《東京夢華錄》，卷2〈乳酪張家〉，〔宋〕孟元老等著，中華書局上海編輯所編輯：《東京夢華錄外四種》，頁16。
〔南宋〕吳自牧：《夢粱錄》，，卷16〈分茶酒店〉，〔宋〕孟元老等著，中華書局上海編輯所編輯：《東京夢華錄外四種》，頁266。

今常見「乳酪」（Fromage）一詞，或稱起司（Cheese），〔註 30〕並不相同。依據賈思勰《齊民要術・養羊・作酪法》載：

牛羊乳皆得，別作、和作隨人意……三月末，四月初，牛羊飽草，便可作酪，以收其利，至八月末止……大作酪時，日暮，牛羊還，即間羔犢別著一處，凌旦早放，母子別群，至日東南角，噉露草飽，驅歸捋之……捋訖，於鐺釜中緩火煎之，火急則著底焦……常以杓揚乳，勿令溢出，時復徹底縱橫直勾，慎勿圓攪，圓攪喜斷。亦勿口吹，吹則解，四五沸便止。瀉著盆中，勿便揚之。待小冷，掠取乳皮，著別器中，以爲酥。屈木爲棬，以張生絹袋子，濾熟乳，著瓦瓶子中臥之……濾乳訖，以先成甜酪爲酵，大率熟乳一升，用酪半匙，著杓中，以匙痛攪令散，瀉著熟乳中，仍以杓攪使均調。以氈、絮之屬，茹瓶令暖。良久，以單布蓋之。明旦酪成。〔註 31〕

大陸學者張和平、秦立虎以爲《齊民要術》所記，「與現代酸奶（yoghurt）生產工藝基本相同，大致可分爲：原料乳殺菌→冷卻→脫脂→過濾→添加發酵劑→裝瓶→保溫發酵。」〔註 32〕檢索《最新兩岸用語速查》，大陸「酸奶」用語，對照臺灣說法，係指「優酪乳」，〔註 33〕然而就《齊民要術》記載、學者闡析，以及原文標示，「Yoghurt」一詞，臺灣主要採用音譯，習慣稱爲「優格」。Yoghurt 或作 Yogurt，《食物與廚藝：奶、蛋、肉、魚》云：「優格『Yogurt』是土耳其字，指的是

〔註 30〕鄧文貞《飲食・意象・文化》云：「最早的製作方式，是將乳汁放置在鑽有小洞的容器中瀝乾，這種容器拉丁語稱爲「forma」，一直到 18 世紀，乳酪才開始用『fromage』（法文）這個字，台灣常用的起司（cheese）是英文音譯。」（南投：財團法人臺灣省文化基金會，2008 年 3 月），頁 112。

〔註 31〕〔後魏〕賈思勰：《齊民要術》（臺北：臺灣商務印書館，1965 年 11 月），卷 6，頁 89。

〔註 32〕張和平、秦立虎：〈中國古代的乳製品〉，引自李士靖主編：《中華食苑》（北京：中國社會科學出版社，1996 年 12 月），第 2 集，頁 94。

〔註 33〕楊萍、朱宇：《最新兩岸用語速查》（臺北：漢宇國際文化公司，2008 年 10 月），頁 26。

發酵成為酸性半固態的乳，字根原意為『濃稠』。千年來，從東歐及北非到中亞乃至印度，基本上都有生產優格，只不過名稱和目的各不相同：直接拿來吃、稀釋成飲料、混合成為佐料醬汁、以及作為湯、烘焙食品與糖果的原料。」〔註 34〕可知優格最初呈現半固態、凝乳狀、濃稠狀；而優酪乳的製作，須再將凝乳攪散、予以稀釋，呈現液態狀。〔註 35〕換言之，優格、優酪乳，本質相同，皆為「酪」，優酪乳屬於液態狀的優格，二者主要差別在於成品型態、與製作程序；至於《齊民要術》所載當指濃稠的半固態狀，大陸「酸奶」用語，則是在字面上，直接反映此類發酵型乳製品的特色。乳酪之外，櫻桃亦可搭配蔗漿，王維〈敕賜百官櫻桃〉云：「飽食不須愁內熱，大官還有蔗漿寒。」〔註 36〕櫻桃，味甘，性熱，反之，蔗漿甘寒，能瀉火熱，〔註 37〕櫻桃配以蔗漿，取其平衡，換言之，大快朵頤之餘，並重食療保健；乳酪同樣性寒，療效亦同，〔註 38〕只是不比蔗漿味甜。

〔註 34〕哈洛德．馬基（HaroldMcGee）著，邱文寶、林慧珍譯：《食物與廚藝：奶、蛋、肉、魚》（臺北：大家出版社，2009 年 9 月），頁 70～71。

〔註 35〕林慶文：《乳品製造學》（臺北：華香園出版社，1982 年 10 月），頁 299。

按：凝乳硬度，可用明膠或洋菜粉予以調整，脂肪含量的多寡，亦影響凝結程度。產品的分類，可分為不加香料、蔗糖的天然優格；或加入巧克力、咖啡等調味優格；加入果醬，沉於容器底部的聖代優格；水果均勻分散的攪拌型優格；冰淇淋狀的冷凍優格；布丁狀的固體優格；飲品式的飲用優格。

林慶文：《乳製品之特性與機能》（臺北：國立編譯館，1993 年 11 月），頁 44、45、47。

中澤勇二、江上榮子著，黑美翻譯社譯：《牛乳與乳製品》（臺北：躍昇文化事業公司，2001 年 2 月），頁 132。

哈洛德．馬基（HaroldMcGee）著，邱文寶、林慧珍譯：《食物與廚藝：奶、蛋、肉、魚》，頁 75。

〔註 36〕清聖祖御定：《全唐詩》，冊 4，卷 128，頁 1295。

〔註 37〕〔明〕李時珍：《本草綱目》，卷 30〈果之二〉，頁 1030。

〔明〕李時珍：《本草綱目》，卷 33〈果之五〉，頁 1079。

〔註 38〕〔明〕李時珍：《本草綱目》，卷 50〈獸之一〉，頁 1531。

宋詞的櫻桃書寫，在具象方面，如：晁補之（1053～1110，鉅野（今屬山東）人）〈浣溪沙・櫻桃〉云：「雨過園亭綠暗時。櫻桃紅顆壓枝低。綠兼紅好眼中迷。　　荔子天教生處遠，風流一種阿誰知。最紅深處有黃鸝。」（1-721）荔枝生處遠，受限生長條件，並非處處有之，甚至北人口中的荔枝，多爲蜜餞、果乾此類加工品，更遑論親見荔枝林，因此，詞人著迷於近在眼前的櫻桃美景，綠葉、紅顆、黃鸝，構成絢麗多姿的視覺饗宴。上片重複運用綠、紅二字，鋪寫枝葉茂密，果實纍纍，恰是「眼中迷」；下片跳脫靜態描繪，在一片紅綠堆疊中，驀然發現黃鸝食櫻，結語「最紅深處有黃鸝」，留下動態的驚奇。其次，在食用方面，櫻桃與乳酪，仍是最佳搭配，如：曾覿（1109～1180，汴（今河南開封）人）〈浣溪沙・櫻桃〉云：「金盤乳酪齒流冰。」（2-1717）、辛棄疾（1140～1207，歷城（今山東濟南）人）〈菩薩蠻・坐中賦櫻桃〉云：「香浮乳酪玻璃盌。」（3-2428）再者，在寄託方面，以洪子大（生卒不詳）〈浪淘沙〉爲例，暮春初夏，正是櫻桃時節，然美食當前，詞人無心享用，詞云：

> 上苑又春殘。櫻顆如丹。明光宮裡水晶盤。想得退朝花底散，宣賜千官。　　往事記金鑾。荔子難攀。多情更有酪漿寒。蜀客筠籠相贈處，愁憶長安。（4-3827）

上片「明光宮」，《洛陽宮殿簿》載：「明光殿前櫻桃四株」，〔註39〕「水晶盤」亦即東漢明帝夜宴群臣食櫻之典，詞人憶昔君王賜櫻，食櫻情景，歷歷在目；「往事記金鑾」承上啓下。下片回到現今，引用曹丕〈與群臣詔〉云：「南方龍眼、荔枝，寧比西國蒲陶、石蜜乎？酢且不如中國。」〔註40〕自比荔子難攀櫻桃，意謂不再受君王倚重，又化

〔註39〕引自〔宋〕李昉等撰：《太平御覽》，卷969，頁6。
按：佚名《洛陽宮殿簿》，原書不存，《隋書・經籍志》載：「《洛陽宮殿簿》一卷。」可知成書時間早於唐宋之前。〔唐〕魏徵等撰，楊家駱主編：《新校本隋書附索引》，卷33，頁982。

〔註40〕〔曹魏〕曹丕：《魏文帝集》，卷3〈與群臣詔〉之一，見〔明〕張燮撰：《七十二家集》（上海：上海古籍出版社，2002年3月《續修四庫全書》本），冊1583，頁656。

用杜甫〈野人送朱櫻〉云：「西蜀櫻桃也自紅，野人相贈滿筠籠。數回細寫愁仍破，萬顆勻圓訝許同。憶昨賜霑門下省，退朝擎出大明宮。金盤玉箸無消息，此日嘗新任轉蓬。」〔註41〕如今宦遊地方，與杜甫同是天涯淪落，即使獲贈櫻桃、食櫻拌酪，徒然觸景傷情。至於辛棄疾〈菩薩蠻・坐中賦櫻桃〉亦化用杜甫詩，下片云：「江湖清夢斷。翠籠明光殿。萬顆寫輕勻。低頭愧野人。」首兩句，獲君王賜萬顆，點明此時在朝不在隱，與杜甫獲野人贈萬顆形成對比；然語意轉折，首句已言清夢斷，末句再道愧野人，顯現詞人心生歸隱，與杜甫食櫻心境有別。

在仕途得失之外，王沂孫（約1240～約1310／？～1291前，會稽（今浙江紹興）人）〈三姝媚・櫻桃〉轉而描述男女戀情，詞云：

> 紅纓懸翠葆。漸金鈴枝深，瑤階花少。萬顆燕支，贈舊情、
> 爭奈弄珠人老。扇底清歌，還記得，樊姬嬌小。幾度相思，
> 紅豆都銷，碧絲空裊。　　芳意酴醾開早。正夜色瑛盤，
> 素蟾低照。薦筍同時，歎故園春事，已無多了。贈滿筠籠，
> 偏暗觸、天涯懷抱。謾想青衣初見，花陰夢好。（5-4249）

櫻實紅豔，令詞人回憶昔日舊情，運用大量典故，為本闋詞的寫作特色。其一，櫻桃與「人」相關的典故，包括上片引白居易詩「櫻桃樊素口」，形容佳人不僅容貌出眾，歌聲同樣美妙；下片引《拾遺錄》載君臣月下食櫻、杜甫詩「野人相贈滿筠籠」、《異聞集》載落第盧生夢與青衣一同食櫻，隨之訪族姑，人生從此順遂得意，醒後方知一場空，〔註42〕詞人藉以凸顯過往宴飲行樂，對照如今月下孤單，更顯孤

〔註41〕〔清〕仇兆鰲注：《杜少陵集詳注》，卷11，頁588。

〔註42〕〔唐〕陳翰：《異聞集》載：「天寶初，有范陽盧子，在都應舉，頻年不第，漸窘迫。嘗暮乘驢遊行，見一精舍中，有僧開講。聽徒甚眾。盧子方詣講筵，倦寢，夢至精舍門。見一青衣，携一籃櫻桃在下坐。盧子訪其誰家。因與青衣同飡櫻桃。青衣云：『娘子姓盧，嫁崔家，今孀居在城。因訪近屬，即盧子再從姑也。』青衣曰：『豈有阿姑同在一都，郎君不往起居。』盧子便隨之。過天津橋，入水南一坊，有一宅……引入北堂拜姑。姑衣紫衣，年可六十許。言詞高

寂落寞，且宦遊漂泊，與情感同樣成「空」。其二，櫻桃與「時」相關的典故，下片引王淇〈春暮遊小園〉詩云：「開到荼蘼花事了」，〔註 43〕以及《宋史・禮志》載：「春季月薦蔬以筍，果以櫻」，〔註 44〕櫻桃、筍、酴醿，皆屬暮春蔬果、花卉，詞人以景襯情，感嘆春日無多，亦如情感已逝，且刻意稱酴醿開「早」，流露無限惋惜。其三，與櫻桃無關的典故，亦即上片「萬顆燕支，贈舊情、爭奈弄珠人老」，化用漢皋解佩，《韓詩外傳》云：「鄭交甫將南適楚，遵彼漢皋臺下，乃遇二女，佩兩珠，大如荊雞之卵」、〔註 45〕《韓詩內傳》云：「鄭交甫遵彼漢皋臺下，遇二女，與言曰：『願請子之珮。』二女與交甫，交甫受而懷之，超然而去，十步循探之，即亡矣。迴顧二女，亦即亡矣。」〔註 46〕詞人暗示感情美好，然終究成空，未能長相廝守，僅能

朗，威嚴甚肅。盧子畏懼，莫敢仰視。令坐，悉訪內外，備諳氏族。遂訪兒婚姻未。盧子曰：『未。』姑曰：『吾有一外甥女子姓鄭，早孤，遺吾妹鞠養。甚有容質，頗有令淑。當爲兒平章，計必允遂。』盧子遽即拜謝。乃遣迎鄭氏妹……自婚媾後，至是經二十年，有七男三女，婚宦俱畢，內外諸孫十人。後因出行，卻到昔年逢攜櫻桃青衣精舍門，復見其中有講筵，遂下馬禮謁。以故相之尊，處端揆居守之重，前後導從，頗極貴盛。高自簡貴，輝映左右。升殿禮佛，忽然昏醉，良久不起。耳中聞講僧唱云：『檀越何久不起？』忽然夢覺，乃見著白衫，服飾如故，前後官吏，一人亦無。廻遑迷惑。徐徐出門，乃見小豎捉驢執帽在門外立，謂盧曰：『人驢並饑，郎君何久不出？』盧訪其時，奴曰：『日向午矣。』盧子罔然歎曰：『人世榮華窮達，富貴貧賤，亦當然也，而今而後，不更求官達矣。』遂尋仙訪道，絕跡人世矣。」引自〔宋〕李昉等編：《太平廣記》，卷 281，頁 593。

按：原書已亡佚，《太平廣記》引文，未附記出處，據王國良《唐代小說敘錄》考證此篇出自陳翰《異聞集》。王國良：《唐代小說敘錄》（臺北：嘉新水泥公司文化基金會，1979 年 11 月），頁 48～49。

〔註 43〕北京大學古文獻研究所編：《全宋詩》，冊 67，卷 3521，頁 42054。

〔註 44〕〔元〕脫脫等撰，楊家駱主編：《新校本宋史并附編三種》，卷 61，頁 2602。

〔註 45〕〔漢〕韓嬰撰，〔清〕周廷寀校注：《韓詩外傳附補逸校注拾遺》（北京：中華書局，1985 年），頁 1。

〔註 46〕〔漢〕韓嬰撰，〔清〕黃奭輯：《韓詩內傳》（臺北：藝文印書館，1972

睹物思人，朝思暮想，年復一年，與下片結語「謾想青衣初見，花陰夢好。」遙相呼應。無論事典、語典，詞人使其串連成篇，且投射內在情感，故吳衡照《蓮子居詞話》讚賞「數語刻畫精巧，運用生動，所謂空前絕後矣。」〔註47〕王沂孫以男性角度傷春嘆情，劉辰翁（1232～1297，廬陵（今江西吉安）人）〈踏莎行・櫻桃詞〉則站在女性立場，抒發始愛終棄的委屈，詞云：

> 珠壓相於，胭脂同傳。樊家更共誰家語。梢頭結取一番愁，玉簫不會雙雙侶。　風送流鶯，前歌後舞。並桃欲吐含來住。雙飛燕子自相銜，會教唇舌調鸚鵡。（5-4062）李商隱詩：「流鶯猶故在，爭得諱含來。」

作者引李商隱〈百果嘲櫻桃〉末兩句作注，提供了解詞意內容的重要線索。首先，就李商隱詩而言，〈百果嘲櫻桃〉云：「珠實雖先熟，瓊莩縱早開。流鶯猶故在，爭得諱含來。」〔註48〕清・屈復以為「意似當時有優僮得志而驕者，故作此譏之。」〔註49〕今人劉學鍇、余恕誠承續此說，析云：「櫻桃縱先熟早實，擅寵後房，然原其出身，本非高貴，流鶯猶在，爾豈能諱曾為鶯含之事乎？意者所謂櫻桃，原係狹

年），頁6。

按：關於漢皋解佩，《列仙傳》增述唱和，云：「江妃二女者，不知何所人也。出遊於江漢之湄，逢鄭交甫，見而悅之，不知其神人也，謂其僕曰：「我欲下請其佩。」僕曰：「此間之人，皆習於辭，不得，恐罹悔焉。」交甫不聽，遂下與之言曰：「二女勞矣。」二女曰：「客子有勞，妾何勞之有？」交甫曰：「橘是柚也，我盛之以笥，令附漢水，將流而下。我遵其旁，彩其芝而茹之。以知吾為不遜，願請子之佩。」二女曰：「橘是柚也，我盛之以筥，令附漢水，將流而下。我遵其旁，彩其芝而茹之。」遂手解佩與交甫。交甫悅受，而懷之中當心。趨去數十步，視佩，空懷無佩。顧二女，忽然不見。」〔漢〕劉向：《列仙傳》（臺北：廣文書局，1989年12月），卷上，頁10～11。

〔註47〕〔清〕吳衡照：《蓮子居詞話》，卷1，唐圭璋編：《詞話叢編》（臺北：新文豐出版公司，1988年2月），冊2，頁2417。

〔註48〕清聖祖御定：《全唐詩》，冊16，卷539，頁6173。

〔註49〕〔清〕屈復：《玉溪生詩意》（臺北：正大印書館，1974年6月），頁342。

邪女子，入貴家後早得生子（『珠實』、『瓊莩』），遂擅寵後房，眾姬不平，故有此嘲。」〔註50〕劉辰翁既引李詩爲注，想必透露寫作動機相似，皆描寫社會底層之女子，然筆鋒不再尖銳。詞篇上片援引白居易詩之語典，以及《雲溪友議》記韋皋與青衣玉簫定情，誓言七年再會，卻適時未至之事典，〔註51〕可知女主角係出身歌館，地位卑微，

〔註50〕劉學鍇、余恕誠：《李商隱詩歌集解》（臺北：洪葉文化公司，1992年10月），頁1585～1586。

按：〈百果嘲櫻桃〉與〈櫻桃答〉，爲對答式的組詞，前者云：「珠實雖先熟，瓊莩縱早開。流鶯猶故在，爭得諱含來」，後者云：「眾果莫相誚，天生名品高。何因古樂府，唯有鄭櫻桃。」後世對於李商隱詩的闡述，係由「鄭櫻桃」而有所發揮。至於劉辰翁詞，並未注引〈櫻桃答〉，且詞篇內容亦未見「擅寵後房」，因此，詞篇理應與后妃歷史無關。

關於「鄭櫻桃」，〔北魏〕崔鴻《十六國春秋》載：「鄭氏，名櫻桃，晉冗從僕射鄭世達家妓也。在眾猥妓中，虎數歎其貌於太妃，太妃給之，甚見寵惑，生太子邃及東海王宣、彭城王遵。虎爲魏王，稱鄭氏爲魏王后。及即天王位，立爲天王皇后。太子邃既以讒暴伏誅，鄭氏遂廢爲東海太妃。性甚讒妒，先是虎拔中山，聘征北將軍郭榮之妹爲妻，至相敬待，無兒，鄭氏讒而殺之。更納清河崔氏女，鄭氏生男，崔求養，鄭不許，一月，猝病死。鄭又讒：『崔謂妾多養胡子。』虎時踞胡床于庭中，大怒，索弓箭。崔聞欲殺之，徒跣至前，訴曰：『公勿枉殺妾，乞聽妾言。』虎不聽，但言：『促還座，無預卿事。』崔便走去，未至，虎于後射之，崔中腰而死。其後虎死，石氏大亂，遵乃廢世自立。鄭氏爲皇太后，尋爲冉閔所殺。」（香港：迪志文化出版公司，2007年《文淵閣四庫全書電子版》），卷20，頁10～11。〔唐〕李頎，撰樂府詩〈鄭櫻桃歌〉，見清聖祖御定：《全唐詩》，冊4，卷133，頁1356。

〔註51〕〔唐〕范攄：《雲溪友議》載：「西川節度使韋皋，少遊江夏，止於姜使君之館。姜氏孺子曰荊寶，已習二經，雖兄呼於韋，而恭事之禮，如父也。荊寶有小青衣曰玉簫，年才十歲，常令祗事韋兄，玉簫亦勤於應奉。後二載，姜使君入關求官，而家累不行，韋乃易居，止頭陀寺，荊寶亦時遣玉簫往彼應奉。玉簫年稍長大，因而有情。時廉使陳常侍得韋君季父書云：「侄皋久客貴州，切望發遣歸覲。」廉使啓緘，遺以舟楫服用。仍恐淹留，請不相見。泊舟江渚，俾篙工促行。昏暝拭淚，乃書以別荊寶。寶頃刻與玉簫俱來，既悲且喜。寶命青衣從往，韋以違覲日久，不敢俱行，乃固辭之。遂爲言約，少則五載，多則七年，取玉簫。因留玉指環一枚，並詩一首遺之。

與情郎有約，無奈秋字上心頭；眼見櫻桃開花結實，樊氏女亦期盼鶯鳥含桃，有所依歸，然「風送流鶯」，終成眷屬不過痴心妄想，所遇者未必眞心，在每一段短暫的感情流轉中，僅能欣羨燕子雙飛，下片末句引《雲溪友議》載蜀地樂妓薛濤有口才、文采佳，令元稹欣賞不已，互有來往，似有情愫，別後贈詩，傾吐相思：「錦江膩滑蛾眉秀，幻出文君與薛濤。言語巧偷鸚鵡舌，文章分得鳳皇毛。紛紛詞客皆投筆，個個公侯欲夢刀。別後相思隔煙水，菖蒲花發五雲高。」看似依戀，實則未曾再見。〔註 52〕因此，整闋詞寫來，劉辰翁理應出於感嘆歌妓命運，若要覓得良緣，仍須遵從門當戶對；依循此一思考方向，再回首李商隱詩，未必譏笑姬妾，或可視爲反映婚姻首重家世門第，難以擺脫輿論束縛。

綜上所述，藉由宋人筆記、宋詩，顯現食櫻風氣盛行，而宋詞的櫻桃書寫，或描述櫻桃著子的自然風景，或述及食櫻拌酪的飲食傳

既五年不至，玉簫乃靜禱於鸚鵡洲，又逾二年，至八年春，玉簫歎曰：「韋家郎君一別七年，是不來矣。」遂絕食而殞。姜氏湣其節操，以玉環著於中指而同殯焉。後韋公鎮蜀……韋公聞之，益增淒歎，廣修經像，以報夙心。且想念之懷，無由再會。時有祖山人者，有少翁之術，能令逝者相親。但令府公齋戒七日。清夜，玉簫乃至，謝曰：「承僕射寫經，僧佛之力，旬日便當托生。卻後十三年，再爲侍妾，以謝鴻恩。」臨去微笑曰：「丈夫薄情，令人死生隔矣！」後韋公隴右之功，終德宗之代，理蜀不替。是故年深，累遷中書令同平章事，天下嚮附，瀘僰歸心。因作生日，節鎮所賀，皆貢珍奇。獨東川盧八座，送一歌姬。未當破瓜之年，亦以玉簫爲號；觀之乃眞姜氏之玉簫也，而中指有肉環隱出，不異留別之玉環也。」（臺北：廣文書局，1971 年 9 月），頁 53～56。

〔註 52〕〔唐〕范攄：《雲溪友議》載：「薛濤，字宏度，成都樂妓也，有姿色，工詩翰，常辟爲女校書……元微之使蜀，嚴司空綬知微之之欲，每遣薛氏往。臨途訣別，不敢挈行。洎登翰林，以詩寄曰：『錦江膩滑蛾眉秀……菖蒲花發五雲高。』……乃廉問浙東，別濤已逾十載。方擬馳使往蜀取濤，乃有排優周季南、季崇及妻劉採春，自淮甸而來，善弄陸參軍，歌聲徹雲，篇韻雖不及濤，容華莫之比也。元公似忘薛濤，而贈採春詩曰：「新妝巧樣畫雙蛾，幔裹恒州透額羅。正面偷輪光滑笏，緩行輕踏皺紋靴。言詞雅措風流足，舉止低回秀媚多。更有惱人腸斷處，選詞能唱〈望夫歌〉。」頁 60～61。

統，更反映櫻桃之於詞人，代表政治、愛情，往往運用典故表現之。以政治而言，櫻桃上薦寢廟，下賜群臣，具尊貴地位，引申而來，《洛陽宮殿簿》明光殿植櫻、《拾遺錄》君臣食櫻、杜甫詩〈野人送朱櫻〉憶昔上賜櫻桃，遂成爲櫻桃書寫常見的典故，詞人藉以表達仕隱出處；至於愛情，白居易形容樊素櫻桃口，奠定櫻桃與女性的密切關係，而王沂孫、劉辰翁詠櫻桃，亦引用之，又隨者寫作角度不同，前者以自身漂泊，引青衣櫻桃、漢皋解佩等表達美好如夢，後者則爲歌妓發言，藉定情玉簫、盼鶯鳥含桃等表達情感無所歸。

第三節　梅酸止渴，調味和羹

《本草綱目》載：「梅，花開於冬，而實熟於夏。」〔註53〕《廣群芳譜》載：「大者如小兒拳，小者如彈。熟則黃，微甘酸，可啖；生，純青，酸甚。」〔註54〕早期先民，重視「梅子」勝過「梅花」，方回《瀛奎律髓》云：「梅見於《書》、《詩》、《周禮》……《本草》，取其實而已。」〔註55〕以《尚書・說命》爲例，強調「鹽梅和羹」，記載如下：

> 王曰：「來，汝說。台小子舊學於甘盤，既乃遯于荒野入宅於河。自河徂亳，暨厥終罔顯。爾惟訓于朕志，若作酒醴，爾惟麴糵；若作和羹，爾惟鹽梅。爾交脩予，罔予棄，予惟克邁乃訓。」孔安國傳云：「鹽鹹梅醋，羹須鹹醋以和之。」〔註56〕

鹽、梅入羹，調和酸鹹，商王以此爲喻，藉由飲食調和，引申治理國事，指明朝臣身負重責，猶如鹽、梅，輔佐君王穩定政局和諧。政治

〔註53〕〔明〕李時珍：《本草綱目》，卷29〈果之一〉，頁992。

〔註54〕〔清〕汪灝等撰：《廣群芳譜》，卷54〈果譜・梅〉，頁3007。

〔註55〕〔元〕方回：《瀛奎律髓》（香港：迪志文化出版公司，2007年《文淵閣四庫全書電子版》），卷20，頁1。

〔註56〕〔漢〕孔安國傳、〔唐〕孔穎達疏、陸德明音義：《尚書》（臺北：臺灣商務印書館，1975年6月），卷5，頁37。

之外，《詩經・召南・摽有梅》云：「摽有梅，其實七兮。求我庶士，迨其吉兮！摽有梅，其實三兮。求我庶士，迨其今兮！摽有梅，頃筐塈之。求我庶士，迨其謂之！」〔註 57〕以梅實多寡喻青春年華，王靜芝《詩經通釋》以爲梅、媒同音，梅落乃花開結實，故興起男女宜及時嫁娶之義，速遣媒而成其婚姻；〔註 58〕聞一多《詩經新義》則就「摽」字分析，主張「摽」即「投」，摽梅與《詩經・衛風・木瓜》云：「投我以木瓜，報之以瓊琚，匪報也，永以爲好也」皆表達追求之意；〔註 59〕至於《周禮・天官冢宰下》載：「籩人，掌四籩之實……饋食之籩，其實棗、㮚、桃、乾藤、榛實。」〔註 60〕梅實具祭祀用途，「乾藤」，即乾梅也。〔註 61〕相較於梅實，直至六朝，梅花才漸漸引人注意，羅大經《鶴林玉露》云：「《書》曰：『若作和羹，爾惟鹽梅』，《詩》曰：『摽有梅，其實七兮』……蓋但取其實與材而已，未嘗及其花也。至六朝時，乃略有詠之，及唐而吟詠滋多。至本朝，則詩與歌詞連篇纍牘，推爲群芳之首，至恨〈離騷〉集眾香草而不應遺梅。」〔註 62〕宋代之前，少見賦詠梅花，羅大經身處鍾情梅花的宋代社會，對此不免流露可惜，甚至對於梅花未列香草之屬，感到無比「憾恨」。

宋人吟詠梅花的當下，往往已經設想將來梅花著子，援引和羹典故予以寄託，如：趙彥端（1121～1175，鄱陽（今江西波陽）人）〈醉

〔註 57〕〔漢〕毛亨傳，〔漢〕鄭玄箋，〔唐〕孔穎達疏：《毛詩正義》（臺北：藝文印書館，1997 年 8 月），卷 1，頁 62～63。

〔註 58〕王靜芝：《詩經通釋》（臺北：輔仁大學文學院，1973 年 2 月），頁 68～69。

〔註 59〕朱自清等編：《聞一多全集》（臺北：里仁書局，2000 年 1 月），冊 2，頁 88。
〔漢〕毛亨傳，〔漢〕鄭玄箋，〔唐〕孔穎達疏：《毛詩正義》，卷 3，頁 141。

〔註 60〕〔漢〕鄭玄注：《周禮》，卷 2，頁 25。

〔註 61〕同上註，卷 2，頁 25。

〔註 62〕〔南宋〕羅大經：《鶴林玉露》，丙編卷 4，上海古籍出版社編：《宋元筆記小說大觀》，冊 5，頁 5353。

蓬萊・梅〉:「待得明年，翠陰青子，蔭鳳皇池沼。」(3-1866）曹冠（生卒不詳，東陽（今屬浙江）人）〈水龍吟・梅〉云:「待芳心結實，和羹鼎鼐，收功須別。」(3-1993)；反而眞正到了梅子結果之際，少見梅實獨立成篇，或由於夏季果物豐富，分散飲食焦點，未若梅花早於百花綻放，最是引人注目，且梅實較少直接生食，適合製成加工品，《齊民要術・種梅杏》載:「作白梅法:梅子酸，核初成時摘取，夜以鹽汁漬之，晝則日曝。凡作十宿，十浸、十曝，便成。調鼎和齏，所在多入也。作烏梅法:亦以梅子核初成時摘取，籠盛，於突上熏之，令乾，即成矣。烏梅入藥，不任調食也。」〔註63〕醫家更以爲未成熟之青梅不宜多食，加工製品則有助治病強身，《本草圖經》云:「其生實，酸而損齒、傷骨、發虛熱，不宜多食之⋯⋯五月採其黃實，火熏乾作烏梅，主傷寒煩熱、霍亂燥渴、虛勞瘦羸、產婦氣痢等方中，多用之⋯⋯又以鹽殺爲白梅，亦入除痰藥中用。」〔註64〕開封城內售有梅汁、香藥脆梅，臨安城內鋪席眾多，其中一間名爲「保和大師烏梅藥鋪」，〔註65〕凡此皆可明梅實於宋人飲食生活中的應用。

宋詞的梅實書寫，不離寫景、述味、言志，詞意明暢，景眞情亦眞，以黃人傑（生卒不詳，南城（今屬江西）人）〈驀山溪〉爲例，詞云：

翠環驚報，葉底梅如彈。小摘試嘗看，齒微酸、生香不

〔註63〕〔後魏〕賈思勰:《齊民要術》，卷4，頁53。
按:關於梅實入羹，《毛詩草木鳥獸蟲魚疏》云:「曝乾爲腊，置羹臛齏中。」記述較爲簡略。〔三國吳〕陸璣:《毛詩草木鳥獸蟲魚疏》（香港:迪志文化出版公司，2007年《文淵閣四庫全書電子版》），卷上〈摽有梅〉，頁18。

〔註64〕〔宋〕蘇頌撰，尚志鈞輯校:《本草圖經》，卷16〈果部〉，頁541。

〔註65〕〔宋〕孟元老:《東京夢華錄》，卷2〈飲食果子〉、卷7〈池苑內縱人關撲遊戲〉，〔宋〕孟元老等著，中華書局上海編輯所編輯:《東京夢華錄外四種》，頁17、45。
〔南宋〕吳自牧:《夢粱錄》，卷13〈鋪席〉，〔宋〕孟元老等著，中華書局上海編輯所編輯:《東京夢華錄外四種》，頁241。

斷。煙丸露顆，肥得頰兒紅，還欲近，淺黃時，風雨摧殘半。　　何如珍重，剩著冰盤薦。持酒勸飛仙，似江梅、纍纍子滿。饒將風味，成就與東君，隨鼎鼐，著形鹽，早趁調羹便。（3-2602）

果實彈丸肥碩、果皮淺黃，可知梅子將由生轉熟，且「風雨摧殘半」，點明此時正是梅雨季節，應劭《風俗通義》載：「五月有落梅風，江淮以爲信風。又有霜霪，號爲『梅雨』，沾衣服皆敗黦。」〔註 66〕梅花況且傲立於皚皚白雪，梅實亦無畏蕭蕭風雨，青梅轉爲黃梅，透顯生機勃勃，果色又帶有幾許嫣紅，猶如美人紅腮，增添美感，誘人食慾；既已賞梅，豈能錯過食梅嚐鮮，入口咀嚼的「酸」，正是梅實的鮮明口感，且口中生香滿溢，亦爲其特色；獨樂樂之餘，詞人亦不忘冰盤宴客，梅實佐酒，詞末並引和羹爲勸，盼眾人莫作遁世之想，務求發揮所長，盡一己之力，輔佐君王。考之黃人傑，係宋孝宗乾道二年（1166）進士，〔註 67〕距宋室南遷僅 40 年，藉詠梅實詞所述，可以想見具報國之心，甚而希望凝聚眾人，共同改變國勢，另一首〈生查子〉亦云：「容著水精鹽，覓個調羹處。」（3-2601）；無奈滿腔熱血，未必獲得對等回應，〈柳梢青・黃梅〉云：「渴後情懷，鼎中風味，惟有心知。」（3-2601）欲止渴、〔註 68〕欲調鼎，徒有心知，無人賞識，又有何用，言語間頗多感慨。

再者，王仲甫（約 1030～約 1100 後，華陽（今屬四川）人）〈永遇樂〉，此首又見揚無咎（1097～1169／1097～1171，崇仁（今屬江

〔註 66〕〔漢〕應劭撰，王利器校注：《風俗通義校注》（北京：中華書局，2010 年 5 月），〈佚文〉，頁 612。

〔註 67〕〔清〕陶成、謝旻等纂：《江西通志》（香港：迪志文化出版公司，2007 年《文淵閣四庫全書電子版》），卷 50，頁 29。

〔註 68〕《世說新語・假譎》載：「魏武行役，失汲道，軍皆渴，乃令曰：『前有大梅林，饒子，甘酸，可以解渴。』士卒聞之，口皆出水，乘此得及前源。」黃人傑取「解渴」義，切合詠黃梅。
〔南朝宋〕劉義慶撰，〔南朝梁〕劉峻注：《世說新語》，卷下之下，頁 19。

西）人）〈永遇樂・梅子〉，全詞如下：

王仲甫〈永遇樂〉

風折新英，雨肥繁實，又還如豆。玉核初成，紅腮尚淺，齒軟酸透。粉牆低亞，佳人驚見，不管露沾襟袖。一枝釵子未插，應把手挼頻嗅。　　相思病酒，只因思此，免使文君眉皺。入鼎調羹，攀林止渴，功業還依舊。看看飛燕，銜將春去，又將欲、黃昏時候。爭如向、金盤滿捧，共君王對酒。(1-349)

揚無咎〈永遇樂・梅子〉

風褪柔英，雨肥繁實，又還如豆。玉核初成，紅腮尚淺，齒軟酸微透。粉牆低亞，佳人驚見，不管露沾襟袖。折一枝、釵頭未插，應把手挼頻嗅。　　相如病酒，只因思此，免使文君眉皺。入鼎調羹，攀林止渴，功業還依舊。看看飛燕，銜將春去，又是欲黃時候。爭如向、金盤滿捧，共君對酒。(2-1549)

看似差異甚微，如：詞題之有無，以及部分字詞略有不同，如：前者作「風折新英」、「應把手挼頻嗅」，後者作「風褪柔英」、「應把手挼頻嗅」；然對照詞譜，揚無咎符合詞調句式，如：上片結語句式爲：3-4-6，下片結語句式爲：3-4-4，反觀王仲甫上片結語句式爲：6-6，下片結語句式爲：3-4-5，則未見詞譜載之；〔註 69〕且就詞意表達而言，揚無咎云：「折一枝、釵頭未插，應把手挼頻嗅。」王仲甫則云：「一枝釵子未插，應把手挼頻嗅。」不免顯得俗氣，又如：揚無咎：「看看飛燕，銜將春去，又是欲黃時候。」王仲甫則云：「看看飛燕，銜將春去，又將欲、黃昏時候。」凸顯作者根本不了解梅子夏日結實、生青熟黃的生長特性，誤作「黃昏時候」。因此，兩相對照，揚無咎理應方爲原創者，王仲甫所作，恐爲他人附會，郢書燕說。至於詞篇架構，作者亦圍繞寫景，詞云：「風褪柔英，雨肥繁實，又還

〔註 69〕〔清〕陳廷敬主編：《康熙詞譜》（長沙：岳麓書社，2000 年 10 月），卷 32，頁 986～990。

如豆。」；述味，詞云：「玉核初成，紅腮尚淺，齒軟酸微透。」；言志，詞云：「入鼎調羹，攀林止渴，功業還依舊。」其中，尤以調羹典最爲常見，無論是否單獨描寫梅實，往往承襲入詞，張鎡《梅品・花憎嫉凡十四條》更以爲此舉惹來梅花嫌惡，〔註70〕亦可謂直指泛用之失。

宋人愛梅花、詠梅花，有別於前代，形成社會風尚，文學作品遽增，相較於梅實，卻少見單獨題詠，作品數量不比前者，然而對於梅實的重視，承襲先秦而來，未曾改變；無論附於詠梅花的個別詞句，抑或專篇詠之，皆強調「鹽梅調羹」的抽象義涵，且由於作者大多沿用相同的典故，未能有所突破，即使改作「梅酸止渴」，用意亦相同，故同時遭致了無新意的寫作批評。

第四節　青門甜瓜，味甘消暑

史上聞名的瓜果業者，莫過於東陵侯賣瓜，《史記・蕭相國世家》載：「召平者，故秦東陵侯。秦破，爲布衣，貧，種瓜於長安城東，瓜美，故世俗謂之「東陵瓜」，從召平以爲名也。」（召，作姓氏時，同「邵」。）〔註71〕《三輔黃圖》載：「長安城東，出南頭第一門曰『霸城門』，民見門色青，名曰『青城門』，或曰『青門』，門外舊出佳瓜。廣陵人邵平，爲秦東陵侯，秦破爲布衣，種瓜青門外，瓜美，故時人謂之『東陵瓜』。」〔註72〕文學作品往往引此爲典。再者，農業考古、飲食文化研究者，針對東陵侯所賣的「瓜」有所闡述，研究意義在於了解果蔬種植發展，甜瓜、西瓜不可混爲一談，同理，探討瓜果飲食書寫，亦不可張冠李戴。

〔註70〕〔南宋〕張鎡：《梅品》（北京：中華書局，1985年），頁6。
〔註71〕〔漢〕司馬遷撰，〔南朝宋〕裴駰集解，〔唐〕司馬貞索隱，張守節正義：《新校本史記三家注并附編二種》（臺北：鼎文書局，1979年2月）卷53，頁2017。
〔註72〕撰者未詳，〔清〕畢沅校正：《三輔黃圖附補遺》，卷1，頁7。

李時珍釋「西瓜」云:「按胡嶠〈陷虜記〉,言嶠征回紇,得此種歸,名曰『西瓜』,則西瓜自五代時,始入中國。」〔註 73〕查閱《新五代史・四夷附錄》,後晉・宣武軍節度使蕭翰北歸,胡嶠爲其掌書記,隨之入契丹,因蕭翰被告謀反,見殺,胡嶠頓無所依,居虜中七年,直至後周廣順三年(953)方回。道其所見,云:

> 自上京(今內蒙古自治區巴林左旗林東鎮南)東去四十里,至眞珠寨,始食菜。明日,東行,地勢漸高,西望平地松林鬱然數十里。遂入平川,多草木,始食西瓜,云契丹破回紇得此種,以牛糞覆棚而種,大如中國冬瓜而味甘。〔註 74〕

此即〈陷虜記〉的部分摘錄,可知胡嶠並未出征回紇,亦未攜西瓜種子回中原內地。甚至李時珍又引陶弘景注瓜蒂云:「永嘉有寒瓜甚大。」進而推論「蓋五代之先,瓜種已入浙東,但無西瓜之名,未遍中國爾。」〔註 75〕黃盛璋〈西瓜引種中國與發展考信錄〉予以反駁,引南朝梁・沈約〈行園〉爲證,云:「寒瓜方臥壟,秋菰已滿坡。紫茄紛爛漫,綠芋郁參差。」可知「寒瓜」屬秋日生長的瓜果,而非夏日西瓜。〔註 76〕西瓜眞正傳入漢民族統治的內地,據明・劉元卿《賢奕編》云:「中國初無西瓜,見洪忠宣(皓)《松漠記聞》。蓋使金虜,貶遞陰山,於陳王悟室得食之。」〔註 77〕原書記述如下:

> 西瓜形如扁蒲而圓,色極青翠,經歲則變黃。其瓞類甜瓜,

〔註 73〕〔明〕李時珍:《本草綱目》,卷 33〈果之五〉,頁 1076。

〔註 74〕〔宋〕歐陽修等撰,楊家駱主編:《新校本新五代史并附編二種》(臺北:鼎文書局,1979 年 2 月),卷 73,頁 905~906。

〔註 75〕〔明〕李時珍:《本草綱目》,卷 33〈果之五〉,頁 1076。
〔南朝梁〕陶弘景撰,尚志鈞、尚元勝輯校:《本草經集注》(北京:人民衛生出版社,1994 年 2 月),卷 7,頁 492。

〔註 76〕黃盛璋:〈西瓜引種中國與發展考信錄〉,《農業考古》,第 1 期(2005 年),頁 267。
〔明〕張溥:《漢魏六朝百三名家集》(臺北:文津出版社,1979 年 8 月),頁 3888。

〔註 77〕〔明〕劉元卿:《賢奕編》(北京:中華書局,1985 年),卷 4,頁 107。

味甘脆，中有汁尤冷。《五代史·四夷附錄》云：「以牛糞覆棚種之。」予攜以歸，今禁圃、鄉圃皆有。〔註 78〕

金滅遼，又迫使宋朝以淮河爲界，淮河以北含括河北、河南、山東、山西一帶，皆爲金人所佔，至洪皓於紹興十三年（1143）使金南歸，〔註 79〕始帶回西瓜種子，於江南廣泛種植，因此，「浮甘瓜於清泉」〔註 80〕非西瓜也，東陵侯賣瓜，亦非西瓜。至范成大於乾道六年（1170）使金，〔註 81〕作詩 72 首，記錄途中所見所聞，〈西瓜園〉即爲其一，詩云：「碧蔓凌霜臥軟沙，年來處處食西瓜。行模濩落淡如水，未可蒲萄苜宿誇。」自注：「味淡而多液，本燕北種，今河南皆種之。」〔註 82〕食西瓜，此時對於南人范成大而言，已非新鮮事，故云：「年來處處食西瓜」，反而在北方故都，也能見到西瓜種植，遂令范成大特別記上一筆，反映西瓜種植，南北皆有。再者，藉由范成大詩與《松漠紀聞》相較，由「味甘脆」轉爲「味淡如水」，可知移植至南方的西瓜，味道並不美味。

關於「甜瓜」，種類甚多，王楨《王氏農書》云：「瓜品甚多，不可枚舉。以狀得名，則有龍肝、虎掌、兔頭、狸首、羊髓、蜜筒之稱；其色得名，則有烏瓜、白團、黃𤬪、白𤬪、小青、大斑之別，然其味不出乎甘香。」〔註 83〕甘、香爲其果物特點，今日或稱「香

〔註 78〕〔南宋〕洪皓：《松漠紀聞》（香港：迪志文化出版公司，2007 年《文淵閣四庫全書電子版》），卷 2，頁 5。

〔註 79〕《宋史·洪皓傳》載：「皓自建炎己酉（1129）出使，至是還，留北中凡十五年。」〔元〕脫脫等撰，楊家駱主編：《新校本宋史并附編三種》，卷 373，頁 11560。

〔註 80〕〔南朝梁〕蕭統編，〔唐〕李善注：《文選》（臺北：華正書局，2000 年 10 月），卷 42 曹丕〈與朝歌令吳質書〉，頁 591。

〔註 81〕〔清〕徐松輯，楊家駱編：《宋會要輯稿》載：「乾道六年閏五月九日，詔起居舍人范成大假資政殿大學士、醴泉觀使充奉使金國祈請國信使，權知閤門事兼樞密副都承旨康湑假崇信軍節度使副之。」（臺北：世界書局，1977 年 5 月），冊 90〈職官五一之二四〉，頁 3548。

〔註 82〕〔南宋〕范成大：《石湖居士詩集》（臺北：臺灣商務印書館，1975 年 6 月），卷 12，頁 61。

〔註 83〕〔元〕王禎：《王氏農書》，卷 8，頁 65。

瓜」。〔註84〕甜瓜特色鮮明，深受宋人歡迎，張邦基《墨莊漫錄》載：「襄邑義塘村（今屬河南）出一種瓜，大者如拳，破之，色如黛，味甘如蜜，餘瓜莫及。」〔註85〕開封城內，六月即售有「義塘甜瓜」，〔註86〕且「浮瓜沉李」更是當月不可或缺的飲食雅事，《東京夢華錄》載：「都人最重三伏，蓋六月中別無時節，往往風亭水榭，峻宇高樓，雪檻冰盤，浮瓜沉李，流盃曲沼，苞鮓新荷。遠邇笙歌，通夕而罷。」；〔註87〕南宋亦然，杭州城內，有各類瓜種，《夢粱錄》載：「瓜，青、白、黃等色，有名金皮、沙皮、蜜甕、筭筒、銀瓜」。〔註88〕總之，甜瓜於宋人飲食生活之中，可說是相當普遍的果物。

宋詞的甜瓜書寫，大抵由實入虛，語言淺顯，直抒胸臆，偶用一二典故，具畫龍點睛之妙。以鄭域〈念奴嬌〉爲例，詞云：

> 東陵美景，有輕煙和月，斜風吹雨。一體龍鬚隨地轉，不學松蘿兒女。結就員青，收來掌握，猶帶金盤露。拍浮金井，水花零亂飛舞。　　誰信六月飄霜，破開落刃，散銀絲金縷。冷碧淒香縈齒頰，洗我塵襟煩暑。杜老吟詩，已公留客，此興無今古。安期非誕，世間有棗如許。(4-2960)

上片鋪寫瓜果藤蔓沿地而生的生長特性，以及摘瓜之後，預先冷水

〔註84〕薛聰賢：《蔬香果樂：台灣的食用農作物130種》云：「甜瓜是甘瓜、香瓜、梨仔瓜、洋香瓜、蜜瓜、哈密瓜的通稱。」（員林：撰者自刊，1990年5月），頁71。
按：薛書原作「哈蜜瓜」，據《新疆省回疆志》載：「回人最喜種瓜，熟時，老少男女恣意飽啖，以抵飯食，故回地廣種，多收如積粟備糧。自康熙年間，哈密投誠，此瓜始入中國，謂之『哈密瓜』。」故改之。〔清〕未著撰人：《新疆省回疆志》（臺北：成文出版社，1968年3月），卷3，頁95。

〔註85〕〔宋〕張邦基：《墨莊漫錄》，卷2，上海古籍出版社編：《宋元筆記小說大觀》，冊5，頁4657～4658。

〔註86〕〔宋〕孟元老：《東京夢華錄》，卷8〈是月巷陌雜賣〉，〔宋〕孟元老等著，中華書局上海編輯所編輯：《東京夢華錄外四種》，頁48。

〔註87〕同上註，頁48。

〔註88〕〔南宋〕吳自牧：《夢粱錄》，卷18〈物產〉，〔宋〕孟元老等著，中華書局上海編輯所編輯：《東京夢華錄外四種》，頁283～284。

浮瓜的食用準備；下片述及刀刃剖瓜，瓜囊種子如絲縷般排列，點明甜瓜特色，且瓜香味甜，沁涼消暑，著實暢快。食瓜分享，雖非珍饈異饌，卻予人簡單、自然的飲食感受，遂引用杜甫〈巳上人茅齋〉云：「巳公茅屋下，可以賦新詩。枕簟入林僻，茶瓜留客遲。」〔註89〕可見詞人與詩翁同感；又化用仙人安期生贈李少君「瓜樣大棗」，〔註90〕不僅取「瓜大」之意，亦表達人間猶如仙境，得此瓜、棗仙果，何其有幸。園圃食瓜，又見周紫芝〈虞美人・食瓜有感〉，詞云：「西園摘處香和露。洗盡南軒暑。莫嫌坐上適來蠅。只恐怕寒、難近玉壺冰。　　井花浮翠金盆小。午夢初回後。詩翁自是不歸來。不是青門、無地可移栽。」（2-1145）食瓜同時，蒼蠅亦隨之在旁干擾，詞人想其必是受瓜果香甜吸引，又恐畏冰不敢趨近，藉由描寫瓜果與食瓜者之外的「第三者」，凸顯果香、肉甜、浮瓜冷涼；下片亦化用杜詩，自得其樂，故道不歸來，然而詞人對於簡樸生活的嚮往，終究只是一時興起，詞末反用典故，以爲此處並非青門，並未打算棄官歸隱。至於馬子嚴（生卒不詳，建安（今福建建安）人）〈青門引〉上片云：「手種團團玉。香趁日晴初熟。金刀錯落曉霜寒，十分風味，獨向暑天足。」（3-2667）植瓜、採瓜、剖瓜、食瓜，親自體驗栽植與收穫，甜美果實定當與眾不同。下片引神仙事展開聯想，詞云：「唐君去後雲空谷。異事傳流俗。刀圭倘是神仙藥，地皮捲盡猶飛肉。」藉由字面抽換，增添典故化用的新鮮感，以「唐」代「李」，「唐君」

〔註89〕〔清〕仇兆鰲注：《杜少陵集詳注》，卷1，頁124。

〔註90〕《史記・孝武本紀》載：「是時而李少君亦以祠竈、穀道、卻老方見上，上尊之……少君言於上曰：『祠竈則致物，致物而丹沙可化爲黃金；黃金成，以爲飲食器則益壽，益壽，而海中蓬萊仙者可見，見之以封禪則不死，黃帝是也。臣嘗游海上，見安期生，食臣棗，大如瓜。安期生，仙者，通蓬萊中，合則見人，不合則隱。』於是天子始親祠竈，而遣方士入海求蓬萊安期生之屬，而事化丹沙諸藥齊爲黃金矣。」〔漢〕司馬遷撰，〔劉宋〕裴駰集解，〔唐〕司馬貞索隱，〔唐〕張守節正義，楊家駱編：《新校本史記三家注并附編二種》，卷12，頁453～455。

當指「李少君」;《漢武帝內傳》載李少君入山採藥，垂死之際，得神人安期生所賜仙藥，瀕死復生，後煉金而服，遂身生羽翼、飛天遨遊，又食瓜樣大棗、瓶樣大李，身發奇光，迥異凡人，〔註91〕詞人以此爲典，幻想自身食瓜同樣能夠獲得神助，未必成仙，至少猶如飛禽，飛翔天際。

有別於上述寫形、敘味，張炎（1248～1320，祖籍成紀（今甘肅天水），南渡後居臨安）〈蝶戀花・邵平種瓜〉同樣運用青門瓜典，寫來則與眾不同，詞云：

> 秦地瓜分侯已故。不學淵明，種秫辭歸去。薄有田園還種取。養成碧玉甘如許。　卜隱青門眞得趣。蕙帳空閒，鶴怨來何暮。莫說蝸名催及戍。長安城下鋤煙雨。(5-4435)

楊海明闡析張炎詞風，在宋亡之前，以詠物爲主題者，普遍注重技巧，爲文造情，以模寫物態爲主要內容；入元之後，面對國破家亡，轉爲有所寄託，託物言志。〔註92〕以此爲思考方向，本闋詞理當屬於亡國之後所作，乃因「分瓜」食之，本爲甜美歡樂的飲食享受，對於張炎而言，卻是觸碰故國「瓜分」的深沉傷痛。上片引東陵侯與陶淵明對照，前者遭逢秦亡國滅，選擇不再出仕，種瓜青門，自給自足，

〔註91〕《漢武帝內傳》載：「李少君，字雲翼，齊國臨淄人也。少好道，入泰山採藥，修絕穀遁世全身之術。道未成，而病困於山林中，遇安期先生經過，見少君，少君叩頭求乞活，安期愍其有至心，而被病當死，乃以神樓散一匕與服之，即起，少君於是求隨安期，奉給奴役，使聽師事之……逮漢武帝之時，聞帝招募方士，待敬道術……言：『臣能凝汞成白銀，飛丹砂成黃金，金成服之，白日昇天，神仙無窮，身生朱陽之羽，體備圓光之翼，煉則淩天，伏入無問，控飛龍而八遐已遍，駕白鴻而九陜立周。冥海之棗大如瓜，鐘山之李大如瓶，臣已食之，遂生奇光，逮有先師安期先生授臣口訣，是以保黃物之可成也。』於是引見，甚尊敬之，賜遺無數，爲立屋第。」舊題〔漢〕班固撰，〔清〕錢熙祚校：《漢武帝內傳》（北京：中華書局，1985年），〈附錄〉，頁27～28。

按：《漢武帝內傳》載李少君神異之事，中華書局據守山閣叢書本，文淵閣四庫全書版則未見。

〔註92〕楊海明：《張炎詞研究》（濟南：齊魯書社，1989年10月），頁143。

後者面對時局紛亂，迫於生活經濟困難，徘徊於仕與隱，蕭統〈陶淵明傳〉云：

> 親老家貧，起爲州祭酒。不堪吏職，少日，自解而歸。州召主簿，不就。躬耕自資，遂抱羸疾……後爲鎮軍、建威參軍，謂親朋曰：「聊欲絃歌，以爲三徑之資，可乎？」執事者聞之，以爲彭澤令……公田悉令吏種秫，曰：「吾常得醉於酒，足矣。」妻子固請種秔，乃使二頃五十畝種秫，五十畝種粳。歲終，會郡遣督郵至，縣吏請曰：「應束帶見之。」淵明歎曰：「吾豈能爲五斗米折腰向鄉里小人。」即日解印綬去職，賦〈歸去來〉。徵著作郎，不就。〔註93〕

蕭統作傳，以爲淵明任職彭澤令，係爲將來退隱而打算，然陶淵明〈歸去來兮辭〉序文自述出仕原因，云：「余家貧，耕植不足以自給。幼稚盈室，缾無儲粟，生生所資，未見其術。親故多勸余爲長吏，脫然有懷，求之靡途。會有四方之事，諸侯以惠愛爲德，家叔以余貧苦，遂見用於小邑。於時風波未盡，心憚遠役，彭澤去家百里，公田之利，足以爲酒，故便求之。」〔註94〕仍導因於家貧，無論原因如何，淵明確實幾番出仕，又因無法適應官場奉承做作，最終選擇棄官歸隱，以〈歸去來〉代表仕途生活的結束。至於張炎，以東陵侯自喻，「秦地瓜分」，不正是家國現實寫照，甚至異族入主。因此，「不學淵明，種秫辭歸去。」表達自身與淵明不同，即使困頓落魄，仍堅決隱而不仕，下片故道：「卜隱青門眞得趣」。詞末，化用瓜戍之典，《左傳・莊公八年》載：「齊侯使連稱、管至父戍葵丘。瓜時而往，曰：『及瓜而代。』」〔註95〕瓜時赴任，來年瓜熟，任滿轉調，他人取而代之；詞人再次表達身處異族統治，與其輾轉各地，徒求蝸角虛名，仍甘心一畝田地，蓑笠鋤耕。

〔註93〕〔明〕張溥：《漢魏六朝百三名家集》（臺北：文津出版社，1979年8月），頁3293～3294。

〔註94〕同上註，頁2448。

〔註95〕〔晉〕杜預注，〔唐〕孔穎達等正義：《春秋左傳正義》（臺北：新文豐出版公司，2001年6月），卷8，頁358。

「瓜」者，種類繁多，不勝枚舉，主要分爲果瓜、菜瓜兩大類，前者可直接生食，後者仍須烹飪料理；而果瓜之中，藉由上述闡析，可知南宋・洪皓使金歸國，始攜回西瓜種子栽植，因此，青門賣瓜、浮瓜沉李皆指「甜瓜」。宋詞的食瓜書寫，在具象層面，承襲冷井浮瓜的飲食方式，其次，較爲特別者，莫過於詞人記錄親自植瓜，進而採收、享用；在抽象層面，張炎藉秦東陵侯亡國後，於青門賣瓜之事，轉爲抒發自身面對家國「瓜分」之出處選擇，因此，「瓜」之於詞人，並非停留於飲食享受，詞境自是有所開展。

第五節　桃子奇異，神人共享

關於「桃」，種類豐富，品味期長，有春桃，江休復《江鄰幾雜志》載：「岐府（今屬陝西）便齋前百葉桃，穀雨十日後，實大如拳」；〔註 96〕有夏桃，《東京夢華錄》載六月巷陌雜賣，有衛州（今河南汲縣）白桃、南京（今河南商丘）金桃；〔註 97〕有冬桃，朱弁《曲洧舊聞》載：「密縣（今屬河南）有一種冬桃，夏花秋實，八、九月間，桃自開，其核墮地而復合，肉生滿其中，至冬而熟，味如淇上銀桃而嘉美，亦異也」。〔註 98〕品嚐桃子，無須受限特定時節，開封居民得利於鄰近產地，食桃當屬極爲普遍的飲食選擇。

除以產季、桃形、桃色取名外，又有西王母桃、蟠桃之稱，以前者而言，西王母與桃，舊題班固《漢武帝內傳》載：

> 元封元年正月甲子，登嵩山，起道宮。帝齋七日，祠訖，乃還。至四月戊辰，帝夜閒居承華殿，東方朔、董仲舒在

〔註 96〕〔宋〕江休復：《江鄰幾雜志》，朱易安、傅璇琮等主編：《全宋筆記》（鄭州：大象出版社，2006 年 1 月），第 1 編，第 5 冊，頁 166。

〔註 97〕〔宋〕孟元老：《東京夢華錄》，卷 8〈是月巷陌雜賣〉，〔宋〕孟元老等著，中華書局上海編輯所編輯：《東京夢華錄外四種》，卷 8，頁 48。

〔註 98〕〔宋〕朱弁：《曲洧舊聞》（香港：迪志文化出版公司，2007 年《文淵閣四庫全書電子版》），卷 3，頁 11。

> 側。忽見一女子，著青衣，美麗非常。帝愕然問之，女對曰：「我墉宮玉女王子登也，乃爲王母所使，從崑崙山來。」語帝曰：「聞子輕四海之祿，尋道求生，降帝王之位，而屢禱山嶽。勤哉！有似可教者也。從今日清齋，不閑人事，至七月七日，王母暫來也。」帝下席，跪諾……至七月七日……唯見王母乘紫雲之輦，駕九色斑龍，別有五十天仙，側近鸞輿，皆身長丈餘，同執綵旄之節，佩金剛靈璽，戴天眞之冠，咸住殿前。王母唯扶二侍女上殿，年可十六七，服青綾之袿，容眸流眄，神姿清發，眞美人也……母自設天廚，眞妙非常……又命侍女索桃，須臾，以盤盛仙桃七枚，大如鴨卵，形圓青色，以呈王母。母以四顆與帝，三顆自食。桃味甘美，口有盈味，帝食輒收其核，王母問帝，帝曰：「欲種之。」母曰：「此桃三千歲一生實，中夏地薄，種之不生。」帝乃止。〔註99〕

西王母贈桃、桃子三千年一熟，增添桃子奇幻色彩，後世多藉以詠桃，果物命名或源於此，如：北魏・楊衒之《洛陽伽藍記》載：「景陽山百果園……有『仙人桃』，其色赤，表裡照徹，得霜乃熟，亦出崑崙山，一曰『西王母桃』。」〔註100〕唐・段成式《酉陽雜俎》載：「王母桃，洛陽華林園內有之，十月始熟，形如括蔞。俗語曰：『王母甘桃，食之解勞。』亦名『西王母桃』。」〔註101〕宋・寇宗奭《本草衍義》載：「西京有崑崙桃，肉深紅紫色。」〔註102〕以西王母、仙人、

〔註99〕舊題〔漢〕班固：《漢武帝內傳》（香港：迪志文化出版公司，2007年《文淵閣四庫全書電子版》），頁2～4。
按：「大如鴨卵」，中華書局守山閣叢書本作「大如鴨子」（舊題〔漢〕班固撰，〔清〕錢熙祚校：《漢武帝內傳》，頁3。），爲免古今語意混淆，故以文淵閣四庫全書電子版爲據。

〔註100〕〔北魏〕楊衒之：《洛陽伽藍記》（香港：迪志文化出版公司，2007年《文淵閣四庫全書電子版》），卷1，頁19。

〔註101〕〔唐〕段成式：《酉陽雜俎》，續集卷10〈支植下〉，新興書局編：《筆記小說大觀》，第9編，第1冊，頁368。

〔註102〕〔宋〕寇宗奭：《本草衍義》（北京：中華書局，1985年），卷18，頁105。

崑崙命名，強調桃子珍貴，然而桃色、品桃時間，皆與原典不同，則非時人所在意。至於蟠桃，亦有矛盾，試見以下兩則記載：

> 漢・王充《論衡・訂鬼》載：「《山海經》又曰：『滄海之中，有度朔之山，上有大桃木，其屈蟠三千里。』」〔註 103〕
>
> 唐・歐陽詢等撰《藝文類聚》載：「《十洲記》曰：『東海有山，名度索山，有大桃樹，屈盤數千里，曰「蟠桃」。』」〔註 104〕

檢索四庫全書本郭璞注《山海經》，查無度朔山及其桃木資料，但見卷四〈東山經〉之「歧山」、卷五〈中山經〉之「夸父之山」、「靈山」、「卑山」有桃樹，與卷十六〈大荒西經〉有「桃山」；〔註 105〕又檢索四庫全書本東方朔撰《海內十洲記》，亦查無原文，但見東方朔《神異經》云：「東方有樹，高五十丈，葉長八尺，名曰『桃』，其子徑三尺二寸，小核，味和，和核羹食之，令人益壽。食核中仁，可以治嗽，小桃溫潤，嘅嗽，人食之即止。」〔註 106〕無論原書條文散佚，抑或後世標注徵引書目有誤，藉由《論衡》、《藝文類聚》，反映由漢至唐，在桃實之外，另出現一特定名詞「蟠桃」，唐詩也屢見「蟠桃」，如：

〔註 103〕〔漢〕王充：《論衡》（香港：迪志文化出版公司，2007 年《文淵閣四庫全書電子版》），卷 22，頁 18。

〔註 104〕〔唐〕歐陽詢等撰：《藝文類聚》（香港：迪志文化出版公司，2007 年《文淵閣四庫全書電子版》），卷 86，頁 5。

〔註 105〕〔晉〕郭璞注：《山海經・東山經》云：「又南水行八百里，曰岐山，其木多桃、李。」（香港：迪志文化出版公司，2007 年《文淵閣四庫全書電子版》），卷 4，頁 6。
《山海經・中山經》云：「又西九十里，曰夸父之山……其北有林焉，名曰桃林，是廣員三百里。」卷 5，頁 13。
《山海經・中山經》云：「又東北三百里，曰靈山……其木多桃、李、梅、杏。」卷 5，頁 20。
《山海經・中山經》云：「又東四十里，曰卑山，其上多桃、李苴、梓，多纍。」卷 5，頁 30。
《山海經・大荒西經》云：「有桃山、有䖟山、有桂山、有于土山、有丈夫之國。」卷 16、3。

〔註 106〕舊題〔漢〕東方朔撰，〔晉〕張華注：《神異經》（香港：迪志文化出版公司，2007 年《文淵閣四庫全書電子版》），頁 3。

陳陶《續古》二十九之八云：「仙家風景晏，浮世年華速。邂逅漢武時，蟠桃海東熟。」〔註 107〕再者，舊題班固《漢武故事》載東方朔偷桃，云：

> 東郡送一短人，長五寸，衣冠具足。上疑其精，召東方朔。至，朔呼短人曰：「巨靈，阿母還來否？」短人不對。因指謂上：「王母種桃，三千年一結子，此兒不良，已三過偷之。失王母意，故被謫來此。」上大驚，始知朔非世中人。〔註 108〕

唐・貫休〈夢遊仙〉四首之四化用偷桃典，云：「宮殿崢嶸籠紫氣，金渠玉砂五色水。守閽仙婢相倚睡，偷摘蟠桃幾倒地。」〔註 109〕改稱「蟠桃」，且直指偷桃處係西王母宮殿；而西王母宮殿最著名者，莫過於《穆天子傳》載西王母宴周穆王於「瑤池」，相互唱答；〔註 110〕到了宋金元，延續發展爲群仙齊聚瑤池，爲西王母慶壽，西王母以蟠桃款待眾仙，莊一拂《古典戲曲存目彙考・王母蟠桃會》云：「此戲未見著錄……按此類慶壽戲劇，數見不鮮，宋官本雜劇，即有《宴瑤池爨》，金、元院本有《王母祝壽》一本、《蟠桃會》一本、《瑤池會》一本。元鍾嗣成、明朱有燉《蟠桃會》雜劇，情節亦皆類似。」〔註 111〕宋金元者，今僅見元殘曲，明・徐子室《九宮正始》載：

〔註 107〕清聖祖御定：《全唐詩》，冊 21，卷 746，頁 8487。

〔註 108〕舊題〔漢〕班固：《漢武故事》（上海：上海古籍出版社，1991 年 12 月），頁 286。

〔註 109〕清聖祖御定：《全唐詩》，冊 23，卷 826，頁 9305。

〔註 110〕〔晉〕郭璞注：《穆天子傳》云：「乙丑，天子觴西王母於瑤池之上，西王母爲天子謠曰：『白雲在天，山陵自出，道里悠遠，山川間之，將子無死，尚能復來。』天子答之曰：『予歸東土，和治諸夏，萬民平均，吾顧見汝，比及三年，將復而野」（上海：上海古籍出版社，1991 年 12 月），卷 3，頁 254。

〔註 111〕莊一拂：《古典戲曲存目彙考》（臺北：木鐸出版社，1986 年 9 月），卷 2，頁 24。

按：相關研究，又見錢南揚云：「此戲不見著錄……案：此類祝壽用的戲劇，很早就有了。金院本有《瑤池會》一本、《蟠桃會》一本、《王母祝壽》一本，俱見《輟耕錄》。此後雜劇有元鍾嗣成《蟠

〈中呂引子・金菊對芙蓉・蟠桃會（元傳奇）〉濃靄香中，水雲影裡，迥然人世難同。似玉皇金苑，寶籙仙宮。萬花開處神仙滿，盡笑語俱樂春風。蟠桃佳會，特離絳闕，來此相逢。〔註 112〕

〈正宮近詞・春色滿皇州・王母蟠桃會（元傳奇）〉索居仙洞僻，與無心去來，白雲爲侶。清興逸，幽閑自得仙機。聞知，今日是王母生辰，來慶賀略伸微意。〈合〉歡娛處，見群仙並列，共樂瑤池。

〈前腔換頭〉今日，晚來和氣舒。見祥雲滿空，光景熙熙，香霧靄，和風麗日遲遲。偏宜，庭前見花木生春，麟鳳躍魚龍遊戲。〔註 113〕

錢南揚《宋元戲文輯佚》以爲這三曲屬一套，首曲王母唱，二、三曲爲祝壽的仙人所唱，正是蟠桃會開宴之時。〔註 114〕綜觀西王母與蟠

桃會》一本，見《錄鬼簿續編》……這些都未見傳本。」宋元之後，則概述現存朱有燉《群仙慶壽蟠桃會》戲曲大要，云：「九靈太廟龜山金母請東華木公、南極星君等赴蟠桃會。蟠桃仙果，三千年開花，三千年結實，三千年成熟。太上仙官東方朔，在二萬七千年間，曾偷吃過三次，這回又準備去偷吃第四次。他趁守桃仙女睡著的時候，變成靈龜，變成仙鶴，終於達到了目的。宴會時，又有嵩山仙子、大河仙女等前來上壽，熱鬧一番而散。」錢南揚：《宋元戲文輯佚》（上海：上海古典文學出版社，1956 年 12 月），頁 15。

按：檢索《南村輟耕錄》、《全元曲》皆僅見標目，未見戲文。〔元〕陶宗儀：《南村輟耕錄》（北京：中華書局，1959 年 2 月），卷 25〈院本名目〉，頁 308、310。徐征等編：《全元曲》（石家莊：河北教育出版社，1998 年 8 月），卷 7，頁 4855。

朱有燉《群仙慶壽蟠桃會》、《瑤池會八仙慶壽》戲曲全文，見楊家駱編：《全明雜劇》（臺北：鼎文書局，1979 年 6 月），冊 4，頁 1453～1521。

〔註 112〕〔明〕徐子室《九宮正始》，冊 2，王秋桂主編：《善本戲曲叢刊》（臺北：臺灣學生書局，1984 年 8 月），第 3 輯，頁 380。

〔註 113〕〔明〕徐子室《九宮正始》，冊 3，王秋桂主編：《善本戲曲叢刊》，第 3 輯，頁 1083～1084。

〔註 114〕錢南揚：《宋元戲文輯佚》，頁 16。

桃由神話、小說、詩、戲曲的發展轉變，黃景春、鄭豔〈從蟠桃到蟠桃會〉闡析蟠桃的原型是現實中的桃子，經過眾人加工想像而衍生蟠桃，進而出現蟠桃會，影響寫作的因素有二，一爲神仙世界的想像，二爲長生不老的渴望。〔註 115〕原始典籍本無蟠桃，經文人添筆，生成蟠桃，且因「蟠桃的原型是現實中的桃子」，故可見圖畫蟠桃仍以尖嘴形桃子爲主，今日以麵粉製作的壽桃，亦屬尖嘴形；然而回歸現實果物，蟠桃形狀與繪畫、糕點全然不同，依據宋·周師厚《洛陽花木記》載桃類多達 30 種，其中之一即「蟠桃」，且自注：「一名餅子桃」；〔註 116〕寇宗奭《本草衍義》載：「餅子桃，如今之香餅子。」〔註 117〕吳自牧《夢粱錄》記載杭州市集販售各類桃子，「紅餅子」即爲其一，〔註 118〕如此再次顯現蟠桃的複雜歧異，本無蟠桃卻又虛化蟠桃，紙上蟠桃卻又不同於口中蟠桃。

以宋詞桃子書寫而言，承續既有的神奇義，如：朱敦儒（1081～1159，洛陽（今屬河南）人）〈如夢令〉云：「一夜蟠桃吹坼。剛道有人偷折。幸自沒蹤由，無奈蝶蜂胡說。胡說。胡說。方朔不須耳熱。」（2-1125）詞人化用東方朔偷桃事，寫來多了幾分詼諧逗趣。再者，以桃祝壽，不僅反映於戲曲，陳亮（1143～1194，婺州永康（今屬浙江）人）〈點絳唇〉云：「碧落蟠桃，春風種在瓊瑤苑。幾回花綻。一子千年見。　香染丹霞，摘向流虹旦。深深願。萬年天算。玉顆常來獻。」（3-2710）桃子千年結實，乃西王母所有，詞人詠桃、獻桃，凸顯桃子仙氣非凡，以及壽主身份尊貴；且食桃能夠延年益壽，繼東方朔《神異經》之後，此說更是普遍，如：《神仙傳》云：「董子陽，

〔註 115〕黃景春、鄭豔：〈從蟠桃到蟠桃會〉，《民俗研究》，第 2 期（2009 年），頁 79～80。

〔註 116〕〔宋〕周師厚：《洛陽花木記》，引自〔明〕陶宗儀：《說郛》（香港：迪志文化出版公司，2007 年《文淵閣四庫全書電子版》），卷 104 下，頁 21。

〔註 117〕〔宋〕寇宗奭：《本草衍義》，卷 18，頁 104。

〔註 118〕〔南宋〕吳自牧：《夢粱錄》，卷 18〈物產〉，〔宋〕孟元老等著，中華書局上海編輯所編輯：《東京夢華錄外四種》，頁 283。

少知長生之道，隱博落山中九十餘年，但食桃、飲石泉。」〔註 119〕《神農本草經》云：「玉桃服之，長生不老。若不得早服之，臨死日服之，其尸畢天地不朽。」〔註 120〕食桃附加的食用價值，正是滿足人們普遍希求青春永駐，因此，以蟠桃祝壽，祝願對方長命百歲，最是恰當，尤其宋代祝壽風氣盛行，社交應酬之際，促使壽詞作品遽增，〔註 121〕常見蟠桃入詞，如：劉清之（1139～1195，臨江（今江西清江）人）〈鷓鴣天・子壽母〉云：「異時早約西王母，剩折蟠桃薦壽筵。」（3-2411）、王邁（1184～1248，仙遊（今福建仙遊）人〈滿江紅・壽趙宰　二月初一〉云：「有安期、大棗伴蟠桃，年年獻。」（4-3226）、

〔註 119〕〔晉〕葛洪：《神仙傳》，新興書局編：《筆記小說大觀》，第 4 編，第 1 冊，頁 512。

〔註 120〕引自〔宋〕李昉等撰：《太平御覽》，卷 967，頁 3。

按：宋代之前有《齊民要術》、之後有《廣群芳譜》皆引述此則記載，今人渠紅岩、吳敏研究亦云：「《神農本草經》，是我們研究桃文化不可或缺的資料，它雖然是一部醫學著作，但其中『玉桃服之長生』的觀念，已深深影響著人們的思想。」然實際檢索《神農本草經》，原書並無「玉桃」記載，但見「玉泉」，書云：「玉泉，味甘平，主五藏百病，柔筋強骨，安魂魄，長肌肉，益氣，久服耐寒暑，不饑渴，不老神仙。人臨死服五斤，死三年色不變。一名玉朼。」孫星衍、孫馮翼注云：「《御覽》又引云玉桃……，則朼疑當作桃。」引文訛誤，當時或後世未能察之，反映食桃與長壽的飲食聯結，顯然已經建立並且被接受。

〔魏〕吳晉等述，〔清〕孫星衍、孫馮翼輯：《神農本草經》（臺北：臺灣中華書局，1987 年 6 月），卷 1，頁 4。

〔後魏〕賈思勰：《齊民要術》，卷 10〈五槃果蓏菜茹非中國物者〉，頁 78。

〔清〕汪灝等撰：《廣群芳譜》，卷 54〈果譜・桃〉，頁 3032。

渠紅岩、吳敏：〈古代的桃文獻史料與當代的桃文化研究〉，《韶關學院學報》，第 28 卷第 8 期（2007 年），頁 102。

〔註 121〕沈松勤：《唐宋詞社會文化學研究》云：「兩宋祝壽風俗之盛，是以往任何一個時期所難以企及的。該風俗既盛行於帝皇后妃和大臣百官之間，又流行於平民百姓，包括女性社會，並且又每每張用妓樂，歌舞祈福，籠罩著一層濃濃的藝術氛圍，由此又孕育了大量用於慶賀祈禱的壽詞，使之形成了鮮明的時代特徵。」（杭州：浙江大學出版社，2000 年 1 月），頁 270。

吳文英〈燭影搖紅・壽嗣榮王〉云：「笑從王母摘仙桃，瓊醴雙金琖。」（4-3694）進而推論「蟠桃」成為「壽桃」，當是自宋起，奠定喜慶祝賀的食桃文化。

此外，柳永〈玉樓春〉五首之五云：「閬風歧路連銀闕。曾許金桃容易竊。烏龍未睡定驚猜，鸚鵡能言防漏泄。　匆匆縱得鄰香雪。窗隔殘煙簾映月。別來也擬不思量，爭奈餘香猶未歇。」（頁 1～25）依據詞意，可知以「偷桃」代指「偷情」，因此，怕犬吠，恐惹人注目，怕鸚鵡洩密，曝光戀情。鄭域沿用此意，並針對桃子有所描述，調寄〈念奴嬌〉，詞云：

> 蕊宮仙子，愛癡兒、不禁三偷家果。棄核成根傳漢苑，依舊風煙難□。老養丹砂，長留紅臉，點透胭脂顆。金盤盛處，恍然天上新墮。　莫厭對此飛觴，千年一熟，異人間梨棗。劉阮塵緣猶未斷，卻向花間飛過。爭似蓮枝，摘來滿把，鶯嘴平分破。餐霞嚼露，鎮長歌醉蓬島。（4-2959）

自首句起，詞人沿用舊典，改寫創新，跳脫刻板印象，翻舊為新。原是西王母贈桃、東方朔偷桃，詞人卻道蕊宮仙子動了凡心，為伊人偷家果，融入「投我以木瓜，報之以瓊琚」〔註 122〕互贈信物之意，以及「桃之夭夭，有蕡其實」〔註 123〕的愛情象徵，又因為「偷」字，暗示此段感情不可張揚；桃子原是「中夏地薄，種之不生」，詞人改為「棄核成根傳漢苑」，因此，人間留有胭脂紅桃，透顯女子用情至深。下片引《幽明錄》載劉晨、阮肇共入天臺山取穀皮，迷不得返，經十三日，飢渴幾死，「遙望山上有一桃樹，大有子實，而絕巖邃澗，永無登路，攀援藤葛，乃得至上。各噉數枚，而飢止體充。」後遇二女子，相談甚歡，如遇故舊，獲邀至家中作客，「食畢行酒，有群女來，各持三五桃子，笑而言：『賀汝婿來。』酒酣作樂，劉阮忻怖交

〔註 122〕《詩經・衛風・木瓜》，〔漢〕毛亨傳，〔漢〕鄭玄箋，〔唐〕孔穎達疏：《毛詩正義》，卷 3，頁 141。
〔註 123〕《詩經・周南・桃夭》，〔漢〕毛亨傳，〔漢〕鄭玄箋，〔唐〕孔穎達疏：《毛詩正義》，卷 1，頁 37。

並。至暮、令各就一帳宿，女往就之，言聲清婉，令人忘憂。」後欲返家，半年後，回到鄉里，早已人事全非。〔註 124〕原是迷途，誤入仙境，原文兩次出現桃子，構成「食色性也」，詞人改爲「劉阮塵緣猶未斷，卻向花間飛過。」似是刻意爲之；且「鶯嘴平分破」原爲詠櫻桃之典，亦即鶯鳥含桃，進而代指女子紅唇、善歌。綜合詞人活用典故，明引、暗示，進而推論詞篇中所謂蕊宮仙子當指貌美歌妓，男主角爲其留戀風月場所。

桃實，品類多、產季長、產區鄰近都城消費區，時人對此一果物，理應毫不陌生，卻少見描述具體形、味，而以「神異」爲其特色。此一特色的形成，上溯《漢武帝內傳》載西王母贈桃、桃子三千年結實；《漢武故事》述東方朔偷桃；唐代或受桃木屈盤之影響，故出現蟠桃一詞；至宋代又衍生爲群仙慶壽蟠桃會，且因宋人祝壽風氣盛行，以及食桃益壽的飲食觀念普及，相互助長之下，自此，「蟠桃祝壽」遂成爲專屬獨特的果物形象，壽詞更是屢屢見之。此外，偷桃轉爲象徵偷情，源於《詩經・周南・桃夭》，然而改變原先灼灼其華、有蕡其實、其葉蓁蓁，〔註 125〕代表開花結果、開枝散葉的美好寓意，皆因偷字，感情不可告人。

小　結

本章探討春夏果物詞篇，反映各種飲食現象，皆具特色，楊梅甜而微酸，可生食或釀酒，且越州產者，品質最佳；食櫻拌酪，絕佳搭配，兼具食療保健，無論兩宋，皆流行之，承自魏晉，成爲跨時代、跨地域的飲食風尚；嚼梅，味酸，又能使口中生香滿溢；瓜果香甜，

〔註 124〕〔南朝宋〕劉義慶：《幽明錄》，新興書局編：《筆記小說大觀》，第 31 編，第 7 冊，頁 4028～4030。

〔註 125〕《詩經・周南・桃夭》云：「桃之夭夭，灼灼其華。之子于歸，宜其室家。桃之夭夭，有蕡其實。之子于歸，宜其家室。桃之夭夭，其葉蓁蓁。之子于歸，宜其家人。」〔漢〕毛亨傳，〔漢〕鄭玄箋，〔唐〕孔穎達疏：《毛詩正義》，卷 1，頁 37。

誘人口鼻，且冷井浮瓜，清涼消暑。

再者，櫻桃詞篇，常見化用典故，如：食櫻空盤、荔子不比櫻桃、野人送朱櫻、櫻桃樊素口等，形塑櫻桃與政治、愛情的連結；梅子加工製作，應用於烹調料理，能夠輔助調味，自古有之，詞篇則承襲《尚書》，重視「鹽梅調羹」的抽象義涵，且由於作者大多沿用相同的典故，未能有所突破，即使改作「梅酸止渴」，用意亦相同，故同時遭致了無新意的寫作批評；張炎由分瓜享用，轉爲抒發家國瓜分，開展詞境，而非停留於飲食享受，具特殊性；至於桃實，品類多、產季長、產區鄰近都城消費區，卻少見詞篇描述具體形、味，轉而側重「蟠桃祝壽」，祝願長生不老。

第六章　宋詞飲食書寫（三）——秋冬果物

本章以秋冬果物爲主，探討橘、橙、柑、橄欖、龍眼、葡萄、柿、羊桃、林檎、石榴，共 10 種水果；如同上一章，依詞篇寫作數量多寡爲序，除將柑果移至橄欖之前，列於同爲芸香科柑橘屬的橘、橙之後。再者，持續著重研究的深度與廣度，以果物詞篇爲主體，論述寫作內容與技巧，且擴及自然種植、社會接受、歷史發展、食療保健、飲食詩文等不同面向。

第一節　南方黃橘，香霧清泉

柑橘類果物，屬南方特產，《雞肋編》載：「平江府（今江蘇吳縣）洞庭東西二山，在太湖中，非舟楫不可到……地方共幾百里，多種柑橘桑麻，餬口之物，盡仰商販。」〔註 1〕洞庭又有山水之分，《雲麓漫鈔》云：「洞庭有山水之分，吳中太湖內，乃洞庭山，產柑橘，香味勝絕……楚之洞庭乃湖，連亘數州，邊湖亦產柑橘，《襄陽記》：『李

〔註 1〕〔南宋〕莊綽撰，蕭魯陽點校：《雞肋編》（北京：中華書局，1983 年 3 月），卷中，頁 65。

叔平敕子曰：「龍陽洲有千頭木奴。」』龍陽洲在洞庭側旁。」〔註2〕無論江蘇太湖內的「洞庭山」，抑或湖北襄陽的「洞庭湖」，皆種植柑橘，具經濟價值；廣南亦有之，《雞肋編》載：「廣南可耕之地少，民多種柑橘以圖利。常患小蟲損食其實，惟樹多蟻，則蟲不能生，故園戶之家，買蟻於人；遂有收蟻而販者，用豬羊脬盛脂其中，張口置蟻穴旁，竢蟻入中，則持之而去，謂之『養柑蟻』。」〔註3〕農家利用物種之間的天然相尅，保護農作物，甚而導引另類職業，因應而生。至於柑橘之別，本文第三章已經有所探討，包括柑樹畏冰雪、果實較大，果皮較粗厚、易腐敗等，橘則與之相反。

宋詞與橘相關的詠物詞篇，以蘇軾〈浣溪沙・詠橘〉二首而言，作於宋哲宗紹聖元年（1094）謫惠途中，九月間初到廣州，〔註4〕賞橘、食橘，並予以品評。詞云：

> 菊暗荷枯一夜霜。新苞綠葉照林光。竹籬茅舍出青黃。香霧噀人驚半破，清泉流齒怯初嘗。吳姬三日手猶香。（1-406）
>
> 幾共查梨到雪霜。一經題品便生光。木奴何處避雌黃。北客有來初未識，南金無價喜新嘗。含滋嚼句齒牙香。（1-415）

菊暗、荷枯、降霜，大自然在一片枯寂之中，橘子經霜熟成，詞人運用植物榮枯對比，新苞、綠葉、出青黃，凸顯生意盎然。又細寫剝橘時，香霧噀人，令人驚異；食橘時，清泉流齒，卻又心怯，亦即橘實多汁，口感微酸；嚐鮮之後，滿口生香，手指留香。身爲北客的蘇軾，顯然相當滿意此次的南食經驗，不免爲橘貶稱「木奴」抱屈，讚賞「南金無價」，並題詠記之。

〔註2〕〔南宋〕趙彥衛撰，傅根清點校：《雲麓漫鈔》（北京：中華書局，1996年8月），卷10，頁168。

〔註3〕〔南宋〕莊綽撰，蕭魯陽點校：《雞肋編》，卷下，頁112。

〔註4〕曹樹銘：《蘇東坡詞》（臺北：臺灣商務印書館，1996年6月），下冊，卷2，頁390～391。

除色、香、形、味、名的具體描述外，「橘」之於李之儀（1048～1118），則別有滋味。李之儀，滄州無棣（今屬山東）人，後徙山陽（今江蘇淮安），有《姑溪詞》一卷，清・吳重熹〈姑溪詞跋〉云：「之儀字端叔，無棣人，官至提舉河東常平。坐草范純仁遺表，過於鯁直，忤蔡京意，編管太平州（今安徽當塗）。」〔註5〕據曾棗莊編年，李之儀於崇寧元年（1102）以草范純仁遺表，貶當塗。〔註6〕至於詠橘詞，試見〈西江月・橘〉云：

> 昨夜十分霜重，曉來千里書傳。吳山秀處洞庭邊。不夜星垂初遍。　　好事寄來禪侶，多情將送琴仙。爲憐佳果稱嬋娟。一笑聊回媚眼。」（1-445）

上片「曉來千里書傳」，可知作者當時居於異地。下片「好事寄來禪侶」，對照次句「多情將送琴仙」、「佳果稱嬋娟」，以及詞人另一首〈清平樂・橘〉云：「璀璨寄來光欲溜」（1-422），故推測以「僧侶」代指「橘」，取橘實圓亮，狀如僧侶頭形，可謂造語生奇，與佛手柑「狀如人手有指」、〔註7〕釋迦「狀若佛頭」，〔註8〕異曲同工。遠方友人不僅遙寄書信，並贈予佳果，李之儀欲回贈「琴仙」，而「琴仙」者，實爲歌妓楊姝，琴藝精湛，後納之爲妾；《揮麈後錄》云：「郡娼楊姝

〔註5〕金啓華等編：《唐宋詞集序跋匯編》（臺北：臺灣商務印書館，1993年2月），頁35。

〔註6〕曾棗莊、舒大綱：《北宋文學家年譜》（臺北：文津出版社，1999年6月），〈李之儀年譜〉，頁366～373。
文獻資料：
〔宋〕李之儀：《姑溪居士文集》云：「壬午，聞被召，自潁昌亟來。獲見於國門外舟中，蒙問勞其渥，矜惻相仍。未幾以罪去，流落江上。」（香港：迪志文化出版公司，2007年《文淵閣四庫全書電子版》），卷20〈上宰執手簡〉，頁2。

〔註7〕〔清〕汪灝等撰：《廣群芳譜》載：「佛手柑，木似朱欒，而葉尖長，枝間有刺，植之近水乃生。其實狀如人手有指，有尺餘者。」卷65〈果譜・柑〉，頁3598。

〔註8〕連橫：《臺灣通史》云：「釋迦，種出印度，荷人移入……樹高丈餘，實大如柿，狀若佛頭，故名。」（南投：臺灣省文獻委員會，1992年3月），卷27〈農業志・果之屬〉，頁749。

者，色藝見稱於黃山谷詩詞中，端叔喪偶無嗣，老益無憀，因遂蓄楊於家，已而生子。」〔註 9〕黃庭堅崇寧元年（1102）六月赴太平州，作〈好事近・太平州小妓楊姝彈琴送酒〉，另有詩篇，〔註 10〕李之儀與之同聽楊姝彈琴，作〈好事近・與黃魯直與當塗花園聽楊姝彈〈履霜操〉，魯直有詞，因次韻〉，又有〈清平樂・聽楊姝琴〉二首、〈浣溪沙・爲楊姝作〉。〔註 11〕據曾棗莊編年，李之儀與妻育有二子一女，長子未名而卒，妻、女於崇寧四年（1105）逝，次子於大觀三年（1109）逝，納楊姝爲妾於崇寧五年（1106），生一子二女，〔註 12〕因此，反

〔註 9〕〔南宋〕王明清：《揮麈後錄》（香港：迪志文化出版公司，2007 年《文淵閣四庫全書電子版》），卷 6，頁 17。

〔註 10〕編年，〔宋〕黃庭堅著，〔宋〕任淵、史容、史季溫注，黃寶華點校：《山谷詩集注》，目錄頁 32。
詩，〈太平州作二首〉之二云：「千古人心指下傳，楊姝煙月過年年。不知心向誰邊切，彈盡松風欲斷絃。」〔宋〕黃庭堅著，〔宋〕任淵、史容、史季溫注，黃寶華點校：《山谷詩集注》，外集卷 17，頁 1056。
詞，〈好事近・太平州小妓楊姝彈琴送酒〉云：「一弄醒心絃，情在兩山斜疊。彈到古人愁處，有眞珠承睫。　使君來去本無心，休淚界紅頰。自恨老來憎酒，負十分金葉。」（1-530）

〔註 11〕〈清平樂・聽楊姝琴〉：「殷勤仙友。勸我千年酒。一曲履霜誰與奏。邂逅麻姑妙手。　坐來休歎塵勞。相逢難似今朝。不待親移玉指，自然癢處都消。」（1-443）
〈清平樂・再和〉云：「當時命友。曾借鄰家酒。舊曲不知何處奏。夢斷空思纖手。　卻應去路非遙。今朝還有明朝。謾道人能化石，須知石被人消。」（1-443）
〈浣溪沙・爲楊姝作〉云：「玉室金堂不動塵。林梢綠遍已無春。清和佳思一番新。　道骨仙風雲外侶，煙鬟霧鬢月邊人。何妨沉醉到黃昏。」（1-445）
〈好事近・與黃魯直與當塗花園聽楊姝彈〈履霜操〉，魯直有詞，因次韻〉云：「相見兩無言，愁恨又還千疊。別有惱人深處，在懵騰雙睫。　七絃雖妙不須彈，惟願醉香頰。只恐近來情緒，似風前秋葉。」（1-452）

〔註 12〕曾棗莊、舒大綱：《北宋文學家年譜》，〈李之儀年譜〉，頁 350～351、369～373。
文獻資料：
〔宋〕李之儀：《姑溪居士文集》云：「兩手結彌陀印而逝，時（崇寧）四年二月四日也……子，長未名而卒，次堯行未葬前一年亦已

觀此闋詞，獲贈佳橘，感受友朋情誼，欲以琴仙回禮相贈，幽默戲謔，或作於崇寧五年之後，此番「佳果稱嬋娟」之語，情人倒也付之一笑，不作嗔色。

再者，壽詞屢屢述及蟠桃，乃因蟠桃千年一熟、西王母設宴慶壽、食桃養生、凡人希求長生不老、宋代祝壽風氣盛行，綜合虛構與實際、個人與社會的種種因素，遂構成蟠桃的象徵意義，至於以橘相贈，亦見於祝壽，劉辰翁〈鷓鴣天・和謝胡盤居貺橘爲壽〉云：

> 自入孤山分外香。南枝不改舊時妝。爲曾盤裡承青眼，一見溪頭道勝常。　　商山樂，又相羊。上方不復記傳觴。橘中個個盤深窈，依倚東風局意長。（5-4059）

牛僧孺《玄怪錄》載巴邛某戶人家，有橘園，霜後收成，餘有二大橘，剖之，「每橘有二老叟，鬚眉皤然，肌體紅潤，皆相對象戲，身長尺餘，談笑自若。剖開後，亦不驚怖，但與決賭。決賭訖，一叟曰：『君輸我海龍神第七女髮十兩，智瓊額黃十二枚……後日於王先生青城草堂還我耳。』又有一叟曰：『王先生許來，竟待不得，橘中之樂，不減商山，但不得深根固蒂，爲愚人摘下耳。』又一叟曰：「僕饑矣！須龍根脯食之。」即於袖中抽出一草根，方圓徑寸，形狀宛轉如龍，毫釐罔不周悉，因削食之，隨削隨滿。食訖，以水噀之，化爲一龍，四叟共乘之，足下泄泄雲起。須臾，風雨晦冥，不知所在。」〔註 13〕橘中老叟，對弈自娛，具神仙異術，後乘龍而去，所謂「橘中之樂，

卒，一女子嫁餘杭虞弈……後文柔數日卒……李氏占數滄州無棣，後徙楚州山陽，今得卜於太平州當塗縣藏雲山之致雨峰下，遂遷先人妣以葬，而以文柔從葬，先人諱頎，先妣田氏。享年五十八歲，其葬以大觀四年十一月十八日。」卷 50〈姑溪居士妻胡氏文柔墓誌銘〉，頁 4～6。

〔宋〕李之儀：《姑溪居士文集》云：「大觀四年四月十八日，奉先人先妣，合未葬四喪而葬焉。於是先人以之儀陛朝累贈光祿大夫，先妣追封永嘉郡太夫人。孫堯行，以通侍郎，江州軍事判官，次堯光方四歲……次方二歲，次生未滿月。」卷 50〈李氏歸葬記〉，頁 8。

〔註 13〕〔唐〕牛僧孺編，程毅中點校：《玄怪錄》（北京：中華書局，1982 年 9 月），卷 3，頁 73～74。

不減商山」即商山四皓，避秦亂，隱於商雒山；〔註14〕詞人化用橘中仙翁典故，既呼應上片表達歸隱山林，怡然自樂，並由此看出對方贈橘祝壽的用心，以橘中叟、商山皓切合壽主隱遁避世，又取諧音「吉」，祝願吉祥如意。

綜上所述，在筆記中的「橘」，反映農民謀生養家的經濟依賴，呈現底層人民的現實生活；在詞篇中的「橘」，透過作者的生花妙筆，或敘寫果物特點，出自品味的角度，屬於美食記錄，或以橘相贈、以橘祝壽，因此，食橘的當下，感受的不僅是果物美味，更是友情的展現。

第二節　香橙實用，醫食同源

柑、橘，除直接剝食外，又能予以變化，如：「朱柑」以鹽漬之、「金柑」漬蜜尤佳、「洞庭柑」釀製水果酒；且兼具食療保健，如：「橘肉」，甜者潤肺，「橘皮」利氣、化痰，「橘核」治腰及膀胱腎氣，相關闡述，見韓彥直《橘錄》及本論文第三章之第二節〈譜錄著作與飲食主張〉。至於「橙」，同爲芸香科柑橘屬，韓彥直《橘錄》載：「香氣馥馥，可以熏袖，可以芼鮮，可以漬蜜，眞嘉實也。」〔註15〕而宋詞的香橙書寫，亦可見各種食用方式。

關於食橙，周邦彥（1056～1121，錢塘（今浙江杭州）人〈少年遊・秋景〉云：「并刀如水，吳鹽勝雪，纖手破新橙。」(2-781)《貴耳集》載李師師與宋徽宗、周邦彥事，使得此闋詞廣爲流傳，〔註16〕

〔註14〕《漢書・王貢兩龔鮑傳》載：「漢興有園公、綺里季、夏黃公、甪里先生，此四人者，當秦之世，避而入商雒深山，以待天下之定也。」〔漢〕班固撰，〔唐〕顏師古注，楊家駱編：《新校本漢書并附編二種》（臺北：鼎文書局，1979年2月），卷72，頁3055。

〔註15〕〔南宋〕韓彥直：《橘錄》，頁3。

〔註16〕《貴耳集》載：「道君幸李師師家，偶周邦彥先在焉，知道君至，遂匿於床下。道君自攜新橙一顆，云：『江南初進來。』遂與師師謔語。邦彥悉聞之，檃括成〈少年遊〉……李師師因歌此詞。道君問誰作？

並提供後人了解當時的食橙方式。至於詠橙詞，如：曹勛（1098～1174，陽翟（今河南禹縣）人）〈浣溪沙・賞根〉云：「乍剖金膚藏嫩玉，吳鹽兼味發清香。」（2-1583）又〈鷓鴣天・詠根〉亦云：「鹽勝雪，喜初嘗。微酸歷齒助新妝。」（2-1600）以鹽調和酸味，向來爲人們普遍運用。再者，吳文英〈虞美人影・詠香橙〉云：

> 黃包先著風霜勁。獨占一年佳景。點點吳鹽雪凝。玉鱠和齏冷。　　洋園誰識黃金徑。一棹洞庭秋興。香薦蘭皋湯鼎。殘酒西窗醒。（4-3720）

上片引蘇軾〈贈劉景文〉云：「一年好景君須記，最是橙黃橘綠時。」〔註17〕進而開展詞篇，由香橙景色述及食用，不僅佐鹽食橙，「金齏玉鱠」更是美味佳餚，《記纂淵海》載：「南人魚鱠以細縷金橙拌之。」〔註18〕陸游〈雨中小酌〉云：「前村著屐猶通路，自摘金橙擣鱠齏。」

李師師奏云：『周邦彥詞。』道君大怒，坐朝宣諭蔡京云：『開封府有監稅周邦彥者，聞課額不登，如何京尹不按發來？』蔡京罔知所以，奏云：『容臣退朝，呼京尹叩問，續得復奏。』京尹至，蔡以御前聖旨諭之，京尹云：『惟周邦彥課額增羨。』蔡云：『上意如此，只得遷就。』將上得旨：『周邦彥職事廢弛，可日下押出國門。』隔一二日，道君復幸李師師家，不見李師師，問其家，知送周監稅。道君方以周邦彥出國門爲喜，既至，不遇。坐久，至更初，李始歸，愁眉淚睫，憔悴可掬。道君大怒云：『爾去那裏去？』李奏：『臣妾萬死。知周邦彥得罪押出國門，略致一杯相別。不知官家來。』道君問：『曾有詞否？』李奏云：『有〈蘭陵王〉詞』，今〈柳陰直〉者是也。道君云：『唱一遍看。』李奏云：：「『容臣妾奉一杯，歌此詞爲官家壽。』曲終，道君大喜，復召爲大晟樂正。後官至大晟樂樂府待制。」〔宋〕張端義：《貴耳集》，卷下，頁6。

按：《貴耳集》載李師師與周邦彥之事，王國維考證此乃謬說，《清眞先生遺事・事蹟一》云：「此條所言，尤失實……徽宗微行，始於政和，而極於宣和。政和元年（1111），先生已五十六歲，官至列卿，應無冶遊之事；所云開封府監稅，亦非卿監侍從所爲；至大晟樂正與大晟樂府待制，宋時亦無此官也。」

王國維：《王國維先生全集》（臺北：大通書局，1976年7月），續編，冊3，頁815。

〔註17〕〔宋〕蘇軾著，〔清〕馮應榴輯注，黃任軻、朱懷春校點：《蘇軾詩集合注》，卷32，頁1634。

〔註18〕〔南宋〕潘自牧：《記纂淵海》（香港：迪志文化出版公司，2007年

〔註19〕橙皮切絲作齏，能去腥、殺魚蟹毒，因此，烹調料理的食材選用，除呈現色、香、味，並注重醫食同源。下片詞末兩句，則敘述橙皮的另一功效，寇宗奭《本草衍義》云：「取皮合湯待賓……宿酒未解者，食之速醒。」〔註20〕藉由詞句與本草記載，可知宴席散罷，飲用香橙湯，具有解酒療效。

在具體飲食之外，下片洋園誰識二句，承橙齏鱸魚鱠而來，引蘇軾〈和文與可洋川園池三十首〉之〈金橙徑〉云：「金橙縱復里人知，不見鱸魚價自低。須是松江煙雨裡，小船燒薤擣香齏。」〔註21〕以及《晉書・張翰傳》載：

> 張翰字季鷹，吳郡吳人也……齊王冏辟爲大司馬東曹掾。冏時執權，翰謂同郡顧榮曰：「天下紛紛，禍難未已。夫有四海之名者，求退良難。吾本山林間人，無望於時。子善以明防前，以智慮後。」榮執其手，愴然曰：「吾亦與子採南山蕨，飲三江水耳。」翰因見秋風起，乃思吳中菰菜、蓴羹、鱸魚鱠，曰：「人生貴得適志，何能羈宦數千里以要名爵乎！遂命駕而歸。」〔註22〕

香橙與鱸魚鱠搭配，成爲吳地特色美食，張翰更因時局紛亂，觸動思鄉之情，思念家鄉美味，此後，遂成歸隱、懷鄉典故，具象徵意義，如：晁端禮（1046～1113，巨野（今屬山東）人）〈滿庭芳〉云：「塵網外，鱸魚旋鱠，芳酒深傾。」（1-543）王之道（1093～1169，濡須（今安徽合肥）人）〈水調歌頭・追和東坡〉云：「何處鱸魚初薦，錯俎金齏點鱠，令我憶東州。」（2-1476）楊炎正（1145～？，廬陵（今江西吉安）人）〈玉人歌〉云：「最相思，盤橘千枚，鱠鱸十尾。」（3-2727）

《文淵閣四庫全書電子版》），卷90，頁10。

〔註19〕〔南宋〕陸游撰，錢仲聯校注：《劍南詩稿校注》，卷15，頁1189。

〔註20〕〔宋〕寇宗奭《本草衍義》，卷18，頁101。

〔註21〕〔宋〕蘇軾著，〔清〕馮應榴輯注，黃任軻、朱懷春校點：《蘇軾詩集合注》，卷14，頁647。

〔註22〕〔唐〕房玄齡撰，楊家駱編：《新校本晉書并附編六種》（臺北：鼎文書局，1979年2月），卷92，頁2384。

看似述及食物，實則表達作者內在情感，使得飲食書寫由具象轉爲抽象，換言之，鱸魚鱠、橙，橘等食物，對於部分詞人、詞句而言，其意義並非在於「吃」，而是託物寓情。至於史達祖〈齊天樂・賦橙〉抒發情感又有別於他人，詞云：

犀紋隱隱鶯黃嫩，籬落翠深偷見。細雨重移，新霜試摘，佳處一年秋晚。荊江未遠。想橘友荒涼，木奴嗟怨。就說風流，草泥來趁蟹螯健。　　并刀寒映素手，醉魂沈夜飲，曾倩排遣。沆瀣含酸，金甖裹玉，蔌蔌吳鹽輕點。瑤姬齒軟。待惜取團圓，莫教分散。入手溫存，帕羅香自滿。（4-3011）

宋人喜食蟹，香橙適合與蟹料理，堪稱秋日美食，《山家清供・蟹釀橙》載：「橙用黃熟大者，截頂，剜去穰，留少液，以蟹膏肉實其內，仍以帶枝頂覆之。入小甑，用酒、醋、水蒸熟。用醋、鹽供食，香而鮮，使人有新酒菊花、香橙螃蟹之興。」〔註23〕品蟹嚐鮮，把酒言歡，在這場美食饗宴之後，並未準備香橙湯，直接佐鹽食橙，亦可謂熟諳食療保健，乃因橙皮、果肉，皆具有消食去氣作用。〔註24〕詞末，化用羅帕分柑典故，《新唐書・蕭嵩傳》載：「荊州進黃甘，帝以紫帕包賜之。」〔註25〕原是賜柑恩寵，詞人轉而述說綿綿情意，期盼感情如橙果，圓滿而不離散。

在果物詞篇中，橙具有各種食用方式，包括食橙佐鹽、金齏玉鱠、蟹釀橙、香橙湯，既可搭配料理烹調，亦可單獨食用；且橙皮能去腥、殺魚蟹毒、消食去氣、解酒醉，而橙肉佐鹽，除調和酸味，亦適合作

〔註23〕〔宋〕林洪：《山家清供》，卷上，楊家駱編：《藝術叢編》（臺北：世界書局，1992年3月），第1集《飲饌譜錄》，頁16。

〔註24〕〔宋〕劉翰、馬志等奉敕撰，謝文全、林豐定重輯：《重輯開寶重定本草》載：「橙子皮……消腸惡氣，消食，去胃中浮風氣……又以鄭洗去酸汁，細切，和鹽，蜜煎成煎，食之去胃中浮風。」（臺中：中國醫藥學院醫學研究所，1998年6月），卷17〈果部〉，頁237。

〔註25〕〔宋〕歐陽修、宋祁等撰，楊家駱主編：《新校本新唐書附索引》，卷101，頁3949。

爲餐後水果，消除腸胃不適，換言之，實用性顯著，正是醫食同源的具體實踐。再者，在寫作技巧方面，或承襲典故，或變化故實，端看詞人各自變化。

第三節　溫州眞柑，詞文流傳

「眞柑」之爭，吳、越各有擁護者，范成大品評江蘇洞庭柑爲天下第一，《吳郡志》云：「眞柑，出洞庭東、西山。柑雖橘類，而其品特高。芳香超勝，爲天下第一。浙東、江西及蜀果州，皆有柑，香氣標格，悉出洞庭下，土人亦甚珍貴之。其木畏霜雪，又不宜旱，故不能多植及持久。方結實時，一顆至直百錢，猶是常品，稍大者倍價。並枝葉剪之，飣盤時，金碧璀璨，已可人矣。」〔註 26〕栽種不易，故得之珍貴；韓彥直《橘錄》評比浙江溫州泥山乳柑，方爲眞正第一，云：

> 眞柑，在品類中最貴可珍，其柯木與花、實，皆異凡木。木多婆娑，葉則纖長茂密，濃陰滿地；花時，韻特清遠，逮結實，顆皆圓正，膚理如澤蠟。始霜之旦，園丁採以獻，風味照座，擘之則香霧噀人，北人未之識者，一見而知其爲眞柑矣。一名乳柑，謂其味之似乳酪。溫四邑之柑，推泥山爲最。泥山地不彌一里，所產柑，其大不七寸圍，皮薄而味珍，脈不粘瓣，食不留滓，一顆之核才一二，間有全無者。〔註 27〕

觀之，外形圓正、色澤光亮；剝之，果皮薄、香霧噀人、脈絲易除；食之，味似乳酪、不留渣滓、少果核。韓彥直並分析溫州眞柑勝出之因，除土壤酸鹼適合栽種的客觀因素之外，更標舉「天地光華秀傑之氣」滋養「眞柑」、造就「人傑」，相關闡述，見論文第三章之第二節〈譜錄著作與飲食主張〉。

〔註 26〕〔南宋〕范成大：《吳郡志》，卷 30，頁 285。
〔註 27〕〔南宋〕韓彥直：《橘錄》（北京：中華書局，1985 年），頁 1。

宋詞的柑果詠物，皆以溫州柑爲對象。早於韓彥直於淳熙五年（1178）撰《橘錄》之前，北宋・晁補之（1053～1110）〈洞仙歌〉云：

> 溫江異果，惟有泥山貴。驛送江南數千里。半含霜，輕噀霧，曾怯吳姬，親贈我，綠橘黃柑怎比。　　雙親雲水外，遊子空懷，惆悵無人可歸遺。報周郎、須念我，物少情多，春酒醉，獨勝甜桃醋李。況燈火樓臺近元宵，似不減年時，袖中香味。（1-750）

詞篇一開頭，詞人即給予泥山眞柑高度評價，「惟有泥山貴」，毫不掩飾，簡潔明白，且此一好評，並非個人飲食好惡而已，《宋會要輯稿》載天聖六年（1028）五月十六日，「詔溫州、鼎州、廣州，每年貢柑子并蜜煎果子，無得以貢爲名赴京。時宰相王曾等奏：『溫州等處瀕海近山，路險而遠，賫送勞費。』故罷之。」〔註 28〕溫州貢柑，已成常例，宋仁宗體恤民情，爲民著想，欲免除貢柑辛苦，然實際上未能完全禁止，南宋・王林《燕翼詒謀錄》載：「承平時，溫州、鼎州、廣州皆貢柑子，尙方多不過千，少或百數。其後州郡苞苴權要，負擔者絡繹，又以易腐多其數，以備揀擇，重爲人害。天聖六年四月庚戌，詔三州不得以貢餘爲名餉饋近臣，犯者有罰，然終不能禁也。今惟溫有歲貢歲饋，鼎、廣不復有之。」〔註 29〕換言之，「泥山貴」，其「貴」更來自於貴爲進貢佳果。再者，吳姬贈果，未能獲得詞人稱讚，顯然溫州柑不僅稱冠一方，吳、越「眞柑」之爭，作者已經判定勝負。下片，化用典故，抒情言志。「情」者，引《三國志・陸績傳》載：「陸績字公紀，吳郡吳人也。父康，漢末爲廬江太守。績年六歲，於九江見袁術。術出橘，績懷三枚，去，拜辭墮地，術謂曰：『陸郎作賓客而懷橘乎？』績跪答曰：『欲歸遺母。』術大奇

〔註 28〕〔清〕徐松輯，楊家駱編：《宋會要輯稿》（臺北：世界書局，1977 年 5 月），冊 57〈崇儒七之五五〉，頁 2316。

〔註 29〕〔南宋〕王林撰，誠剛點校：《燕翼詒謀錄》（北京：中華書局，1981 年 9 月），卷 5，頁 48。

之。」〔註30〕陸績懷橘遺母，詞人見柑果而思親，感嘆雙親仙逝，「惆悵無人可歸遺」。

考晁補之，宋神宗熙寧八年（1075），時年23歲，父君成卒；宋哲宗紹聖二年（1095），以編修《神宗實錄》失實，降通判應天府，後避親嫌，改通判亳州（今安徽亳縣）；紹聖四年（1097），時年45歲，再貶監處州（今浙江麗水）酒稅，赴任途中，母歿，奉柩還鄉；元符二年（1099），服除，改監信州（今江西上饒）酒稅；元符三年（1100），徽宗即位，復起用元祐黨人，晁補之以著作佐郎召還京師，〔註31〕進而對照詞意，詞人引周邦彥寫作〈少年遊〉的傳聞，〔註32〕以及傳柑宴典故，蘇軾〈上元侍飲樓上三首呈同列〉之三云：「歸來一盞殘燈在，猶有傳柑遺細君」自注云：「侍飲樓上，則貴戚爭以黃柑遺近臣，謂之傳柑，聽遺以歸，蓋故事也。」〔註33〕因此，推論詞

〔註30〕〔晉〕陳壽撰，〔南朝宋〕裴松之注，楊家駱編：《新校本三國志附索引》（臺北：鼎文書局，1978年11月），卷57，頁1328。

〔註31〕喬力：《晁補之詞編年箋注》（山東：齊魯書社，1992年3月），〈晁補之年譜簡編〉，頁234～258。
文獻資料：
黃庭堅〈晁君成墓誌銘〉云：「熙寧乙卯，在京師，臥病昭得坊。」曾棗莊、劉琳主編：《全宋文》，冊108，卷2335，頁71。
晁補之：《雞肋集》云：「（紹聖二年）正月十日准敕降通判南京，礙親回避，九月三日准敕就通判亳州，於當月二十五日到任上訖。」（香港：迪志文化出版公司，2007年《文淵閣四庫全書電子版》），卷55〈亳州謝到任表〉，頁3。
張耒〈晁太史補之墓誌銘〉云：「紹聖元年，朝廷治黨人，公亦坐累降通判應天府，以親嫌，通判亳州，復落職間處州酒稅。中途丁母憂，毀瘠幾不勝，喪服除，監信州酒。」〔宋〕杜大珪：《名臣碑傳琬琰之集》（香港：迪志文化出版公司，2007年《文淵閣四庫全書電子版》），中卷34，頁10。
《宋史・晁補之傳》載：「坐修神宗實錄失實，降通判應天府、亳州，又貶監處、信二州酒稅。徽宗立，復以著作召。」〔元〕脫脫等撰，楊家駱主編：《新校本宋史并附編三種》，卷444，頁13111。

〔註32〕見前註16。

〔註33〕〔宋〕蘇軾著，〔清〕馮應榴輯注，黃任軻、朱懷春校點：《蘇軾詩集合注》，卷36，頁1854。

人所謂周郎須念我、不減袖中香味等句，藉以表達欲有所作爲，寫作時間理應作於紹聖四年之後，方符合慨嘆無人可遺橘。

至於詞人另一首詠柑詞，與上述相較，布局或同或異，〈洞仙歌〉云：

> 江陵種橘，尚比封侯貴。何況江濤轉千里。帶天香，含洞乳，宜入春盤，紅荔子，馳驛風流僅比。　　齒疏潘令老，怯咀冰霜，十顆金苞謾分遺。記觴前、須細認，別有餘甘，從此去，枉卻栽桃種李。想相如酒渴對文君，迥不是人間，等閒風味。（1-750）

同樣以「貴」下筆，引司馬遷《史記·貨殖列傳》載漢時平民喜於「素封」，江陵種橘千樹者，自比千戶侯，〔註 34〕更遑論溫州柑之名貴；且不僅比較同類果物，更將它與紅荔相比，且不追隨社會飲食風尚，推測其中原因，或由於晁補之曾從父官杭州，〔註 35〕因而對於同樣來自浙江的果物，特別偏愛。繼之，詞人引潘岳事。潘岳〈秋興賦〉序云：「晉十有四年，余春秋三十有二，始見二毛。」〔註 36〕《晉書·潘岳傳》載：「岳才名冠世，爲眾所疾，遂栖遲十年。出爲河陽令，負其才而鬱鬱不得志。」〔註 37〕《白孔六帖》》載：「潘令爲河陽令，樹桃李花，人號曰：『河陽一縣花』。」〔註 38〕對照詞意與詞人生平，

〔註 34〕《史記·貨殖列傳》云：「今有無秩祿之奉，爵邑之入，而樂與之比者，命曰「素封」。封者食租稅，歲率户二百。千户之君則二十萬，朝覲聘享出其中……安邑千樹棗；燕、秦千樹栗；蜀、漢、江陵千樹橘……此其人皆與千户侯等。」〔漢〕司馬遷撰，〔南朝宋〕裴駰集解，〔唐〕司馬貞索隱，〔唐〕張守節正義，楊家駱編：《新校本史記三家注并附編二種》（臺北：鼎文書局，1979 年 2 月），卷 129，頁 3272。

〔註 35〕《宋史·晁補之傳》載：「十七歲從父官杭州。」〔元〕脫脫等撰，楊家駱主編：《新校本宋史并附編三種》，卷 444，頁 13111。

〔註 36〕〔明〕張溥：《漢魏六朝百三名家集》，頁 1762。

〔註 37〕〔唐〕房玄齡撰，楊家駱編：《新校本晉書并附編六種》，卷 55，頁 1502。

〔註 38〕〔唐〕白居易撰，〔宋〕孔傳續撰：《白孔六帖》（香港：迪志文化出版公司，2007 年《文淵閣四庫全書電子版》），卷 76〈縣令〉，

當是自比潘岳，同樣才氣縱橫，〔註39〕年華不再，仕宦受挫；末句引司馬相如與卓文君對飲，〔註40〕設想若是酒後口渴，食柑正能解酒渴，〔註41〕足見詞人對於未來尚有憧憬，藉柑果實用，以物喻人，盼能有所發揮，故道記觴前，別有餘甘。

宋人喜於撰寫譜錄，蔡襄《荔枝譜》與韓彥直《橘錄》，堪稱果物譜錄的雙璧，而在飲食詠物詞篇中，除茶、酒外，以四季果物最受關注，其中，又以荔枝詞寫作數量最多；至於溫州泥山眞柑，在南宋・韓彥直撰譜記述之前，北宋・晁補之已經塡詞吟詠，品評第一，同時也是進貢佳果，可以想見溫柑之備受歡迎，不亞於福建荔枝。值得留意的是，晁補之與韓彥直，皆同聲稱讚溫柑品質絕佳，然而對於晁補之而言，受個人遭遇之影響，雙親已逝，欲效陸績懷橘遺母，已成空想，故食柑思親，惆悵滿懷，又藉上元傳柑、柑果解渴，進而以物喻人，表達欲有所爲；至於韓彥直，身爲地方長官，撰寫譜錄目的，不僅爲了宣傳果物，更希望透過《橘錄》一書，讓眾人了解溫州之人才傑出。

第四節　青果橄欖，苦而後甘

橄欖，屬南方果物，具鮮明特色，《本草圖經》載：

> 橄欖，生嶺南，今閩、廣諸郡皆有之。木似木槵而高，且端直可愛，秋晚實成。南人尤重之，咀嚼之滿口香，久不

頁26。

〔註39〕《宋史・晁補之傳》載：「補之才氣飄逸，嗜學不知倦，文章溫潤典縟，其凌麗奇卓出於天成。」〔元〕脫脫等撰，楊家駱主編：《新校本宋史并附編三種》，卷444，頁13112。

〔註40〕〔漢〕劉歆：《西京雜記》載：「司馬相如，初與卓文君還成都，居貧愁懣，以所著鷫鸘裘，就市人陽昌貰酒，與文君爲歡。」卷上，頁7。

〔註41〕〔唐〕撰者不明：《日華諸家本草》載：「柑皮，解酒毒及酒渴。去白，焙研末，點湯入鹽，飲之。」原書散佚，引自〔明〕李時珍：《本草綱目》，卷30〈果之二〉，頁1025。

> 歇。生啖及煮飲並解諸毒，人誤食鯸鮐肝至迷悶者，飲其汁立差。山野中生者，子繁而木峻，不可梯緣，但刻其根下方寸許，內鹽於中，一夕子皆落，木亦無損。〔註42〕

橄欖，晚秋熟成，就部分果物而言，果色的改變，代表成熟與否，如：楊梅「生青熟紅」、梅子「生青熟黃」，橄欖則是始終如一，《本草綱目》載：「此果雖熟，其色亦青，故俗呼青果。其有色黃者不堪，病物也。」；〔註43〕嚼之滿口生香，亦見於梅實，黃人傑〈鷰山溪〉云：「小摘試嘗看，齒微酸、生香不斷。」（3-2602），甜瓜亦如是，鄭域〈念奴嬌〉云：「冷碧凄香縈齒頰，洗我塵襟煩暑。」（4-2960）然橄欖先苦後甘，口感特殊，迴異於他果，王禎《王氏農書》載：「其味苦酸而澀，食久味方回甘，故昔人名爲諫果。」〔註44〕引申而來，則喻之忠言逆耳，王禹偁〈橄欖〉云：「皮核苦且澀，歷口復棄遺。良久有迴味，始覺甘如飴。我今何所喻，喻彼忠臣詞。直道逆君耳，斥逐投天涯。」〔註45〕抑或以味論詩，歐陽修〈水谷夜行寄子美聖俞〉云：「近詩尤古硬，咀嚼苦難嘬。初如食橄欖，眞味久愈在。蘇豪以氣轢，舉世徒驚駭。梅窮獨我知，古貨今難賣。」〔註46〕橄欖能生食、蜜漬、鹽藏，〔註47〕且能解毒，尤其誤食河豚肝者，飲用橄欖汁立即見效，又能解酒、消食，《開寶重定本草》載：「主消酒。」〔註48〕朱震亨《本草衍義補遺》亦云：「味澀而生甘，醉飽宜之。」

〔註42〕〔宋〕蘇頌撰，尚志鈞輯校：《本草圖經》，卷16〈果部〉，頁588～589。
按：鯸鮐，即河豚。〔漢〕許愼撰，〔清〕段玉裁注：《說文解字注》（臺北：藝文印書館，1976年10月），頁585。

〔註43〕〔明〕李時珍：《本草綱目》，卷31〈果之三〉，頁1042。

〔註44〕〔元〕王禎：《王氏農書》，卷9，頁97。

〔註45〕北京大學古文獻研究所編：《全宋詩》，冊2，卷62，頁687。

〔註46〕同上註，冊6，卷283，頁3596。

〔註47〕〔明〕李時珍：《本草綱目》載：「其子生食甚佳，蜜漬、鹽藏皆可致遠。」卷31〈果之三〉，頁1042。

〔註48〕〔宋〕劉翰、馬志等奉敕撰，謝文全、林豐定重輯：《重輯開寶重定本草》，卷17〈果部〉，頁238。

〔註 49〕適合宴飲場合，與香橙同屬實用果物；至於採收方式，橄欖更是獨特，蘇軾予以記錄，〈橄欖〉詩云：「紛紛青子落紅鹽」句，〔註 50〕最爲人所知曉，亦可與《本草圖經》所記相互參照。

宋詞的橄欖書寫，在具體食用方面，皆凸顯苦而後甘的果物特色，及其實用性，黃庭堅〈好事近・橄欖〉云：「瀟灑薦冰盤，滿坐暗驚香集。久後一般風味，問幾人知得。　畫堂飲散已歸來，清潤轉更惜。留取酒醒時候，助茗甌春色。」（1-535），吳禮之〈浣溪沙・橄欖〉云：「南國風流是故鄉。紅鹽落子不因霜。於中小底最珍藏。　薦酒薦茶些子澀，透心透頂十分香。可人回味越思量。」（4-2930）正如本草書籍所述，酒足飯飽之後，最適宜品嚐橄欖；且橄欖又能與茶相配，後代亦延續之，元・洪希文〈嘗新橄欖〉即云：「橄欖如佳士，外圓內實剛。爲味苦且澀，其氣清以芳。侑酒解酒毒，投茶助茶香。得鹽即回味，消食尤奇方。」〔註 51〕橄欖果色未若他者鮮豔誘人，且入口苦澀，然餘味回甘、清新芳香、兼具藥用，深得眾人喜愛。

再者，託物抒情，亦是常見的寫作手法，王沂孫〈解連環・橄欖〉云：

> 萬珠懸碧。想炎荒樹密，□□□□。恨絳娣、先整吳帆，
> 政鬟翠逞嬌，故林難別。歲晚相逢，薦青子、獨誇冰頰。
> 點紅鹽亂落，最是夜寒，酒醒時節。　霜槎蛽芒凍裂。
> 把孤花細嚼，時噈芳冽。斷味惜、回澀餘甘，似重省家山，
> 舊遊風月。崖蜜重嘗，到了輸他清絕。更留人、紺丸半顆，
> 素甌泛雪。（5-4249）

〔註 49〕〔元〕朱震亨：《本草衍義補遺》，〔元〕朱震亨撰，浙江省中醫藥研究院文獻研究所編校：《丹溪醫集》（北京：人民衛生出版社，1993 年 3 月），頁 86。

〔註 50〕〔宋〕蘇軾著、〔清〕馮應榴輯注、黃任軻、朱懷春校點：《蘇軾詩集合注》，卷 22，頁 1133。

〔註 51〕〔元〕洪希文：《續軒渠集》（香港：迪志文化出版公司，2007 年《文淵閣四庫全書電子版》），卷 2，頁 3。

本闋詞有虛有實，虛實相間。上片引《晉書・胡貴嬪傳》載：「泰始九年（273），帝多簡良家子女以充內職，自擇其美者以絳紗繫臂。」〔註 52〕晉武帝挑選嬪妃，首重貌美，中選者以絳紗繫臂作記；相對於橄欖，產自南方，先苦後甘，猶如賢士，正直耿介，具有實才，敬君而不媚上，然忠言逆耳，不比佞臣擅於逢迎諂媚，投君王之所好，故嘆：「恨絳綈」。下片承橄欖落實而來，鹽漬加工，果皮皺裂，嚐之，則芳香清冽，餘甘回味，又勝崖蜜。值得留意的是，無論其形、其味，看似實寫，然對照作者所處之時代背景，可知隱然有所指；鹽霜加工、破壞原狀，猶如外寇侵略，國土分裂，而往昔的美好，已無法挽回，僅能藉由品嚐橄欖，在苦澀之後，懷念、回味。

綜上所述，詞篇呈現橄欖能解酒、消食、助茶香，具實用性，與橙實相當；而果色不變、紅鹽落實、先苦後甘的特殊性，使其在眾多果物之中，令人印象深刻，且能生食抑或加工，品嚐方式多元。宋詞的橄欖書寫，不僅著墨於具體食用，反映飲食現象；王沂孫將它寄託家國悲痛、現實苦楚，而往昔的美好，也只能回味，而此一描寫，擴展既有的忠言逆耳、以味論詩的橄欖聯想，有所突破，自是佳作。

第五節　龍眼非奴，適口則宜

龍眼，與荔枝生長型態相似，《本草圖經》云：

> 龍眼，生南海山谷，今閩、廣、蜀道出荔枝處皆有之。木高二丈許，似荔枝而葉微小，凌冬不凋；春末夏初，生細白花，七月而實成；殼青黃色，文作鱗甲，形圓如彈丸，核若無患而不堅；肉白有漿，甚甘美，其實極繁，每枝常三、二十枚。〔註 53〕

〔註 52〕〔唐〕房玄齡撰，楊家駱編：《新校本晉書并附編六種》，卷 31，頁 962。

〔註 53〕〔宋〕蘇頌撰，尚志鈞輯校：《本草圖經》，卷 11〈木部中品〉，頁 327。

舉凡樹形高大、葉經冬不凋、果實量多且叢聚、果肉甘甜等特點，皆與荔枝相似。此外，龍眼熟成時間晚於荔枝。劉恂《嶺表錄異》載：「荔枝方過，龍眼即熟，南人謂之『荔枝奴』，以其常隨於後也。」〔註 54〕南人以「奴」字區別，引發審美聯想，蘇軾爲之翻案，〈荔枝龍眼說〉云：

> 閩越人高荔子而下龍眼，吾爲評之。荔子如食蝤蛑大蟹，斫雪流膏，一啖可飽；龍眼如食彭越石蟹，嚼啮久之，了無所得。然酒闌口爽，饜飽之餘，則咂啄之味，石蟹有時勝蝤蛑也。戲書此紙，爲飲流一笑。〔註 55〕

又有〈廉州龍眼，質味殊絕，可敵荔枝〉詩，云：「龍眼與荔支，異出同父祖。端如甘與橘，未易相可否。異哉西海濱，琪樹羅玄圃。累累似桃李，一一流膏乳。坐疑星隕空，又恐珠還浦。圖經未嘗說，玉食遠莫數。獨使皴皮生，弄色映琱俎。蠻荒非汝辱，幸免妃子污。」〔註 56〕龍眼名氣，未若荔枝響亮，又被「荔枝奴」別號所累，尤其世人多以荔枝爲百果之冠，無他物可比，爲之撰寫譜錄、詩詞吟詠，比比皆是，更形成飲食風尚；蘇軾以蟹爲喻，點明龍眼、荔枝差異，既然果肉厚薄已成事實，不妨轉換飲食態度，摒除外觀優劣比較，避免先入爲主的排斥，在飽餐之後，吃些龍眼，未嘗不是美味，換言之，適口則宜。至於詩篇，末兩句當爲全詩警句，龍眼形似荔枝，卻未得到相同讚揚，看似委屈，卻因貴妃不愛，反而免去奔波受苦，更無須承受貴妃口腹慾望牽連，落得進貢指責。

　　關於宋詞龍眼書寫，只有兩首，皆以描述物之外象爲主，韓元吉〈南鄉子〉，詞題云：「龍眼未聞有詩詞者，戲爲賦之」，未聞龍眼詩，恐是誤解，上述蘇軾詩篇即爲例證，至於詞，此闋確實是宋人

〔註 54〕〔唐〕劉恂：《嶺表錄異》，卷中，頁 12。

〔註 55〕〔宋〕蘇軾著，孔凡禮點校：《蘇軾文集》北京：中華書局，1996 年 3 月），卷 73，頁 2363。

〔註 56〕〔宋〕蘇軾著，〔清〕馮應榴輯注，黃任軻、朱懷春校點：《蘇軾詩集合注》，卷 43，頁 2220～2221。

首篇。詞云：「江路木犀天。梨棗吹風樹樹懸。只道荔枝無驛使，依然。贏得驪珠萬顆傳。　　香露滴芳鮮。並蒂連枝照綺筵。驚走梧桐雙睡鵲，應憐。腰底黃金作彈圓。」（2-1807）時序更迭，景色變換，荔枝產季結束，正是龍眼登場；串串驪珠，光耀奪目，香味俱全，新鮮呈盤，吸引賓客盈門，赴宴嚐鮮，詞末化用金丸典，《西京雜記》載：「韓嫣好彈，常以金爲丸，所失者，日有十餘。長安爲之語曰：『苦饑寒。逐金丸。』京師兒童每聞嫣出彈，輒隨之，望丸之所落，輒拾焉。」〔註 57〕宴罷散場，龍眼核亦如黃金彈丸，散落滿地。另一首，無名氏〈浣溪沙〉云：「酒拍胭脂顆顆新。丹砂然火棄精神。暑天秋杪錦生春。　　香味已驚櫻實淡，絳皮還笑荔枝皴。美人偏喜破朱脣。」（5-4652）同樣著眼於形、色、香、味，屬單純詠物，描寫由暑入秋，大自然再度換裝，龍眼香徹，顆顆誘人，最得佳人偏愛。

龍眼的果物特徵，與荔枝相似，或許正因爲相似，反而無法凸顯特殊之處，且荔枝深受唐代楊貴妃喜愛，開展知名度，又有宋人蔡襄爲其撰寫譜錄，助長傳播，果物名氣明顯勝過龍眼。至於龍眼詞篇，寫作數量不及荔枝詞，且內容皆侷限於客觀詠物，未能開展詞境，不如荔枝詞之主題豐富與論述深入，亦不比蘇軾龍眼詩文，兼發審美思辨，與述及進貢歷史，又譬喻奇特，妙趣橫生。

第六節　葡萄美酒，自古聞名

關於葡萄（一作「蒲萄」、「蒲陶」，本文皆尊重原作用字）形、色、名，與種植來由，蘇頌《本草圖經》云：「花極細而黃白色，其實有紫、白二色，而形之圓、銳亦二種，又有無核者，皆七月、八月熟，取其汁可以釀酒。謹按《史記》云：『大宛以葡萄爲酒，富人藏酒萬餘石，久者十數歲不敗。張騫使西域，得其種而還，種之，中國

〔註 57〕〔漢〕劉歆：《西京雜記》，卷下，頁 17。

始有。』」〔註 58〕李時珍《本草綱目》亦云：「其圓者名『草龍珠』，長者名『馬乳葡萄』，白者名『水晶葡萄』，黑者名『紫葡萄』。《漢書》言張騫使西域還，始得此種。」〔註 59〕除紫、白二色外，又有「綠葡萄」，宋祁〈綠蒲萄贊〉云：「西南所宜，柔蔓紛衍。縹穗綠實，其甘可薦。」自注云：「北方蒲萄熟則色紫，今此色正綠云。」〔註 60〕其次，關於張騫出使西域，帶回葡萄種子之事，學界已考證與史不符。《史記・大宛列傳》載：

> 騫身所至者大宛、大月氏、大夏、康居，而傳聞其旁大國五六，具爲天子言之。曰：「大宛在匈奴西南，在漢正西，去漢可萬里。其俗土著，耕田，田稻麥，有蒲陶酒。多善馬，馬汗血，其先天馬子也。有城郭屋室。其屬邑大小七十餘城，眾可數十萬。其兵弓矛騎射。」……宛左右以蒲陶爲酒，富人藏酒至萬餘石，久者數十歲不敗。俗嗜酒，馬嗜苜蓿。漢使取其實來，於是天子始種苜蓿、蒲陶肥饒地。及天馬多，外國使來眾，則離宮別觀旁盡種蒲萄、苜蓿極望。〔註 61〕

〔註 58〕〔宋〕蘇頌撰，尚志鈞輯校：《本草圖經》，卷 16〈果部〉，頁 530。

〔註 59〕〔明〕李時珍：《本草綱目》，卷 33〈果之二〉，頁 1077。

〔註 60〕〔宋〕宋祁：《景文集》（香港：迪志文化出版公司，2007 年《文淵閣四庫全書電子版》），卷 47，頁 16。

〔註 61〕〔漢〕司馬遷撰，〔南朝宋〕裴駰集解，〔唐〕司馬貞索隱，張守節正義：《新校本史記三家注并附編二種》（臺北：鼎文書局，1979 年 2 月），卷 123，頁 3160、3173～3174。

按：《漢書・西域傳》亦有記載，云：「大宛左右以蒲陶爲酒，富人藏酒至萬餘石，久者至數十歲不敗。俗耆酒，馬耆目宿。宛別邑七十餘城，多善馬。馬汗血，言其先天馬子也。張騫始爲武帝言之，上遣使者持千金及金馬，以請宛善馬。宛王以漢絕遠，大兵不能至，愛其寶馬不肯與。漢使妄言，宛遂攻殺漢使，取其財物。於是天子遣貳師將軍李廣利將兵前後十餘萬人伐宛，連四年。宛人斬其王毋寡首，獻馬三千匹，漢軍乃還，語在張騫傳。貳師既斬宛王，更立貴人素遇漢善者名昧蔡爲宛王。後歲餘，宛貴人以爲昧蔡諂，使我國遇屠，相與（兵）〔共〕殺昧蔡，立毋寡弟蟬封爲王，遣子入侍，質於漢，漢因使使賂賜鎮撫之。又發（數）〔使〕十餘輩，抵宛西諸國求（其）〔奇〕物，因風諭以（代）〔伐〕宛之威。宛王蟬封與漢

《史記》記述張騫向上報告出使各國之所聞，然自大宛帶回葡萄種子者，係某位漢使，而非張騫；王利華《中古華北飲食文化的變遷》闡析自魏晉起，人們多將西域物產的傳入附會於張騫，「這一錯誤的始作俑者可能就是西晉的張華，他在《博物志》（《齊民要術》卷 10 引）中說：『張騫使西域還，得安石榴、胡桃、蒲萄。』後來他的說法被廣泛引用。」〔註 62〕再者，東漢孟佗以葡萄酒贈中常侍張讓，遂獲涼州刺史一職，〔註 63〕反映葡萄於各類果物中，不僅具有來自西域的特

約，歲獻天馬二匹。漢使采蒲陶、目宿種歸。天子以天馬多，又外國使來眾，益種蒲陶、目宿離宮館旁，極望焉。」〔漢〕班固撰，〔唐〕顏師古注，楊家駱主編：《新校本漢書并附編二種》，卷 96，頁 3894～3895。

〔註 62〕王利華：《中古華北飲食文化的變遷》（北京：中國社會科學出版社，2000 年 11 月），頁 98。
按：王利華所據《博物志》條文，係轉引自《齊民要術》。其次，《文選》注潘岳〈閒居賦〉「石榴蒲陶之珍」句，則說道：「《博物志》曰：『張騫使大夏，得石榴。李廣利爲貳師將軍，伐大宛，得蒲陶。』」然翻閱現今《博物志》，未見相關記載，《四庫全書總目提要》闡析《博物志》散佚不少條文，石榴、蒲陶即爲其一，「今本皆無此語」。
參考文獻：
〔南朝梁〕蕭統編，〔唐〕李善注：《文選》（臺北：華正書局，2000 年 10 月），卷 16 潘岳〈閒居賦〉，頁 226。
〔後魏〕賈思勰：《齊民要術》，卷 10〈五穀果蓏菜茹非中國物者〉，頁 76。
〔清〕紀昀總纂：《四庫全書總目提要》（石家莊：河北人民出版社，2000 年 3 月），卷 142，頁 3647。

〔註 63〕《後漢書・張讓傳》載：「靈帝時，（張）讓、（趙）忠並遷中常侍，封列侯，與曹節、王甫等相爲表裏。節死後，忠領大長秋。讓有監奴典任家事，交通貨賂，威形諠赫。扶風人孟佗，資產饒贍，與奴朋結，傾竭饋問，無所遺愛。奴咸德之，問佗曰：『君何所欲？力能辦也。』曰：『吾望汝曹爲我一拜耳。』時賓客求謁讓者，車恆數百千兩，佗時詣讓，後至，不得進，監奴乃率諸倉頭迎拜於路，遂共轝車入門。賓客咸驚，謂佗善於讓，皆爭以珍玩賂之。佗分以遺讓，讓大喜，遂以佗爲涼州刺史。」
〔南朝宋〕范曄撰，〔唐〕李賢等注，〔晉〕司馬彪補志，楊家駱編：《新校本後漢書并附編十三種》（臺北：鼎文書局，1978 年 11 月），卷 78，頁 2534。

殊性，更被視爲珍奇名貴之品，方能以酒獲得官職。

時至唐代，葡萄酒依然著名，製作技術更勝一籌，《唐會要》云：「葡萄酒，西域有之，前世或有貢獻。及破高昌（今新疆吐魯番），收馬乳葡萄實，於苑中重之，並得其酒法，自損益造酒。酒成，凡有八色，芳香酷烈，味兼醍醐。即頒賜群臣，京中始識其味。」〔註64〕馬乳葡萄，自唐代傳入，同時因爲破高昌國，提升製酒技術；據《本草綱目》載葡萄酒製作，方法有二，其一，「釀者，取汁同麴，如常釀糯米飯法，無汁用乾蒲萄末亦可。魏文帝所謂『蒲萄釀酒，甘於麴米，醉而易醒者也。』」其二，「燒者，取蒲萄數十斤，同大麴釀酢，取入甑蒸之，以器承其滴露，紅色可愛。古者西域造之，唐時破高昌，始得其法。」〔註65〕透過蒸餾，提升酒精濃度，口感自是有別。唐代葡萄酒名句，王翰〈涼州詞〉二首之一云：「蒲萄美酒夜光杯，欲飲琵琶馬上催。醉臥沙場君莫笑，古來征戰幾人回。」〔註66〕相對於宋人，飲涼州葡萄酒，僅能於歷史回憶中追尋，乃因涼州（今甘肅武威）爲西夏所據，已非宋朝領地，劉敞〈蒲萄〉云：「漢時曾用酒一斛，便能用得涼州牧。漢薄涼州絕可怪，今看涼州若天外。」〔註67〕蘇轍〈賦園中所有十首〉之五云：「初如早梅酸，晚作醲酪味。誰能釀爲酒，爲爾架前醉。滿斗不與人，涼州幾時致。」〔註68〕葡萄美酒香醇，卻又憑添感傷。

按：《三輔決錄》作「孟他」，所記與《後漢書》相似。〔漢〕趙岐撰，〔晉〕摯虞注：《三輔決錄》（北京：中華書局，1985年），頁39。

〔註64〕〔宋〕王溥：《唐會要》（臺北：世界書局，1989年4月），卷100〈雜錄〉，頁1797。
按：〔宋〕錢易：《南部新書》亦云：「（唐）太宗破高昌，收馬乳蒲桃種於苑，並得酒法。仍自損益之，造酒成綠色，芳香酷烈，味兼醍醐，長安始識其味也。」（香港：迪志文化出版公司，2007年《文淵閣四庫全書電子版》），卷3，頁2。

〔註65〕〔明〕李時珍：《本草綱目》，卷25〈穀之四〉，頁898。

〔註66〕清聖祖御定：《全唐詩》，冊5，卷156，頁1605。

〔註67〕北京大學古文獻研究所編：《全宋詩》，冊9，卷477，頁5773。

〔註68〕同上註，冊15，卷850，頁9834。

北宋的葡萄產地，以山西與近畿爲主，蘇頌《本草圖經》云：「今河東（屬山西）及近京州郡皆有之。」〔註 69〕陶穀《清異錄》載：「河東葡萄有極大者，惟土人得啖之，其至京師者，百二子、紫粉頭而已。」〔註 70〕南宋時，山西被金人所據，南方尚有葡萄移植，《夢粱錄》載城內市集售有葡萄，黃而瑩白者名「珠子」，又名「水晶」，〔註 71〕宋詞專詠葡萄者，僅見張鎡（1153～1235／1153～1211，祖籍成紀（今甘肅天水），南渡後居臨安）寫有兩首葡萄詞，如下：

〈眼兒媚・水晶葡萄〉云：

玄霜涼夜鑄瑤丹。飄落翠藤間。西風萬顆，明珠巧綴，零露初溥。　　詩人那識風流品，馬乳漫堆盤。玉纖旋摘，銀罌分釀，莫負清歡。（3-2746）

〈鷓鴣天・詠二色葡萄〉云：

陰陰一架紺雲涼。嫋嫋千絲翠蔓長。紫玉乳圓秋結穗，水晶珠瑩露凝漿。　　相並熟，試新嘗。纍纍輕翦粉痕香。小槽壓就西涼酒，風月無邊是醉鄉。（3-2746）

張鎡詠葡萄，寫形、寫色、寫葡萄酒，更寫出一種「清閒」，完全出自其生活態度。張鎡，爲南宋抗金名將張俊之曾孫、詞家張炎之曾祖，〔註 72〕居杭州，有南湖別業，《四庫全書總目提要》引清・邱峻《南湖紀略稿》云：「南湖一名白洋池，在杭州城北隅。宋張俊賜第，四世孫張鎡別業，據湖之上。湖在宅南，因名南湖。楊萬里、陸游諸人皆爲之題詠，而鎡亦以自名其集。」〔註 73〕張鎡家境顯赫，兼具文人

〔註 69〕〔宋〕蘇頌撰，尚志鈞輯校：《本草圖經》，卷 16〈果部〉，頁 530。

〔註 70〕〔宋〕陶穀《清異錄》，朱易安、傅璇琮等主編：《全宋筆記》（鄭州：大象出版社，2006 年 1 月），第 1 編，第 2 冊，頁 44。

〔註 71〕〔南宋〕吳自牧：《夢粱錄》，卷 18〈物產〉，〔宋〕孟元老等著，中華書局上海編輯所編輯：《東京夢華錄外四種》，頁 284。

〔註 72〕楊海明考證張炎的世系：張俊－張子厚－張宗元－張鎡－張濡－張樞－張炎。楊海明：《張炎詞研究》（濟南：齊魯書社，1989 年 10 月），頁 9。

〔註 73〕〔清〕紀昀總纂：《四庫全書總目提要》（石家莊：河北人民出版社，2000 年 3 月），卷 76，頁 2031。

雅士之浪漫情懷，周密《齊東野語》曰：「張鎡功甫，號約齋，循忠烈王諸孫，能詩，一時名士大夫莫不交游，其園池、聲妓、服玩之麗甲天下。嘗於南湖園作駕霄亭於四古松間，以巨鐵絙懸之空半而羈之松身。當風月清夜，與客梯登之，飄搖雲表，眞有挾飛仙、遡紫清之意。」〔註 74〕又撰《四并集》《或稱賞心樂事》)，〔註 75〕敘述一年十二個月的賞心樂事，其中食用各類水果，亦是樂事之一，主要集中於夏、秋兩季，如：四月，玉照堂嘗青梅、餐霞軒賞櫻桃；五月，聽鶯堂摘瓜、清夏堂賞楊梅；六月，霞川食桃、清夏堂賞新荔枝；七月，應鉉齋東嘗葡萄、珍林剝棗；九月，景全軒嘗金橘、滿霜亭嘗香橙等，〔註 76〕此番閒情雅致，與詞篇正是相互呼應。

綜上所述，透過梳理文、史、本草、筆記，反映由漢至宋的葡萄

〔註 74〕〔南宋〕周密撰，張茂鵬點校：《齊東野語・張功甫豪侈》（北京：中華書局，1983 年 11 月），卷 20，頁 374。

〔註 75〕周密《武林舊事》收錄張鎡《四并集》，標目爲：「賞心樂事并序」，序云：「余掃軌林扃，不知衰老，節物遷變，花鳥泉石，領會無餘……因排比十有二月燕遊次序，名之曰：《四并集》……
（宋寧宗）嘉泰元年（1201）歲次辛酉十有二月，約齋居士書。」
或許出於周密標目，此後多以《賞心樂事》代指《四并集》，如：北京中華書局、臺北藝文印書館，皆依「學海類編本」，定《賞心樂事》爲書名，然此版本缺漏寫作時間、內文多有落字、更誤植作者爲「張鑑」。
陳思《白石道人年譜》闡述姜夔交遊，以《南湖集》卷六〈余家兄弟未嘗久別，今夏送平父之官山口，仲冬朔又送深父爲四明船官，因成長句。〉以及卷七〈題平甫弟梁溪莊園〉爲依據，考證張鑑（字平甫（平父），生年不詳，1203）、張鎡（字深甫（深父），1160～1197），皆爲張鎡弟，爲庶出。相關資料，參見：
〔南宋〕張鎡：《賞心樂事》，收錄於〔南宋〕周密：《武林舊事》，卷 10，〔宋〕孟元老等著，中華書局上海編輯所編輯：《東京夢華錄外四種》，頁 512～519。
陳思：《白石道人年譜》（臺北：藝文印書館，1971 年），頁 32～35。
錯題張鑑撰《賞心樂事》者，見《賞心樂事》（北京：中華書局，1985 年），頁 1～5，以及藝文印書館編：《歲時習俗資料彙編》（臺北：藝文印書館，1970 年 12 月），冊 30，頁 1～12。

〔註 76〕〔南宋〕周密：《武林舊事》，卷 10，〔宋〕孟元老等著，中華書局上海編輯所編輯：《東京夢華錄外四種》，頁 514～515。

飲食發展史。葡萄屬西域外來果物，史傳有載，漢代自大宛引入，孟佗並以葡萄美酒而獲涼州刺史，足見稀奇珍貴；唐代破高昌，得馬乳葡萄品種，又改良造酒技術，王翰〈涼州詞〉更是名句；宋代不敵外侮，部分詠葡萄詩，藉由今昔疆域對比，慨嘆歷史演變：至於本草、筆記，記錄葡萄生長特徵、產區、銷售，足以作爲了解當代葡萄食用的第一手資料。而張鎡的兩首葡萄詞，不離描形寫物的詠物形式，同時對照其生活娛樂，可以想見食葡萄、飲葡萄酒，對於作者而言，不過就是悠閒的飲食享受，戰場悲涼、歷史興亡，皆非詞人當下所在意。

第七節　仲殊食柿，奇想橫生

柿子，屬秋天果物，隨著果實成熟的顏色變化，以及加工製作的方式不同，名稱亦有所別，《本草綱目》載：「柿，高樹大葉，圓而光澤。四月開小花，黃、白色，結實青綠色，八、九月乃熟。生柿置器中自紅者，謂之『烘柿』；曬乾者，謂之『白柿』；火乾者，謂之『烏柿』；水浸藏者，謂之『醂柿』。」〔註 77〕其中，曬乾者，以「白」名之，乃因「柿霜」而來，《本草綱目》云：「白柿，即乾柿生霜者。其法用大柿去皮，捻扁，日曬夜露至乾，內瓮中，待生白霜乃取出。今人謂之『柿餅』，亦曰『柿花』，其霜謂之『柿霜』。」〔註 78〕依據現今的解說，柿餅表面的柿霜，不是澱粉，更不是發霉，而是由內部滲出的糖，凝結而成晶體，且這些晶體不易與空氣中的水分結合，因此，柿餅表面可以保持乾燥，有利於保存。〔註 79〕至於宋代，柿子相當普遍，《本草圖經》載：「柿，舊不著所出州土，今南北皆有之。柿之種亦多，黃柿生近京州郡；紅柿南北通有；朱柿出華山（位於陝西

〔註 77〕〔明〕李時珍：《本草綱目》，卷 30〈果之二〉，頁 1016。
〔註 78〕〔明〕李時珍：《本草綱目》，卷 30〈果之二〉，頁 1017。
〔註 79〕張蕙芬：《菜市場水果圖鑑》（臺北：天下遠見出版公司，2012 年 7 月），頁 164。

渭南），似紅柿而皮薄，更甘珍；椑柿出宣（今屬安徽）、歙（今屬安徽）、荊、襄、閩、廣諸州，但可生啖，不宜堪乾。」〔註 80〕果實顏色或黃、或紅、或朱紅、或青黑，產地北至河南及其鄰近州郡，南至閩、廣等；筆記亦有記載，歐陽修《歸田錄》云：「今唐、鄧間（今屬河南）多大柿，其初生澀，堅實如石。凡百十柿以一榠樝置其中，則紅熟爛如泥而可食。土人謂之烘柿者，非用火，乃用此爾。」〔註 81〕馬永卿《嬾眞子》云：「僕仕於關陝，行村落間，常見柿連數里，欲作一詩，竟不能奇。每嗟火傘等語，誠爲善喻。」〔註 82〕南宋杭州城內，亦有各類柿子販售，如：方頂柿、火珠柿、牛心柿等，見於《夢粱錄》。〔註 83〕

柿子於宋代，深獲大眾喜愛，孔平仲《詠無核紅柿》云：「林中有丹果，壓枝一何稠！爲柿已軟美，嗟爾骨亦柔。風霜變顏色，雨露加膏油。大哉造化心，于爾何綢繆。荊筐載趨市，價賤良易求。剖心無所有，如口頗相投。爲栗外倔強，老者所不收。爲棗中亦剛，飼兒戟其喉。眾言咀嚼快，惟爾無所憂。排羅置前列，園熟當高秋。」〔註 84〕秋季成熟，果實變色；自然日曬，凝結柿霜；無堅硬果殼，食用方便，若是挑選無核品種，更能大快朵頤，老少皆宜；且因產地普遍，所以價格低廉，眞可謂平民美食。至於宋詞的柿子書寫，則增添貴氣、仙氣，仲殊（生年不詳，約與蘇軾同時，崇寧（1102～1106）間，自縊而死，安州（今湖北安陸）人）〈西江月〉云：

〔註 80〕〔宋〕蘇頌撰，尚志鈞輯校：《本草圖經》，卷 16〈果部〉，頁 543。按：《本草綱目》載：「椑柿，乃柿之小而卑者，故謂之『椑柿』。他柿至熟，則黃赤，惟此雖熟亦青黑者。」〔明〕李時珍：《本草綱目》，卷 30〈果之二〉，頁 1018。

〔註 81〕〔宋〕歐陽修：《歸田錄》，卷 2，上海古籍出版社編：《宋元筆記小說大觀》（上海：上海古籍出版社，2001 年 12 月），冊 1，頁 627。

〔註 82〕〔宋〕馬永卿：《嬾眞子》（香港：迪志文化出版公司，2007 年《文淵閣四庫全書電子版》），卷 3，頁 10。

〔註 83〕〔南宋〕吳自牧：《夢粱錄》，卷 18〈物產〉，〔宋〕孟元老等著，中華書局上海編輯所編輯：《東京夢華錄外四種》，頁 283。

〔註 84〕北京大學古文獻研究所編：《全宋詩》，冊 16，卷 924，頁 10843。

味過華林芳蔕，色兼陽井沉朱。輕匀絳蠟裹團酥。不比人間甘露。　　神鼎十分火棗，龍盤三寸紅珠。清含冰蜜洗雲腴。只恐身輕飛去。（1-706）

大抵而言，整闋詞不離形、色、味，然詞人予以巧妙裝扮，化平價柿果爲仙界異果。首先，較之皇家園囿，味勝華林園柿，〔註85〕色兼朱李，〔註86〕凸顯柿子非凡，名列上等，且柿餅結霜，入口甘甜，實爲天上美味，非人間甘露所能比；再者，引陶弘景《眞誥》載：「玉醴金漿，交梨火棗，此則騰飛之藥，不比於金丹。」〔註87〕將柿子比爲火棗，強調特殊神奇，食之能夠飛天而去，盡除凡人俗氣，與末句「只恐身輕飛去」相應；又以蒼虯盤曲以喻樹形高大，飛龍盤踞，護此紅珠，足見珍貴。

第八節　憶閩羊桃，稼軒興嘆

關於「羊桃」，同名異物，或指「萇楚」，《本草經集注》云：「羊桃，味苦，寒，有毒……去五臟五水，大腹，利小便，益氣，可作浴湯。一名鬼桃，一名羊腸，一名萇楚，一名御弋，一名銚弋。生山林川谷及生田野，二月採，陰乾。山野多有。甚似家桃，又非山桃。子小細，苦不堪噉，花甚赤。《詩》云：『隰有萇楚』者，即此也。」；〔註88〕或指「五斂子」，嵇含《南方草木狀》載：「五斂子，大如木瓜，

〔註85〕撰人不詳：《晉宮閣名》載：「華林園柿六十七株，暉章殿前，柿一株。」引自〔清〕汪灝等撰：《廣群芳譜》，卷58〈果譜・柿〉，頁3251。

〔註86〕曹丕〈與朝歌令吳質書〉云：「浮甘瓜於清泉，沉朱李於寒水。」〔南朝梁〕蕭統編，〔唐〕李善注：《文選》，卷42，頁591。

〔註87〕〔南朝梁〕陶弘景：《眞誥》（香港：迪志文化出版公司，2007年《文淵閣四庫全書電子版》），卷2〈運象〉，頁20。

〔註88〕〔南朝梁〕陶弘景撰，尚志均輯校：《本草經集注》（北京：人民衛生出版社，1994年2月），卷5〈草木下品〉，頁377。
《詩經・檜風・隰有萇楚》，〔漢〕毛亨傳，〔漢〕鄭玄箋，〔唐〕孔穎達疏：《毛詩正義》，卷7，頁264。
按：關於「萇楚」名「羊桃」，又或以爲係指「獮猴桃」，潘重俊《中

黃色，皮肉脆軟，味極酸。上有五稜，如刻出，南人呼『稜』爲『斂』，故以爲名。以蜜漬之，甘酸而美，出南海。」〔註 89〕范成大《桂海虞衡志》載：「五稜子，形甚詭異，瓣五出，如田家碌碡狀。味酸，久嚼微甘，閩中謂之『羊桃』。」〔註 90〕亦即今日所謂「楊桃」，果色黃、有五稜、味酸，皆爲楊桃特色，屬南方果物。

羊桃，或稱五稜子、五斂子，外形特殊，然未若荔枝、眞柑貴爲進貢果物，引領飲食風尚，且有專門譜錄撰述；不同於櫻桃拌乳酪、橙齏鱸魚鱠、葡萄美酒具有鮮明的飲食特色；不比鹽梅和羹、橄欖回甘、蟠桃祝壽具有象徵意義，因此，宋詞的羊桃書寫，正是補足詠物空白。辛棄疾〈臨江仙·和葉仲洽賦羊桃〉詞云：

> 憶醉三山芳樹下，幾曾風韻忘懷。黃金顏色五花開，味如盧橘熟。貴似荔枝來。　　聞道商山餘四老，橘中自釀秋醅。試呼名品細推排。重重香腑臟，偏殢聖賢杯。(3-2504)

清·郭白陽《竹間續話》屬福建地方志，收錄辛棄疾此闋詞，云：「辛稼軒爲福州守，有《臨江仙·詠楊桃》……按：福州楊桃七、八月熟，味酸而有韻。」〔註 91〕考之年譜，辛棄疾確實曾任福建，於宋光宗紹

國文學植物學》云：「獼猴桃，原產於中國，《詩經》稱『萇楚』……紐西蘭於 1906 年引進，育種改良後，成爲今日風行全世界的奇異果。」進而檢索本草圖書，《重輯開寶重定本草》載：「獼猴桃，味酸，甘，寒，無毒……一名藤梨，一名木子，一名獼猴梨。生山谷，藤生著樹，葉圓有毛，其形似雞卵大，其皮褐色，經霜始甘美可食。」如此兩相對照，差異甚大，萇楚苦不堪噉，獼猴桃甘美可食，若將萇楚等同獼猴桃，並不合理。

〔宋〕劉翰、馬志等奉敕撰，謝文全、林豐定重輯：《重輯開寶重定本草》（臺中：中國醫藥學院醫學研究所，1998 年 6 月），卷 17〈果部〉，頁 241～242。

潘重俊：《中國文學植物學》（臺北：貓頭鷹出版社，2012 年 4 月），頁 250。

〔註 89〕〔晉〕嵇含：《南方草木狀》（臺北：臺灣商務印書館，1965 年 12 月），卷下，頁 13。

〔註 90〕〔南宋〕范成大：《桂海虞衡志》（北京：中華書局，1985 年），頁 19。

〔註 91〕〔清〕郭白陽撰，福州市地方志編纂委員會整理：《竹間續話》（福

熙三年（1192）春，赴福建提點刑獄任，紹熙四年（1193）秋，加集英殿修撰，知福州，兼福建安撫使；紹熙五年（1194）秋七月，以諫官黃艾論其「殘酷貪饕，姦贓狼籍」，罷帥任，主管建寧府武夷山冲佑觀；宋寧宗慶元元年（1195）家居上饒帶湖，冬十月，御史中丞何澹奏劾，「酷虐裒斂，掩帑藏爲私家之物，席捲福州，爲之一空」，落職，徙居鉛山縣期思市瓜山之下，〔註92〕鄧廣銘將此闋詞編於宋寧宗慶元元年、二年間（1195～1196），〔註93〕離開閩地之後，符合首句「憶」字。

本闋詞由「憶」字展開追述，「三山」即福建福州別稱。詞人憶昔羊桃開花、結果，自身亦隨之賞花、品果，花瓣五重、果實金黃、味如盧橘，無論其形、其色、其味，皆留下鮮明印象，甚而以爲此南方特產，非處處可見，因而珍貴，故評云：「貴似荔枝」。下片引橘中仙翁的典故，當是有所用意。原爲較量棋藝，作者將其改爲釀製秋醅，正與上片首句「醉」字相應，無論沉醉美景、抑或美酒，皆爲賞心樂事；且如今家居江西，而江西金橘正是當地特產，於北宋時已經聞名，歐陽修《歸田錄》云：「金橘香清味美，置之尊俎間，光彩灼爍，如金彈丸，誠珍果也。都人初亦不甚貴，其後因溫成皇后尤好食之，由是價重京師」，〔註94〕因此，下片以今日之江西金橘，對應上片昔日之福建羊桃，進而導引「試呼名品細推排」一句，詞末以「偏殢聖賢杯」〔註95〕道出取捨。表面看似品評果物，實藉由今昔比較，表達猶

州：海風出版社，2001年7月），卷3，頁53。

〔註92〕年譜，〔南宋〕辛棄疾撰，鄧廣銘箋注：《稼軒詞編年箋注》（上海：上海古籍出版社，1993年10月），〈辛稼軒年譜〉，頁744～761。引文，〔清〕徐松輯，楊家駱編：《宋會要輯稿》，冊102〈職官七三之五八〉、〈職官七三之六三〉，頁4045、4046、4048。

〔註93〕〔南宋〕辛棄疾撰，鄧廣銘箋注：《稼軒詞編年箋注》，卷4，頁371。

〔註94〕〔宋〕歐陽修：《歸田錄》，卷2，上海古籍出版社編：《宋元筆記小說大觀》（上海：上海古籍出版社，2001年12月），冊1，頁626～627。

〔註95〕《三國志・魏書・徐胡二王傳》載：「徐邈字景山，燕國薊人也。太

如商山四老，安於避世隱居，換言之，憶昔品嚐羊桃，同時也是回憶過往仕宦生活，而引用橘實典故，則著重逍遙世外之寓意，切合當下生活。由此可知，果物的比較，亦即仕隱抉擇，畢竟仕閩任上，克盡職守，〔註 96〕卻落得污衊打壓，不免爲之心寒。綜觀全詞鋪排，眞可謂不著痕跡，自然巧妙。

第九節　林檎豐潤，玉環休妒

林檎，又名「來禽」，與「奈」同類，亦即中國本土原生蘋果。「林檎」之稱，又見於日語，漢字書寫爲「林檎」，日文發音爲りんご（lin-go），當於唐朝時傳入日本；至於現今普遍的「蘋果」，屬西洋蘋果品種，約於 1870 年，由美國傳教士引入，種植於山東煙臺一帶，其後逐漸傳佈各地。〔註 97〕林檎，味甘，吸引眾禽來林，故又名「來禽」，〔註 98〕小而圓，有金林檎、紅林檎、蜜林檎等；奈，果實較大，

祖平河朔，召爲丞相軍謀掾，試守奉高令，入爲東曹議令史。魏國初建，爲尚書郎。時科禁酒，而邈私飲至於沈醉。校事趙達問以曹事，邈曰：『中聖人。』達白之太祖，太祖甚怒。度遼將軍鮮于輔進曰：『平日醉客謂酒清者爲聖人，濁者爲賢人，邈性脩慎，偶醉言耳。』竟坐得免刑。」〔晉〕陳壽撰，〔南朝宋〕裴松之注，楊家駱編：《新校本三國志附索引》，卷 27，頁 739。

〔註 96〕《宋史・辛棄疾傳》載：「每歎曰：『福州前枕大海，爲賊之淵，上四郡民頑獷易亂，帥臣空竭，急緩奈何！』至是務爲鎮靜。未期歲，積鏹至五十萬緡，牓曰『備安庫』。謂閩中土狹民稠，歲儉則糴于廣，今幸連稔，宗室及軍人入倉請米，出即糶之，候秋賈賤，以備安錢糴二萬石，則有備無患矣。」

樓鑰《攻媿集・太府卿辛棄疾集英殿修撰知福州制》載：「比居外臺，讞議從厚，閩人户知之。」

〔南宋〕樓鑰：《攻媿集》（北京：中華書局，1985 年），卷 36，頁 500。

〔元〕脱脱等撰，楊家駱主編：《新校本宋史并附編三種》，卷 401，頁 12164。

〔註 97〕康有德：《水果與果樹》（臺北：黎明文化事業公司，1992 年 11 月），頁 215。

〔註 98〕〔晉〕郭義恭《廣志》載：「林檎……一名來禽，言味甘熟則來禽也。」

有素柰、丹柰、綠柰等。〔註99〕《東京夢華錄》載四月時，市集已經開始銷售林檎，六月則有「成串熟林檎」，〔註100〕當屬加工品，《西湖老人繁勝錄》載蜜餞食品，有蜜林檎、蜜金橘、蜜木瓜等；〔註101〕「蜜林檎」除了指林檎蜜餞外，同時也是品種名，范成大《吳郡志》載：「蜜林檎實，味極甘，如蜜。雖未大熟，亦無酸味。本品中第一，行都尤貴之。他林檎雖硬大且酣紅，亦有酸味。鄉人謂之平林檎，或曰花紅，皆在蜜林檎之下。」〔註102〕蜜林檎以「果甜」著稱，「金林檎」則以「花豔」出眾，《吳郡志》載：「金林檎，以花爲貴……其花豐腴豔美，百種皆在下風。始時折賜一枝，惟貴戚諸王家始得之。其後流傳至吳中，吳之爲圃畦者，自唐以來，則有接花之名。今所在園亭，皆有此花，雖已多而其貴重自若。亦須至八九月始熟，是時已無夏果，人家亦以飣盤。」〔註103〕金林檎花，華麗碩美，猶如牡丹，栽種此花，彷彿亦隨之提升尊貴地位，金林檎果則遲至仲秋方熟，不同於孟夏林檎。

史達祖（約1163～約1220，汴（今河南開封）人）〈留春令・金林檎詠〉係宋詞中唯一描述林檎果者。詞云：

> 秀肌豐靨，韻多香足，綠勻紅注。翦取東風入金盤，斷不買、臨邛賦。　　宮錦機中春富裕。勸玉環休妒。等得明朝酒消時，是閒澹、雍容處。（4-3004）

詞篇開門見山，點明特色，又以得寵與否展開聯想。金林檎花，豐腴

卷下，新興書局編：《筆記小說大觀》（臺北：新興書局，1984年6月），第19編，第1冊，頁161。

〔註99〕〔明〕李時珍：《本草綱目》，卷30〈果之二〉，頁1015～1016。

〔註100〕〔宋〕孟元老：《東京夢華錄》，卷8〈四月八日〉、〈是月巷陌雜賣〉，〔宋〕孟元老等著，中華書局上海編輯所編輯：《東京夢華錄外四種》，頁47、48。

〔註101〕〔南宋〕西湖老人：《西湖老人繁勝錄》，〔宋〕孟元老等著，中華書局上海編輯所編輯：《東京夢華錄外四種》，頁116。

〔註102〕〔南宋〕范成大：《吳郡志》（北京：中華書局，1985年），卷30，頁287。

〔註103〕同上註，頁287。

豔美，受人喜愛，開花結果，果實豐潤飽滿，且爲當令時鮮，又豈會遭受冷落，故道無須千金買賦。〔註 104〕上片結語引漢武帝金屋藏嬌，〔註 105〕陳皇后曾經萬般受寵，又因善妒失寵，落得獨居長門宮；下片順勢以滿園春色暗喻後宮佳麗，勸說貴妃切莫妒忌。表面寫宮廷爭寵，實則不離寫物，乃因貴妃嗜食荔枝，荔枝位列果物品評第一，然四季變換，如今已非荔枝產季，眾人莫不將焦點轉移，果物間的得寵失勢，亦顯然可見。無論金林檎、荔枝、陳皇后、楊貴妃，其共通點在於「貴」，金林檎起初僅賜予皇親國戚、荔枝貴爲進貢佳果、皇后與貴妃則是地位顯貴，然承接「休妒」而來，末兩句一改「雍容華貴」，而爲「雍容閒澹」，境界隨之開拓，亦即寵愛未必不變，富貴未必永久，若能安於閒澹，神態自若，也是一種雍容表現。整體而言，此闋

〔註 104〕〔漢〕司馬相如〈長門賦〉序云：「孝武皇帝陳皇后，時得幸，頗妒，別在長門宮，愁悶悲思。聞蜀郡司馬相如天下工爲文，奉黃金百斤，爲相如、文君取酒，因於解悲秋之詞。而相如爲文以悟主上，皇后復得幸。」〔明〕張溥：《漢魏六朝百三名家集》，頁 54。

按：相如、文君，於「臨邛」賣酒，《漢書·司馬相如傳》載：「相如與俱之臨邛，盡賣車騎，買酒舍，乃令文君當盧。」〔漢〕班固撰，〔唐〕顏師古注，楊家駱主編：《新校本漢書并附編二種》，卷 57，頁 2531。

另，司馬相如〈長門賦〉，或疑爲後人所作，序文所云，與史傳不符。《漢書·孝武陳皇后傳》載：「孝武陳皇后，長公主嫖女也……初，武帝得立爲太子，長主有力，取主女爲妃。及帝即位，立爲皇后，擅寵驕貴，十餘年而無子，聞衛子夫得幸，幾死者數焉。上愈怒。后又挾婦人媚道，頗覺。元光五年，上遂窮治之，女子楚服等坐爲皇后巫蠱祠祭祝詛，大逆無道，相連及誅者三百餘人。楚服梟首於市。使有司賜皇后策曰：『皇后失序，惑於巫祝，不可以承天命。其上璽綬，罷退居長門宮。』……後數年，廢后乃薨，葬霸陵郎官亭東。」〔漢〕班固撰，〔唐〕顏師古注，楊家駱主編：《新校本漢書并附編二種》，卷 67，頁 3948～3949。

〔註 105〕舊題〔漢〕班固：《漢武故事》載：「帝以乙酉年七月七日生於猗蘭殿，年四歲，立爲膠東王……膠東王數歲，長公主嫖抱置膝上，問曰：『兒欲得婦否？』長公主指左右長御百餘人，皆云不用，指其女，『阿嬌好否？』對曰：『好！若得阿嬌作婦，當作金屋貯之也。』」，頁 284。

詞值得尋繹玩味，安排精巧，看似詠物，實而喻人；表面寫人，又不離物。

第十節　植榴食榴，詞篇記錄

石榴，即安石榴，別稱「阿措」、「措措」、「醋醋」。《廣群芳譜》載:「本出塗林安石國，漢張騫使西域，得其種以歸，故名『安石榴』。」〔註 106〕屬西域外來果實。《東京夢華錄》載中秋時節，開封城內，可見新鮮安石榴上市，至冬，馬行街夜市亦有販售。〔註 107〕本草書籍多有記述，其生長特點如下：

> 《本草圖經》載:「木不甚高大，枝柯附幹，自地便生作叢，種極易息，折其條盤土中便生。花有黃、赤二色，實赤，有甘、酢二種，甘者可食，酢者入藥。」〔註 108〕

> 《本草衍義》載:「實中子紅，孫枝甚多，秋後經雨，則自坼裂……河陰縣（今河南滎陽）最多。又有一種，子白，瑩徹如水晶者，味亦甘，謂之『水晶石榴』。」〔註 109〕

豔紅果實，最爲常見，果內多子，同爲紅色，有甘、酸二味，屬晚秋果實，不耐雨水；水晶石榴，至爲特殊，《夢粱錄》亦載有「玉榴」，顆大而白，物以稀爲貴，反而「紅者次之」；〔註 110〕栽植容易，河南石榴產量最多，可知開封受地利之便，故能搶鮮上市。

詠安石榴之作，如：潘尼〈安石榴賦〉云:「商秋授氣，收華斂實。千房同蒂，十子如一。繽紛磊落，垂光耀質。滋味浸液，馨香

〔註 106〕〔清〕汪灝等撰：《廣群芳譜》，卷 28〈花譜・石榴花〉，頁 1657。
〔註 107〕〔宋〕孟元老：《東京夢華錄》，卷 3〈馬行街鋪席〉、卷 8〈中秋〉，〔宋〕孟元老等著，中華書局上海編輯所編輯：《東京夢華錄外四種》，頁 21、50。
〔註 108〕〔宋〕蘇頌撰，尚志鈞輯校：《本草圖經》，卷 16〈果部〉，頁 557。
〔註 109〕〔宋〕寇宗奭：《本草衍義》，卷 18，頁 105。
〔註 110〕〔南宋〕吳自牧：《夢粱錄》，卷 18〈物產〉，〔宋〕孟元老等著，中華書局上海編輯所編輯：《東京夢華錄外四種》，頁 284。

流溢。」〔註 111〕掌握果物特色，描寫如實；陸游〈山店賣石榴取以薦酒〉云：「山色蒼寒雲釀雪，旗亭據榻興悠哉。麴生正欲相料理，催喚風流措措來。」〔註 112〕筆法一變，化用典故，引唐・段成式《酉陽雜俎》載石榴花精，化爲緋衣女子，姓「石」，名「阿措」，故「措措」、「阿措」遂爲石榴別稱。〔註 113〕至於宋詞，陳著（1214～1297，鄞縣（今浙江寧波）人）〈鷓鴣天・和黃虛谷石榴韻〉云：

> 看了山中薜荔衣。手將安石種分移。花鮮絢日猩紅妒，葉密乘風翠羽飛。　　新結子，綠垂枝。老來眼底轉多宜。牙齒不入甜時樣，醋醋何妨薦酒巵。（4-3855）

首句薜荔，或稱「木蓮」，果實內有「滿腹細子」，〔註 114〕猶如安石榴「多子多孫」，〔註 115〕或出於果物特徵相似，遂使詞人眼見薜荔，

〔註 111〕〔明〕張溥：《漢魏六朝百三名家集》，頁 1856。

〔註 112〕〔南宋〕陸游撰，錢仲聯校注：《劍南詩稿校注》，卷 15，頁 1224。

〔註 113〕〔唐〕段成式：《酉陽雜俎》載：「天寶中，處士崔玄微洛東有宅……時春季夜間，風清月朗，不睡。獨處一院，家人無故輒不到。三更後，有一青衣云：『君在院中也，今欲與一兩女伴過，至上東門表姨處，暫借此歇。可乎？』玄微許之。須臾，乃有十餘人，青衣引入。有綠裳者前曰：『某姓楊。』……又指一緋衣小女，曰：『姓石名阿措』。各有侍女輩。玄微相見畢，乃坐於月下，問行出之由。對曰：『欲到封十八姨。數日云欲來相看，不得，今夕眾往看之。』坐未定，門外報封家姨來也。坐皆驚喜出迎……至十八姨持盞，性頗輕佻，翻酒污阿措衣。阿措作色曰：『諸人即奉求，余不奉畏也。』拂衣而起……。諸女曰姓楊、李、陶，及衣服顏色之異，皆眾花之精也。緋衣名阿措，即安石榴也。封十八姨，乃風神也。」續集卷 3〈支諾臯下〉，新興書局編：《筆記小說大觀》（臺北：新興書局，1984 年 6 月），第 9 編，第 1 冊，頁 205～209。

〔註 114〕〔明〕李時珍：《本草綱目》，卷 18〈草之七〉，頁 771。

〔註 115〕《北史・魏收傳》載：「安德王延宗納趙郡李祖收女爲妃，後帝幸李宅宴，而妃母宋氏薦二石榴於前。問諸人莫知其意，帝投之。收曰：「石榴房中多子，王新婚，妃母欲子孫眾多。」帝大喜，詔收：「卿還將來。」仍賜收美錦二疋。」〔唐〕李延壽撰，楊家駱編《新校本北史并附編三種》（臺北：鼎文書局，1979 年 3 月），卷 56，頁 2033。

而心思石榴。安石榴易栽種、果樹不甚高大的自然條件，使得詞人能夠親自種植，記錄開花、結果、品嚐，成爲本闋詞的最大特色。再者，詞末看似作者口味與眾不同，不取甜蜜果實，卻道：「醋醋薦酒」；實則「醋醋」出自《博異記》，與《酉陽雜俎》記載相同，改石榴花精「石阿措」爲「石醋醋」，〔註 116〕詞人藉以變化字面，甜醋相對，別有風趣。

小　結

本章探討橘、橙、柑、橄欖、龍眼、葡萄、柿、羊桃、林檎、安石榴，共 10 種秋冬果物。

關於秋冬果物書寫，反映醫食同源，如：橙具有各種食用方式，包括食橙佐鹽、金齏玉鱠、蟹釀橙、香橙湯，既可搭配料理烹調，亦可單獨食用；且橙皮能去腥、殺魚蟹毒、消食去氣、解酒醉，而橙肉佐鹽，除調和酸味，亦適合作爲餐後水果，消除腸胃不適，換言之，實用性顯著，正是醫食同源的具體實踐。又見於橄欖詞，亦顯現食療保健，以及不同的食用方式選擇；而橄欖先苦後甘的特殊性，王沂孫將它寄託家國悲痛、現實苦楚，而往昔的美好，也只能回味，而此一描寫，擴展既有的忠言逆耳、以味論詩的橄欖聯想，有所突破，自是佳作。

再者，溫州眞柑具有優越的地區性，貴爲進貢佳果，在南宋・韓彥直撰譜記述之前，北宋・晁補之已經塡詞吟詠，品評第一；相對而言，柿子常見於消費市場，價格低廉，仲殊則加入新意，化普通爲神奇，陳著則是親自種植石榴，予以記錄，亦使詞篇有別於他者。除內容的特殊性外，韓元吉龍眼詞，爲宋詞中專詠龍眼的第一首，羊桃、金林檎果則未見於其他文學體裁的飲食書寫。至於蘇軾詠橘、

〔註 116〕舊題〔唐〕谷神子：《博異記》（上海：上海古籍出版社，1991 年 12 月），〈崔玄微〉，頁 589。

張鎡詠葡萄，皆擅於描形寫物，屬於美食記錄；李之儀獲贈佳橘、劉辰翁得橘祝壽，因此，食橘的當下，感受的不僅是果物美味，更是友情的展現。

第七章　結　論

本論文係以宋詞飲食書寫爲研究範圍，並以果物爲研究對象，共論及 16 種果物，68 首詞。依詞篇數量多寡爲序，有：荔枝、楊梅、櫻桃、橘、梅子、橙、甜瓜、橄欖、桃子、柑、龍眼、葡萄、柿、羊桃、林檎、石榴；依季節而分，春夏果物，有：櫻桃、梅子、桃子、楊梅、甜瓜、荔枝，共 6 種，46 首詞，秋冬果物，有：龍眼、葡萄、羊桃、石榴、柿、林檎、橄欖、橙、柑、橘，共 10 種，22 首詞。以果物種類而言，秋冬果物豐富；以詞篇數量而言，春夏果物詞篇多於秋冬果物詞篇，係因荔枝詞多達 23 首。再者，共計 41 位詞人寫作果物詞，除無名氏、生平無從查考者之外，北宋有 15 位、南宋有 20 位，其中，周紫芝述及荔枝、楊梅、甜瓜，鄭域述及荔枝、甜瓜、桃子，種類多元，有別於他者僅針對單一果物；就個別果物而言，詞人大抵僅寫作 1 首詞篇，黃庭堅則寫有 4 首荔枝詞，張元幹有 3 首荔枝詞，黃人傑有 3 首梅子詞，數量較多。

在闡述詞篇內容之前，首先，針對宋詞飲食書寫的發展背景，予以探討。宋代開封、臨安由於具有完善的運輸體系，利於生產區與消費區的快速連結，因此，可見《東京夢華錄》、《夢粱錄》等書，記載各地商品輸入，提供買賣消費，果物即其中之一類。相對而言，宦遊遠方者，獲得品嚐當地飲食的機會，亦能書寫記錄之。至於蔡襄《荔枝譜》品評福建荔枝方爲天下第一，主張新鮮、原味，於當代及後代社會形成相當之審美影響，亦反映於果物詞篇；韓彥直《橘錄》注重「美」與「實」，亦可說是宋代飲食文化之表現，以及評比溫州眞柑冠天下，同樣可見果物詞篇有所描述。

在探討詞篇內容的同時，並以文、史、本草、筆記、期刊、專書等古今文獻爲據，論及自然種植、社會接受、歷史發展、食療保健、飲食詩文，並與詞篇相互對照，以明承與變。綜觀果物詞篇，可知在寫作內容方面，大抵針對色、香、形、味、名有所描述，尤以食用方式、味覺口感爲詞人著墨的焦點，可說是果物書寫的普遍性，如：品嚐荔枝注重新鮮、原味；楊梅可生食、或釀酒；食櫻拌酪，絕佳搭配；冷井浮瓜，清涼消暑；橘實噀人香霧，多汁微酸。在食用的同時，部分果物反映醫食同源，如：橄欖解酒、消食、助茶香；橙皮能去腥、殺魚蟹毒、消食去氣、解酒醉，因此，金齏玉鱠、蟹釀橙、香橙湯，搭配橙皮自有其用意，而橙肉佐鹽，除調和酸味，亦適合作爲餐後水果，消除腸胃不適。其次，部分果物具有優越的地區性，如：福建荔枝、溫州眞柑、越州楊梅，正與譜錄著作、筆記記載，相互呼應。柿子，常見於消費市場，價格低廉，詞篇作者則加入新意，化普通爲神奇；安石榴，常見於飲食詩文，然詞人記錄親自種植，遂使詞篇有別於他者。至於羊桃、金林檎果，未見於其他文學體裁的飲食書寫；趙以夫荔枝詞則爲宋詞〈荔枝香近〉中唯一以荔枝爲主題，切合詞牌名與詞篇內容；韓元吉龍眼詞，爲宋詞中專詠龍眼的第一首，凡此，凸顯詞篇本身具有塡補空白的特殊意義。

在具體食用之外，果物之於詞人，或藉以省思歷史，如：李綱、歐陽修、蘇軾，議論荔枝進貢；或記錄人生經歷，如：黃庭堅荔枝詞，緣於貶謫四川，辛棄疾羊桃詞，緣於仕宦福建；或抒情言志，「情」者，包括懷鄉、思親、想念情人、友人，「志」者，則是表達出處選擇；而周紫芝、無名氏的食色書寫，則獨特於果物詞篇。

再者，在寫作技巧方面，除白描直述之外，或運用比喻、比較，見於荔枝詞審美品味的描寫，受蘇軾荔枝詩〈四月十一日初食荔枝〉詩影響至深；相對而言，張炎由分瓜享用，轉爲抒發家國瓜分，王沂孫藉橄欖鹽霜加工，猶如外寇侵略，國土分裂，如此聯想，則是首見；或化用典故，如：《洛陽宮殿簿》明光殿植櫻、《拾遺錄》君臣食櫻、杜甫詩〈野人送朱櫻〉憶昔上賜櫻桃，爲櫻桃書寫常見的典故，甚而由於普遍沿用，構成象徵義，形塑果物的特定形象，如：鹽梅調羹。

總之，綜觀詠果物詞，顯現食用方式多元，與尙實、審美的飲食文化；以及寫物、抒情、言志、論史的書寫方式。且透過果物詞篇反映飲食文化，正符合吳熊和所論「詞並非僅僅作爲文學現象而存在」，〔註1〕又與飲食文化專書論及宋人重視日常飲食養生、講求自然本味相符。其次，飲食書寫與飲食文化之間，互有關係，比如：透過橙、橄欖的詞篇書寫，反映重視食療保健的飲食文化，蟠桃祝壽反映追求長生不老；相對而言，飲食文化、現象亦影響飲食書寫表現，比如：南宋已經移植西瓜，普遍栽植，卻味淡如水，因此，少見與之相關的飲食書寫，又如：食柑、梅解渴，飲食書寫亦藉此以物喻人，表達欲有所爲。

〔註1〕吳熊和：《唐宋詞通論》（杭州：浙江古籍出版社，1989年3月），頁455。

參考書目

壹、專書

一、經、史、子部著作

1. 《毛詩正義》，〔漢〕毛亨傳，〔漢〕鄭玄箋，〔唐〕孔穎達疏，臺北：藝文印書館，1997 年 8 月。
2. 《尚書》，〔漢〕孔安國傳，〔唐〕孔穎達疏，陸德明音義，臺北：臺灣商務印書館，1975 年 6 月。
3. 《周禮注疏》，〔漢〕鄭玄注，〔唐〕賈公彥疏，〔唐〕陸德明音義，《文淵閣四庫全書電子版》，香港：迪志文化出版公司，2007 年。
4. 《禮記注疏》，〔漢〕戴聖撰，〔漢〕鄭玄注，〔唐〕孔穎達等疏，臺北：新文豐出版社，2011 年 6 月。
5. 《春秋左傳正義》，〔晉〕杜預注，〔唐〕孔穎達等正義，臺北：新文豐出版公司，2001 年 6 月。
6. 《孟子》，〔戰國〕孟軻撰，臺北：臺灣商務印書館，1975 年 6 月。
7. 《新校本史記三家注并附編二種》，〔漢〕司馬遷撰，〔南朝宋〕裴駰集解，〔唐〕司馬貞索隱，張守節正義，臺北：鼎文書局，1979 年 2 月。
8. 《新校本漢書并附編二種》，〔漢〕班固撰，〔唐〕顏師古注，楊家駱主編，臺北：鼎文書局，1979 年 2 月。
9. 《新校本三國志附索引》，〔晉〕陳壽撰，〔南朝宋〕斐松之注，楊家駱編，臺北：鼎文書局，1978 年 11 月。
10. 《新校本後漢書并附編十三種》，〔南朝宋〕范曄撰，楊家駱編，臺北：鼎文書局，1987 年 1 月。
11. 《新校本晉書并附編六種》，〔唐〕房玄齡撰，楊家駱編，臺北：鼎文書局，1979 年 2 月。
12. 《新校本南史附索引》，〔唐〕李延壽撰，楊家駱編，臺北：鼎文書局，1979 年 3 月。
13. 《新校本北史并附編三種》，〔唐〕李延壽撰，楊家駱編，臺北：鼎文書局，1979 年 3 月。
14. 《新校本隋書附索引》，〔唐〕魏徵等撰，楊家駱主編，臺北：鼎文書局，1987 年 5 月。
15. 《新校本舊唐書附索引》，〔後晉〕劉昫等撰，楊家駱主編，臺北：鼎文書局 1979 年 2 月。
16. 《新校本新唐書附索引》，〔宋〕歐陽修、宋祁撰，楊家駱編，臺北：鼎文書局 1979 年 2 月。
17. 《新校本舊五代史并附編三種》，〔宋〕薛居正等撰，楊家駱主編，臺北：鼎文書局，1978 年 11 月。
18. 《新校本新五代史并附編二種》，〔宋〕歐陽修等撰，楊家駱主編，臺北：鼎文書局，1979 年 2 月。
19. 《新校本宋史并附編三種》，〔元〕脱脱等撰，楊家駱主編，臺北：鼎文書局 1978 年 9 月。
20. 《新校本金史并附編七種》，〔元〕脱脱等撰，楊家駱主編，臺北：鼎文書局 1979 年 3 月。
21. 《吳越春秋》，〔漢〕趙曄，北京：中華書局，1985 年。
22. 《魏略輯本》，〔三國魏〕魚豢，楊家駱編《三國志附編》，臺北：鼎文書局，1979 年 5 月。
23. 《十六國春秋》，〔北魏〕崔鴻，《文淵閣四庫全書電子版》，香港：迪志文化出版公司，2007 年。
24. 《唐國史補》，〔唐〕李肇，《文淵閣四庫全書電子版》，香港：迪志文化出版公司，2007 年。
25. 《建炎以來繫年要錄》，〔宋〕李心傳，北京：中華書局，1985 年。
26. 《建炎以來朝野雜記》，〔宋〕李心傳，北京：中華書局，1985 年。
27. 《資治通鑑》，〔宋〕司馬光撰，〔元〕胡三省注，臺北：金川出版社，1979 年 1 月。
28. 《續資治通鑑長編》，〔宋〕李燾，《文淵閣四庫全書電子版》，香港：迪志文化出版公司，2007 年。

29. 《臺灣通史》，連橫，南投：臺灣省文獻委員會，1992 年 3 月。
30. 《通典》，〔唐〕杜佑撰，王文錦等點校，北京：中華書局，1988 年 12 月。
31. 《唐會要》，〔宋〕王溥，臺北：世界書局，1989 年 4 月。
32. 《五代會要》，〔宋〕王溥撰，楊家駱主編，臺北：世界書局，1979 年 2 月。
33. 《宋會要輯稿》，〔清〕徐松輯，楊家駱編，臺北：世界書局，1977 年 5 月。
34. 《文獻通考》，〔元〕馬端臨，北京：中華書局，1986 年 9 月。
35. 《名臣碑傳琬琰之集》，〔宋〕杜大珪，《文淵閣四庫全書電子版》，香港：迪志文化出版公司，2007 年。
36. 《宋宰輔編年錄》，〔宋〕徐自明，《文淵閣四庫全書電子版》，香港：迪志文化出版公司，2007 年。
37. 《冊府元龜》，〔宋〕王欽若、楊億等撰，《文淵閣四庫全書電子版》，香港：迪志文化出版公司，2007 年。
38. 《紹興十八年同年小錄》，撰者不詳，《文淵閣四庫全書電子版》，香港：迪志文化出版公司，2007 年。
39. 《宋史翼》，〔清〕陸心源，北京：中華書局，1991 年 12 月。
40. 《唐張子壽先生九齡年譜》，楊承祖，臺北：臺灣商務印書館，1980 年 11 月。
41. 《宋歐陽文忠公修年譜》，林逸，臺北：臺灣商務印書館，1980 年 6 月。
42. 《宋曾文定公鞏年譜》，周明泰，臺北：臺灣商務印書館，1981 年 11 月。
43. 《黃山谷年譜》，〔宋〕黃罃，臺北：學海出版社，1979 年 10 月。
44. 《黃庭堅年譜新編》，鄭永曉，北京：社會科學文獻出版社，1997 年 8 月。
45. 《宋李天紀先生綱年譜》，趙效宣，臺北：臺灣商務印書館，1980 年 6 月。
46. 《白石道人年譜》，陳思，臺北：藝文印書館，1971 年。
47. 《北宋文學家年譜》，曾棗莊、舒大綱，臺北：文津出版社，1999 年 6 月。
48. 《兩宋詞人叢考》，王兆鵬、王可喜、方星移，南京：鳳凰出版社，2007 年 5 月。

49. 《古今圖書集成》，〔清〕陳夢雷，臺北：文星書店，1964 年 10 月。
50. 《四庫全書總目提要》，〔清〕紀昀總纂，石家莊：河北人民出版社，2000 年 3 月。
51. 《呂氏春秋》，〔秦〕呂不韋撰，〔漢〕高誘註，《文淵閣四庫全書電子版》，香港：迪志文化出版公司，2007 年。
52. 《論衡》，〔漢〕王充，《文淵閣四庫全書電子版》，香港：迪志文化出版公司，2007 年。
53. 《莊子注》，〔晉〕郭象，《文淵閣四庫全書電子版》，香港：迪志文化出版公司，2007 年。
54. 《直齋書錄解題》，〔宋〕陳振孫，《文淵閣四庫全書電子版》，香港：迪志文化出版公司，2007 年。

二、詩、詞、文、曲集

別集

1. 《韓詩內傳》，〔漢〕韓嬰撰，〔清〕黃奭輯，臺北：藝文印書館，1972 年。
2. 《韓詩外傳附補逸校注拾遺》，〔漢〕韓嬰撰，〔清〕周廷寀校注，北京：中華書局，1985 年。
3. 《王右軍集》，〔晉〕王羲之，臺北：臺灣學生書局，1971 年 8 月。
4. 《元白詩箋證稿》，陳寅恪，臺北：世界書局，1963 年 1 月。
5. 《杜少陵集詳注》，〔唐〕杜甫撰，〔清〕仇兆鰲注，北京：北京圖書館出版社，1999 年 4 月。
6. 《九家集註杜詩》，〔宋〕郭知達編，臺北：大通書局，1974 年。
7. 《景文集》，〔宋〕宋祁，《文淵閣四庫全書電子版》，香港：迪志文化出版公司，2007 年。
8. 《歐陽修全集》，〔宋〕歐陽修撰，楊家駱編，臺北：世界書局，1991 年 10 月。
9. 《樂全集》，〔宋〕張方平，《文淵閣四庫全書電子版》，香港：迪志文化出版公司，2007 年。
10. 《端明集》，〔宋〕蔡襄，《文淵閣四庫全書電子版》，香港：迪志文化出版公司，2007 年。
11. 《元豐類稿》，〔宋〕曾鞏，臺北：世界書局，1963 年 11 月。
12. 《王安石全集》，〔宋〕王安石，臺北：河洛圖書出版社，1974 年 10 月。

13. 《程氏外書》，〔宋〕程顥、程頤撰，朱熹編，《文淵閣四庫全書電子版》，香港：迪志文化出版公司，2007 年。
14. 《蘇軾文集》，〔宋〕蘇軾著，孔凡禮點校，北京：中華書局，1986 年 3 月。
15. 《蘇東坡全集》，〔宋〕蘇軾，北京：中國書店，1986 年 6 月。
16. 《蘇軾詩集合注》，〔宋〕蘇軾著，〔清〕馮應榴輯注、黃任軻、朱懷春校點，上海：上海古籍出版社，2001 年 6 月。
17. 《蘇軾詞編年校註》，鄒同慶、王宗堂，北京：中華書局，2002 年 9 月。
18. 《清江三孔集》，〔宋〕孔文仲等撰，王蓬編，《文淵閣四庫全書電子版》，香港：迪志文化出版公司，2007 年。
19. 《姑溪居士文集》，〔宋〕李之儀，《文淵閣四庫全書電子版》，香港：迪志文化出版公司，2007 年。
20. 《豫章黄先生詞校注》，龍榆生，臺北：世界書局，1967 年 5 月。
21. 《山谷詩集注》，〔宋〕黃庭堅著，〔宋〕任淵、史容、史季溫注，黃寶華點校上海：上海古籍出版社，2003 年 12 月。
22. 《山谷詞校注》，馬興榮、祝振玉，上海：上海古籍出版社，2011 年 3 月。
23. 《晁補之詞編年箋注》，喬力，山東：齊魯書社，1992 年 3 月。
24. 《忠穆集》，〔宋〕呂頤浩，《文淵閣四庫全書電子版》，香港：迪志文化出版公司，2007 年。
25. 《梅溪先生文集》，〔宋〕王十朋，臺北：臺灣商務印書館，1975 年 6 月。
26. 《劍南詩稿校注》，〔宋〕陸游撰，錢仲聯校注，上海：上海古籍出版社，1985 年 9 月。
27. 《石湖居士詩集》，〔宋〕范成大，臺北：臺灣商務印書館，1975 年 6 月。
28. 《誠齋集》，〔宋〕楊萬里，《文淵閣四庫全書電子版》，香港：迪志文化出版，公司，2007 年。
29. 《渭南文集》，〔宋〕陸游，《文淵閣四庫全書電子版》，香港：迪志文化出版公司，2007 年。
30. 《鄭敷文書說》，〔宋〕鄭伯熊，北京：中華書局，1991 年。
31. 《浪語集》，〔宋〕薛季宣，《文淵閣四庫全書電子版》，香港：迪志文化出版公司，2007 年。

32. 《東萊集》，〔宋〕呂祖謙，《文淵閣四庫全書電子版》，香港：迪志文化出版公司，2007 年。
33. 《稼軒詞編年箋注》，〔宋〕辛棄疾撰，鄧廣銘箋注，上海：上海古籍出版社 1993 年。
34. 《葉適集》，〔宋〕葉適，臺北：河洛圖書出版社，1974 年 5 月。
35. 《後村集》，〔宋〕劉克莊，《文淵閣四庫全書電子版》，香港：迪志文化出版公司，2007 年。
36. 《夢窗詞彙校箋釋集評》，〔宋〕吳文英著，吳蓓箋校，杭州：浙江古籍出版社 2007 年 9 月。
37. 《續軒渠集》，〔元〕洪希文，《文淵閣四庫全書電子版》，香港：迪志文化出版公司，2007 年。
38. 《潛研堂文集》，〔清〕錢大昕，臺北：臺灣商務印書館，1965 年 8 月。

總集

1. 《文選》，〔南朝梁〕蕭統編，〔唐〕李善注，臺北：華正書局，2000 年 10 月。
2. 《漢魏六朝百三名家集》，〔明〕張溥，臺北：文津出版社，1979 年 8 月。
3. 《七十二家集》，〔明〕張燮撰，《續修四庫全書》，上海：上海古籍出版社，2002 年 3 月。
4. 《全上古三代秦漢三國六朝文》，〔清〕嚴可均輯，北京：中華書局，1958 年 12 月。
5. 《唐詩絕句選》，〔宋〕謝枋得註，趙蕃昌、韓滮仲選，〔日〕森大來校，臺北：廣文書局，1970 年 10 月。
6. 《瀛奎律髓》，〔元〕方回，《文淵閣四庫全書電子版》，香港：迪志文化出版公司，2007 年。
7. 《全唐詩》，清聖祖御定，北京：中華書局，1960 年 4 月。
8. 《全唐文新編》，周紹良主編，長春：吉林文史出版社，2000 年 12 月。
9. 《全宋詩》，北京大學古文獻研究所編，北京：北京大學出版社，1998 年 12 月。
10. 《全宋詞》，唐圭璋編纂、王仲聞參訂、孔凡禮補輯，北京：中華書局，1999 年 1 月。
11. 《全宋文》，曾棗莊、劉琳主編，上海：上海辭書出版社，2006 年

8 月。
12. 《宋文鑑》，〔宋〕呂祖謙，《文淵閣四庫全書電子版》，香港：迪志文化出版公司，2007 年。
13. 《兩宋名賢小集》，〔宋〕陳思編，〔元〕陳世隆補，文淵閣四庫全書電子版，香港：迪志文化出版公司，2007 年。
14. 《宋元戲文輯佚》，錢南揚，上海：上海古典文學出版社，1956 年 12 月。
15. 《全元曲》，徐征等編，石家莊：河北教育出版社，1998 年 8 月。
16. 《九宮正始》，〔明〕徐子室，王秋桂主編《善本戲曲叢刊》，臺北：臺灣學生書局，1984 年 8 月。
17. 《全明雜劇》，楊家駱編，臺北：鼎文書局，1979 年 6 月。
18. 《古典戲曲存目彙考》，莊一拂，臺北：木鐸出版社，1986 年 9 月。

三、詩、詞、文評論

1. 《文心雕龍》，〔南朝梁〕劉勰，《文淵閣四庫全書電子版》，香港：迪志文化出版公司，2007 年。
2. 《本事詩》，〔唐〕孟棨，《文淵閣四庫全書電子版》，香港：迪志文化出版公司，2007 年。
3. 《苕溪漁隱叢話》，〔宋〕胡仔，臺北：長安出版社，1978 年 12 月。
4. 《碧雞漫志》，〔宋〕王灼，唐圭璋《詞話叢編》，臺北：新文豐出版公司，1988 年 2 月。
5. 《古詩解》，〔明〕唐汝諤，《四庫全書存目叢書》，臺南：莊嚴文化公司，1997 年 6 月。
6. 《詞林紀事》，〔清〕張宗橚，臺北：鼎文書局，1971 年 3 月。
7. 《玉溪生詩意》，〔清〕屈復，臺北：正大印書館，1974 年 6 月。
8. 《讀杜心解》，〔清〕浦起龍，臺北：大通書局，1974 年 10 月。
9. 《別調集》，〔清〕陳廷焯《詞則》，上海：上海古籍出版社，1984 年 5 月。
10. 《詞苑萃編》，〔清〕馮金伯，唐圭璋《詞話叢編》，臺北：新文豐出版公司，1988 年 2 月。
11. 《雨村詞話》，〔清〕李調元，唐圭璋《詞話叢編》，臺北：新文豐出版公司，1988 年 2 月。
12. 《賭棋山莊詞話》，〔清〕謝章鋌，唐圭璋《詞話叢編》，臺北：新文豐出版公司，1988 年 2 月。

13. 《蓮子居詞話》，〔清〕吳衡照，唐圭璋《詞話叢編》，臺北：新文豐出版公司，1988年2月。
14. 《詩經通釋》，王靜芝，臺北：輔仁大學文學院，1973年2月。
15. 《清眞先生遺事》，王國維《王國維先生全集》續編，臺北：大通書局，1976年7月。
16. 《詞學論叢》，唐圭璋，臺北：宏業書局，1988年9月。
17. 《唐宋詞通論》，吳熊和，杭州：浙江古籍出版社，1989年3月。
18. 《張炎詞研究》，楊海明，濟南：齊魯書社，1989年10月。
19. 《蔡君謨之學術》，蔡崇名，臺北：華正書局，1992年3月。
20. 《李商隱詩歌集解》，劉學鍇、余恕誠，臺北：洪葉文化公司，1992年10月。
21. 《唐宋詞集序跋匯編》，金啓華等編，臺北：臺灣商務印書館，1993年2月。
22. 《北宋十大家研究》，黃文吉，臺北：文史哲出版社，1996年3月。
23. 《蘇東坡詞》，曹樹銘，臺北：臺灣商務印書館，1996年6月。
24. 《中古文學史論文集》，曹道衡，臺北：洪葉文化事業公司，1996年10月。
25. 《黃庭堅評傳》，黃寶華，南京：南京大學出版社，1998年12月。
26. 《蘇軾研究》，王水照，石家莊：河北教育出版社，1999年5月。
27. 《蘇軾詩彙評》，曾棗莊，成都：四川文藝出版社，2000年1月。
28. 《詩經新義》，朱自清等編《聞一多全集》，臺北：里仁書局，2000年1月。
29. 《唐宋詞社會文化學研究》，沈松勤，杭州：浙江大學出版社，2000年1月。
30. 《杜甫詩學引論》，胡可先，合肥：安徽大學出版社，2003年3月。
31. 《唐宋詞彙評・兩宋卷》，吳熊和主編，杭州：浙江教育出版社，2004年12月。
32. 《宋詞與民俗》，黃杰，北京：商務印書館，2005年12月。
33. 《宋詞題材研究》，許伯卿，北京：中華書局，2007年12月。
34. 《楚辭文獻集成》，吳平、回達強，揚州，廣陵書社，2008年8月。
35. 《宋代文學研究年鑑（2006～2007）》，劉揚忠、王兆鵬主編，武漢：武漢出版社，2009年10月。

四、筆記雜錄

1. 《漢武帝內傳》，舊題〔漢〕班固撰，〔清〕錢熙祚校，北京：中華書局，1985年。
2. 《列仙傳》，〔漢〕劉向，臺北：廣文書局，1989年12月。
3. 《西京雜記》，〔漢〕劉歆，北京：中華書局，1991年。
4. 《漢武故事》，舊題〔漢〕班固，上海：上海古籍出版社，1991年12月。
5. 《神異經》，舊題〔漢〕東方朔撰，〔晉〕張華注，《文淵閣四庫全書電子版》，香港：迪志文化出版公司，2007年。
6. 《漢武帝內傳》，舊題〔漢〕班固，《文淵閣四庫全書電子版》，香港：迪志文化出版公司，2007年。
7. 《風俗通義校注》，〔漢〕應劭撰，王利器校注，北京：中華書局，2010年5月。
8. 《廣志》，〔晉〕郭義恭，新興書局編《筆記小說大觀》，臺北：新興書局，1984年8月。
9. 《神仙傳》，〔晉〕葛洪，新興書局編《筆記小說大觀》，臺北：新興書局，1984年8月。
10. 《拾遺錄》，〔晉〕王嘉，〔宋〕李昉等撰《太平御覽》，上海：上海書店，1985年12月。
11. 《穆天子傳》，〔晉〕郭璞注，上海：上海古籍出版社，1991年12月。
12. 《幽明錄》，〔南朝宋〕劉義慶，新興書局編《筆記小說大觀》，臺北：新興書局，1984年8月。
13. 《世說新語》，〔南朝宋〕劉義慶撰，〔南朝梁〕劉峻注，臺北：臺灣中華書局1992年1月。
14. 《眞誥》，〔南朝梁〕陶弘景，新興書局編《筆記小說大觀》，臺北：新興書局，1984年8月。
15. 《荊州記》，〔南朝宋〕盛弘之，〔宋〕李昉等撰《太平御覽》，上海：上海書店，1985年12月。
16. 《荊楚歲時記》，〔南朝梁〕宗懍，藝文印書館編《歲時習俗研究資料彙編》，臺北：藝文印書館，1970年12月。
17. 《啓顏錄》，〔隋〕侯白，〔宋〕李昉等編《太平廣記》，臺北：古新書局，1976年1月。
18. 《雲溪友議》，〔唐〕范攄，臺北：廣文書局，1971年9月。

19. 《笠澤叢書》，〔唐〕，陸龜蒙，臺北：臺灣商務印書館，1974 年。
20. 《異聞集》，〔唐〕陳翰，〔宋〕李昉等編《太平廣記》，臺北：古新書局，1976 年 1 月。
21. 《大業拾遺記》，〔唐〕顏師古，〔宋〕李昉等編《太平廣記》，臺北：古新書局，1976 年 1 月。
22. 《玄怪錄》，〔唐〕牛僧孺編，程毅中點校，北京：中華書局，1982 年 9 月。
23. 《酉陽雜俎》，〔唐〕段成式，新興書局編《筆記小說大觀》，臺北：新興書局，1984 年 8 月。
24. 《甘澤謠》，〔唐〕袁郊，北京：中華書局，1985 年。
25. 《博異記》，舊題〔唐〕谷神子，上海：上海古籍出版社，1991 年 12 月。
26. 《大業雜記輯校》，〔唐〕杜寶撰，辛德勇，西安：三秦出版社，2006 年 6 月。
27. 《藝文類聚》，〔唐〕歐陽詢等撰，《文淵閣四庫全書電子版》，香港：迪志文化出版公司，2007 年。
28. 《白孔六帖》，〔唐〕白居易撰，〔宋〕孔傳續撰，《文淵閣四庫全書電子版》，香港：迪志文化出版公司，2007 年。
29. 《雲仙雜記》，〔唐〕馮贄，《文淵閣四庫全書電子版》，香港：迪志文化出版公司，2007 年。
30. 《唐摭言》，〔五代〕王定保，臺北：世界書局，1967 年 5 月。
31. 《東京夢華錄》，〔宋〕孟元老，中華書局上海編輯所編輯《東京夢華錄外四種》，北京：中華書局，1962 年 5 月。
32. 《夢粱錄》，〔宋〕吳自牧，中華書局上海編輯所編輯《東京夢華錄外四種》，北京：中華書局，1962 年 5 月。
33. 《西湖老人繁勝錄》，〔宋〕西湖老人，中華書局上海編輯所編輯《東京夢華錄外四種》，北京：中華書局，1962 年 5 月。
34. 《都城紀勝》，〔宋〕灌圃耐得翁，中華書局上海編輯所編輯《東京夢華錄外四種》，北京：中華書局，1962 年 5 月。
35. 《武林舊事》，〔宋〕周密，中華書局上海編輯所編輯，《東京夢華錄外四種》，北京：中華書局，1962 年 5 月。
36. 《貴耳集》，〔宋〕張端義，臺北：藝文印書館，1966 年。
37. 《猗覺寮雜記》，〔宋〕朱翌，臺北：藝文印書館，1966 年。
38. 《賞心樂事》，〔宋〕張鎡，藝文印書館編《歲時習俗研究資料彙編》，臺北：藝文印書館，1970 年 12 月。
39. 《麗情集》，〔宋〕張君房，新興書局編《筆記小說大觀》，臺北：新興書局 1984 年 6 月。
40. 《青瑣高議》，〔宋〕劉斧，臺北：河洛圖書出版社，1977 年 4 月。
41. 《東齋記事》，〔宋〕范鎮撰，汝沛點校，北京：中華書局，1980 年 9 月。
42. 《游宦紀聞》，〔宋〕張世南，北京：中華書局，1981 年 1 月。
43. 《燕翼詒謀錄》，〔宋〕王林撰，誠剛點校，北京：中華書局，1981 年 9 月。
44. 《邵氏聞見後錄》，〔宋〕邵博，北京：中華書局，1983 年。
45. 《雞肋編》，〔宋〕莊綽撰，蕭魯陽點校，北京：中華書局，1983 年 3 月。
46. 《齊東野語》，〔宋〕周密撰，張茂鵬點校，北京：中華書局，1983 年 11 月。
47. 《清波別志》，〔宋〕周煇，新興書局編《筆記小說大觀》，臺北：新興書局，1984 年 8 月。
48. 《清波雜志》，〔宋〕周煇，新興書局編《筆記小說大觀》，臺北：新興書局，1984 年 8 月。
49. 《雲麓漫鈔》，〔宋〕趙彥衛，北京：中華書局，1985 年。
50. 《南窗紀談》，〔宋〕撰人不詳，北京：中華書局，1985 年。
51. 《玉壺清話》，〔宋〕文瑩，北京：中華書局，1985 年。
52. 《甕牖閑評》，〔宋〕袁文，北京：中華書局，1985 年。
53. 《林下偶談》，〔宋〕吳氏，北京：中華書局，1985 年。
54. 《梅品》，〔宋〕張鎡，北京：中華書局，1985 年。
55. 《攻媿集》，〔宋〕樓鑰，北京：中華書局，1985 年。
56. 《青箱雜記》，〔宋〕吳處厚，李裕民點校，北京：中華書局，1985 年 5 月。
57. 《洛陽宮殿簿》，佚名，〔宋〕李昉等撰《太平御覽》，上海：上海書店，1985 年 12 月。
58. 《楊太眞外傳》，〔宋〕樂史，北京：中華書局，1991 年。
59. 《煬帝海山記》，未著撰者，北京：中華書局，1991 年。
60. 《西溪叢語》，〔宋〕姚寬，北京：中華書局，1993 年 12 月。
61. 《二老堂雜志》，〔宋〕周必大，周光培編《歷代筆記小說集成——

宋代筆記小說》，石家莊：河北教育出版社，1995 年 2 月。

62. 《事林廣記》，〔宋〕陳元靚，北京：中華書局，1999 年。
63. 《歸田錄》，〔宋〕歐陽修，上海古籍出版社編《宋元筆記小說大觀》，上海：上海古籍出版社，2001 年 12 月。
64. 《鶴林玉露》，〔宋〕羅大經，上海古籍出版社編《宋元筆記小說大觀》，上海：上海古籍出版社，2001 年 12 月。
65. 《老學庵筆記》，〔宋〕陸游，上海古籍出版社編《宋元筆記小說大觀》，上海：上海古籍出版社，2001 年 12 月。
66. 《麈史》，〔宋〕王得臣，上海古籍出版社編《宋元筆記小說大觀》，上海：上海古籍出版社，2001 年 12 月。
67. 《墨莊漫錄》，〔宋〕張邦基，上海古籍出版社編《宋元筆記小說大觀》，上海：上海古籍出版社，2001 年 12 月。
68. 《楊文公談苑》，〔宋〕楊億，上海古籍出版社編《宋元筆記小說大觀》，上海：上海古籍出版社，2001 年 12 月。
69. 《萍洲可談》，〔宋〕朱彧，朱易安、傅璇琮等主編《全宋筆記》，鄭州：大象出版社，2006 年 1 月。
70. 《澠水燕談錄》，〔宋〕王闢之，朱易安、傅璇琮等主編《全宋筆記》，鄭州：大象出版社，2006 年 1 月。
71. 《夢溪筆談》，〔宋〕沈括，朱易安、傅璇琮等主編《全宋筆記》，鄭州：大象出版社，2006 年 1 月。
72. 《江鄰幾雜志》，〔宋〕江休復，朱易安、傅璇琮等主編《全宋筆記》，鄭州：大象出版社，2006 年 1 月。
73. 《清異錄》，〔宋〕陶穀，朱易安、傅璇琮等主編《全宋筆記》，鄭州：大象出版社，2006 年 1 月。
74. 《記纂淵海》，〔宋〕潘自牧，《文淵閣四庫全書電子版》，香港：迪志文化出版公司，2007 年。
75. 《南部新書》，〔宋〕錢易，《文淵閣四庫全書電子版》，香港：迪志文化出版公司，2007 年。
76. 《嬾眞子》，〔宋〕馬永卿，《文淵閣四庫全書電子版》，香港：迪志文化出版公司，2007 年。
77. 《能改齋漫錄》，〔宋〕吳曾，《文淵閣四庫全書電子版》，香港：迪志文化出版公司，2007 年。
78. 《揮麈後錄》，〔宋〕王明清，《文淵閣四庫全書電子版》，香港：迪志文化出版公司，2007 年。

79. 《容齋隨筆》,〔宋〕洪邁,《文淵閣四庫全書電子版》,香港:迪志文化出版公司,2007 年。
80. 《高齋漫錄》,〔宋〕曾慥,《文淵閣四庫全書電子版》,香港:迪志文化出版公司,2007 年。
81. 《香譜》,〔宋〕洪芻,《文淵閣四庫全書電子版》,香港:迪志文化出版公司,2007 年。
82. 《朝野類要》,〔宋〕趙升,《文淵閣四庫全書電子版》,香港:迪志文化出版公司,2007 年。
83. 《松漠紀聞》,〔宋〕洪皓,《文淵閣四庫全書電子版》,香港:迪志文化出版公司,2007 年。
84. 《曲洧舊聞》,〔宋〕朱弁,《文淵閣四庫全書電子版》,香港:迪志文化出版公司,2007 年。
85. 《類説》,〔宋〕曾慥,《文淵閣四庫全書電子版》,香港:迪志文化出版公司,2007 年。
86. 《直齋書錄解題》,〔宋〕陳振孫,《文淵閣四庫全書電子版》,香港:迪志文化出版公司,2007 年。
87. 《野客叢書》,〔宋〕王楙撰,王文錦點校,北京:中華書局,2007 年 4 月。
88. 《玩齋集》,〔元〕貢師泰,《文淵閣四庫全書電子版》,香港:迪志文化出版公司,2007 年。
89. 《南村輟耕錄》,〔明〕陶宗儀,北京:中華書局,1959 年 2 月。
90. 《賢奕編》,〔明〕劉元卿,北京:中華書局,1985 年。
91. 《昭代經濟言》,〔明〕陳子壯,北京:中華書局,1985 年。
92. 《説郛》,〔明〕陶宗儀,《文淵閣四庫全書電子版》,香港:迪志文化出版公司,2007 年。
93. 《通雅》,〔明〕方以智,《文淵閣四庫全書電子版》,香港:迪志文化出版公司,2007 年。
94. 《越縵堂讀書記》,〔清〕,李慈銘,臺北:世界書局,1975 年 7 月。
95. 《三輔黃圖附補遺》,撰者未詳,〔清〕畢沅校正,北京:中華書局,1985 年。
96. 《廣東新語》,〔清〕屈大均,北京:中華書局,1985 年 4 月。
97. 《秘傳花鏡》,〔清〕陳淏子,《續修四庫全書》,上海:上海古籍出版社,2002 年 3 月。

98. 《義門讀書記》，〔清〕何焯，徐德明、吳平編，《清代學術筆記叢刊》，北京：學苑出版社，2005 年 9 月。
99. 《三秦記》，（成書年代不詳）辛氏，臺北：藝文印書館，1967 年。
100. 《唐代小說敘錄》，王國良，臺北：嘉新水泥公司文化基金會，1979 年 11 月。
101. 《世說新語箋疏》，余嘉錫，臺北：王記書坊，1984 年 10 月。
102. 《荊楚歲時記校注》，王毓榮，臺北：文津出版社，1988 年 8 月。
103. 《中國文言小說百部經典》，史仲文主編，北京：北京出版社，2000 年。
104. 《新譯東京夢華錄》，嚴文儒注譯，臺北：三民書局，2004 年 1 月。

五、飲食論著

1. 《齊民要術》，〔後魏〕賈思勰，臺北：臺灣商務印書館，1965 年 11 月。
2. 《山家清供》，〔宋〕林洪，楊家駱編《藝術叢編》，臺北：世界書局，1992 年 3 月。
3. 《橘錄》，〔宋〕韓彥直，北京：中華書局，1985 年。
4. 《蟹譜》，〔宋〕傅肱，《文淵閣四庫全書電子版》，香港：迪志文化出版公司，2007 年。
5. 《蟹略》，〔宋〕高似孫，《文淵閣四庫全書電子版》，香港：迪志文化出版公司，2007 年。
6. 《閩中海錯疏》，〔明〕屠本畯，《文淵閣四庫全書電子版》，香港：迪志文化出版公司，2007 年。
7. 《隨息居飲食譜》，〔清〕王士雄撰，周三金注釋，北京：中國商業出版社，1985 年 8 月。
8. 《閩產錄異》，〔清〕郭柏蒼，田兆元主編《華東民俗文獻》，北京：學苑出版社，2010 年。
9. 《乳品製造學》，林慶文，臺北：華香園出版社，1982 年 10 月。
10. 《台灣水果集》，廖敏卿，臺北：撰者自刊，1985 年 7 月。
11. 《北宋茶之生產與經營》，朱重聖，臺北：臺灣學生書局，1985 年 12 月。
12. 《果脯蜜餞及其加工》，王沂、方瑞達，北京：中國食品出版社，1987 年 3 月。
13. 《果品貯藏與加工》，農學社，臺北：武陵出版社，1988 年 4 月。

14. 《蔬香果樂：台灣的食用農作物 130 種》，薛聰賢，員林，撰者自刊，1990 年 5 月。
15. 《乳製品之特性與機能》，林慶文，臺北：國立編譯館，1993 年 11 月。
16. 《水果與果樹》，康有德，臺北：黎明文化事業公司，1992 年 11 月。
17. 《中國茶酒文化史》，沈漢、朱自振，臺北：文津出版社，1995 年 12 月。
18. 《唐宋飲食文化發展史》，陳偉明，臺北：臺灣學生書局，1995 年 5 月。
19. 《中國飲食史》，徐海榮主編，北京：華夏出版社，1999 年 10 月。
20. 《中古華北飲食文化的變遷》，王利華，北京：中國社會科學出版社，2000 年 11 月。
21. 《中國果樹志・桃卷》，汪祖華、莊恩及主編，北京：中國林業出版社，2001 年 1 月。
22. 《牛乳與乳製品》，中澤勇二、江上榮子著，黑美翻譯社譯，臺北：躍昇文化事業公司，2001 年 2 月。
23. 《南方絳雪》，蔡珠兒，臺北：聯合文學出版社，2002 年 9 月。
24. 《柑桔整合管理》，楊秀珠彙編，臺中：行政院農業委員會藥物毒物試驗所，2002 年 12 月。
25. 《台灣蔬果園——水果篇》，郭信厚，臺北：田野影像出版社，2003 年 1 月。
26. 《臺灣的地方特產》，陳彥仲、葉益青、羅秀華，臺北：遠足文化事業公司，2006 年 4 月。
27. 《台灣蔬果生活曆》，陳煥棠、林世煜，臺北：天下遠見出版公司，2006 年 5 月。
28. 《中國飲食文化史》，王學泰，桂林，廣西師範大學出版社，2006 年 9 月。
29. 《中國飲食文化史》，趙榮光，上海：上海人民出版社，2006 年 10 月。
30. 《北宋文人的飲食書寫一以詩歌爲例的考察》，陳素貞，臺北：大安出版社，2007 年 6 月。
31. 《唐代飲酒詩研究》，林淑桂，臺北：花木蘭文化出版社，2007 年 9 月。

32. 《歷代荔枝譜校注》，彭世獎，北京：中國農業出版社，2007年10月。
33. 《中國美食詩話》，蔡鎭楚，長沙：湖南師範大學出版社，2007年12月。
34. 《飲食·意象·文化》，鄧文貞，南投：財團法人臺灣省文化基金會，2008年3月。
35. 《中國金銀器》，賀雲翱、邵磊，北京：中央編譯出版社，2008年3月。
36. 《中國飲食禮俗與文化史論》，姚偉鈞，武漢：華中師範大學出版社，2008年8月。
37. 《食物與廚藝：奶、蛋、肉、魚》，哈洛德·馬基（HaroldMcGee）著，邱文寶、林慧珍譯，臺北：大家出版社，2009年9月。
38. 《柑橘專輯》，姜金龍等編，桃園：行政院農業委員會桃園區農業改良場，2010年6月。
39. 《唐宋飲食文化比較研究》，劉樸兵，北京：中國社會科學出版社，2010年11月。
40. 《奢華之色——宋元明金銀器研究》，揚之水，北京：中華書局，2011年1月。
41. 《千古文學看到古今農業：屈千澤筆下的蔬香果趣》，屈千澤，臺北：豐年社2011年1月。
42. 《中國飲食典籍史》，姚偉鈞、劉樸兵、鞠明庫，上海：上海古籍出版社，2011年12月。
43. 《菜市場水果圖鑑》，張蕙芬，臺北：天下遠見出版公司，2012年7月。

六、本草、植物

1. 《毛詩草木鳥獸蟲魚疏》，〔三國吳〕陸璣，《文淵閣四庫全書電子版》，香港迪志文化出版公司，2007年。
2. 《神農本草經》，〔魏〕吳晉等述、〔清〕孫星衍、孫馮翼輯，臺北：臺灣中華書局，1987年6月。
3. 《南方草木狀》，〔晉〕嵇含，臺北：臺灣商務印書館，1965年12月。
4. 《本草經集注》，〔南朝梁〕陶弘景，北京：人民衛生出版社，1994年2月。
5. 《日華諸家本草》，〔唐〕撰者不明，〔明〕李時珍《本草綱目》，臺北：鼎文書局，1973 年 9 月。
6. 《唐新修本草》，〔唐〕蘇敬等撰，尚志鈞輯校，合肥：安徽省科學技術出版社，1981 年 3 月。
7. 《本草拾遺輯釋》，〔唐〕陳藏器撰，尚志鈞輯釋，合肥：安徽科學技術出版社 2002 年 7 月。
8. 《聖濟經》，宋徽宗撰，〔宋〕吳禔注，北京：中華書局，1985 年。
9. 《本草衍義》，〔宋〕寇宗奭，北京：中華書局，1985 年。
10. 《證類本草》，〔宋〕唐愼微撰、曹孝忠校、寇宗奭衍義，上海：上海古籍出版社，1991 年 4 月。
11. 《本草圖經》，〔宋〕蘇頌撰，尚志鈞輯校，合肥：安徽科學技術出版社，1994 年。
12. 《重輯開寶重定本草》，〔宋〕劉翰、馬志等奉敕撰，謝文全、林豐定重輯，臺中：中國醫藥學院醫學研究所，1998 年 6 月。
13. 《洛陽花木記》，〔宋〕周師厚，《文淵閣四庫全書電子版》，香港：迪志文化出版公司，2007 年。
14. 《王氏農書》，〔元〕王禎，北京：中華書局，1985 年。
15. 《湯液本草》，〔元〕王好古，北京：中華書局，1991 年。
16. 《本草衍義補遺》，〔元〕朱震亨撰，浙江省中醫藥研究院文獻研究所編校《丹溪醫集》，北京：人民衛生出版社，1993 年 3 月。
17. 《藥類法象》，〔元〕李杲撰，鄭金生輯校，天津科學技術出版社總纂《金元四大家醫學全書》，天津，天津科學出版社，1996 年 2 月。
18. 《本草綱目》，〔明〕李時珍，臺北：鼎文書局，1973 年 9 月。
19. 《廣群芳譜》，〔清〕汪灝等撰，臺北：新文豐出版公司，1970 年 10 月。
20. 《中國農學書錄》，王毓瑚，臺北：明文書局，1981 年 3 月。
21. 《園藝植物分類學》，胡昌熾，臺北：臺灣中華書局，1985 年 11 月。
22. 《萬花世界——植物分類攬勝》，汪勁武、賴明洲，臺北：地景企業公司，1995 年 10 月。
23. 《本草綱目彩色藥圖》，邱德文、吳家榮、夏同珩主編，臺北：薪傳出版社，2001 年 6 月。
24. 《中國文學植物學》，潘重俊，臺北：貓頭鷹出版社，2012 年 4 月。

七、史地著述

1. 《山海經》，〔晉〕郭璞注，《文淵閣四庫全書電子版》，香港：迪志文化出版公司，2007 年。

2. 《水經注》，〔北魏〕酈道元，《文淵閣四庫全書電子版》，香港：迪志文化出版公司，2007 年。
3. 《洛陽伽藍記》，〔北魏〕楊衒之，《文淵閣四庫全書電子版》，香港：迪志文化出版公司，2007 年。
4. 《元和郡縣圖志》，〔唐〕李吉甫撰，賀次君點校，北京：中華書局，1983 年 6 月。
5. 《嶺表錄異》，〔唐〕劉恂，北京：中華書局，1985 年。
6. 《太平寰宇記》，〔宋〕樂史，臺北：文海出版社，1963 年 12 月。
7. 《宣和奉使高麗圖經》，〔宋〕徐兢，臺北：臺灣商務印書館，1971 年 10 月。
8. 《乾道四明圖經》，〔宋〕張津等撰，臺北：成文出版社，1984 年 3 月。
9. 《吳郡志》，〔宋〕范成大，北京：中華書局，1985 年。
10. 《吳船錄》，〔宋〕范成大，北京：中華書局，1985 年。
11. 《嶺外代答》，〔宋〕周去非，《文淵閣四庫全書電子版》，香港：迪志文化出版公司，2007 年。
12. 《桂海虞衡志》，〔宋〕范成大，《文淵閣四庫全書電子版》，香港：迪志文化出版公司，2007 年。
13. 《方輿勝覽》，〔宋〕祝穆，《文淵閣四庫全書電子版》，香港：迪志文化出版公司，2007 年。
14. 《會稽志》，〔宋〕施宿等撰，《文淵閣四庫全書電子版》，香港：迪志文化出版公司，2007 年。
15. 《淳熙三山志》，〔宋〕梁克家等撰，閩刻珍本叢刊編委會編，《閩刻珍本叢刊》，廈門：鷺江出版社，2009 年 12 月。
16. 《汴京遺蹟志》，〔明〕李濂撰、周寶珠、程民生點校，北京：中華書局，1999 年 12 月。
17. 《新疆省回疆志》，〔清〕未著撰人，臺北：成文出版社，1968 年 3 月。
18. 《福建省僊遊縣志》，〔清〕王椿、葉和侃修纂，臺北：成文出版社，1975 年。
19. 《天下郡國利病書》，〔清〕顧炎武，上海：上海書店，1985 年 9 月。
20. 《竹間續話》，〔清〕郭白陽撰，福州市地方志編纂委員會整理，福州：海風出版社，2001 年 7 月。
21. 《甌海軼聞》，〔清〕孫衣言撰，張如元校箋，上海：上海社會科學出版社，2005 年 11 月。
22. 《江西通志》，〔清〕陶成、謝旻等纂，《文淵閣四庫全書電子版》，香港：迪志文化出版公司，2007 年。
23. 《紹興地方文獻考錄》，陳橋驛，杭州：浙江人民出版社，1983 年 11 月。
24. 《中國城市發展史》，董鑒泓，臺北：明文書局，1984 年 2 月。
25. 《中國史地論稿（河山集）》，史念海，臺北：弘文館出版社，1986 年 1 月。
26. 《宋代東京研究》，周寶珠，開封：河南大學出版社，1992 年 4 月。
27. 《宋代地域經濟》，程民生，開封，河南大學出版社，1992 年 8 月。
28. 《中國歷史地理概述》，鄒俊麟，福州，福建人民出版社，1993 年 8 月。
29. 《中國古代官制講座》，楊志玖主編，臺北：萬卷樓圖書有限公司，1997 年 4 月。
30. 《中國歷史地理》，陳代光，廣州，廣東高等教育出版社，1997 年 12 月。
31. 《中国の歴史と社会》，斯波義信、濱口允子，東京：財團法人放送大學教育振興會，1998 年 3 月。
32. 《京杭運河史》，姚漢源，北京：中國水利水電出版社，1998 年 12 月。
33. 《楓亭志》，仙遊縣楓亭鎮人民政府編，北京：方志出版社，1999 年 8 月。
34. 《吳越文化論叢》，陳橋驛，北京：中華書局，1999 年 12 月。
35. 《中國運河文化史》，安作璋主編，濟南：山東教育出版社，2001 年 9 月。
36. 《隋唐帝國的興盛與衰微》，白逸琦，臺中：好讀出版社，2003 年 10 月。
37. 《隋煬帝傳》，袁剛，臺北：臺灣商務印書館，2005 年 5 月。
38. 《唐宋時期明州區域社會經濟研究》，陳敏珍，上海：上海古籍出版社，2007 年 10 月。
39. 《京杭大運河的歷史與未來》，董文虎等著，北京：社會科學文獻出版社，2008 年 2 月。

40. 《宋代物價研究》，程民生，北京：人民出版社，2008 年 11 月。
41. 《中國歷史地理文獻輯刊》，李勇先主編，上海：上海交通大學出版社，2009 年 6 月。
42. 《宋史及宋都城臨安研究》，何忠禮主編，北京：人民出版社，2009 年 11 月。
43. 《隋唐時期的運河和漕運》，潘鏞，西安：三秦出版社，出版年月不詳。

貳、學位論文

一、節令、茶酒、飲食

1. 《兩宋元宵詞研究》，陶子珍，臺北：私立東吳大學中國文學研究所碩士論文，1992 年。
2. 《兩宋上巳、寒食、清明詞研究》，張金蓮，臺北：私立東吳大學中國文學研究所碩士論文，1993 年。
3. 《宋代節令詞研究》，廣重聖佐子，臺北：國立臺灣大學中國文學研究所碩士論文，1994 年。
4. 《宋代詠茶詩研究》，石韶華，臺南：國立成功大學中國文學研究所碩士論文 1995 年。
5. 《兩宋端午詞研究》，林幸蓉，臺北：私立東吳大學中國文學研究所碩士論文 1995 年。
6. 《兩宋中秋詞研究》，曾淑姿，臺北：私立東吳大學中國文學研究所碩士論文 1996 年。
7. 《兩宋七夕與重陽詞研究》，劉學燕，臺北：私立東吳大學中國文學研究所碩士論文，1996 年。
8. 《宋代詠茶詞研究》，呂瑞萍，臺北：國立臺灣師範大學國文研究所碩士論文，2001 年。
9. 《李白飲酒詩研究》，余瑞如，彰化，彰化師範大學國文研究所國語文教學碩士班，2003 年。
10. 《東坡酒詩意象研究——以黃州、惠州、儋州詩作爲研究中心》，廖怡甄，臺北：私立華梵大學東方人文思想研究所碩士論文，2005 年。
11. 《宋代茶酒文化之研究》，侯月嬌，嘉義：國立嘉義大學中國文學系碩士在職專班碩士論文，2006 年。
12. 《兩宋詠春詞研究》，許采甄，臺南：國立成功大學中國文學研究所碩士論文 2006 年。
13. 《蘇軾茶文學研究》，黃信榮，臺北：國立臺灣師範大學國文研究所在職進修碩士班碩士論文，2007 年。
14. 《黃山谷詠茶詩探析》，廖羽屏，彰化：國立彰化師範大學國文研究所碩士論文 2007 年。
15. 《東坡詞酒意象探析》，許育喬，臺北：國立臺灣師範大學國文學系在職進修碩士班，2008 年。
16. 《蘇軾詠茶詩研究》，林麗玲，新竹：私立玄奘大學中國語文學系碩士在職專班碩士論文，2009 年。
17. 《兩宋元旦與除夕詞研究》，楊子聰，臺北：私立華梵大學東方人文思想研究所碩士論文，2009 年。
18. 《陸游茶詩研究》，徐佩霞，臺北：臺北市立教育大學中國語文學系碩士班碩士論文，2009 年。
19. 《辛棄疾酒詞研究》，黃郁棻，臺南：國立成功大學中國文學系碩士在職專班碩士論文，2009 年。
20. 《飲食文學範疇的建構：一個社會學式的考察》，江浩，臺北：臺灣大學社會學研究所碩士論文，2009 年。
21. 《晏殊酒詞研究》，許志彰，臺北：私立中國文化大學中國文學研究所碩士論文 2010 年。
22. 《蘇軾飲食書寫研究》，周亞青，高雄，國立高雄師範大學國文教學碩士班碩士論文，2010 年。
23. 《中國傳統養生——以北宋蘇軾爲例》，林馨儀，臺南：國立成功大學歷史學系碩士班，2011 年。
24. 《從《劍南詩稿》論陸游的飲食生活》，汪育正，臺北：私立東吳大學歷史學系碩士班碩士論文，2011 年。

二、詠物

1. 《兩宋詠物詞研究》，馬寶蓮，臺北：國立臺灣師範大學國文研究所碩士論文，1983 年。
2. 《辛稼軒詠物詞之題材分析》，林承坏，臺北：國立臺灣師範大學國文學系博士班博士論文，1993 年。
3. 《蘇東坡詠物詞研究》，楊麗玲，臺北：國立臺灣師範大學國文研究所碩士論文，1998 年。
4. 李英華：《黃庭堅詠物詩研究》高雄：國立高雄師範大學國文學系碩士班碩士論文，2002 年。

5. 《吳文英詠物詞研究》，普義南，臺北：私立淡江大學中國文學系碩士班碩士論文，2002 年。
6. 《史達祖詠物詞研究》，呂怡倫，新竹：國立新竹教育大學人力資源教育處與文教學碩士班碩士論文，2010 年。

參、期刊論文、論文集論文

1. 〈關於隋煬帝遷都洛陽的原因〉，高敏，《魏晉隋唐史論集》，北京：中國社會科學院，1983 年。
2. 〈讀《中國農學錄》札記之三〉，潘法連，《中國農史》，第 4 期，1989 年。
3. 〈唐宋時期飲食業發展初探〉，陳偉明，《暨南學報》（哲學社會科學版），第 3 期，1990 年。
4. 〈關於〈讀《中國農學錄》札記〉中一些問題與潘法連先生商榷〉，楊寶霖，《中國農史》，第 4 期，1992 年。
5. 〈北宋東京旅館的作用及特點〉，劉順安，《史學月刊》，第 2 期，1996 年。
6. 〈中國古代的乳製品〉，張和平、秦立虎，李士靖主編《中華食苑》，第 2 集，北京：中國社會科學出版社，1996 年 12 月。
7. 〈宋錢計量單位及名稱小考〉，程民生，《史學月刊》，第 3 期，1997 年。
8. 〈蘇軾論檳榔之形貌、藥理與吃檳榔的後遺症——〈食檳榔〉詩析探〉，劉昭明、李一宏，《中醫典籍學報》，第 1 期，1998 年。
9. 〈《海山記》著作朝代及相關問題辯證——兼駁隋煬帝洛陽西苑牡丹説〉，郭紹林《洛陽師專學報》，第 1 期，1998 年，後於 1999 年修改，發表於讀書網：http://big5.dushu.com/showbook/101704/1057194.html。
10. 〈食慾與色慾——明清豔情小説裡的飲食男女〉，陳益源，焦桐、林水福主編《趕赴繁花盛放的饗宴——飲食文學國際研討會論文集》，臺北：時報文化出版企業公司，1999 年 12 月。
11. 〈韓元吉仕歷繫年考辨——兼補《宋史翼》〉，童向飛，《南京化工大學學報》（哲學社會科學版）》，第 2 期，2000 年。
12. 〈白髮永無懷橘日，六年惆悵荔支紅——漫談黃庭堅詩中的荔枝，李英華，《國文天地》，第 17 卷第 9 期，2002 年 2 月。
13. 〈我雖不解飲，把盞歡意足——東坡酒量淺論〉，黃啓方，《東坡的心靈世界》，臺北：臺灣學生書局，2002 年 10 月。

14. 〈人間有味是清歡——東坡美食小考〉，黃啓方，《東坡的心靈世界》，臺北：臺灣學生書局，2002 年 10 月。
15. 〈宋代飲食文化初探〉，侯彥喜，《開封大學學報》，第 18 卷第 1 期，2004 年 3 月。
16. 〈蘇軾的飲食製作和飲食文化〉，劉文剛，《中國飲食文化基金會會訊》，第 10 卷第 2 期，2004 年 5 月。
17. 〈蘇軾飲食賦之困境觀照及其文類書寫策略〉，許東海，《中正大學中文學術年刊》，第 6 期，2004 年 12 月。
18. 〈西瓜引種中國與發展考信錄〉，黃盛璋《農業考古》，第 1 期，2005 年。
19. 〈宋元明清時期的飲食文化〉，陳文華，《南寧職業技術學院學報》，第 10 卷第 4 期，2005 年 10 月。
20. 〈荔枝與荔枝文化〉，張效民，《深圳職業技術學院學報》，第 2 期，2006 年。
21. 〈引物連類、直斥本朝昏君佞臣——蘇軾〈荔支歎〉的譏刺、典範與創意〉，劉昭明，《文與哲》，第 9 期，2006 年 12 月。
22. 〈北宋文人飲食書寫的南方經驗〉，張蜀蕙，《淡江中文學報》，第 14 期，2006 年 6 月。
23. 〈古代的桃文獻史料與當代的桃文化研究〉，渠紅岩、吳敏，《韶關學院學報》第 28 卷第 8 期，2007 年。
24. 〈略論唐宋飲食文化的差異〉，劉樸兵，《殷都學刊》，2008 年，第 3 期。
25. 〈唐代櫻桃文化〉，高婧，《農業考古》，第 1 期，2008 年。
26. 〈宋詞與酒——以歐陽修酒詞爲例〉，鄭琇文，《中區中文研究所碩博士生論文集》臺中：中興大學第 37 屆中區中文研究所碩博士論文研討會，2009 年。
27. 〈追尋楊貴妃的荔枝之謎〉，聶作平，《章回小說》，第 5 期，2009 年。
28. 〈從蟠桃到蟠桃會〉，黃景春、鄭豔，《民俗研究》，第 2 期，2009 年。
29. 〈楊貴妃能吃上新鮮荔枝〉，佘曉容，《語文教學之友》，第 12 期，2010 年。
30. 〈楊貴妃能不能吃上新鮮荔枝〉，劉小成，《語文教學之友》，第 2 期，2010 年。
31. 〈兩宋立春、除夕、元旦詞中所見之飲食文化〉，王偉勇，《文學與文化》，第 1 期，2010 年。

肆、工具書、網路電子資料庫

1. 《說文解字注》,〔漢〕許愼撰〔清〕段玉裁注，臺北：藝文印書館，1976 年 10 月。
2. 《方言》,〔漢〕揚雄撰，〔晉〕郭璞注，北京：中華書局，1985 年。
3. 《新校正切宋本廣韻》,〔宋〕陳彭年等重修，林尹校訂，臺北：黎明文化事業公司，1976 年 9 月。
4. 《康熙字典》,〔清〕張玉書等撰，于玉安、孫豫仁主編《字典彙編》，北京：國際文化出版公司，1993 年 12 月。
5. 《康熙詞譜》,〔清〕陳廷敬主編，長沙，岳麓書社，2000 年 10 月。
6. 《中國茶酒辭典》，張哲永、陳金林、顧炳權，長沙：湖南出版社，1991 年 12 月。
7. 《中國飲食辭典》，楊吉成，臺北：常春樹書坊，1989 年 6 月。
8. 《中國飲食文化辭典》，汪福寶、莊華峰主編，合肥：安徽人民出版社，1994 年 3 月。
9. 《中國衣冠服飾大辭典》，周汛、高春明，上海：上海辭書出版社，1996 年 12 月。
10. 《宋代官制辭典》，龔延明，北京：中華書局，1997 年 4 月。
11. 《臺灣閩南語辭典》，董忠司，臺北：五南圖書出版公司，2001 年 1 月。
12. 《中國古今地名大詞典》，戴均良等編，上海：上海辭書出版社，2005 年 7 月。
13. 《最新兩岸用語速查》，楊萍、朱宇，臺北：漢宇國際文化公司，2008 年 10 月。
14. 網路展書讀 http://cls.hs.yzu.edu.tw/CSP/W_DB/index.htm。
15. 中央研究院漢籍全文資料庫 http://hanji.sinica.edu.tw/。
16. 《漢語大詞典》網路電子版 http://www.zdic.net/。
17. 臺灣博碩士論文知識加值系統 http://www.ncl.edu.tw/mp.asp?mp=2。
18. 故宮書畫典藏 http://painting.npm.gov.tw/npm_public/index.htm。

圖　表

表 2-1　〈湯詞〉〔註 1〕

作　者	詞　　　　　作	《全宋詞》冊數－頁次
黃庭堅	1.〈更漏子・餘甘湯〉首句：庵摩勒	1-503
	2.〈鷓鴣天・吉祥長老設長松湯，爲作。有僧病痂癩，嘗死金剛窟。有人見者，教服長松湯，遂復爲完人〉首句：湯泛冰瓷一坐春	1-513
	3.〈定風波・客有兩新鬟善歌者，請作送湯曲，因戲前二物〉首句：歌舞闌珊退晚妝	1-521
	4.〈好事近・湯詞〉首句：歌罷酒闌時	1-530
晁端禮	5.〈少年遊〉關鍵句：猶有紫芝湯	1-560
毛　滂	6.〈浣溪沙・送湯詞〉首句：蕙炷猶熏百和穠	2-862
葛勝仲	7.〈鷓鴣天・九月十三日攜家遊夏氏林亭燕集作，並送湯詞〉首句：婆律香濃氣味佳	2-927
王安中	8.〈小重山・湯〉首句：舉金猊多炷香	2-971
	9.〈小重山〉關鍵句：遲留春筍緩催湯	2-971
周紫芝	10.〈攤破浣溪沙・湯詞〉首句：門外青驄月下嘶	2-1131
王千秋	11.〈醉蓬萊・送湯〉首句：正歌塵驚夜	3-1900
曹　冠	12.〈朝中措・湯〉首句：更闌月影轉瑤臺	3-1987
李處全	13.〈柳梢青・湯〉首句：餘甘齒頰	3-2239
程　垓	14.〈朝中措・湯詞〉首句：龍團分罷覺芳滋	3-2577
程　珌	15.〈鷓鴣天・湯詞〉飲罷天廚碧玉觴。仙韶九奏少停章。何人採得扶桑椹，搗就藍橋碧紺霜。凡骨變，驟清涼。何須仙露與瓊漿。君恩珍重渾如許，祝取天皇似玉皇。	4-2947

〔註 1〕關於湯詞、熟水詞的選取，係採廣義界定，而非狹義詠物，因此，凡全詞詠湯、抑或詠熟水者，則該首詞篇列出詞牌、詞題、與首句；非全詞詠物者，則列出關鍵詞句，以清楚顯示該首作品與湯、熟水之關係。另，表「2-1」，係指第二章的第一張表格。

吳文英	16.〈杏花天・詠湯〉首句：蠻薑豆蔻相思味	4-3716
張　炎	17.〈踏莎行・詠湯〉首句：瑤草收香	5-4439
逸　民	18.〈江城子・中秋憶舉場〉關鍵句：紫蘇湯	5-4536
無名氏	19.〈臨江仙〉關鍵句：餘甘解助茶清	5-4627

表 2-2　〈熟水詞〉

作　者	詞　　　　作	《全宋詞》頁　次
李清照	1.〈攤破浣溪沙〉關鍵句：豆蔻連梢煎熟水	2-1210
呂本中	2.〈西江月・熟水詞〉首句：酒罷悠揚醉興	2-1214
揚無咎	3.〈朝中措・熟水〉首句：打窗急聽□然湯	2-1539
	4.〈點絳唇・紫蘇熟水〉首句：寶勒嘶歸	2-1540
	5.〈點絳唇〉關鍵句：道人勸飲雞蘇水	2-1540
	6.〈清平樂・熟水〉首句：開心暖胃	2-1547
史　浩	7.〈南歌子・熟水〉首句：藻潤蟾光動	2-1662
易少夫人	8.〈臨江仙・詠熟水〉首句：何處甘泉來席上	5-4540
	9.〈臨江仙・詠熟水話別〉首句：記得高堂同飲散	5-4540

圖 3-1　〈隋代運河圖〉〔註 1〕

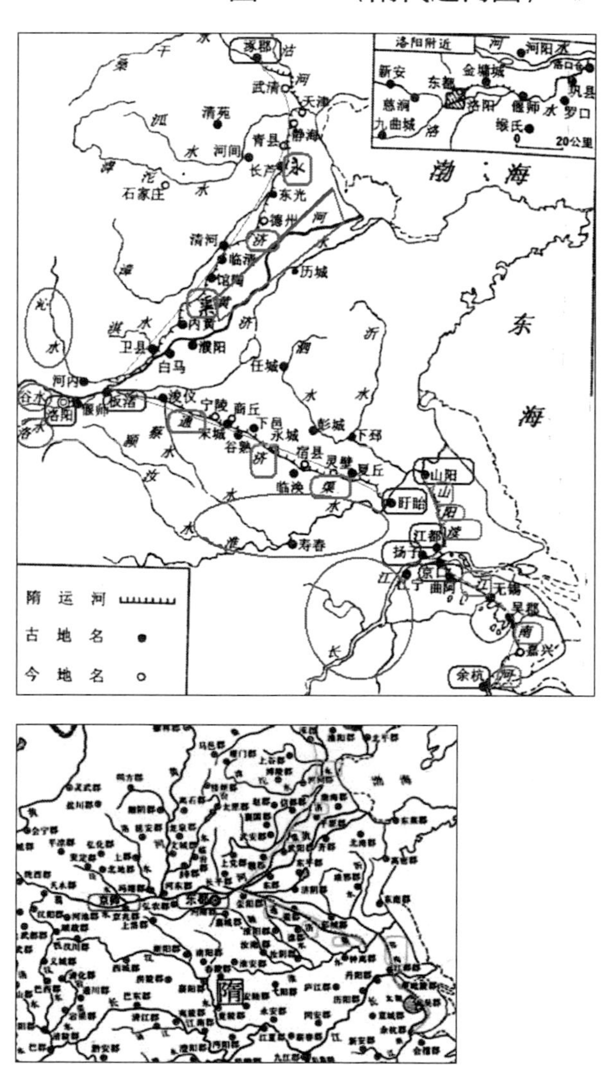

〔註 1〕上圖，剪裁自陳代光：《中國歷史地理》（廣州：廣東高等教育出版社，1997 年 12 月），頁 456。下圖，剪裁自戴均良等編：《中國古今地名大詞典》，附錄〈中國歷史地圖・隋時期中心區域圖〉，無標示頁碼。

按：橘色表運河、紅色表地理位置、藍色表水流，爲筆者所加。至於附圖取名，皆依照原書。

圖 3-2 〈唐代漕運與三門峽圖〉〔註 2〕

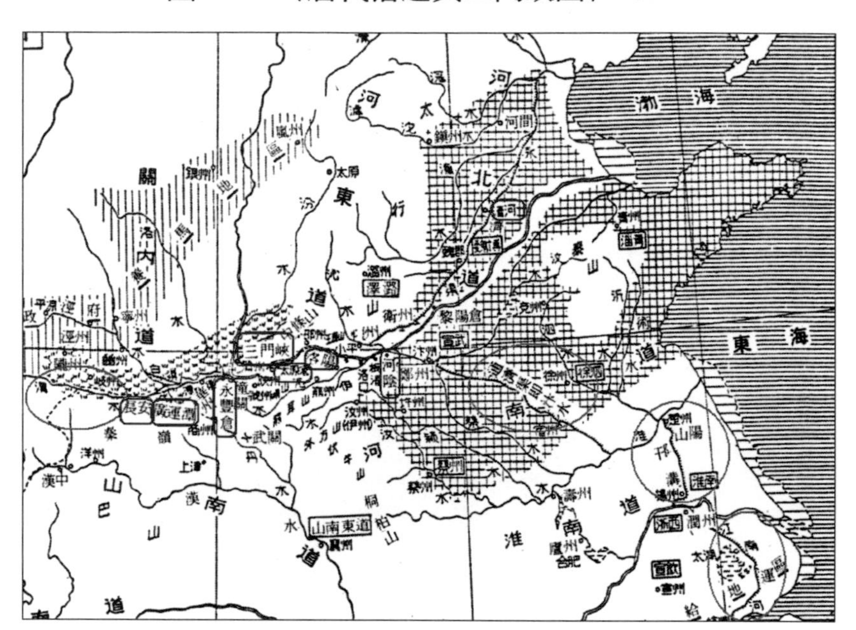

〔註 2〕剪裁自史念海：《中國史地論稿（河山集）．〈三門峽與古代漕運〉》，未標示頁碼。

圖 3-3　〈北宋東京開封示意圖〉〔註 3〕

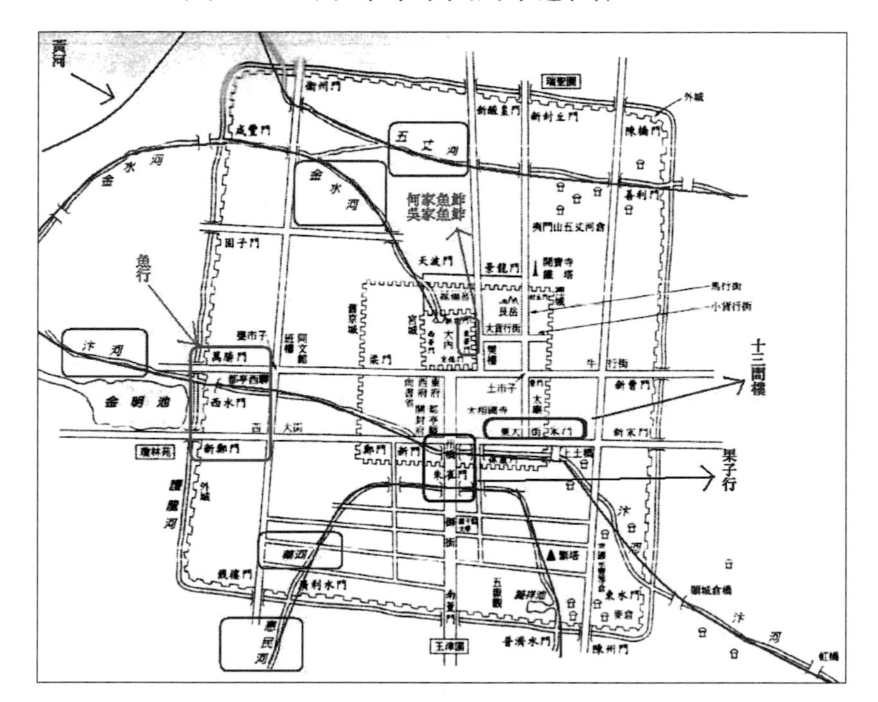

〔註 3〕剪裁自嚴文儒注譯：《新譯東京夢華錄》（臺北：三民書局，2004 年 1 月），未標示頁碼。

圖 3-4 〈遼北宋西夏時期中心區域圖〉〔註 4〕

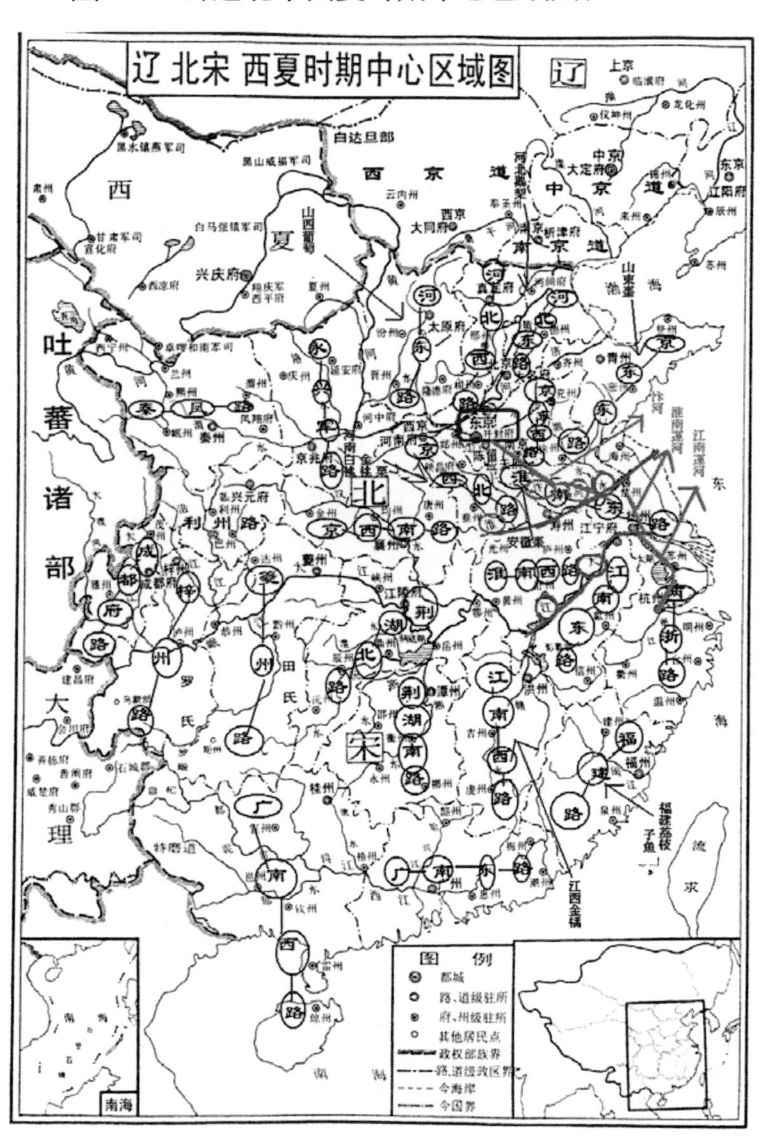

〔註 4〕剪裁自戴均良等編：《中國古今地名大詞典》，附錄〈中國歷史地圖〉，無標示頁碼。按：紅色表地理位置、藍色表水流、橘色表運河、咖啡色表行政區。另，行政區的古今對照，參見以下附錄〈宋代行政區域概說〉。

圖 3-5 〈南宋時期形勢圖〉〔註 5〕

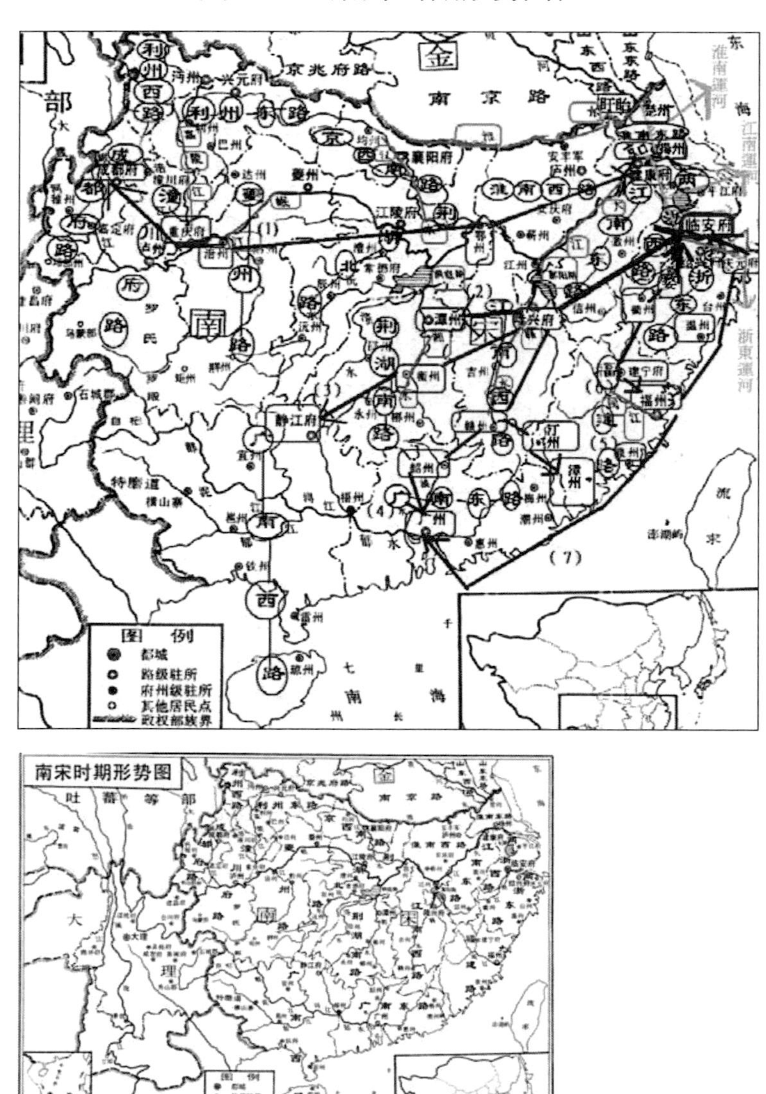

〔註 5〕剪裁自戴均良等編:《中國古今地名大詞典》,附錄〈中國歷史地圖〉,無標示頁碼。按:紫色表路線、紅色表地理位置、藍色表水流、橘色表運河、咖啡色表行政區。

圖 3-6 〈宋代浙東運河示意圖〉〔註 6〕

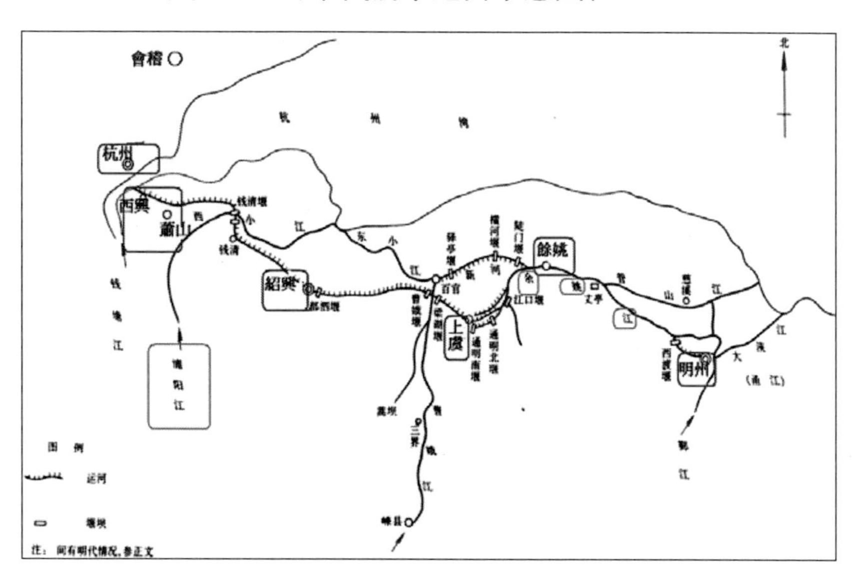

〔註 6〕剪裁自姚漢源：《京杭運河史・浙東運河史考略》（北京：中國水利水電出版社，1998 年 12 月），頁 739。

圖 3-7　〈南宋臨安（杭州）城概略圖〉〔註 7〕

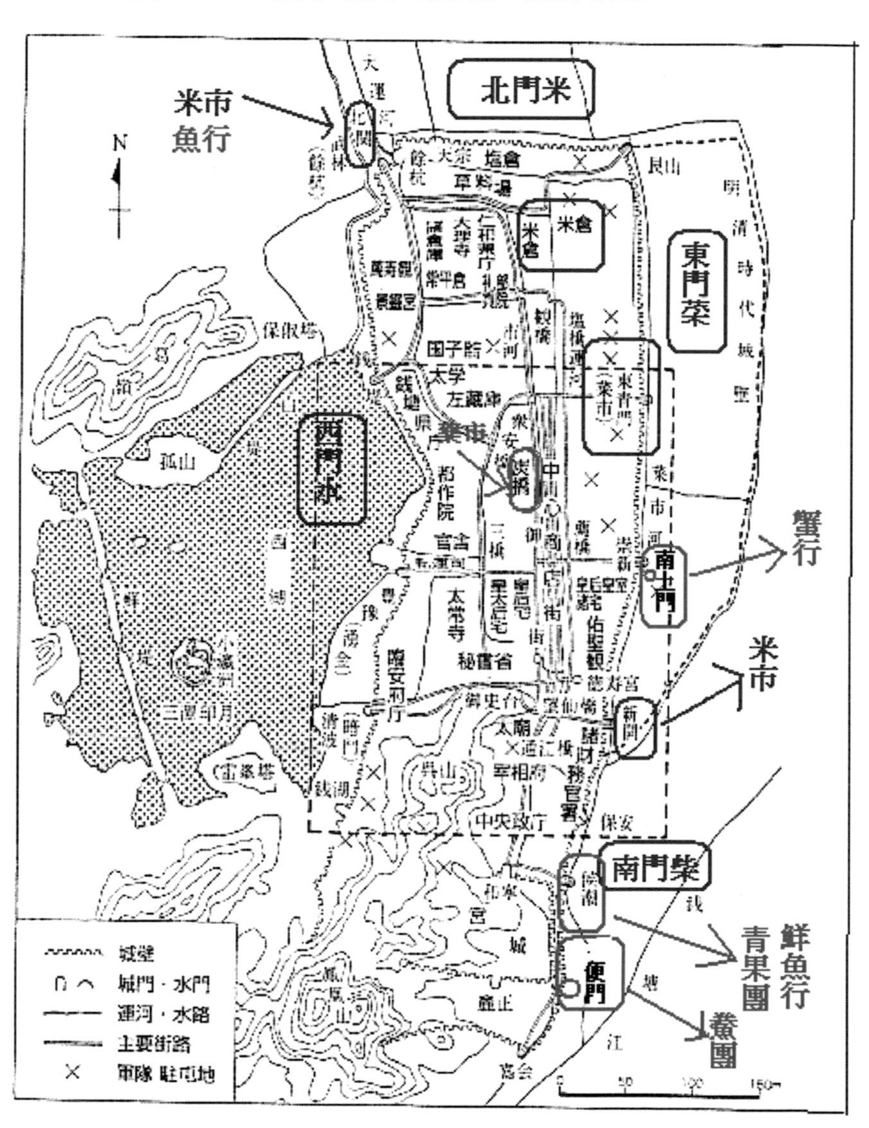

〔註 7〕剪裁自斯波義信、濱口允子：《中国の歷史と社会》（東京：財團法人放送大學教育振興會，1998 年 3 月），頁 78。
按：便門、南土門的地理標示，參見董鑒泓：《中國城市發展史・南宋臨安城復原想像圖》（臺北：明文書局，1984 年 2 月），頁 56。

附錄一　〈宋代行政區域概說〉

宋代行政劃分，採用路、府（州、軍、監）、縣（軍、監）三級制。宋初仍行「道」制，分全國爲十三道，設轉運使，負責徵收、轉運各地賦稅，由於轉運使轄陸路或水路，因此，以「路」取代道。宋初設 15 路，後又析爲 18 路，至神宗元豐八年（1085）以 23 路爲定制。唐初改郡爲「州」，以首都、陪都、和皇帝駐蹕過的州，可以升爲「府」，爲唐代創制，宋代升州爲府的情況更多，舉凡地位重要的州皆可升爲府，因此，當時黃河、長江流域的一些重要城市所在地幾乎皆置府；「軍」在唐代屬軍事系統，五代則兼管轄土地民政，宋代沿襲五代制度，演變爲地方行政單位，多設在山西、河北、陝西沿邊地區，抑或內在交通運輸要地，亦置軍派兵戍守；「監」則是官方礦冶、鑄錢、牧馬、制鹽等管理機構，地方官無法兼管，因此劃分一定區域由監官管轄。北宋行政區域如下：

京東東路，今山東省東半部，治青州（今山東益都）。

京東西路，今山東省、河南省、江蘇省交界地區，治兗州（今山東兗州）。

京西北路，今河南省大部分，部分安徽省，治河南府（今河南洛陽）。

京西南路，今河南、湖北、陝西三省交界地區，治襄州（今湖北襄陽）。

河北東路，今河北省東部和山東省西北部，治大名府（今河北大名）。
河北西路，今河北省西部及河南省北部，治眞定府（今河北正定）。
河東路，今山西省大部分，治太原府（今山西太原）。
秦鳳路，今甘肅省東部及陝西、寧夏、青海三省部分，治鳳翔府（今陝西鳳翔）。
利州路，今陝西及四川接壤地區，治興元府（今陝西漢中）。
梓州路，今四川省中部，治梓州（今四川三台）。
夔州路，今四川省東部及湖北、貴州部分，治夔州（今四川奉節）。
成都府路，今四川省大部分，治成都府（今四川成都）。
淮南東路，今部分江蘇、安徽省，治揚州（今江蘇揚州）。
淮南西路，今部分安徽、湖北、河南省，治壽州（今安徽鳳臺）。
江南東路，今江蘇省西部、安徽省南部及江西省東北部，治江寧府（今江蘇南京）。
江南西路，今江西省大部分，治洪州（今江西南昌）。
兩浙路，今浙江省及江蘇省大部分，治杭州（今浙江杭州）。
福建路，今福建省，治福州（今福建福州）。
廣南東路，今廣東省大部分，治廣州（今廣東廣州）。
廣南西路，今廣西大部分、海南全省、及廣東省西南部，治桂州（今廣西桂林）。
荊湖南路，今湖南省大部分，治潭州（今湖南長沙）。
荊湖北路，今湖北省大部分及湖南省北部，治江陵府（今湖北江陵）。
永興軍路，今陝西省大部分及河南、山西、甘肅三省部分，治京兆府（今陝西西安）。至於開封府，屬路一級單位，爲京師所在，但列在 23 路之外。

南宋置 16 路，如下：
兩浙東路，由北宋兩浙路析出，轄錢塘江以東地區，治紹興府（今浙江紹興）。

兩浙西路，轄錢塘江以西地區，治臨安府（今浙江杭州）。

京西南路，轄河南西南與湖北西北部。

淮南東路，轄今江蘇省部分。

潼川府路，爲北宋梓州路改。

荊湖北路、利州路，轄境較北宋稍大。

其餘淮南西路、江南東路、江南西路、福建路、荊湖南路、廣南東路、廣南西路、成都府路、夔州路，轄境則與北宋同。〔註 1〕

〔註 1〕參見鄒俊麟：《中國歷史地理概述》（福州：福建人民出版社，1993 年 8 月），頁 126～127。
陳代光：《中國歷史地理》（廣州：廣東高等教育出版社，1997 年 12 月），頁 146～149。

附錄二　〈果物詞一覽表〉

①荔枝

作　　者	詞　　作	《全宋詞》 冊數－頁次
歐陽修 （1007～1072）(唐) 廬陵（今江西吉安）人	1.〈浪淘沙〉 首句：五嶺麥秋殘	1-179
蘇軾 （1036～1101）(唐) 眉山（今四川眉山）人	2.〈南鄉子・雙荔支〉 首句：天與化工知	1-375
	3.〈減字木蘭花・荔支〉 （〈減字木蘭花・西湖食荔支〉） 首句：閩溪珍獻	1-402 （鄒同慶、王宗堂：《蘇軾詞編年校註》，頁 757。）
黃庭堅 （1045～1105）(唐) 分寧（今江西修水）人	4.〈定風波・荔枝〉 首句：晚歲監州聞荔枝	1-502
	5.〈定風波〉 首句：準擬階前摘荔枝	1-502
	6.〈浪淘沙・荔枝〉 首句：憶昔謫巴蠻	1-521
	7.〈望遠行・勾尉有所眄，爲太守所猜。兼此生有所愛，住馬湖。馬湖出丁香核荔枝，常以遺生。故戲及之。〉 首句：自見來	1-525

周紫芝 （1082～1155）㊎ 宣城（今屬安徽）人	8.〈西江月・席上賦雙荔子〉 首句：連理枝頭並蒂	2-1137
李綱 （1083～1140）㊖ 邵武（今福建邵武）人	9.〈減字木蘭花・荔枝二首〉 首句：華清賜浴	2-1173
	10.〈減字木蘭花〉 首句：仙姝麗絕	2-1173
王以寧 （約 1090～約 1146）㊀ 湘潭（今屬湖南）人	11.〈滿庭芳〉 首句：山聳方壺	2-1379
張元幹 （1091～1161）㊎ （1091～1160）㊀ 永福（今福建永泰）人	12.〈鵲橋仙〉 首句：八年不見荔枝紅	2-1427
	13.〈訴衷情・兒時不知有荔子，自呼爲紅蕊。父母賞其名新，昔所未聞，殊盡形似之美。久欲記之而因循。比與諸公和長短句，故及之以訴衷情。蓋里中推星毬紅、鶴頂紅，皆佳品。海舶便風，數日可到〉 首句：兒時初未識方紅	2-1429
	14.〈採桑子・奉和秦楚材史君荔枝詞〉 首句：華堂清暑榕陰重	2-1429
康與之 （生卒不詳。諂事秦檜，爲門下十客之一。）㊖ 滑州（今河南滑縣）人	15.〈西江月〉 首句：名與牡丹聯譜	2-1688
韓元吉 （1118～1187）㊎ 雍丘（今屬河南）人	16.〈醉落魄〉 首句：霓裳弄月	2-1814
丘崈 （1135～1209）㊖ 江陰（今屬江蘇）人	17.〈鷓鴣天・詠綠荔枝〉 首句：玳瑁筵中見綠珠	3-2256

趙長卿 （生卒不詳。高宗、孝宗間在世。）㊁ 南渡後居南豐（今屬江西）	18.〈醉蓬萊・新荔枝〉 首句：正火山槐夏	3-2310
鄭域 （1152～1173）㊁ 三山（今福建福州）人	19.〈念奴嬌〉 首句：素肌瑩淨	4-2959
魏了翁 （1178～1237）㊂ 蒲江（今四川蒲江）人	20.〈臨江仙・約李彭州埊兄弟看荔丹有賦〉 首句：雙荔堂前呼大撇	4-3054
趙以夫 （1189～1256）㊂ 長樂（今屬福建）人	21.〈荔支香近・樂府有荔支香調，似因物命題而亡其詞，輒爲補賦〉 首句：翡翠叢中	4-3404
無名氏	22.〈滿庭芳〉 首句：青幄高張	5-4651
無名氏	23.〈樓心月〉 首句：新著生紅小舞衣	5-4655

②楊梅

作　　者	詞　　作	《全宋詞》頁次
王觀 （約 1032～？）㊀ 如皋（今屬江蘇）人	1.〈浪淘沙・楊梅〉 首句：素手水晶盤 （按：又見王仲甫作）	1-337 1-350
周紫芝 （1082～1155）㊁ 宣城（今屬安徽）人	2.〈阮郎歸・西湖摘楊梅作〉 首句：西湖山下水潺潺	2-1139
沈瀛 （1135～？）㊀ 吳興（今浙江湖州）人	3.〈減字木蘭花・楊梅〉 首句：渴心先止	3-2147
韓淲 （1159～1224）㊂ 上饒（今屬江西）人㊁	4.〈攤破浣溪沙・楊梅〉 首句：生與眞妃姓氏同	4-2915

吳文英 （1200～約 1260）(唐) （？～1265 後）(吳) （約 1205～1276 後）(楊) 四明（今浙江寧波）人	5.〈浪淘沙・有得越中故人贈楊梅者，爲賦贈〉 首句：綠樹越溪灣	4-3714
陳舜翁 （生卒不詳）	6.〈南柯子〉 首句：德祖家珍熟	4-3827

③櫻桃

作　者	詞　作	《全宋詞》頁次
晁補之 （1053～1110）(唐) 鉅野（今屬山東）人	1.〈浣溪沙・櫻桃〉 首句：雨過園亭綠暗時	1-721
曾覿 （1109～1180）(唐) 汴（今河南開封）人	2.〈浣溪沙・櫻桃〉 首句：穀雨郊園喜弄晴	2-1717
辛棄疾 （1140～1207）(唐) 歷城（今山東濟南）人	3.〈菩薩蠻・坐中賦櫻桃〉 首句：香浮乳酪玻璃盌	3-2428
洪子大 （生卒不詳）	4.〈浪淘沙〉 首句：上苑又春殘	4-3827
劉辰翁 （1232～1297）(唐) 廬陵（今江西吉安）人	5.〈踏莎行・櫻桃詞〉 首句：珠壓相於	5-4062
王沂孫 （約 1240～約 1310）(吳) （？～1291 前）(黃) 會稽（今浙江紹興）人	6.〈三姝媚・櫻桃〉 首句：紅纓懸翠葆	5-4249

④橘

作　者	詞　作	《全宋詞》頁次
蘇軾 （1036～1101）㊢ 眉山（今四川眉山）人	1.〈浣溪沙・詠橘〉 首句：菊暗荷枯一夜霜	1-406
	2.〈浣溪沙〉 首句：幾共查梨到雪霜	1-415
李之儀 （1048～1118）㊣ 無棣（今屬山東）人，後徙山陽（今江蘇淮安）	3.〈清平樂・橘〉 首句：西江霜後	1-442
	4.〈西江月・橘〉 首句：昨夜十分霜重	1-445
劉辰翁 （1232～1297）㊢ 廬陵（今江西吉安）人	5.〈鷓鴣天・和謝胡盤居貺橘爲壽〉 首句：自入孤山分外香	5-4059

⑤梅子

作　者	詞　作	《全宋詞》頁次
揚無咎 （1097～1171）㊢ （1097～1169）㊦ 崇仁（今屬江西）人	1.〈永遇樂〉 首句：風褪新英 （按：又見王仲甫作）	2-1549 1-349
黃人傑 （生卒不詳。宋孝宗乾道二年（1166）進士。）㊦ 南城（今屬江西）人	2.〈生查子〉 首句：煙雨不多時	3-2601
	3.〈柳梢青・黃梅〉 首句：恰則年時	3-2601
	4.〈驀山溪〉 首句：翠環驚報	3-2602

⑥橙（棖）

作　　者	詞　　作	《全宋詞》頁次
曹勛 （1098～1174）㊟ 陽翟（今河南禹縣）人	1.〈浣溪沙・賞棖〉 首句：禁御芙蓉秋氣涼	2-1582
	2.〈鷓鴣天・詠棖〉 首句：楓落吳江肅曉霜	2-1600
史達祖 （約 1163～約 1220）㊐ 汴（今河南開封）人	3.〈齊天樂・賦橙〉 首句：犀紋隱隱鶯黃嫩	4-3011
吳文英 （1200～約 1260）㊟ （？～1265 後）㊐ （約 1205～1276 後）㊕ 四明（今浙江寧波）人	4.〈虞美人影・詠香橙〉 首句：黃包先著風霜勁	4-3720

⑦甜瓜

作　　者	詞　　作	《全宋詞》頁次
周紫芝 （1082～1155）㊐ 宣城（今屬安徽）人	1.〈虞美人・食瓜有感〉 首句：西園摘處香和露	2-1145
馬子嚴 （生卒不詳。孝宗淳熙二年（1175）進士）㊐ 建安（今福建建安）人	2.〈青門引〉 首句：手種團團玉	3-2667
鄭域 （1152～1173）㊐ 三山（今福建福州）人	3.〈念奴嬌〉 首句：東陵美景	4-2960
張炎 （1248～1320）㊕ 祖籍成紀（今甘肅天水），南渡後居臨安（今浙江杭州）	4.〈蝶戀花・邵平種瓜〉 首句：秦地瓜分侯已故	5-4435

⑧橄欖

作　　者	詞　　作	《全宋詞》頁次
黃庭堅 （1045～1105）(唐) 分寧（今江西修水）人	1.〈好事近・橄欖〉 首句：瀟灑薦冰盤	1-535
吳禮之 （生卒不詳）(唐) 錢塘（今浙江杭州）人	2.〈浣溪沙・橄欖〉 首句：南國風流是故鄉	4-2930
王沂孫 （約 1240～約 1310）(吳) （？～1291 前）(黃) 會稽（今浙江紹興）	3.〈解連環・橄欖〉 首句：萬珠懸碧	5-4249

⑨桃子

作　　者	詞　　作	《全宋詞》頁次
朱敦儒 （1081～1159）(唐) 洛陽（今屬河南）人	1.〈如夢令〉 首句：一夜蟠桃吹坼	2-1125
陳亮 （1143～1194）(吳) 婺州永康（今屬浙江）人	2.〈點絳唇〉 首句：碧落蟠桃	3-2710
鄭域 （1152～1173）(吳) 三山（今福建福州）人	3.〈念奴嬌〉 首句：蕊宮仙子	4-2959

⑩柑

作　　者	詞　　作	《全宋詞》頁次
晁補之 （1053～1110）(唐) 鉅野（今屬山東）人	1.〈洞仙歌〉 首句：江陵種橘	1-750
晁補之 （1053～1110）(唐) 鉅野（今屬山東）人	2.〈洞仙歌〉 首句：溫江異果	1-750

⑪龍眼

作　　者	詞　　作	《全宋詞》頁次
韓元吉 （1118～1187）㊋ 雍丘（今屬河南）人	1.〈南鄉子・龍眼未聞有詩詞者，戲爲賦之〉 首句：江路木犀天	2-1807
無名氏	2.〈浣溪沙〉 首句：酒拍胭脂顆顆新	5-4652

⑫葡萄

作　　者	詞　　作	《全宋詞》頁次
張鎡 （1153～1235）㊄ （1153～1211）㊋ 祖籍成紀（今甘肅天水），南渡後居臨安（今浙江杭州）	1.〈眼兒媚・水晶葡萄〉 首句：玄霜涼夜鑄瑤丹	3-2746
	2.〈鷓鴣天・詠二色葡萄〉 首句：陰陰一架紺雲涼	3-2746

⑬柿

作　　者	詞　　作	《全宋詞》頁次
仲殊 （生年不詳，約與蘇軾同時。崇寧（1102～1106）間，自縊而死）㊄ 安州（今湖北安陸）人	1.〈西江月〉 首句：味過華林芳蔕	1-706

⑭羊桃

作　　者	詞　　作	《全宋詞》頁次
辛棄疾 （1140～1207）㊢ 歷城（今山東濟南）人	1.〈臨江仙・和葉仲洽賦羊桃〉 首句：憶醉三山芳樹下	3-2504

⑮林檎

作　　　者	詞　　　　　作	《全宋詞》頁次
史達祖 （約 1163～約 1220）㊐ 汴（今河南開封）人	1.〈留春令・金林檎詠〉 首句：秀肌豐靨	4-3004

⑯石榴

作　　　者	詞　　　　　作	《全宋詞》頁次
陳著 （1214～1297）㊕ 鄞縣（今浙江寧波）人	1.〈鷓鴣天・和黃虛谷石榴韻〉 首句：看了山中薜荔衣	4-3855

生卒參考：
1.《張炎詞研究》，楊海明，濟南：齊魯書社，1989 年 10 月。
2.《全宋詞》，唐圭璋編纂、王仲聞參訂、孔凡禮補輯，北京：中華書局，1999 年 1 月。
3.《唐宋詞彙評・兩宋卷》，吳熊和主編，杭州：浙江教育出版社，2004 年 12 月。
4.《兩宋詞人叢考》，王兆鵬、王可喜、方星移，南京：鳳凰出版社，2007 年 5 月。

附錄三 〈果物詞統計表〉

春夏果物（共6種，46首詞）

果　物　種　類	詞人數量	詞篇數量
1. 櫻桃	 6人 晁補之（1首） 曾　覿（1首） 辛棄疾（1首） 洪子大（1首） 劉辰翁（1首） 王沂孫（1首）	6首
2. 梅子	 2人 揚無咎（1首） 黃人傑（3首）	4首
3. 桃子	 3人 朱敦儒（1首） 陳　亮（1首） 鄭　域（1首）	3首

蟠桃 宋・吳煕緙絲蟠桃圖			
4. 楊梅	 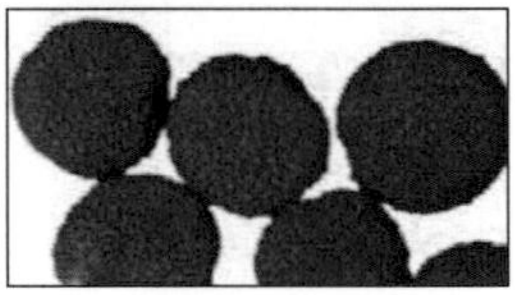	6人 王　觀（1首） 周紫芝（1首） 沈　瀛（1首） 韓　淲（1首） 吳文英（1首） 陳舜翁（1首）	6首
5. 甜瓜		4人 周紫芝（1首） 馬子嚴（1首） 鄭　域（1首） 張　炎（1首）	4首

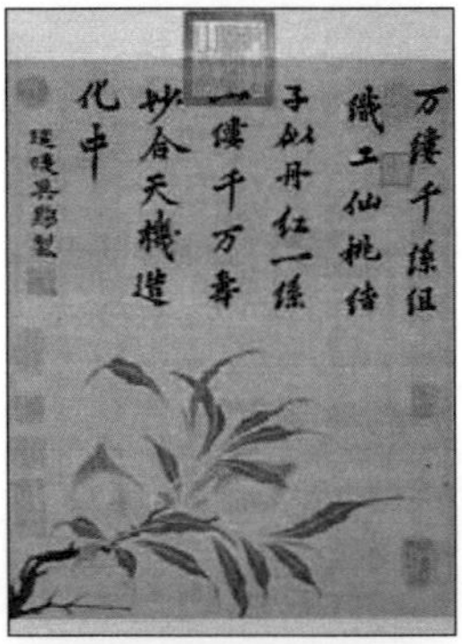

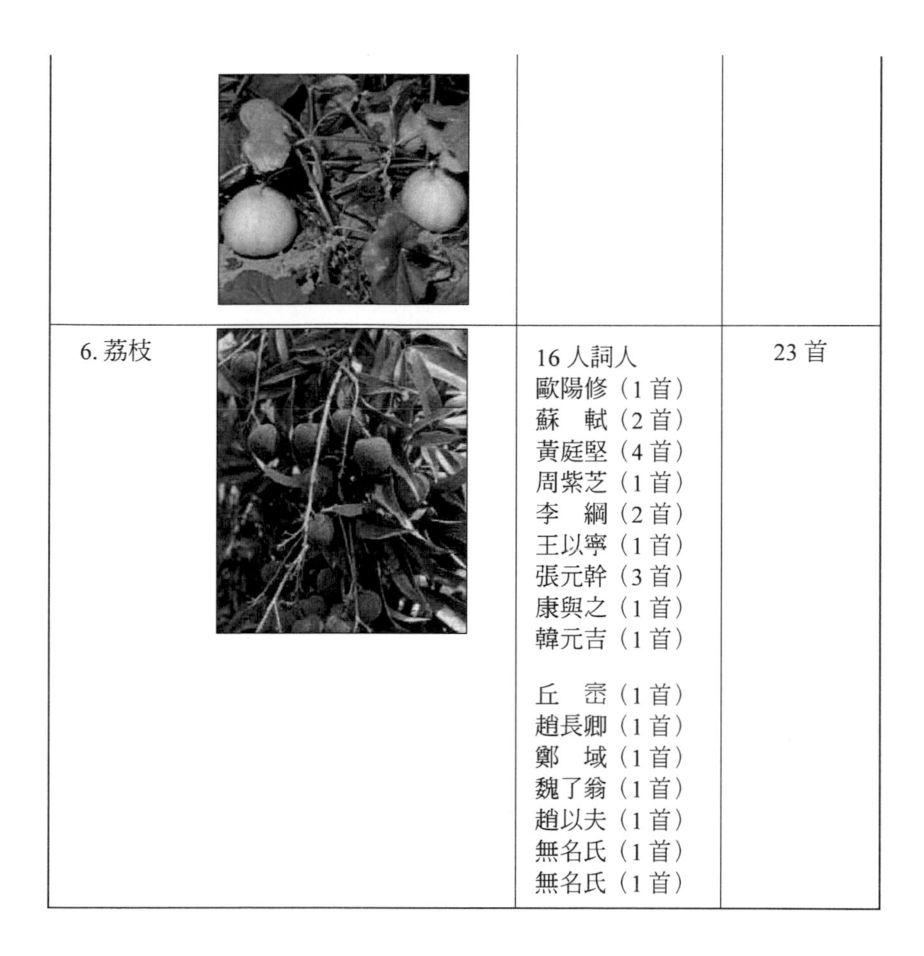

果物種類	詞人數量	詞篇數量
6. 荔枝	16 人詞人 歐陽修（1 首） 蘇　軾（2 首） 黃庭堅（4 首） 周紫芝（1 首） 李　綱（2 首） 王以寧（1 首） 張元幹（3 首） 康與之（1 首） 韓元吉（1 首） 丘　崈（1 首） 趙長卿（1 首） 鄭　域（1 首） 魏了翁（1 首） 趙以夫（1 首） 無名氏（1 首） 無名氏（1 首）	23 首

秋冬果物（共 10 種，22 首詞）

果　物　種　類	詞人數量	詞篇數量
1. 龍眼	2 人 韓元吉（1 首） 無名氏（1 首）	2 首

2. 葡萄		1人 張　鎡（2首）	2首
3. 羊桃	 	1人 辛棄疾（1首）	1首
4. 石榴		1人 陳　著（1首）	1首
5. 柿		1人 仲　殊（1首）	1首

6. 林檎		1人 史達祖（1首）	1首
7. 橄欖		3人 黃庭堅（1首） 吳禮之（1首） 王沂孫（1首）	3首
8. 橙	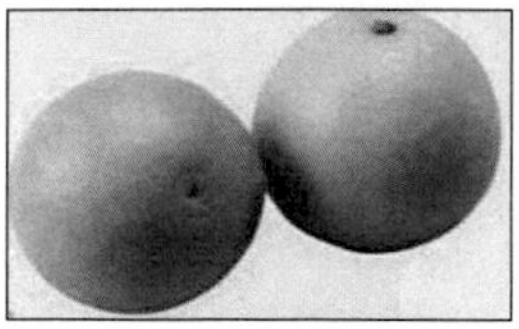	3人 曹　勛（2首） 史達祖（1首） 吳文英（1首）	4首
9. 柑		1人 晁補之（2首）	2首

10.橘 	3人 蘇　軾（2首） 李之儀（2首） 劉辰翁（1首）	5首

圖片引用：

1.《台灣水果集》，廖敏卿，臺北：撰者自刊，1985年7月。
2.《蔬香果樂：台灣的食用農作物130種》，薛聰賢，員林：撰者自刊，1990年5月。
3.《中國果樹志・桃卷》，汪祖華、莊恩及主編，北京：中國林業出版社，2001年1月。
4.《本草綱目彩色藥圖》，邱德文、吳家榮、夏同珩主編，臺北：薪傳出版社，2001年6月。
5.《台灣蔬果園——水果篇》，郭信厚，臺北：田野影像出版社，2003年1月。
6.《台灣蔬果生活曆》，陳煥棠、林世煜，臺北：天下遠見出版公司，2006年5月。
7.故宮書畫典藏 http://painting.npm.gov.tw/npm_public/index.htm。

附錄四　〈詞人果物書寫種類表〉

詞　　人	果物種類	詞篇數量	統　計
1. 周紫芝（1082～1155）	荔枝	1 首	3 種果物，共 3 首詞
	楊梅	1 首	
	甜瓜	1 首	
2. 鄭域（1152～1173）	荔枝	1 首	3 種果物，共 3 首詞
	甜瓜	1 首	
	桃子	1 首	
3. 黃庭堅（1045～1105）	荔枝	4 首	2 種果物，共 5 首詞
	橄欖	1 首	
4. 蘇軾（1036～1101）	荔枝	2 首	2 種果物，共 4 首詞
	橘	2 首	
5. 晁補之（1053～1110）	櫻桃	1 首	2 種果物，共 3 首詞
	柑	2 首	
6. 韓元吉（1118～1187）	荔枝	1 首	2 種果物，共 2 首詞
	龍眼	1 首	
7. 辛棄疾（1140～1207）	櫻桃	1 首	2 種果物，共 2 首詞
	羊桃	1 首	

8. 吳文英（1200～約 1260） （？～1265 後） （約 1205～1276 後）	楊梅	1 首	2 種果物，共 2 首詞
	橙	1 首	
9. 劉辰翁（1232～1297）	櫻桃	1 首	2 種果物，共 2 首詞
	橘	1 首	
10. 王沂孫（約 1240～約 1310）	櫻桃	1 首	2 種果物，共 2 首詞
	橄欖	1 首	
11. 史達祖（約 1163～約 1220）	橙	1 首	2 種果物，共 2 首詞
	林檎	1 首	
12. 張元幹（1091～1161） （1091～1160）	荔枝	3 首	1 種果物，共 3 首詞
13. 黃人傑（生卒不詳。宋孝宗乾道二年（1166）進士。）	梅子	3 首	1 種果物，共 3 首詞
14. 李之儀（1048～1118）	橘	2 首	1 種果物，共 2 首詞
15. 曹勛（1098～1174）	橙	2 首	1 種果物，共 2 首詞
16. 張鎡（1153～1235） （1153～1211）	葡萄	2 首	1 種果物，共 2 首詞
17. 歐陽修（1007～1072）	荔枝	1 首	1 種果物，共 1 首詞
18. 王觀（約 1032～？）	楊梅	1 首	1 種果物，共 1 首詞
19. 仲殊（生年不詳，約與蘇軾同時。崇寧（1102～1106）間，自縊而死）	柿	1 首	1 種果物，共 1 首詞
20. 李綱（1083～1140）	荔枝	1 首	1 種果物，共 1 首詞
21. 王以寧（約 1090～約 1146）	荔枝	1 首	1 種果物，共 1 首詞
22. 揚無咎（1097～1171） （1097～1169）	梅子	1 首	1 種果物，共 1 首詞
23. 曾覿（1109～1180）	楊梅	1 首	1 種果物，共 1 首詞
24. 馬子嚴（生卒不詳。孝宗淳熙二年（1175）進士）	甜瓜	1 首	1 種果物，共 1 首詞
25. 朱敦儒（1081～1159）	桃子	1 首	1 種果物，共 1 首詞

26. 康與之（生卒不詳。諂事秦檜，為門下十客之一。）	荔枝	1首	1種果物，共1首詞
27. 陳著（1214～1297）	石榴	1首	1種果物，共1首詞
28. 張炎（1248～1320）	甜瓜	1首	1種果物，共1首詞
29. 丘崈（1135～1209）	荔枝	1首	1種果物，共1首詞
30. 沈瀛（1135～？）	楊梅	1首	1種果物，共1首詞
31. 趙長卿（生卒不詳。高宗、孝宗間在世。）	荔枝	1首	1種果物，共1首詞
32. 陳亮（1143～1194）	桃子	1首	1種果物，共1首詞
33. 韓淲（1159～1224）	楊梅	1首	1種果物，共1首詞
34. 魏了翁（1178～1237）	荔枝	1首	1種果物，共1首詞
35. 趙以夫（1189～1256）	荔枝	1首	1種果物，共1首詞
36. 陳舜翁（生卒不詳）	楊梅	1首	1種果物，共1首詞
37. 洪子大（生卒不詳）	櫻桃	1首	1種果物，共1首詞
38. 吳禮之（生卒不詳）	橄欖	1首	1種果物，共1首詞
39. 無名氏	荔枝	1首	1種果物，共1首詞
40. 無名氏	荔枝	1首	1種果物，共1首詞
41. 無名氏	龍眼	1首	1種果物，共1首詞